ASCENSION DEPUIS L'ESCLAVAGE;

UN PARCOURS INACHEVÉ

L'Héritage du lycée Dunbar

PRISTINE
PRESS AND MEDIA

ARCHIE MORRIS III

ISBN
978-1-969642-30-2 (Broché)
978-1-969642-29-6 (Livre numérique)
978-1-969642-31-9 (Relié)

Ascension depuis l'Esclavage;

Un Parcours Inachevé

L'Héritage du lycée Dunbar

Archie Morris III, D.P.A.

L'Héritage du lycée Dunbar

Ascension depuis l'Esclavage;

Un Parcours Inachevé

Archie Morris III, D.P.A.

TABLE DES MATIÈRES

PARTIE I V LE JOYAU DE LA COURONNEL

PARTIE V LA FIN D'UNE ÉPOQUEA

PRÉFACE

Jean-Jacques Rousseau affirmait que « les plantes sont façonnées par la culture et les hommes par l'éducation. L'homme naît faible, et il a besoin de force. Il naît totalement démuni, et il a besoin d'assistance. Il naît ignorant, et il a besoin de jugement. Tout ce qu'il ne possède pas à la naissance et dont il a besoin une fois adulte lui est donné par l'éducation. »[1] La philosophie éducative de Rousseau était bien comprise par les Noirs aux premiers jours de l'histoire des États-Unis : l'éducation signifiait la liberté. On était prêt à parcourir de longues distances, voire à donner sa vie pour acquérir du savoir. C'est, je suppose, la raison pour laquelle j'écris ce livre : pour raconter l'histoire d'un voyage vers la liberté.

Le lycée Paul Laurence Dunbar prônait l'excellence en toute chose et ne permettait jamais à l'école de tomber dans une forme de sous-culture noire ou dans des engouements populaires. En se remémorant les souvenirs, il y a quelque temps, avec un journaliste du Washington Post, le sénateur Edward Brooke (promotion de 1937) déclara[2] :

> Nous vivions en quelque sorte dans un cocon. Dunbar était une sorte d'élite intellectuelle… Nous n'avions pas conscience de ce que la ségrégation nous faisait manquer. La compétition y était intense… Dunbar recrutait les meilleurs éléments. Ils réussissaient bien à Howard, où je suis allé. La Semaine de l'histoire des Noirs était célébrée, et dans les cours d'histoire américaine, on enseignait l'émancipation des esclaves ainsi que la lutte pour l'égalité et les droits civiques. Mais il n'y avait pas de revendication des élèves pour aller plus loin, pas de véritable intérêt pour l'Afrique et

son héritage. Nous connaissions l'Afrique comme nous connaissions la Finlande.

La culture de Dunbar est, pour le dire avec modération, controversée même de nos jours. William Raspberry a résumé dans une chronique publiée dans le Washington Post que si une pièce est remplie de Noirs d'âge moyen ayant grandi à Washington et que quelqu'un mentionne le mot « Dunbar », cette personne devra se mettre à couvert. Ce seul mot divisera la salle en deux camps chargés d'émotion et d'indignation : ceux qui ont fréquenté le lycée Dunbar « quand Dunbar était vraiment Dunbar » et ceux qui ne l'ont pas fréquenté.[3] Les débats qui en résultent sont généralement très émotionnels et reposent sur des opinions biaisées et des insinuations, avec peu de connaissance ou de compréhension historique. L'esclavage, la ségrégation de type Jim Crow, la famille, l'Église, la communauté, et aujourd'hui les politiques sociales américaines font tous partie du « tableau d'ensemble » concernant la signification de Dunbar dans l'enseignement urbain aux États-Unis.

Les réussites des élèves de M Street et de Dunbar pourraient influencer les questions relatives à l'éducation des enfants noirs, si elles n'avaient pas été ignorées. Aucune étude universitaire sérieuse n'a encore été consacrée à cette école, et toute la littérature existante sur le sujet se résume à un mince volume, The Dunbar Story, publié à compte d'auteur en 1965 par Mary Gibson Hundley, une enseignante retraitée de Dunbar. Lorsqu'on daigne mentionner l'école, elle est souvent reléguée au rang d'école noire de la « classe moyenne », et la tradition locale à Washington laisse entendre que ses élèves étaient majoritairement des Noirs à la peau claire, presque indiscernables des Blancs. Les faits ne corroborent aucune de ces affirmations, mais la tentative de discréditer les accomplissements de l'expérience Dunbar est un phénomène significatif.[4] Pourquoi ?

Je suis né et j'ai grandi à Washington, D.C. Mon père a grandi dans une ferme en Virginie et n'avait qu'un niveau d'éducation de quatrième année. Il a obtenu son équivalent de diplôme secondaire (GED) après être venu à Washington dans son adolescence et a exercé divers métiers. Commençant comme ouvrier sur des chantiers de construction, il a appris la maçonnerie, la menuiserie et la conduite de camions, et il a aussi travaillé comme mécanicien automobile. Mon père était également un homme religieux qui a perfectionné sa lecture en étudiant la Bible. Il prêchait lorsqu'on l'appelait et composait de la musique gospel, qu'il chantait aussi. Il était un musicien autodidacte qui jouait de la guitare, de plusieurs instruments à vent, du piano et de la batterie.

Ma mère a grandi à Washington, D.C., et a été diplômée du lycée Dunbar. Elle était femme au foyer durant les premières années de mon enfance, puis a obtenu un emploi administratif dans la fonction publique fédérale. Le rêve de mon père était de retourner en Virginie et d'avoir ses propres terres une fois qu'il serait à la retraite avec ma mère. Ils ont pu acquérir environ 9 hectares dans le comté d'Orange, en Virginie, quelques années avant leur retraite. Mon père construisit la maison de ses propres mains, vivant sur place pendant qu'il défrichait le terrain et érigait les bâtiments. Plusieurs générations de notre famille ont profité, pendant des décennies, de nombreuses visites dans le comté d'Orange, en Virginie.

La famille nucléaire Morris comprenait le père, la mère, deux garçons et une fille. Au début, nous déménagions souvent, si bien que nous avons vécu dans presque tous les quartiers de Washington à un moment ou à un autre : Benning Ridge, Navy Yard, Anacostia, Truxton Circle, Shaw/Cardozo et Brookland. En tant qu'enfants, notre « travail » consistait à aller à l'école, étudier sérieusement et éviter les ennuis. La famille avait un statut de revenu modeste au départ, mais nous adhérions aux valeurs propres à la classe moyenne, même si nous n'avions pas les moyens financiers d'en vivre le style. Nos projets d'avenir comprenaient une retraite paisible et une bonne éducation pour les enfants.

La nôtre était une famille élargie, au sens propre du terme. En plus de notre famille nucléaire, nous vivions près de parents tels que nos grands-parents, oncles, tantes et cousins, la plupart résidant dans le District de Columbia ou dans les environs en Virginie et au Maryland. Nous respections les aînés de la famille et les considérions comme des guides, au même titre que nos parents. Les cousins étaient aussi proches les uns des autres que des frères et sœurs. Ma grand-mère, mes oncles et tantes, mes cousins et amis me parlaient tous du lycée Dunbar, mais aussi d'Armstrong Technical, de Cardozo et de Phelps Vocational. Ces derniers étaient considérés comme de bonnes écoles, avec des standards élevés correspondant à leurs missions. De plus, on pouvait accéder à l'université après l'obtention du diplôme dans n'importe laquelle de ces écoles, mais leur mission première n'était pas l'enseignement préparatoire à l'université.

Dunbar était une tradition dans nos foyers familiaux. Ma grand-mère avait fréquenté le M Street High School au début des années 1890, avant d'être transférée à l'université Howard sans avoir obtenu son diplôme. Ma mère et cinq de ses frères et sœurs ont fréquenté le lycée Dunbar, tout comme la majorité de nos cousins et amis. J'étais inspiré par les conversations autour de l'école et de l'importance de l'éducation. Nous n'avions pas de télévisions, mais il y avait des livres, la bibliothèque municipale, et de nombreux ouvrages dans les maisons de nos proches que nous pouvions emprunter. Quelqu'un lisait toujours ou faisait ses devoirs scolaires.

J'avais de bons résultats à l'école élémentaire et au collège, sautant plusieurs classes au cours des six premières années. Je lisais de façon incessante dès mon plus jeune âge. Ma grand-mère m'avait initié à la lecture complète du *Reader's Digest* dès l'âge de 8 ou 9 ans, ce qui élargit rapidement mon répertoire de bandes dessinées. Mon oncle, alors étudiant à l'université Howard, m'avait offert *Les Contes de Canterbury* de Geoffrey Chaucer à lire, et j'empruntais et lisais entre deux à quatre livres de bibliothèque toutes les une ou deux semaines..

Nous entendions également des récits de première main et des leçons d'histoire concernant la communauté noire, l'Église, la famille, l'armée et la politique. La famille constituait le socle des Noirs à Washington, D.C. Elle était composée de deux parents et de leurs enfants. Le père noir était le gardien du foyer, prônant l'économie, le travail acharné, le respect de soi et la moralité. Nous avons appris l'existence de l'esclavage par des parents dont les propres parents en avaient été victimes, mais la ségrégation était la force active dans la communauté noire. Seule la religion la surpassait. Les aînés nous racontaient les émeutes raciales de 1919 à D.C., lorsque les anciens combattants noirs de la Première Guerre mondiale durent prendre les armes pour défendre leurs quartiers, et comment le Ku Klux Klan défila sur Pennsylvania Avenue en 1925. Les ministres apportaient information et leadership sur les sujets cruciaux, notamment la race et la politique. La majorité des Noirs étaient chrétiens et républicains, et, au fil des années, des membres masculins de notre famille ont servi lors des deux guerres mondiales.

Mon père pensait qu'il serait bon pour moi d'apprendre un

métier, mais il était presque entendu que je fréquenterais le lycée Paul Laurence Dunbar. Nous n'avions pas les moyens d'aller à l'université, mais il était acquis que nous trouverions une solution le moment venu. La famille quitta les logements sociaux du sud-est de Washington pour le nord-ouest, et, en 1952, j'étais inscrit en classe de seconde à Dunbar. J'avais 13 ans.

Pendant ma scolarité à Dunbar, je ne mesurais pas la réputation académique de l'établissement. J'étais, dans une certaine mesure, encore assez immature et davantage porté vers le sport que vers les études. J'obtenais de bonnes notes, je restais essentiellement en dehors des ennuis et je faisais de nombreuses rencontres, car les élèves de Dunbar venaient de pratiquement tous les quartiers de la ville, certains ayant même déménagé depuis d'autres États. J'étais actif dans le sport, membre du Club d'Espagnol et du Rex Club. Mon principal était M. Charles S. Lofton, et les directeurs adjoints étaient Mme Gladys W. Fairley et M. Howard F. Bolden. Tous les garçons connaissaient bien la règle en bois conservée dans le bureau de M. Bolden.

Mon professeur principal était M. Domingo A. Lanauze, également professeur d'espagnol. Je ne me souviens pas de tous mes enseignants, mais certains noms me reviennent :

Mme Madeline S. Hurst, M. Madison W. Tignor, Mlle Lillian S. Brown et M. Warren B. Griffin en anglais ; Mme Mary G. Hundley en latin ; M. Charles Pinderhughes, M. Jesse B. Chase et M. L. J. Williams en éducation physique et en tant qu'entraîneurs ; le Dr James H. Cowan en chimie ; le Dr A. F. Nixon en biologie ; M. U. V. McRae en mathématiques ; MM. Don B. Goodloe et Frank H. Perkins en sciences sociales ; Mme Hortense P. Taylor en musique ; et Mme Helen M. Cunningham en arts plastiques. Je regrette de ne pas pouvoir me souvenir de tous, mais chacun de mes professeurs était un excellent enseignant. Encore aujourd'hui, je me rappelle n'avoir jamais rencontré un élève de Dunbar qui ne savait ni lire ni effectuer des calculs mathématiques de base. De plus, si j'ai affiné mes compétences en rédaction à l'université Howard, je les ai apprises au lycée Dunbar.

L'histoire occupait une place importante dans mes études à Dunbar. Les cours portaient sur l'histoire ancienne et médiévale, l'histoire européenne, l'histoire américaine, l'histoire des Noirs, et l'histoire latino-américaine. Famille et amis nous racontaient de nombreuses histoires du passé, et, dans les faits, nous vivions au quotidien dans un contexte historique : la ségrégation était la loi du pays, et l'esclavage n'était pas si éloigné de notre existence actuelle. De plus, dans les Églises et les foyers noirs, les discussions autour de la Bible s'inscrivaient dans un cadre historique, renforcé par les sermons des pasteurs et les leçons de l'école du dimanche. Cette combinaison de sources stimulait la pensée critique et suscitait un désir de connaissance et d'apprentissage.

L'histoire aidait à mettre les choses en perspective. Elle fournissait un paradigme permettant de comparer et de confronter les événements présents à une compréhension du passé des Noirs et du chemin parcouru. Les hommes et femmes noirs devenus « les premiers » dans de nombreux domaines étaient des modèles, car nous comprenions l'ampleur des obstacles qu'ils avaient surmontés et les efforts qu'ils avaient déployés pour accomplir leurs exploits. Cela nous poussait à devenir des battants plutôt que des victimes.

J'ai été diplômé en 1955 et, quelques mois après avoir eu 17 ans, je me suis engagé dans l'Armée de l'air des États-Unis (U.S. Air Force). Il ne m'a pas fallu longtemps pour réaliser que Dunbar m'avait bien préparé, tant sur le plan académique que pour la vie en général. L'un des événements les plus importants de ma vie s'est produit lors de mon dernier poste dans l'Armée de l'air. On m'avait déjà approché pour un réengagement et, bien que peu enthousiaste, j'y réfléchissais sérieusement, pensant pouvoir ainsi continuer à faire du sport, voyager à travers le monde, et peut-être suivre quelques cours universitaires. Cependant, environ une semaine plus tard, alors que j'étais de service au Bureau spécial de sécurité (Special Security Office – SSO), un officier blanc de mon unité s'est approché de moi. Je ne le connaissais que de vue, mais il me dit avoir observé mon travail, lu mes rapports écrits et écouté mes présentations orales. Il avait noté que je n'avais aucun crédit universitaire. Il me déclara que j'étais très intelligent et m'encouragea vivement, au lieu de me réengager dans l'Armée de l'air, à m'inscrire à l'université.

Heureusement — ou malheureusement — j'ai suivi son conseil et ai obtenu un Bachelor of Arts (BA) et un Master of Arts (MA) à l'Université Howard, puis un Master of Public Administration (MPA) et un Doctor of Public Administration (DPA) à la Nova Southeastern University. Je crois que cet officier savait que j'avais besoin d'un dernier coup de pouce pour continuer dans la bonne direction.

Je suis particulièrement qualifié pour écrire un livre sur l'expérience Dunbar et ses origines. Je suis natif de Washington, diplômé de l'époque du « vieux Dunbar » et, aujourd'hui, bénévole auprès de la Dunbar Alumni Federation (DAF). Je possède l'expérience de vie, les références culturelles, une histoire familiale riche et l'éducation, ainsi que les compétences en recherche en sciences sociales nécessaires pour articuler les éléments qui illustreront le tableau d'ensemble. Cet ouvrage rassemble divers courants des sciences sociales, en utilisant des techniques de recherche historique, l'analyse comparative et des méthodes d'observation qualitative comme fondement, afin de mieux comprendre comment l'éducation des Noirs, pendant l'esclavage et la ségrégation Jim Crow, a influencé l'éducation urbaine et, par extension, l'ascension puis le déclin du lycée M Street/ Dunbar. J'ai adopté une approche académique pour ce projet, basée sur une méthode de recherche empirique, visant à observer et analyser des données réelles et des schémas événementiels. J'ai donc utilisé plusieurs techniques de recherche.

Les techniques de recherche historique permettent de passer en revue des données du passé et d'en tirer des conclusions qui ont un impact sur le présent ou l'avenir. Cela nécessite une importante quantité de lectures, de traductions, de recherches et de discussions. L'analyse comparative est utilisée pour comparer les évolutions des activités politiques et législatives au fil de plusieurs périodes administratives, ainsi que les tendances émergentes dans les opérations et les résultats d'une organisation. En tant que chercheur, je suis aussi un observateur participant. C'est pourquoi j'emploie des méthodes d'observation qualitative permettant de documenter et vérifier toute la gamme des réponses individuelles à un environnement donné.

Premièrement, l'observation se veut volontairement plus ouverte, et les observations sont beaucoup plus larges, par opposition aux stratégies quantitatives d'observation qui ciblent des comportements spécifiques. Deuxièmement, je ne cherche pas nécessairement à rester neutre face à ce que j'observe ; je peux intégrer mes propres sentiments et expériences dans l'interprétation des faits.

Le livre est organisé en cinq parties :
I. Les racines,
II. De Dred Scott à la réconciliation,
III. Le paradigme,
IV. Le Joyau de la Couronnel,

V. La fin d'une époque.

La Partie I, « Les racines », offre une vue d'ensemble du système d'esclavage et de servitude, et de la manière dont cela a influencé les rôles des Noirs à l'époque coloniale. Certains Noirs étaient libres, et quelques-uns prospéraient autant que leurs voisins blancs (Chapitre Un). La formation précoce rendait les Noirs plus utiles et plus dignes de confiance comme serviteurs, mais elle éveillait aussi en eux un désir de liberté. Ils devenaient de meilleurs ouvriers et artisans, et beaucoup démontraient des capacités d'administration suffisantes pour gérer des entreprises ou de grandes plantations. L'éducation et la formation offraient aux Noirs une amélioration générale de leur existence (Chapitre Deux).

La Partie II, « De Dred Scott à la réconciliation », aborde la période où la Cour suprême des États-Unis déclara que les Noirs n'avaient aucun droit que l'homme blanc fût tenu de respecter, et les circonstances de compétition et de conflit menant à la guerre de Sécession (Chapitre Trois). Le Nord remporta la guerre sur le plan militaire, mais après l'assassinat du président Lincoln, les Démocrates reprirent le contrôle politique et instaurèrent la ségrégation Jim Crow. L'éducation fut profondément affectée par cette ségrégation légale (Chapitre Quatre). Les Églises jouèrent un rôle majeur dans la mise en place d'opportunités éducatives pour les esclaves nouvellement affranchis, servant aussi de tribune politique et de terrain d'entraînement pour les leaders noirs (Chapitre Cinq).

Dans la Partie III, « Le paradigme », commence le mouvement en faveur de l'éducation des jeunes Noirs, et un débat s'ouvre sur la question de savoir si leur formation devait être « classique » ou « industrielle » (Chapitre Six). Le début des années 1900 vit une dégradation progressive de la communauté noire à Washington, D.C., principalement en raison de la restriction des opportunités économiques. Seuls les individus les plus solides pouvaient échapper à un sentiment général de désespoir (Chapitre Sept). L'éducation était un bien précieux, même si elle n'offrait pas de débouchés économiques (Chapitre Huit).

Dans la Partie IV, « Le Joyau de la Couronnel », la ville était un ensemble de quartiers organisés de manière informelle, aux limites qui, dans une certaine mesure, les distinguaient les uns des autres (Chapitre

Neuf). Le lycée préparatoire noir pour les jeunes de couleur ouvrit ses portes en 1870, en tant que premier lycée pour élèves noirs aux États-Unis, et fut renommé M Street High School en 1892 (Chapitre Dix). Le nouveau bâtiment situé au croisement de la 1re rue et de la rue O, N.W., fut inauguré le 15 janvier 1917 et prit le nom de Dunbar High School, en hommage au poète noir Paul Laurence Dunbar (Chapitre Onze). Dunbar se distinguait par l'esprit de ses élèves, le dévouement de ses professeurs et le fort soutien de la communauté, tant dans les tâches quotidiennes que dans les crises ponctuelles. La réputation de l'école et ses normes élevées étaient bien connues des parents et des collégiens à travers toute la communauté noire (Chapitre Douze).

La Partie V, « La fin d'une époque », décrit la réorganisation complète du système scolaire dual de Washington autour du concept d'écoles de quartier, où le maintien de la qualité académique dans un lycée noir ne suscitait ni émotion ni influence politique (Chapitre Treize). La situation commença à changer dans les années 1970, lorsque les professionnels noirs et la classe ouvrière stable déménagèrent vers des quartiers à revenu plus élevé, ailleurs dans la ville ou en banlieue, laissant derrière eux les segments les plus défavorisés de la communauté noire. Cela eut un impact sévère sur la qualité de l'éducation (Chapitre Quatorze).

Washington, D.C.
January 2019

PARTIE I

Les Racines

« En chacun de nous réside une faim, profonde jusqu'à la moelle, de connaître notre héritage — de savoir qui nous sommes et d'où nous venons. Sans cette connaissance nourricière, subsiste un désir inassouvi. Quels que soient nos accomplissements dans la vie, il demeure un vide, une absence, et une solitude des plus troublantes. »

— Alex Haley, 1921-1992

CHAPITRE UN

ESCLAVAGE ET SERVITUDE

L'histoire fournit le paradigme nécessaire à la pensée critique. Sans une connaissance fiable du passé, la pensée peut devenir biaisée, déformée, partielle, mal informée, ou même profondément empreinte de préjugés. Pourtant, la qualité de notre vie, et de ce que nous produisons, fabriquons ou construisons, dépend précisément de la qualité de notre pensée.

Pour comprendre l'héritage de la classe moyenne noire et son lien avec le lycée Dunbar, il faut d'abord saisir les implications historiques des événements passés, avant de pouvoir en comprendre les conséquences contemporaines. Tout est affaire de culture, cet ensemble complexe que l'anthropologue Sir Edward Burnett Tylor définit comme comprenant « les connaissances, croyances, arts, mœurs, lois, coutumes, ainsi que toutes les autres aptitudes et habitudes acquises par l'homme en tant que membre de la société. »[1] À travers l'étude de l'esclavage, par exemple, nous pouvons enquêter et interpréter pourquoi l'école s'est développée comme elle l'a fait, identifier les influences héritées du passé, et comprendre comment l'histoire peut être mise au service du présent. Pour citer le philosophe George Santayana : « Ceux qui ne se souviennent pas du passé sont condamnés à le répéter. »

D'un point de vue historique, l'esclavage est un système dans lequel un être humain est légalement la propriété d'un autre. L'esclave peut être acheté ou vendu, n'a pas le droit de s'échapper, et doit travailler pour ou servir son propriétaire sans avoir de choix. L'aspect le plus crucial et le plus couramment exploité de cette condition est que le maître possède un droit reconnu collectivement de posséder, d'acheter, de vendre, de punir, de transporter, d'affranchir ou autrement de disposer des corps et du comportement d'autres individus.[2] Un élément fondamental du système esclavagiste est que les enfants nés d'une mère esclave deviennent automatiquement esclaves.[3]

On nous enseigne généralement que les conflits liés à l'esclavage sont à l'origine de la guerre de Sécession. Le problème réside dans le désaccord sur la nature des conflits — idéologiques, économiques, politiques ou sociaux — qui furent les plus déterminants.[4] Un conflit entre groupes suppose une certaine conscience ethnocentrique des différences entre les groupes. Il s'installe une opposition entre un « nous » et un « eux », qui devient une lutte pour le contrôle de l'autre groupe afin d'accéder à des ressources, au statut ou à des biens rares. Les conflits intergroupes sont perturbateurs et coûteux, et peuvent revêtir diverses formes, telles que l'esclavage ou d'autres formes de discrimination institutionnalisée. Ainsi, les compromis tendent à évoluer vers une relation institutionnalisée et stable.

LA SERVITUDE COMME CONCEPT ÉCONOMIQUE

L'esclavage est une institution établie que l'on peut retracer jusqu'aux premiers écrits, tels que le Code de Hammurabi (vers 1760 av. J.-C.).[5] Il ne comprend pas les formes historiques de travail forcé imposé aux prisonniers, les camps de travail ou d'autres formes de travail non libre dans lesquelles les travailleurs ne sont pas considérés comme une propriété. De plus, il était rare chez les populations de chasseurs-cueilleurs, car l'esclavage dépendait d'un système de stratification sociale. Typiquement, l'esclavage nécessite une pénurie de main-d'œuvre et un excédent de terres pour être économiquement viable. Par ailleurs, une grande partie de l'histoire de l'esclavage n'impliquait pas la mise en esclavage de personnes racialement différentes des esclavagistes. Souvent, les peuples indigènes réduisaient en esclavage d'autres membres de leur propre groupe : les Européens asservissaient d'autres Européens, les Asiatiques d'autres Asiatiques, les Africains d'autres Africains, et les peuples autochtones de l'hémisphère occidental réduisaient en esclavage d'autres peuples indigènes de cet hémisphère. Les gens étaient réduits en esclavage non en raison de leurs différences raciales, mais parce qu'ils étaient vulnérables.

L'esclavage entre peuples différents n'a commencé que dans les siècles récents, lorsque les technologies et les richesses nécessaires ont permis à un groupe de traverser les continents pour acquérir des esclaves et les transporter en masse par-delà les océans.[6] Une fois que le transport massif d'esclaves de races ou d'ethnies différentes fut technologiquement et économiquement faisable, des populations entières furent déplacées d'un continent à l'autre. Des Européens, tout comme des Africains, furent réduits en esclavage et arrachés à leurs terres natales pour être asservis ailleurs. Les pirates, à eux seuls, transportèrent plus d'un million d'esclaves européens vers la côte barbaresque en Afrique du Nord. Cela représente deux fois plus d'Européens réduits en esclavage que d'Africains envoyés dans les 13 colonies qui formèrent ensuite les États-Unis. En réalité, des esclaves blancs étaient encore achetés et vendus dans le monde islamique jusque dans les années 1900, plusieurs décennies après que les Noirs eurent été affranchis aux États-Unis. C'est l'essor de la société chrétienne dans l'Europe médiévale qui éradiqua pratiquement le système esclavagiste hérité des temps anciens.

Cependant, en explorant la côte africaine dans les années 1440, les Portugais redécouvrirent l'esclavage comme institution commerciale fonctionnelle. La pratique de l'esclavage avait toujours existé en Afrique, administrée par des chefs locaux, souvent assistés par des commerçants arabes, car les esclaves étaient des marchandises échangeables. Les esclaves étaient des captifs, des étrangers ou des individus ayant perdu leur statut tribal. Parmi les peuples d'Afrique de l'Ouest, les sources d'esclaves comprenaient les criminels, les personnes données en gage par leur lignée comme garantie de prêts non remboursés, et, surtout, les prisonniers de guerre.

Les premiers Européens à commercer avec l'Afrique subsaharienne dans le cadre de la traite des esclaves furent les Portugais. Lorsqu'ils prirent en charge le commerce des esclaves au milieu du XVe siècle, les Portugais transformèrent l'esclavage en quelque chose de plus impersonnel et d'abominable qu'il ne l'avait jamais été dans l'Antiquité ou l'Afrique médiévale. Ce nouveau modèle esclavagiste se distinguait par son ampleur, son intensité et par le lien monétaire qui unissait les fournisseurs africains et arabes, les marchands portugais et lancados, et les acheteurs. Les esclaves étaient majoritairement des hommes et étaient utilisés pour des travaux agricoles ou miniers à grande échelle.

Même à cette époque ancienne, la perception de certains Noirs était déjà négative, et peu d'efforts étaient déployés pour acculturer les esclaves noirs. Le géographe arabe Muhammad al-Idrisi, par exemple, en concluant son exposé sur la première zone climatique par quelques remarques générales sur ses habitants, reprenait les vieux clichés sur des pieds creusés de sillons et une sueur nauséabonde, et attribuait aux Noirs un « manque de savoir et un esprit déficient ». L'historien, sociologue et philosophe arabo-musulman Ibn Khaldûn, en distinguant entre esclaves blancs et esclaves noirs, déclara : « Les nations noires sont, en règle générale, soumises à l'esclavage, car [les Noirs] ont peu de choses qui relèvent véritablement de l'humain, et possèdent des attributs qui ressemblent beaucoup à ceux des animaux muets. »

Les Portugais détenaient un quasi-monopole sur la traite atlantique des esclaves. En 1600, 300 000 esclaves africains avaient déjà été transportés par mer vers des plantations : 25 000 furent envoyés à Madère, 50 000 en Europe, 75 000 au Cap São Tomé, et le reste en Amérique. À cette époque, quatre esclaves sur cinq étaient dirigés vers le Nouveau Monde. On estime que, sur une période de trois siècles et demi, entre 10 et 15 millions d'esclaves ont atteint le Nouveau Monde. C'est alors, à une période relativement tardive de l'histoire mondiale, que l'asservissement sur des bases raciales s'est produit en Amérique à une telle échelle qu'il a favorisé l'émergence d'une idéologie raciste ayant survécu à l'institution même de l'esclavage.

Lorsque l'homme noir fut d'abord réduit en esclavage, sa soumission n'était pas justifiée par une prétendue infériorité biologique. En réalité, avant l'influence des Lumières, la servitude humaine était perçue comme un élément incontesté de l'ordre établi des classes économiques et des ordres sociaux ; une manière de penser largement répandue dans l'Europe féodale et post-féodale. Les travaux historiques portant sur cette période initiale indiquent que les Noirs importés et les Indiens capturés étaient à l'origine maintenus dans un statut très similaire à celui des serviteurs blancs sous contrat.[7]

En Amérique, la rencontre puis la fusion de deux courants

d'immigrants venus de l'Ancien Monde — l'un volontaire, l'autre contraint — fit évoluer la société, d'une société avec esclaves vers, au cours du deuxième tiers du XVIIIᵉ siècle, une société fondée sur l'esclavage. Ira Berlin, historien de premier plan de la vie noire et sudiste aux États-Unis, établit une distinction essentielle entre ces deux types de sociétés. Dans les sociétés avec esclaves, les esclaves occupaient une place marginale dans les processus centraux de production ; l'esclavage n'était qu'une forme de travail parmi d'autres. Les propriétaires traitaient parfois leurs esclaves avec une indifférence ou une cruauté extrême, mais ce traitement n'était pas réservé aux esclaves : ils agissaient de même envers tous leurs subordonnés, qu'il s'agisse de serviteurs sous contrat, de débiteurs, de prisonniers de guerre, de personnes mises en gage, de paysans ou simplement de gens pauvres. Dans ces sociétés, personne ne considérait la relation maître-esclave comme un modèle social.[8]

Lorsque ces sociétés avec esclaves devinrent des sociétés fondées sur l'esclavage, explique Berlin, « l'esclavage se trouva au cœur de la production économique, et la relation maître-esclave devint le modèle de toutes les relations sociales. »[9] Il s'agissait alors d'un système total, d'où, selon les mots de Frank Tannenbaum, « rien ni personne n'échappait. Rien, ni personne. »[10]

La transformation d'une société dans laquelle l'esclavage existait sans dominer, en une société où il devenait central, débuta avec la découverte de marchandises telles que le sucre, l'or, le riz, le café ou le tabac. Ces produits étaient très demandés sur les marchés internationaux et nécessitaient une main-d'œuvre abondante pour être cultivés ou extraits. Une seconde condition préalable fut que les détenteurs d'esclaves dans ces sociétés purent consolider leur pouvoir politique, en promulguant des codes de l'esclavage complets leur conférant une quasi-souveraineté sur la vie de leurs esclaves. Les élites esclavagistes érigèrent alors des barrières infranchissables entre esclavage et liberté, tout en élaborant des idéologies raciales sophistiquées destinées à renforcer leur position dominante.[11]

LE NOUVEAU MONDE

Les premiers esclaves utilisés par les Européens furent parmi les participants à la tentative de colonisation de la Caroline du Nord par Lucas Vásquez de Ayllón en 1526. Cette tentative ne dura qu'un an et fut un échec. Les esclaves se révoltèrent et s'enfuirent dans la nature pour vivre parmi les Cofitachiqui[12], l'une des tribus les plus puissantes et les plus civilisées du sud-est des États-Unis.[13] Ainsi, les Noirs sont présents sur le sol des États-Unis depuis aussi longtemps que les premiers colons blancs — bien avant le Mayflower et l'arrivée des premiers Africains en Virginie en 1619.[14] En fait, de nouvelles informations ont émergé ces dernières années au sujet des premiers Africains arrivés en Virginie, révélant qu'il y avait plus d'Africains dans la colonie de Virginie dès 1620 que les « vingt et quelques nègres » que John Smith et John Rolfe avaient signalés comme étant arrivés à bord d'un navire hollandais en 1619. Un recensement de 1619/1620 récemment découvert dans les Ferrar Papers du Magdalene College de Cambridge mentionne trente-deux Noirs (15 hommes et 17 femmes).[15]

En 1619, trois événements survenus dans les colonies américaines rendent cette année particulièrement significative. D'abord, pour rendre la colonie de Jamestown plus attrayante pour les colons, la Compagnie de Virginie, basée à Londres, envoya un navire transportant 90 jeunes femmes célibataires. Tout colon célibataire pouvait en acheter une comme épouse en payant 125 livres de tabac pour couvrir ses frais de transport. Deuxièmement, les colons reçurent leurs « droits d'hommes libres anglais », expression désignant les droits accordés aux citoyens anglais dans la Magna Carta. Troisièmement, un navire de guerre hollandais, le White Lion, arriva et vendit aux colons une vingtaine d'hommes noirs qui n'étaient pas libres, mais, à proprement parler, n'étaient pas non plus des esclaves. Ces hommes étaient des « serviteurs sous contrat » dont les engagements prenaient fin après cinq ans. À l'expiration de leur contrat, ils devenaient des hommes libres, pouvaient acheter des terres et jouir de tous les droits des citoyens libres de la colonie. Les travailleurs blancs venus d'Angleterre étaient soumis aux mêmes conditions contractuelles en échange de leur passage vers l'Amérique.[16]

Dans la pratique toutefois, de nombreux serviteurs sous contrat contractaient d'autres dettes au cours de leur première période de service, ce qui prolongeait la durée de leur contrat. Il ne semble pas que l'un de ces vingt premiers Africains ait fini en tant que fermier libre dans la colonie. La plupart des serviteurs blancs, une fois libérés de leurs contrats, ne s'en sortaient guère mieux et se retrouvaient métayers sur les rives de la rivière Jamestown. Cependant, il n'était pas impossible pour un Noir de devenir homme libre en Virginie, et certains cas sont bien documentés.[17] L'un d'eux devint même le premier propriétaire d'esclaves connu dans le Nouveau Monde.

Lorsque les vingt premiers Noirs arrivèrent à Jamestown en 1619, il n'existait aucun processus législatif pour définir le statut juridique des Noirs.[18] Bien que les colons américains aient pratiqué dès le départ « les mêmes discriminations que les hommes blancs avaient exercées contre les Noirs auparavant et avant toute loi écrite »,[19] ces premiers Noirs n'étaient pas encore soumis à la dégradation systématique qui allait marquer plus tard la condition des Noirs. Pourtant, ils n'étaient pas libres, et leur position dans la société plus large demeurait ambiguë. Après des siècles d'étude et de débat, les spécialistes ne s'accordent toujours pas sur ce point.[20]

Entre 1624 et 1625, les registres démographiques montrent que la vie familiale était une institution bien enracinée en Virginie.[21] Les Africains vivant dans la région semblent également avoir formé des couples et constitué des unités familiales, puisqu'on y trouvait des personnes des deux sexes. Parmi les Blancs, les foyers étaient souvent composés d'un couple marié et d'un ou plusieurs enfants, ainsi que d'un petit nombre de serviteurs, y compris certains d'origine africaine.[22]

Tout au long des XVIIe et XVIIIe siècles, de nombreuses familles comprenaient des enfants issus de précédents mariages de l'un ou des deux parents. Les demi-frères, demi-sœurs et frères et sœurs de sang suivaient souvent un parent ou un beau-parent à travers une série de mariages, presque toujours interrompus par un décès. Les serviteurs (et plus tard les esclaves) accompagnaient les membres du foyer à chaque changement de domicile. L'accumulation de richesse grâce à des remariages successifs, combinée aux difficultés de la vie en terre frontalière, encourageait veuves et veufs à se remarier. À mesure que la colonie se stabilisait, davantage de femmes s'installèrent en Virginie, et le nombre de mariages et de naissances augmenta. Les Africains formèrent des familles nucléaires et des liens qui dépassaient largement les plantations où ils vivaient. Ces réseaux de parenté étaient d'une importance capitale.[23]

Les archives historiques abondent en preuves indiquant que les personnes métisses pouvaient être acceptées dans les communautés si elles exerçaient des droits civiques tels que le port d'armes ou le droit de vote. Aux premières époques, où peu de registres étaient tenus, l'acceptation sociale par la majorité blanche, davantage que l'ascendance, déterminait souvent si une personne était considérée comme blanche.[24] Par exemple, en 1652, « un incendie malencontreux » causa de « lourdes pertes » à la famille d'Anthony Johnson, lequel demanda à la cour un allègement fiscal. Le tribunal réduisit leurs taxes et, le 28 février 1652, sa femme Mary et leurs deux filles furent exemptées de toute imposition « durant leur vie naturelle ». À l'époque, les taxes étaient perçues sur les personnes, non sur les biens. Selon la loi fiscale de Virginie de 1645, « tous les hommes et femmes nègres ainsi que tous les autres hommes âgés de 16 à 60 ans sont considérés comme imposables ».[25] On ne sait pas exactement pourquoi les femmes de la famille Johnson furent exemptées. Ce changement leur accorda le même statut social que les femmes blanches, qui n'étaient pas imposées.[26] Lors de l'affaire, les juges notèrent qu'Anthony et Mary « vivaient en Virginie depuis plus de trente ans » et qu'ils étaient respectés pour leur « dur labeur et leurs services reconnus ».[27]

La plupart des travailleurs dans l'Amérique coloniale du XVIIe et du début du XVIIIe siècle étaient des serviteurs sous contrat, qu'ils soient blancs ou noirs. Des amitiés entre races se développèrent, et comme la distinction entre esclavage et servitude n'était pas encore clairement établie à l'époque, cette camaraderie biraciale aboutissait souvent à des naissances. L'idée selon laquelle les Noirs étaient une propriété ne se cristallisa qu'aux environs de 1715, avec l'essor de l'économie du tabac. À cette époque, on dénombrait déjà une population modeste, mais en croissance, de familles de couleur libres. En 1860, on estime qu'il y avait 250 000 Noirs ou individus métis libres.[28]

En 1618, le système des headrights fut introduit pour résoudre la pénurie de main-d'œuvre. Il permettait aux colons déjà installés en Virginie de recevoir deux parcelles de 50 acres, soit un total de 100 acres de terre. Ce système alimenta le développement de l'économie des plantations et, durant la période de prospérité du tabac dans les années 1620, les planteurs prospères accumulèrent d'importantes surfaces de terre et en tirèrent des profits considérables. Le travail des serviteurs sous contrat était essentiel à leur réussite. À la fin des années 1610 et dans les années 1620, la pénurie de main-d'œuvre était si aiguë que les propriétaires terriens travaillaient parfois eux-mêmes aux côtés de leurs serviteurs dans les champs de tabac.[29]

Avec le temps, les colons s'étendirent dans toutes les directions, transformant les forêts en champs défrichés pour l'agriculture. De petites et moyennes exploitations agricoles alternaient avec les grandes plantations des classes aisées dans toute la région de Tidewater. Les colons s'installant sur de nouveaux territoires rivalisaient pour obtenir des terres riveraines au sol fertile et bénéficiant d'un accès pratique à l'expédition maritime. Les planteurs les plus prospères étaient ceux qui parvenaient à acquérir plusieurs petites parcelles et à les regrouper en domaines relativement vastes. Les petits propriétaires terriens embauchaient parfois d'anciens serviteurs affranchis pour répondre à leurs besoins en main-d'œuvre. Ces ouvriers n'étaient cependant pas liés par contrat et n'étaient pas obligés de rester chez un seul employeur. De plus, ils pouvaient négocier des salaires plus élevés.

Beaucoup d'anciens serviteurs parvenaient à accumuler suffisamment de capital pour louer ou acheter leur propre terre lorsque les prix du tabac étaient élevés. La perspective d'une mobilité sociale constituait une forte incitation pour les anciens serviteurs. Il en allait de même pour la perspective du mariage et de la vie familiale. La domination des petits planteurs dans la région de la Chesapeake commença à décliner dans les années 1680. Moins de serviteurs arrivaient dans les colonies, et le commerce des serviteurs s'éteignit presque entièrement après 1700. Entre 1680 et 1720, alors que les prix du tabac étaient instables et la culture souvent peu rentable, les occasions de gravir l'échelle sociale se faisaient plus rares.[30]

Une baisse des taux de natalité en Angleterre durant le second tiers du XVIIe siècle, combinée à une hausse des salaires dans la métropole, réduisit également l'intérêt des travailleurs blancs pour une immigration vers le Nouveau Monde. Dès 1680, les colonies relativement nouvelles de Pennsylvanie et de Caroline du Sud rivalisaient avec celles de la Chesapeake pour attirer les serviteurs blancs souhaitant immigrer en Virginie.[31]

Le déclin progressif du nombre de serviteurs immigrés en Virginie transforma de façon irréversible le système de travail. Les planteurs, constamment à la recherche de main-d'œuvre pour cultiver leurs champs de tabac, commencèrent à remplacer les serviteurs blancs par des Africains. Vers 1700, les esclaves africains produisaient une grande partie du tabac de la Chesapeake. La longue dépression des prix du tabac finit par faire des ravages. Les agriculteurs les plus pauvres, qui possédaient des terres moins propices à la culture du tabac, et les anciens serviteurs nouvellement affranchis, peinaient à développer leur propriété. Ils manquaient du capital nécessaire pour acheter la main-d'œuvre dont ils avaient besoin. Néanmoins, même avec des prix faibles, les planteurs relativement prospères pouvaient encore se permettre d'acheter des serviteurs et maximiser leur production. Ce phénomène creusa davantage l'écart entre riches et pauvres. Parallèlement, conformément aux lois de l'offre et de la demande, le prix d'un serviteur blanc sous contrat augmenta en proportion de celui des ouvriers noirs, devenus plus nombreux, et les planteurs découvrirent rapidement que les esclaves africains pouvaient être tout aussi productifs que les serviteurs blancs.[32]

Au fil du XVIIe siècle, la population des colonies augmenta grâce à l'accroissement naturel et à l'immigration. La demande de main-d'œuvre agricole s'intensifia. Que les planteurs préfèrent employer des serviteurs anglais blancs ou non, ils furent de plus en plus contraints de se tourner vers des Blancs non anglais ou vers des Africains. Au cours de la seconde moitié des années 1690, les planteurs de la Chesapeake et de Tidewater commencèrent à acheter massivement des Africains. Entre 1695 et 1700, environ 3 000 Africains furent réduits en esclavage et mis au travail dans cette région. En 1700, la majorité des ouvriers agricoles esclaves étaient noirs, tandis que la population blanche adulte née sur le sol colonial augmentait significativement. Ces individus non seulement naissaient libres, mais recevaient souvent des héritages familiaux. Ils avaient aussi tendance à se marier plus jeunes que les serviteurs blancs, et à accumuler des biens plus rapidement. L'héritage jouait un rôle déterminant dans l'accumulation de richesse, permettant aux plus aisés de le devenir encore davantage grâce à la transmission de terres, de serviteurs, voire d'esclaves.[3]

Le succès des propriétaires terriens dans l'utilisation des Noirs pour exploiter leurs plantations de tabac fut un facteur des plus inquiétants. Il ne fallut pas longtemps avant qu'ils commencent à acheter des hommes qui n'étaient pas des serviteurs sous contrat. Ils achetaient donc des esclaves de bien meuble (chattel slaves) : c'est-à-dire des personnes considérées comme la propriété personnelle d'un propriétaire, pouvant être achetées et vendues comme des marchandises. Dans cette configuration, la première colonie anglaise d'Amérique emprunta deux voies totalement divergentes : l'une menant vers des institutions représentatives et les libertés démocratiques, l'autre vers le recours à une main-d'œuvre esclave, donnant naissance à ce que l'on appela plus tard « l'institution particulière » du Sud. Les grands afflux d'esclaves noirs de bien meuble ne survinrent en Amérique du Nord qu'au XVIIIe siècle, mais cette bifurcation était bien réelle, et elle finit par produire un pays divisé en deux castes humaines : les libres et les non-libres. Ces deux voies furent poursuivies sans relâche pendant 250 ans, jusqu'à ce que leur incompatibilité fondamentale mène à la grande guerre civile américaine, qui dura de 1861 à 1866.[34]

LA PERSPECTIVE COLONIALE SUR LA SERVITUDE SOUS CONTRAT

Les références du début du XVIIe siècle à la vie en Virginie suggèrent que de nombreux colons considéraient l'« esclavage » comme synonyme de travail forcé et de perte de libre arbitre. Le capitaine John Smith évoqua l'idée de faire des hommes des esclaves à vie de la colonie, suggérant clairement qu'il s'agissait d'une punition sévère, réservée aux crimes les plus graves.[35] Une proclamation de mai 1618, émise par le gouverneur adjoint Samuel Argoll, rendait la présence à l'église obligatoire. Quiconque y manquait serait « esclave la semaine suivante ».[36]

En avril 1620, un homme en Angleterre déclara que, en Virginie, les colons étaient traités « comme des esclaves ».[37] Cinq ans plus tard, le capitaine John Martin affirma que sans lui, « la colonie et son avenir auraient été vendus en esclavage ».[38] En mars 1622, lorsque les Indiens attaquèrent l'établissement de la plantation Martin's Hundred et prirent des captifs, on rapporta qu'ils retinrent 19 colons « dans une grande servitude ». À la suite du soulèvement de 1622, les responsables de la Virginia Company suggérèrent que les guerriers indiens capturés lors de représailles soient vendus comme esclaves. En 1623, Richard Frethorne de Martin's Hundred écrivit à ses parents que des colons avaient capturé deux Indiens vivants et « les avaient réduits en esclavage ».[39]

Le 25 mai 1611, Sir Thomas Dale envoya une lettre à ses supérieurs dans laquelle il décrivait comment il renforçait la colonie. Il indiqua avoir mis les colons au travail pour réparer et construire de nouvelles infrastructures, et que « tous les Sauvages que j'ai mis au travail accomplissent leurs tâches avec assiduité ». Cette déclaration montre que des Indiens participaient aux travaux d'amélioration de Jamestown.[40] Il est peu probable que leur travail ait été volontaire.

En 1624, un groupe de planteurs anciens, venus en Virginie avant mai 1616, décrivit la répression qu'ils avaient subie sous le gouvernement de Sir Thomas Dale. Ils affirmèrent avoir vécu dans une « servitude générale ». Plus loin dans le même texte, ils déclarèrent que leurs conditions de vie n'étaient « en rien meilleures que l'esclavage ».[41] À la même époque, les délégués de la Virginie informèrent l'Angleterre que, sous le gouvernement de Sir Thomas Smith, lorsque la colonie était régie par la loi martiale, ceux qui survécurent — et qui avaient mis en jeu leurs biens et leurs vies — furent contraints de servir la colonie « comme s'ils avaient été des esclaves ! » pendant sept ou huit ans avant d'obtenir leur liberté, subissant un labeur aussi pénible et servile que le plus misérable prisonnier sorti de Newgate.[42] Tous ces témoignages montrent que les colons considéraient l'esclavage comme une punition punitive et dégradante, pouvant être infligée à ceux qui désobéissaient à la loi ou nécessitaient un contrôle ou une correction extrême. Cependant, c'était une punition qui s'arrêtait juste avant la peine de mort.

Anthony Johnson fut l'un des premiers Africains à terminer son contrat de servitude. Il devint ensuite propriétaire terrien sur la côte Est et possesseur d'esclaves.[43] Johnson avait été capturé dans son Angola natale par des tribus voisines et vendu à des marchands d'esclaves arabes.[44] Il fut finalement vendu comme serviteur sous contrat à un marchand travaillant pour la Virginia Company.[45] Il arriva en Virginie en 1621 à bord du James. Le Virginia Muster (recensement) de 1624 le mentionne sous le nom de « Antonio not given », répertorié comme « un Nègre » dans la colonne « observations ».

Vendu à un planteur blanc nommé Edward Bennet comme serviteur sous contrat, Johnson travailla dans sa plantation de tabac près de Warresquioake, en Virginie. Les serviteurs travaillaient généralement sous contrat pendant quatre à sept ans pour rembourser leur traversée, leur logement, leur nourriture et leurs frais de liberté. Durant les premières années coloniales, la majorité des Africains dans les Treize Colonies étaient engagés sous ce type de contrat. Sauf pour ceux qui étaient liés à vie, ils étaient libérés à la fin de leur contrat, nombre d'entre eux recevant même des terres et de l'équipement.[46] La plupart des travailleurs blancs étaient eux aussi venus en tant que serviteurs sous contrat.

Antonio faillit perdre la vie lors du massacre indien de 1622, lorsque la plantation Bennet fut attaquée par les Powhatans, peuple autochtone dominant dans la région de Tidewater. Ils attaquèrent l'établissement où travaillait Johnson, dans le but de repousser les colons hors de leurs terres. Cinquante-deux des 57 hommes furent tués, Johnson étant l'un des cinq survivants.[47]

In 1622 "Mary, a Negro Woman" arrived aboard the *Margrett and John* and, like Antonio, she was brought to work on Bennett's plantation. At some point, Anthony and Mary were married; a 1653 Northampton County court document lists Mary as Anthony's wife. It was a prosperous and enduring union that lasted over forty years and produced at least four children including two sons and two daughters. The couple was respected in their community for their "hard labor and known service," according to court documents.[48]

En 1622, « Mary, une femme noire » arriva à bord du Margrett and John, et, comme Antonio, fut affectée à la plantation de Bennet. À un moment donné, Anthony et Mary se marièrent ; un document du tribunal du comté de Northampton daté de 1653 la mentionne comme étant l'épouse d'Anthony. Ce fut une union prospère et durable, qui dura plus de quarante ans et donna naissance à au moins quatre enfants, dont deux fils et deux filles. Le couple était respecté dans sa communauté pour son « dur labeur et ses services reconnus », selon les documents judiciaires.[48]

Quelque temps après 1635, Antonio et Mary obtinrent leur liberté. Antonio prit alors le nom d'Anthony Johnson.[49] Johnson apparaît pour la première fois dans les archives juridiques en tant qu'homme libre lorsqu'il acheta un veau en 1647. Il obtint un grand lot de terre après avoir remboursé son contrat par son travail.[50] Le 24 juillet 1651, il acquit 250 acres de terre grâce au système des headrights, en achetant les contrats de cinq serviteurs sous contrat (quatre blancs et un noir). Les terres étaient situées sur le ruisseau Great Naswattock, qui se jette dans la rivière Pungoteague, dans le comté de Northampton, en Virginie.[51] Libéré de sa servitude, Anthony Johnson fut légalement reconnu comme un « Noir libre ».

En 1653, John Casor, un serviteur noir sous contrat dont Johnson semble avoir acheté le contrat au début des années 1640, se rendit auprès du capitaine Samuel Goldsmith. Il affirma que son contrat avait expiré sept ans auparavant et qu'il était retenu illégalement par Johnson. Un voisin, Robert Parker, intervint et persuada Johnson de libérer Casor. Parker lui proposa du travail, et Casor signa un contrat d'engagement avec lui. Johnson poursuivit alors Parker devant le tribunal du comté de Northampton en 1654 pour récupérer Casor. Le tribunal donna d'abord raison à Parker, mais Johnson fit appel. En 1655, le jugement fut renversé.[52]

Le tribunal, constatant qu'Anthony Johnson était encore « propriétaire » de John Casor, ordonna que ce dernier lui soit rendu, les frais de justice étant payés par Robert Parker.[53] Ce fut la première décision judiciaire dans les Treize Colonies affirmant qu'un individu n'ayant commis aucun crime pouvait être maintenu en servitude à vie[54], faisant ainsi de Casor le premier esclave permanent et de Johnson le premier propriétaire d'esclaves dans les colonies du Nouveau Monde.[55]

Depuis l'affaire Johnson de 1654, des Noirs libres ont, à un moment ou à un autre, possédé des esclaves « dans chacun des treize États d'origine et plus tard dans tous les États ayant toléré l'esclavage ».[56] Comme leurs voisins blancs, certains furent des maîtres bienveillants, accordant à leurs esclaves des privilèges spéciaux, émancipant les serviteurs particulièrement fidèles et respectant la sainteté des familles esclaves. Toutefois, la plupart considéraient leurs esclaves noirs comme des biens meubles. Ils les achetaient, les vendaient, les hypothéquaient, les léguaient, les échangeaient et les transféraient ; ils exigeaient de longues heures de labeur dans les champs et punissaient sévèrement les Noirs récalcitrants. Certains se montrèrent aussi insensibles que les Blancs les plus intéressés par le profit, vendant des enfants loin de leurs parents, des épouses loin de leurs maris, et fouettant brutalement les esclaves qui ne respectaient pas les règles de la plantation.[57]

Pendant un temps, les Noirs libres pouvaient même « posséder » les services de serviteurs blancs sous contrat en Virginie. Les Noirs libres possédaient des esclaves à Boston dès 1724, et dans le Connecticut en 1783. En 1790, quarante-huit Noirs dans le Maryland possédaient 143 esclaves. Un agriculteur noir particulièrement notoire du Maryland, nommé Nat Butler, « achetait et vendait régulièrement des Noirs pour le commerce du Sud ».[58] En 1860, des femmes noires à Charleston avaient hérité ou reçu de nombreux esclaves et d'autres biens de la part d'hommes blancs. Elles utilisèrent ces esclaves et ces biens pour fonder des entreprises prospères, si bien qu'elles détenaient 70 % des esclaves possédés par des Noirs dans la ville.[59] Carter G. Woodson et quelques assistants examinèrent systématiquement les registres du recensement des États-Unis de 1830. L'étude enregistra chaque foyer dans lequel une personne noire était désignée comme « chef de famille » et où des esclaves étaient recensés. Selon les recherches de Woodson, le recensement de 1830 indiquait 3 776 personnes identifiées comme « Noirs libres » possédant un total de 12 907 esclaves.[60]

Ayant des intérêts économiques communs avec les propriétaires blancs d'esclaves, les Noirs possédant des esclaves bénéficiaient souvent du même statut social. Il n'était pas rare qu'ils assistent aux mêmes offices religieux, inscrivent leurs enfants dans les mêmes écoles privées et fréquentent les mêmes lieux de divertissement. Dans ces conditions, la mixité raciale s'ensuivit naturellement. Bien que les agents du recensement de 1830 n'aient généralement pas enregistré ces faits, ceux qui le firent, comme dans le comté de Nansemond, Virginie, rapportèrent une situation qui, aujourd'hui, serait jugée troublante. On y trouvait parmi les propriétaires d'esclaves des Noirs libres désignés comme Jacob de Read avec épouse blanche, et Syphe de Matthews avec épouse blanche. D'autres, bien qu'ayant des épouses blanches, n'étaient pas répertoriés comme propriétaires d'esclaves.[61]

Les historiens débattent depuis longtemps pour savoir si les Noirs libres achetaient des membres de leur famille comme esclaves pour les protéger, ou s'ils achetaient d'autres Noirs principalement pour exploiter leur travail gratuit à des fins lucratives, à l'image des esclavagistes blancs. Les réponses à ces questions sont complexes, mais les faits montrent que, malheureusement, les deux motivations sont avérées. Le grand historien noir John Hope Franklin écrit : «

La majorité des Noirs propriétaires d'esclaves avaient un intérêt personnel dans leurs biens. » Il admet cependant : « Il y eut des cas où des Noirs libres nourrissaient un véritable intérêt économique pour l'institution de l'esclavage et détenaient des esclaves afin d'améliorer leur situation financière. »[62]

L'ESCLAVAGE DANS LES COLONIES

L'esclavage n'existait pas uniquement dans le Sud. L'entrée du journal de John Winthrop datée de 1638 constitue apparemment « le tout premier témoignage écrit de l'esclavage des Noirs en Nouvelle-Angleterre ». Des Noirs ont pu être réduits en esclavage avant cette date, mais les allusions antérieures sont indirectes. Même les contemporains ne semblaient pas vraiment certains des faits.[63]

L'esclavage ne s'est pas développé de manière fortuite ni par étapes en Nouvelle-Angleterre. En Virginie, un cadre juridique pour l'esclavage fut élaboré en réponse aux coutumes sociales, mais les colonies du Massachusetts et de Plymouth autorisèrent statutairement l'esclavage dans le Body of Liberties de 1641, soit seulement trois ans après l'arrivée des premiers Noirs. Ainsi, le Massachusetts fut la première colonie à légaliser l'esclavage par voie législative.[64]

Le *Body of Laws* de 1641 interdisait la « servitude contrainte, la villénage ou la captivité » parmi les colons, sauf pour ceux qui étaient réduits en esclavage comme :

> captifs légitimes pris dans des guerres justes, et tels étrangers qui se vendent volontairement ou qui nous sont vendus. Et ceux-ci bénéficieront de toutes les libertés et usages chrétiens que la loi de Dieu établie en Israël exige moralement pour de telles personnes. Cela n'exempte personne de la servitude si celle-ci est ordonnée par Autorité. [65]

Trois types de servitude étaient expressément interdits, tandis que trois formes étaient, au contraire, autorisées par la loi. Les colons du Massachusetts pouvaient légalement réduire en esclavage les captifs de guerre, les étrangers vendus — de leur plein gré ou non —, ainsi que toute personne que l'« Autorité » jugeait apte à être soumise à la servitude. Ainsi, cette loi témoignait d'une acceptation implicite par les colons de l'institution de l'esclavage de type chattel (biens meubles).

La victoire contre l'Angleterre en 1781 força les treize États à unir leurs ressources et à minimiser leurs divergences. La Déclaration d'indépendance de 1776 proclamait que tous les hommes naissent égaux, et la seule façon de justifier l'esclavage était alors de considérer que les personnes asservies n'étaient pas pleinement humaines. Une première bataille fut perdue dès l'ébauche de ce document par Thomas Jefferson, avec la suppression d'un passage accusant le roi George III d'avoir imposé l'esclavage aux colonies et d'avoir bloqué les efforts de la Virginie pour y mettre fin. Ce passage fut retiré sous la pression des représentants du Sud :[66]

> Il a mené une guerre cruelle contre la nature humaine elle-même, violant ses droits les plus sacrés à la vie et à la liberté en la personne d'un peuple lointain qui ne l'avait jamais offensé, les capturant et les emportant en esclavage dans un autre hémisphère ou les condamnant à une mort misérable durant leur transport. Cette guerre de pirates, opprobre des puissances infidèles, est celle du roi chrétien de Grande-Bretagne. Déterminé à maintenir ouvert un marché où des hommes pourraient être achetés et vendus, il a prostitué son veto pour faire échouer toute tentative législative d'interdire ou de restreindre ce commerce exécrable. Et afin que cette accumulation d'horreurs ne manque d'aucune marque distinctive, il incite maintenant ce même peuple à prendre les armes parmi nous, pour acheter la liberté dont il les a lui-même privés, en assassinant ceux sur qui il les a imposés : expiant ainsi les crimes anciens commis contre la liberté d'un peuple, par d'autres crimes qu'il les pousse à commettre contre la vie d'un autre. »[67]

Les Néo-Anglais étaient devenus agités face au péché que représentait l'esclavage, mais ils furent contraints de le tolérer, du moins temporairement. John Adams, farouchement opposé à l'esclavage, accepta sans protester la suppression de ce passage dans la Déclaration d'indépendance. Ce choix fut fait essentiellement pour préserver l'unité de la jeune république américaine, mais il constitua incontestablement une défaite pour les esclaves. Le pire devait cependant survenir lors de la rédaction de la Constitution.[68]

Malgré les libertés revendiquées dans la Déclaration d'indépendance, et celles inscrites dans la Constitution et la Déclaration des droits (Bill of Rights), l'esclavage y fut non seulement toléré, mais codifié. Sur cette question, la Constitution est sans ambiguïté. La Convention comptait des représentants de toutes les régions des États-Unis, y compris bien sûr du Sud, où l'esclavage était le plus enraciné. En réalité, l'esclavage constituait l'épine dorsale de l'économie sudiste, et il était admis que l'agriculture dans le Sud ne pouvait fonctionner sans main-d'œuvre servile. La vie d'un esclave noir du Sud représentait une valeur économique considérable. En 1860, le prix moyen d'un esclave noir était d'environ 800 dollars, soit l'équivalent de 20 000 dollars en 2001.[69]

La valeur économique d'un esclave a été estimée par les universitaires à 2,6 millions de dollars, ce qui en faisait un investissement de taille pour les propriétaires. Cela contribue à expliquer pourquoi l'espérance de vie des esclaves dans le Sud dépassait celle des travailleurs « libres » dans le Nord.[70]

Bien que les esclaves n'aient en aucun cas été bon marché, ils coûtaient toujours moins que l'embauche d'un salarié pour le même travail. La culture du riz, du coton et du tabac exigeait que les esclaves travaillent aux champs du lever au coucher du soleil. Sans la garantie que l'esclavage serait maintenu, il était douteux que le Sud eût accepté de faire partie de la nation.[71]

À l'origine, les rédacteurs de la Constitution prirent soin d'éviter les mots « esclave » et « esclavage » dans le texte. À la place, ils employèrent des euphémismes comme « importation de personnes » (Article 1, Section 9) pour désigner la traite des esclaves, « autres personnes » (Article 1, Section 2), et « personne tenue au service ou au travail » (Article 4, Section 2) pour désigner les esclaves. Ce n'est qu'avec le Treizième Amendement que le mot esclavage apparut explicitement dans la Constitution. Ce choix terminologique visait à dissiper toute ambiguïté quant à ce que l'amendement abolissait précisément. Le Quatorzième Amendement supprima ensuite l'expression « autres personnes » et mit fin au compromis des trois cinquièmes.

On ne retrouve le mot esclavage dans la Constitution que dans quelques passages clés. Le premier figure dans la clause de l'énumération (Enumeration Clause), qui détermine la répartition des représentants.[72] Chaque État se voit attribuer un nombre de représentants proportionnel à sa population. Dans ce calcul, les esclaves — désignés comme « autres personnes » — sont comptés comme les trois cinquièmes d'une personne entière. Ce compromis fut âprement disputé : les Nordistes voulaient que les esclaves, étant légalement des biens, ne soient pas comptabilisés, à l'image des mules et des chevaux. Les Sudistes, en revanche, conscients du poids démographique important des esclaves dans leurs États, voulaient qu'ils soient comptés comme des personnes entières malgré leur statut juridique. Le ratio de trois cinquièmes, utilisé à l'époque par le Congrès dans diverses législations, fut adopté avec peu de débat.[73]

Alexander Hamilton déclara plus tard que, sans ce ratio fédéral, « aucune union n'aurait été possible ». Et cela était vrai. La Constitution n'aurait jamais été ratifiée sans le compromis sur l'esclavage. La question posée à la Convention n'était pas celle des droits de l'homme — faut-il abolir l'esclavage ? — mais plutôt : qui aura le pouvoir de le contrôler, les États ou le gouvernement fédéral ? Finalement, la décision fut que le Congrès pourrait réguler le commerce des esclaves exactement comme il régulait tous les autres échanges commerciaux.[74]

Le Congrès est expressément empêché d'interdire « l'importation » d'esclaves avant 1808.[75] La traite des esclaves fut un sujet de discorde pour beaucoup, certains partisans de l'esclavage dénonçant néanmoins le commerce humain. La date de 1808 fut un compromis de vingt ans, permettant la continuation de la traite tout en fixant une limite temporelle précise à son existence. Le Congrès finit par adopter une loi interdisant la traite négrière, qui entra en vigueur le 1er janvier 1808.

La « clause des esclaves fugitifs » est la dernière mention de l'esclavage.[76] Elle visait à résoudre le problème que rencontraient les États esclavagistes concernant l'extradition des esclaves en fuite. La clause stipule que les lois d'un État ne peuvent exonérer une personne de son « service ou travail » dans un autre État. Elle impose explicitement que l'État dans lequel un esclave fugitif est retrouvé le remette à l'État d'origine « sur réclamation de la partie intéressée ».

LE CANCER DANS LE CORPS POLITIQUE

Les idées de la Révolution américaine vinrent renforcer le discrédit jeté sur les arguments des premiers penseurs et prédicateurs chrétiens, en particulier ceux des Quakers. Elles proposèrent une vision entièrement nouvelle de la société — telle qu'elle est et telle qu'elle devrait être. Cette vision était dominée par une morale politique résolument égalitaire, qui ne pouvait en aucun cas inclure l'esclavage comme institution sociale. Les idées philosophiques relatives aux droits naturels de l'homme se mêlèrent à la Règle d'or du christianisme : « Ne fais pas à autrui ce que tu ne voudrais pas qu'on te fasse. »[77]

La manière dont cette contradiction apparaissait aux yeux des esclavagistes éclairés, qui jouèrent un rôle de premier plan dans la Révolution, est bien connue. Poussés par l'exigence de clarté intellectuelle propre à leur époque, leurs pamphlets, discours et lettres évoquaient fréquemment les tourments de leur conscience. La plupart d'entre eux percevaient clairement l'incohérence entre la démocratie américaine et l'esclavage des Noirs. Pour ces hommes, l'esclavage était un « crime abominable », une « cause perverse », un « malheur suprême », un « mal hérité », un « cancer dans le corps politique ».[78] Jefferson lui-même formula plusieurs critiques contre l'institution de l'esclavage, dont certaines furent [politiquement] presque couronnées de succès. Plus tard dans sa vie (en 1821), il écrivit dans son autobiographie :

> … on découvrit que l'opinion publique refusait d'entendre parler de [l'émancipation progressive], et elle ne l'accepterait pas davantage aujourd'hui. Pourtant, le jour n'est pas loin où elle devra l'accepter, ou bien pire encore s'ensuivra. Rien n'est plus certainement écrit dans le livre du destin que ceci : ces gens doivent devenir libres. Il est tout aussi certain que les deux races, également libres, ne peuvent vivre sous le même gouvernement…[79]

La Constitution des États-Unis, bien qu'elle ait fourni une certaine base au soutien fédéral de l'esclavage, ne conférait aucune autorité pour que le gouvernement fédéral exerce une discrimination à l'encontre de la race noire. Pourtant, en 1792, le Congrès exclut les Noirs de la milice, et en 1810, leur refusa le droit d'exercer comme facteurs. Par décision du Congrès, les Noirs libres de Washington, D.C., furent privés de leur droit de vote, exclus de certains types d'activités commerciales et soumis à de nombreuses lois régissant les esclaves. À plusieurs reprises, le Congrès priva également les Noirs du droit de vote dans les territoires. Le pouvoir exécutif, bien qu'il n'ait jamais développé de politique raciale cohérente et globale, émit lui aussi des édits discriminatoires variés, comme l'exclusion des Noirs de la Marine et du Corps des Marines en 1798, ou encore le refus des droits de préemption sur les terres publiques en 1856.[80]

L'ÉDUCATION DES NOIRS AVANT LA GUERRE DE SÉCESSION

Frederick Douglass était un homme convaincu que tous les êtres humains naissent égaux. Pourtant, il croyait aussi que nous ne naissons pas simplement libres : « Nous devons nous faire nous-mêmes. » Ainsi, l'éducation et l'amélioration de soi revêtaient pour lui une importance capitale. En réalité, Douglass affirmait que l'esclavage et l'éducation sont des choses absolument opposées. Il travailla à se libérer intérieurement en élargissant ses horizons par la lecture, mais il lui fallut tout de même fuir physiquement l'esclavage. Bien entendu, c'est son éducation qui lui donna la force de volonté nécessaire pour accomplir cette évasion physique.[1]

TLe pire aspect de l'esclavage était qu'il empêchait les individus de s'élever par l'éducation. De Hugh Auld, son maître à Baltimore, Douglass tira l'idée que la connaissance devait être la voie vers la liberté. Les esclavagistes maintenaient hommes et femmes en servitude en les privant de savoir et d'instruction. Lorsqu'Auld interdit à sa femme d'enseigner à Douglass la lecture et l'écriture, affirmant que l'éducation corrompt les esclaves, il révéla involontairement la stratégie par laquelle les Blancs maintenaient l'asservissement — et la stratégie potentielle par laquelle les Noirs pouvaient se libérer. Savoir lire revêtait une importance cruciale. Cela permit à Douglass de consulter journaux, pamphlets, documents politiques et ouvrages de toute sorte. Le savoir qu'il tira de ces lectures ouvrit en lui un champ de pensée inédit, qui le mena à interroger puis à condamner l'ensemble de l'institution esclavagiste.[2]

Douglass ne simplifiait pas la relation entre sa liberté et son éducation. Il n'avait aucune illusion : la connaissance ne rendait pas automatiquement les esclaves libres. Mais elle permettait aux esclaves de mettre en mots l'injustice de leur condition et de se reconnaître comme des hommes, non comme des biens. Toutefois, au lieu d'apporter une libération immédiate, cette connaissance éveillait une conscience douloureuse chez ceux qui poursuivaient un savoir plus élevé.[3]

Comme de nombreux abolitionnistes, Douglass croyait que l'éducation serait essentielle à l'amélioration de la condition des Noirs. Cela le poussa à devenir l'un des premiers défenseurs de la déségrégation scolaire. Dans les années 1850, Douglass constata que les infrastructures et l'enseignement réservés aux enfants noirs dans l'État de New York étaient largement inférieurs à ceux des enfants blancs. Il appela à des actions en justice pour ouvrir toutes les écoles à tous les enfants, affirmant que l'intégration complète au sein du système éducatif était une priorité plus urgente pour les Noirs que les enjeux politiques tels que le droit de vote.[4]

LA FORMATION ET L'ÉDUCATION DES ESCLAVES AMÉRICAINS AUX DÉBUTS

L'éducation des Noirs, qu'ils soient esclaves ou libres, fut souvent découragée pendant la période de l'esclavage aux États-Unis. La plupart des États du Sud l'interdirent légalement, car beaucoup de Blancs considéraient que l'alphabétisation était incompatible avec l'institution de l'esclavage et mènerait inévitablement à la rébellion. De surcroît, des Noirs éduqués finiraient par réclamer les mêmes droits que les Blancs.

Dans les premières années de l'asservissement des Africains dans les colonies américaines, certains maîtres enseignaient aux esclaves l'anglais, la musique et d'autres disciplines humanistes. Ils le faisaient afin que les esclaves puissent communiquer avec eux et se produire devant leurs invités. Toutefois, les propriétaires d'esclaves craignaient souvent que ceux qui apprenaient à lire et à écrire ne puissent plus facilement organiser des plans d'évasion. En conséquence, des lois contre l'alphabétisation furent adoptées pour empêcher les esclaves d'accéder aux compétences en lecture et en écriture. Ces lois furent appliquées de manière sporadique, mais elles jouèrent un rôle considérable dans l'entrave au développement de l'éducation chez les Noirs.[5]

Selon Carter G. Woodson, l'histoire de l'éducation des Noirs avant la guerre civile se divise en deux périodes.[6] La première s'étend depuis l'introduction de l'esclavage jusqu'au sommet du mouvement insurrectionnel, vers 1835. À cette époque, la majorité des habitants du pays répondaient par l'affirmative lorsqu'on leur demandait s'il serait judicieux d'éduquer leurs esclaves. La seconde période survint lorsque la révolution industrielle transforma l'esclavage, d'une institution patriarcale en une institution économique. Des Noirs intelligents, encouragés par les abolitionnistes, multiplièrent alors les tentatives d'organiser des soulèvements serviles, et le balancier commença à pencher dans l'autre sens. À ce stade, la plupart des Blancs du Sud en vinrent à la conclusion qu'il était impossible de cultiver l'esprit des Noirs sans éveiller chez eux un excès d'assurance.

Les esclaves païens, arrachés aux contrées sauvages de l'Afrique pour constituer la main-d'œuvre d'une société pionnière dans le Nouveau Monde, devaient être formés pour répondre aux besoins de leur nouvel environnement. Les Africains nouvellement arrivés recevaient d'abord une formation sociale et professionnelle au sein des foyers de leurs maîtres. S'ils apprenaient bien et s'adaptaient, ils étaient rarement revendus. Les esclaves apprenaient par l'exemple, en travaillant dans les ateliers, les maisons et les champs aux côtés de leurs propriétaires. Lorsqu'un maître possédait une petite entreprise, ses esclaves noirs tombaient parfois sous la tutelle de serviteurs blancs. Les nouveaux esclaves apprenaient également aux côtés des enfants blancs du foyer — une relation qui devint institutionnalisée, notamment dans le cadre de l'enseignement du catéchisme.[7]

Peu d'arguments suffisaient à convaincre les maîtres intelligents qu'un esclave ayant quelques notions de civilisation moderne et comprenant la langue de ses maîtres serait plus utile qu'un homme fruste avec lequel aucune communication n'était possible.[8] Dès lors, une langue commune est indispensable pour toute relation intime entre membres d'un groupe, comme entre groupes distincts.

L'incapacité à parler une langue commune constitue une barrière quasi insurmontable à l'adaptation et à l'intégration dans la culture dominante d'une communauté. S'en tenir à l'idée que « chaque groupe possède sa propre langue », son « univers discursif particulier » et « ses symboles culturels » ne fait que restreindre la communication, l'éducation et l'intégration. L'unité rendue possible par une langue commune n'est pas nécessairement, ni même normalement, le signe d'une pensée commune. Elle contribue plutôt à une unité d'expérience et d'orientation, à partir de laquelle peut se former une communauté d'intention et d'action.[9]

Toute activité sociale organisée, toute participation à cette activité, suppose une certaine « communication ». Dans la société humaine — à la différence de la société animale — la vie collective repose sur une langue commune. Partager une même langue ne garantit pas la participation à la vie communautaire, mais cela en est un instrument fondamental.[10]

Les questions portant sur la nature exacte de la formation que les Noirs devaient recevoir, et sur l'étendue que devait prendre leur éducation, suscitaient une grande confusion chez la population blanche. Plus d'un maître croyait qu'on ne pouvait éclairer un esclave sans éveiller en lui un désir de liberté. Ils soutenaient que plus les esclaves étaient obtus et frustes, plus ils étaient malléables et donc exploitables. C'est cette classe de propriétaires d'esclaves qui finit par rallier à sa pensée la majorité des Sudistes et, malheureusement, détermina que les Noirs ne devaient pas être éduqués.[11] Pourtant, la nécessité de s'adapter et de fonctionner au sein de la culture dominante persista ; ainsi, esclaves comme Noirs libres apprirent à lire et à écrire grâce à des efforts discrets et persistants menés par les Noirs eux-mêmes.

Chaque plantation constituait une économie autosuffisante, hors de ses exportations principales de cultures et de ses importations alimentaires. Elle avait donc besoin d'artisans et de personnes possédant les compétences nécessaires au maintien d'une communauté essentiellement agricole. Une faible proportion d'esclaves reçut une excellente formation en tant qu'artisans et ouvriers qualifiés. De plus, dans les villes et les bourgs, les esclaves travaillaient dans l'artisanat commercial, et les traditions artisanales se transmettaient de personne à personne. Ces compétences n'exigeaient généralement pas d'école ni d'enseignement dans les arts généraux, mais une certaine maîtrise de la lecture était nécessaire.[12]

Malgré les conditions oppressives de l'esclavage aux États-Unis, une population relativement importante d'esclaves savait lire, écrire et possédait des compétences spécialisées. Les familles noires libres vivant dans le Nord-Est bénéficiaient d'une éducation équivalente à celle des familles blanches moyennes. Dans ces régions, les Blancs se montraient plus libéraux envers leurs esclaves. À New York, ceux-ci recevaient une instruction en lecture et en écriture après leur journée de travail, et dès 1708, quelque 200 esclaves y étaient instruits. Par conséquent, les Noirs du Nord furent éduqués bien plus tôt que ceux du Sud, même en présence des lois ségrégationnistes de type Jim Crow.[13]

La lecture était encouragée dans le cadre de l'instruction religieuse, mais l'écriture ne l'était pas. Savoir écrire était perçu comme un signe de statut social, et considéré comme inutile pour une grande partie de la société, y compris pour les esclaves. L'éducation, lorsqu'elle existait, reposait sur la mémorisation, les catéchismes et les textes bibliques. Toutefois, malgré le peu d'importance généralement accordé à l'enseignement de l'écriture, certaines exceptions remarquables méritent d'être soulignées.

La plus célèbre de ces exceptions fut sans doute Phillis Wheatley, dont la poésie suscita l'admiration de part et d'autre de l'Atlantique. Deux autres figures notables furent Jupiter Hammon et George Moses Horton.

Phillis Wheatley (1753–1784) fut la première poétesse noire publiée. Née en Gambie, en Afrique de l'Ouest, elle fut vendue comme esclave à l'âge de sept ou huit ans, puis transportée en Amérique du Nord. Elle fut achetée par la famille Wheatley de Boston, qui lui enseigna la lecture et l'écriture et l'encouragea dans sa vocation poétique après avoir reconnu son talent. La publication de *Poems on Various Subjects, Religious and Moral* (1773) lui valut la célébrité tant en Angleterre que dans les colonies américaines. Elle fut affranchie peu après la publication de son recueil.[14]

Jupiter Hammon est largement considéré comme l'un des fondateurs de la tradition littéraire noire américaine. Premier poète noir américain publié aux États-Unis, il naquit esclave le 17 octobre 1711 à Lloyd Harbor, dans l'État de New York. La famille Lloyd l'encouragea à fréquenter l'école, où il apprit à lire et à écrire. Il travailla ensuite auprès de son propriétaire, Henry Lloyd, en tant que comptable et négociateur pour les affaires de la famille.[15]

Dans ses jeunes années, Hammon fut profondément influencé par le Grand Réveil (Great Awakening), un grand mouvement de renouveau religieux de l'époque, et devint un chrétien fervent. Il publia son premier poème, An Evening Thought. Salvation by Christ with Penitential Cries, en 1761, sous forme de tract. Dix-huit années s'écoulèrent avant la publication de sa seconde œuvre, An Address to Miss Phillis Wheatley. Dans ce poème, Hammon s'adresse à Wheatley, la poétesse noire la plus en vue de son temps, à travers une série de quatrains accompagnés de versets bibliques. En 1782, il publia A Poem for Children with Thoughts on Death. Sa date de décès reste inconnue, bien qu'on estime qu'il mourut vers 1806, après avoir vécu toute sa vie en esclavage.[16]

George Moses Horton (1798–1884) fut un poète noir né en Caroline du Nord, le premier à être publié dans le Sud des États-Unis. Il publia un ouvrage en 1828, alors qu'il était encore esclave. Il composa des sonnets et des ballades. Ses premières œuvres traitaient de sa vie en servitude, bien que souvent de manière généralisée et non directement autobiographique. Son style poétique semble avoir été influencé par la poésie européenne contemporaine et par ses contemporains blancs — sans doute un reflet de ses lectures et de son travail réalisé sur commande. Cependant, il évoquait sa vie sur cette « terre vile et maudite » ainsi que « l'abrutissement, la douleur et la peine » de son existence, dénonçant aussi l'oppression « parce que ma peau est noire ». Horton gagna sa liberté en 1865.[17]

LA MISSION DU CHRISTIANISME

L'histoire de l'éducation des Noirs avant la guerre de Sécession peut être divisée en trois étapes distinctes, bien qu'en partie superposées : la philanthropie blanche, l'auto-soutien des Noirs et le soutien public.[18] Des Blancs éminents comme Benjamin Franklin et John Jay soutenaient l'éducation des Noirs, car le caractère même du pays se fondait sur la notion de liberté individuelle. Les Noirs devaient pouvoir occuper leur « juste place » parmi les autres citoyens. Thomas Jefferson proposa un plan d'instruction prévoyant une formation, sous supervision blanche, en agriculture et en artisanat. Cela préparerait les esclaves à la libération et à la colonisation, et leur donnerait les moyens de subvenir à leurs besoins.[19]

Bien que la conversion des esclaves n'ait eu aucun effet sur leur statut juridique, des groupes missionnaires entreprirent de les instruire.[20] L'éducation formelle de la population noire débuta avec l'Église d'Angleterre et la Society for the Propagation of the Gospel in Foreign Parts, dont la mission principale était de christianiser les Amérindiens dans les colonies. Cependant, des Noirs furent également instruits. En 1695, Thomas Bray, représentant de l'Église d'Angleterre, fut envoyé dans le Maryland pour promouvoir l'éducation des esclaves. Dès 1696, le Révérend Samuel Thomas invitait les esclaves à son église en Caroline du Sud pour y apprendre à lire et à écrire. La Caroline du Sud, point d'entrée majeur de la traite des esclaves, vit sa population croître rapidement. En 1755, Hugh Bryan, propriétaire d'esclaves animé d'un esprit religieux, ouvrit une école pour esclaves en Virginie, où ceux-ci se réunissaient souvent en grand nombre pour étudier la Bible.[21]

Pendant la période coloniale américaine, les tentatives des colons anglais d'enseigner la lecture aux Amérindiens s'inscrivaient presque toujours dans une démarche missionnaire. Deux groupes religieux se distinguaient alors : les congrégationalistes et les anglicans. Les congrégationalistes étaient un type d'organisation protestante dans laquelle chaque congrégation, ou église locale, gérait librement ses affaires. Les anglicans, quant à eux, étaient liés à l'Église d'Angleterre. Les deux groupes considéraient la conversion des esclaves comme une obligation spirituelle, et la capacité à lire les Écritures faisait partie intégrante de cette mission.[22]

Le Grand Réveil (Great Awakening) fut une période de profond renouveau religieux qui se répandit dans les colonies dans les années 1730 et 1740. Ce mouvement minimisait l'importance des doctrines ecclésiastiques au profit de l'expérience spirituelle individuelle. Le Great Awakening servit de catalyseur pour promouvoir l'éducation parmi tous les membres de la société.

L'Église d'Angleterre créa la Society for the Propagation of the Gospel in Foreign Parts (SPG) en 1701. La mission de la SPG était de convertir au christianisme les Noirs, les Amérindiens et les Blancs non convertis. Dans le cadre de cette mission, l'Église considérait comme nécessaire que les Noirs soient instruits afin de pouvoir lire la Bible. En 1704, la SPG fonda à New York la première école nord-américaine destinée à l'éducation des Noirs.[23] L'enseignement y était strictement religieux et visait à préparer les élèves au baptême. Toutefois, l'instruction était difficile à dispenser en raison des longues journées de travail imposées aux esclaves.

Il était ardu d'enseigner à des élèves épuisés, souvent découragés par leurs maîtres, et qui n'en étaient qu'aux balbutiements de l'apprentissage de la langue. Pourtant, grâce à des enseignants dévoués comme Ellis Neau, un jeune évangéliste d'origine française, des centaines de Noirs new-yorkais apprirent à lire et à écrire. Neau se montra particulièrement efficace dans l'instruction des esclaves, car en tant qu'ancien huguenot, il avait lui-même été victime de persécutions religieuses. Il avait même été enchaîné dans la cale d'un navire de galère français. Les Noirs lui faisaient confiance, non seulement en raison de ses souffrances passées, mais aussi parce qu'il continuait à endurer l'hostilité de ceux qui, dans la colonie, considéraient l'éducation des Noirs comme une entreprise dangereuse et insensée.[24]

Les éducateurs ecclésiastiques espéraient que leurs efforts mèneraient à l'instauration d'une éducation religieuse obligatoire pour tous les esclaves. Cependant, de nombreux Blancs s'opposaient à toute forme d'instruction pouvant conduire à la christianisation des esclaves, croyant alors que le baptême exigeait l'émancipation. Pour apaiser ces craintes, les autorités coloniales prirent des mesures afin de garantir que l'éducation et le baptême n'affecteraient pas le statut d'un esclave, en promulguant une loi en ce sens en 1706. Malgré les obstacles rencontrés, le nombre d'élèves noirs ne cessa de croître. En 1710, plus de 200 Noirs avaient été instruits dans l'école de Neau à elle seule. La révolte des esclaves de New York en 1712, insurrection violente survenue dans la ville, confirma les craintes de nombreux Blancs et les activités éducatives destinées aux Noirs furent temporairement suspendues. Ce soulèvement entraîna des exécutions brutales et l'adoption de codes esclavagistes plus sévères. Toutefois, les efforts d'éducation des Noirs se poursuivirent tout au long de la période coloniale.[25]

Trente-neuf ans plus tard, la Society for the Propagation of the Gospel in Foreign Parts (SPG) fonda une autre école destinée aux Noirs à Charleston, en Caroline du Sud. L'école noire de Charleston employait deux esclaves qui avaient été achetés pour servir d'instructeurs, dans l'espoir que les Noirs recevraient plus facilement et plus volontiers l'enseignement de membres de leur propre race que de maîtres blancs. L'école fonctionna pendant vingt-deux ans et ne ferma ses portes que lorsque le dernier enseignant noir mourut, faute de remplaçant. La signification de cette école résidait dans le fait qu'elle exista après l'adoption du Code des esclaves de Caroline du Sud de 1740, lequel interdisait aux esclaves de se rassembler sans supervision blanche, d'apprendre à lire et à écrire, et de cultiver leur propre nourriture.[26] Il instaurait également des peines plus sévères pour toute infraction à la loi.

Vers la fin du XVIIIe siècle, des organisations abolitionnistes et des membres aisés de l'Église quaker lancèrent la création d'écoles dans plusieurs États : New York, New Jersey, Pennsylvanie, Rhode Island, Delaware, Maryland, Virginie, Caroline du Sud et Géorgie. Parallèlement, des Noirs libres ouvraient des écoles de manière indépendante. La première école catholique officielle ouverte aux Noirs fut fondée à Washington, D.C., par Sœur Maria Becraft, une fervente catholique engagée dans l'éducation des jeunes filles noires.

À Charleston, en Caroline du Sud, deux écoles furent ouvertes par la Brown Fellowship Society, une organisation réservée aux mulâtres. L'une des écoles accueillait les enfants des membres de la société, tandis que l'autre était destinée aux Noirs à la peau plus foncée — mais libres — ainsi qu'aux orphelins.[27]

OPPOSITION ET SOUTIEN À L'ÉDUCATION DES ESCLAVES

La victoire contre l'Angleterre en 1781 força les Treize États à unir leurs ressources et à minimiser leurs divergences. La Déclaration d'indépendance de 1776 proclamait que tous les hommes naissent égaux, et la seule manière de justifier l'esclavage était alors de représenter les esclaves comme n'étant pas entièrement des hommes. Une bataille précoce fut perdue dans la première version rédigée par Thomas Jefferson : il y critiquait le roi George III pour avoir réduit des Africains en esclavage et pour avoir bloqué la tentative de la Virginie coloniale d'abolir l'esclavage. Le Congrès continental supprima ce passage sous la pression des représentants des États du Sud.[28] Les habitants de la Nouvelle-Angleterre, de plus en plus inquiets du péché que représentait l'esclavage, furent contraints de fermer les yeux sur cette institution, du moins temporairement. John Adams, par exemple, bien qu'il fût farouchement opposé à l'esclavage, accepta sans objection que l'on supprime ce passage de la Déclaration d'indépendance, principalement pour préserver l'unité de la jeune République américaine. Ce fut clairement une défaite pour les esclaves, mais le pire restait à venir lors de la rédaction de la Constitution.[29]

La liste des restrictions pesant sur les activités quotidiennes des esclaves était longue, mais comparée à l'interdiction d'enseigner la lecture et l'écriture, ces autres limitations étaient rarement appliquées.[30] Dans les faits, les esclaves recevaient peu ou pas d'instruction formelle. Enseigner à lire à un esclave était un crime, car l'ignorance favorisait une main-d'œuvre plus docile et plus soumise. Ce qui est particulièrement révélateur, cependant, c'est l'interdiction formelle d'enseigner à un esclave à lire ou à écrire — un acte passible d'amendes allant jusqu'à 15 livres sterling. Il fallut près d'un siècle pour effacer l'analphabétisme de masse, l'un des héritages les plus dévastateurs de l'esclavage.[31] Au début du XXe siècle, près de la moitié — 45 % — des adultes noirs du pays étaient encore incapables de lire et d'écrire, et en 1940, la proportion restait élevée, avec une personne sur neuf toujours analphabète.[32]

L'opposition publique à l'éducation des esclaves noirs se déduisait des craintes exprimées par les États. Cette opposition était renforcée par des assertions intéressées selon lesquelles les Africains étaient tout simplement inéducables. Les efforts pour les « civiliser » et les « christianiser », aussi bien intentionnés soient-ils, étaient considérés comme voués à l'échec car les Noirs étaient supposés être incorrigibles, inférieurs à l'homme, ou naturellement faits pour des tâches simples et mécaniques. « Johny est le fidèle pratiquant le plus assidu que j'aie, » notait le riche esclavagiste virginien Landon Carter, fervent chrétien, « mais c'est un ivrogne, un voleur et un vaurien. » Lorsque les esclaves connaissaient une « nouvelle naissance » par les prêches des réveils religieux, Carter déplorait les conséquences : « Je crois que c'est à cause de certaines doctrines inculquées par ces vauriens que les esclaves de cette colonie sont devenus si bien pires. »[33]

L'opposition blanche à l'éducation et à la conversion des esclaves, la complicité anglicane avec l'esclavage, le désintérêt des institutions ecclésiastiques pour les esclaves et la résistance des Africains au christianisme anglican faisaient clairement partie de l'histoire — mais non sa totalité. Cette dernière est bien plus confuse, ambiguë et complexe que la plupart des récits ne le laissent entendre. Les pasteurs anglicans baptisaient les esclaves, reconnaissant ainsi non seulement leur appartenance à l'Église, mais aussi leur humanité. Les Noirs assistaient au culte divin, les pasteurs les catéchisaient et soutenaient les efforts visant à leur fournir une instruction élémentaire.[34]

Les premiers partisans de l'éducation des esclaves se répartissaient en trois catégories. Premièrement, les maîtres qui souhaitaient améliorer l'efficacité économique de leur main-d'œuvre. Deuxièmement, les personnes compatissantes qui désiraient aider les opprimés. Et troisièmement, les missionnaires zélés, convaincus que le message de l'amour divin s'adressait à tous, qui enseignaient aux esclaves la langue anglaise afin qu'ils puissent apprendre les principes de la religion chrétienne. Les esclaves avaient le plus de chances de progrès intellectuel grâce à la bienveillance des maîtres du premier groupe. Chaque propriétaire d'esclaves agissait selon ses propres règles, indépendamment de l'opinion publique. Plus tard, lorsque des lois furent adoptées pour interdire l'instruction des esclaves, certains maîtres — toujours maîtres d'eux-mêmes — continuèrent à enseigner à leurs esclaves en dépit des lois hostiles. Les personnes compatissantes ne purent accomplir grand-chose, car elles étaient souvent des réformateurs ne possédant pas d'esclaves et vivant dans des localités presque entièrement libres, éloignées des plantations.[35]

Les missionnaires espagnols et français furent les premiers à affronter ce problème, et ils donnèrent un exemple qui influença l'éducation des Noirs dans toute l'Amérique. Certains de ces premiers messagers du catholicisme manifestaient davantage d'intérêt pour les Amérindiens que pour les Noirs, et préféraient l'asservissement des Africains à celui des Peaux-Rouges. Toutefois, désireux de voir les Noirs éclairés et intégrés à l'Église, ils entreprirent avec courage de les instruire, organisèrent l'éducation des nombreux enfants métis et accordèrent aux Noirs libres les privilèges éducatifs réservés aux classes les plus élevées. Honteux devant cet exemple noble donné par les catholiques, les colons anglais durent trouver un moyen de surmonter les objections de ceux qui, même en reconnaissant que l'instruction des esclaves ne conduirait pas forcément à l'insurrection, redoutaient encore que leur conversion n'aboutisse à leur émancipation. Pour répondre à cette exigence, les colons obtinrent, par le biais de lois votées dans leurs assemblées et de déclarations officielles de l'évêque de Londres, l'abrogation de la loi interdisant que tout chrétien soit tenu en esclavage. Cela permit l'accès aux esclaves pour les missionnaires de l'Église d'Angleterre, envoyés par la Society for the Propagation of the Gospel among the Heathen in Foreign Parts, qui se chargèrent d'éduquer les esclaves dans une optique d'évangélisation à grande échelle.[36]

Les puritains les plus libéraux s'étaient tournés vers la conversion des esclaves bien avant que ces premiers acteurs de l'Église d'Angleterre établie ne défendent l'abolition. Beaucoup d'entre eux justifiaient l'esclavage par le précédent des Hébreux, mais estimaient que les personnes tenues en servitude devaient être instruites, à l'image des serviteurs dans la maison d'Abraham. La progression de cette cause fut toutefois freinée par une classe puritaine sectaire, hostile à l'idée d'intégrer des personnes jugées indésirables dans une Église encore étroitement liée à l'État.[37]

Les Quakers furent le groupe le plus significatif à défendre l'éducation des esclaves. Dès 1735, ils organisèrent des écoles pour esclaves noirs dans le Sud, et ce malgré une opposition farouche à toute tentative d'enseignement de la lecture et de l'écriture. Les propriétaires d'esclaves affirmaient qu'il était inutile d'instruire les Noirs, les jugeant mentalement inférieurs et satisfaits de leur condition. Toute tentative d'éducation, selon eux, risquait de leur faire prendre conscience de leur situation réelle et d'éveiller des troubles. Pourtant, les Quakers initièrent un mouvement réformateur. Ils voulaient que les esclaves deviennent des hommes et des femmes capables d'être des citoyens actifs. George Fox, Quaker éminent et défenseur de l'éducation des Noirs, s'exprimait avec audace sur l'importance d'enseigner aux Noirs et aux Indiens que le Christ était mort pour tous les hommes. De même, George Keith et William Penn soutenaient la formation religieuse, les possibilités d'amélioration et la préparation à l'émancipation.[38]

Les Quakers étaient si déterminés à mettre fin à la traite des esclaves qu'ils élaborèrent un projet visant à faire retourner des esclaves affranchis en Afrique comme missionnaires. En conséquence, ils furent persécutés dans les communautés esclavagistes en raison de leurs convictions et de leurs actions. Une opposition stricte s'éleva contre leurs idées, et des lois furent promulguées pour les empêcher de se réunir avec des Noirs ou d'enseigner, notamment en exigeant la signature de déclarations auxquelles ils ne pouvaient souscrire pour des motifs religieux.[39]

Ironiquement, les Quakers furent parmi les partisans les plus virulents de l'éducation des esclaves, bien qu'ils aient eux-mêmes possédé des esclaves. En 1774, John Woolman publia Some Considerations on the Keeping of Negroes, où il réprimandait les Quakers qui, tout en fondant et finançant des écoles, conservaient leurs propres esclaves.[40] Les Quakers continuèrent d'ouvrir des écoles pour enfants noirs dans des régions telles que le Rhode Island, avant même que cet État ne devienne un État libre.

Les Quakers fondèrent la Manumission Society pour protéger les esclaves des chasseurs de primes (le mot manu étant utilisé de manière interchangeable avec abolir). En 1787, ce groupe d'émancipation créa la New York African Free School afin de permettre aux Noirs de se protéger par l'éducation. L'école débuta avec quarante élèves, dont les parents étaient esclaves. Quatre ans plus tard, une enseignante fut engagée, et les filles furent admises. Le premier bâtiment fut détruit par un incendie, et un second fut construit en 1820 sur un terrain offert par la Ville de New York, pour accueillir cinq cents élèves supplémentaires. Bien que cette école ait constitué un jalon majeur dans la vie des Noirs, elle ne fut pas largement soutenue par les Blancs. Dans le Nord-Est aussi, les Noirs n'étaient pas considérés comme égaux aux Blancs. Pour obtenir du soutien, des érudits du monde entier furent invités à observer le programme. Les élèves y démontraient leurs compétences à travers des lectures, des essais, de la poésie et de la prose, devant des invités.[41]

Au XVIIIe siècle, des organisations religieuses telles que la Society for the Propagation of the Gospel (société épiscopale active dans le Nord et le Sud) et la Society of Friends (les Quakers), entreprirent d'enseigner aux esclaves et aux Noirs libres les bases de l'instruction pour leur permettre de lire la Bible. Certaines sociétés antiesclavagistes formées pendant la Révolution américaine offrirent également une éducation élémentaire aux Noirs libres. En 1787, la New York Manumission Society ouvrit l'African Free School, qui connut un tel succès que six écoles supplémentaires furent créées dans la ville d'ici 1834. Ces établissements furent finalement intégrés au système scolaire public.[42]

INITIATIVES D'ÉDUCATION DES NOIRS

Sous l'égide des églises noires et des sociétés d'entraide mutuelle qui émergèrent à la fin du XVIIIe siècle, les Noirs libres maintenaient leurs propres écoles. Même lorsque le soutien philanthropique des Blancs était sollicité, l'initiative venait des Noirs eux-mêmes. À Newport, dans le Rhode Island, un recteur épiscopalien blanc fonda en 1763 une école pour Noirs. En 1807, soit huit ans après la fermeture de l'établissement, les dirigeants de la communauté noire la rouvrirent grâce à leur African Benevolent Society nouvellement créée. L'institution connut des fortunes diverses jusqu'à sa reprise par la municipalité. En 1787, à Boston, Prince Hall mena un groupe de Noirs pour adresser une pétition à la General Court du Massachusetts en vue de fonder une école, car les Noirs « ne recevaient aucun bénéfice des écoles publiques ». Selon certaines sources, quelques enfants noirs fréquentaient les écoles publiques aux côtés des Blancs à la fin du XVIIIe siècle. Toutefois, la plupart s'en retirèrent en raison des moqueries et mauvais traitements.[43]

En 1798, certains parents noirs, soutenus par des amis blancs, ouvrirent une école privée au domicile de Prince Hall. Sept ans plus tard, l'établissement déménagea à la African Meeting House. Ce n'est qu'en 1820 qu'une école publique noire ouvrit ses portes ; peu de temps après, les Noirs perdirent le droit d'utiliser les écoles blanches. Au début du XIXe siècle, plusieurs pasteurs noirs de Philadelphie fondèrent des écoles dans leurs églises. L'Église Bethel AME créa la Society of Free People of Color for Promoting the Instruction and School Education of Children of African Descent. En 1812, la New York Society of Free People of Color établit une école pour orphelins.[44]

Dans le Sud durant la période antebellum, l'éducation des Noirs ne dépassa jamais le second stade. Dès le début du XIXe siècle, un nombre significatif de Noirs libres, ayant atteint une certaine sécurité économique en tant qu'artisans et ouvriers qualifiés, finançaient leurs propres écoles. Dans le Sud profond, la Brown Fellowship Society de Charleston offrait déjà, dès 1790, des services éducatifs dans le cadre de son programme d'assistance mutuelle. Deux décennies plus tard, la

Minor Society fut créée pour instruire les enfants indigents et orphelins. En 1829, l'un des jeunes formés par cette société, Daniel Alexander Payne, ouvrit sa propre école pour enfants noirs. À La Nouvelle-Orléans, l'Église catholique romaine instruisait certains Noirs, mais la gens de couleur prospère de la ville finançait plusieurs écoles privées. Les enfants plus âgés étaient envoyés en France pour étudier et, en 1840, les Noirs y fondèrent l'École des Orphelins Indigents, destinée à l'instruction de la jeunesse défavorisée.[45]

À mesure que le système racial sudiste se durcissait au XIXe siècle, l'éducation des Noirs libres fut restreinte, sans toutefois disparaître. En 1823, le Mississippi interdit à plus de cinq Noirs de se réunir pour étudier ensemble. À Charleston, à partir de 1834, il devint légalement obligatoire qu'une personne blanche assiste à chaque séance de cours. Payne ferma son école et se rendit dans le Nord, où il devint un évêque AME de renom. Cependant, certaines écoles noires libres continuèrent à fonctionner. Dans bien d'autres régions du Sud, des cours privés étaient dispensés, tant par des Blancs philanthropes que par des Noirs, souvent en infraction aux réglementations étatiques ou municipales.[46]

Dans les États frontières, il n'existait pas d'interférence publique comparable, mais les éducateurs blancs n'apportaient pas non plus de soutien actif aux écoles noires. Les deux premières écoles fondées par des Noirs à Baltimore existaient déjà au début du XIXe siècle. L'une dépendait de l'église méthodiste noire Sharp Street, l'autre était dirigée par Daniel Coker, ministre pionnier de l'AME. D'autres églises noires ouvrirent rapidement des établissements scolaires et, dans les années 1820, même les adultes recevaient un enseignement du soir, incluant le latin et le français. Certains philanthropes blancs contribuèrent par leur temps, leur argent ou en fournissant des enseignants pour renforcer ces initiatives. La première école noire à Washington fut fondée en 1807 par trois hommes noirs illettrés, dont deux travaillaient à l'arsenal de la marine. Ils construisirent une petite école en bois et engagèrent un instituteur blanc. Dès 1818, avec l'école fondée par la Resolute Beneficial Society, les Noirs de Washington purent bénéficier d'au moins une école bien administrée. Dans leurs efforts, ils obtinrent aussi la coopération de certains Blancs dévoués. Ce n'est qu'en 1862 que les autorités municipales de Washington entreprirent de créer des écoles publiques pour les Noirs.[47]

Aussi encourageants qu'aient été ces premiers efforts, les

plaintes persistantes concernant le manque d'instruction des esclaves démontraient que le mouvement éducatif manquait encore d'élan pour devenir général. Vint alors l'époque où la lutte pour les droits de l'homme, fondée sur les principes du Siècle des Lumières, éveilla la conscience du monde civilisé. Particulièrement populaire en France, où ses chefs de file comptaient des philosophes tels que Voltaire et Denis Diderot, l'un des principes fondamentaux des Lumières était que tous les individus peuvent raisonner et penser par eux-mêmes, et ne doivent pas accepter aveuglément l'autorité. Une autre idée essentielle était qu'une société fonctionne mieux lorsque tous ses membres collaborent à sa construction. Même les personnes ayant peu de pouvoir ou de richesse devaient disposer des mêmes droits que les puissants pour participer à la création de la société dans laquelle ils vivent.[48]

Après 1760, la doctrine sociale émergente trouva un écho auprès des colons américains. Ces derniers portèrent un regard nouveau sur les Noirs, et une ère nouvelle s'ouvrit pour cette race à la peau sombre. Des patriotes tels que Patrick Henry et James Otis, qui réclamaient la liberté pour eux-mêmes, ne pouvaient que reconnaître que les esclaves avaient, à tout le moins, droit à la liberté corporelle. Les actes fréquents de manumission et d'émancipation, qui suivirent ce changement d'attitude à l'égard des personnes de couleur, libérèrent dans la société de nombreux hommes dont les besoins les plus urgents étaient l'éducation et la formation aux devoirs de la citoyenneté. Afin de favoriser cet élan, des écoles, missions et églises furent fondées par des travailleurs religieux et philanthropes. Ces collaborateurs comprenaient, à cette époque, les baptistes et les méthodistes, qui, grâce à l'esprit de tolérance suscité par la Révolution, purent avoir accès aux Noirs, qu'ils soient esclaves ou libres.[49]

Pour les Américains noirs, comme pour les Américains dans leur ensemble, l'éducation représentait à la fois le fondement de la liberté et l'un de ses bienfaits. À mesure qu'ils gagnaient leur liberté, les Noirs fondaient leurs propres écoles, s'appuyant souvent sur les initiatives précédentes des groupes évangéliques blancs et des Quakers. Les efforts éducatifs des Quakers à Philadelphie furent particulièrement étendus, débutant dans les années 1750, puis se poursuivant avec la création de la Friends African School en 1770 et de l'Association for the Free Instruction of Adult Colored People en 1789.[50] Sous leur égide, hommes et femmes noirs recevaient une éducation de base, dans des classes séparées, les dimanches et en soirée en semaine, dans trois établissements différents de la ville, et ce jusqu'à la guerre de 1812.

En 1790, des membres de la Pennsylvania Abolition Society créèrent un comité d'éducation afin de soutenir l'instruction des Noirs. Ils financèrent plusieurs écoles fondées par des Noirs, notamment celle établie par Eleanor Harris, une femme noire libre. Ils apportèrent également leur aide à des établissements dirigés par Absalom Jones, abolitionniste noir et homme d'Église, Cyrus Bustill, mulâtre né en esclavage ayant racheté sa liberté, Ann Williams, directrice d'école, et Amos White, enseignant. Ce comité mena aussi des actions pour récolter des fonds en vue de construire une école noire permanente. Ainsi naquit en 1813 le Clarkson Hall, nommé en l'honneur de l'abolitionniste britannique Thomas Clarkson, qui accueillit des enfants noirs en journée et des adultes le soir. Pendant treize ans, selon ses parrains abolitionnistes, cette école apporta « une réfutation catégorique de l'idée que les capacités intellectuelles des descendants d'Afrique seraient inférieures à celles de leurs frères blancs. »[51]

Bien que l'école Clarkson n'ait pu résister à la concurrence des écoles publiques, beaucoup de Noirs estimèrent que leur succès à maintenir une école privée avait contribué à encourager la création d'un véritable système scolaire public.[52]

LES RÉCOMPENSES DE L'ÉDUCATION

Avec toutes ces nouvelles opportunités, les Noirs manifestèrent un développement intellectuel rapide. Des hommes de couleur intelligents se révélèrent utiles et dignes de confiance en tant que serviteurs. Ils devinrent de bien meilleurs ouvriers et artisans, et beaucoup d'entre eux démontrèrent une aptitude administrative suffisante pour gérer des établissements commerciaux et de grandes plantations. De plus, une éducation rudimentaire améliorée servit de tremplin vers de plus hautes réalisations pour de nombreuses personnes ambitieuses de couleur. Les Noirs apprirent à apprécier et à composer de la poésie, et apportèrent leur contribution aux domaines des mathématiques, des sciences et de la philosophie. En outre, ayant réfuté les théories de leur prétendue infériorité mentale, certains membres de la race furent, conformément à la suggestion du révérend puritain influent Cotton Mather, employés pour enseigner aux enfants blancs.[53]

William Syphax, fils de Charles et Maria Syphax, naquit en 1825, peu après les jours troublés du Compromis du Missouri. Il fut témoin de la montée de la haine et des divisions régionales qui conduisirent au Compromis de 1850, observa les effets dévastateurs du Kansas-Nebraska Bill, de la décision Dred Scott et du raid de John Brown. Il vécut les jours agités de la désunion, de la guerre civile, puis de la Reconstruction, et, à travers toutes ces épreuves, il conserva une foi indéfectible en son peuple. À chaque occasion possible, M. Syphax fit preuve de courage et de détermination dans ses efforts pour défendre leur cause. Il allait plus tard fonder la première école secondaire préparatoire pour jeunes de couleur dans le District de Columbia, quarante-cinq ans plus tard.[54] Fondée en 1870, l'école préparatoire devint le M Street High School en 1891, puis le Paul Laurence Dunbar High School en 1916.

Constatant ces signes manifestes d'élévation générale de la communauté noire, certains éducateurs plaidèrent pour l'établissement d'écoles spécialisées pour les Noirs. Cependant, la fondation de ces institutions ne visait pas à séparer les enfants des deux races pour des raisons de préjugés de caste. Le système dual résultait plutôt d'un effort visant à répondre aux besoins spécifiques d'un peuple tout juste sorti de l'esclavage. Il devint rapidement évident que leur éducation ne devait plus être dominée par la religion, mais unir les avantages d'une instruction pratique et culturelle. Les enseignants dans les écoles noires proposaient des cours dans les métiers manuels ainsi qu'un enseignement avancé en littérature, mathématiques, sciences et langues.[55]

PARTIE II

De Dred Scott à la réconciliation

> « La haine raciale en Amérique existe toujours, mais jamais elle ne fut aussi virulente que juste après la guerre de Sécession. L'histoire de l'Ouest de notre nation ne serait pas complète sans celle des anciens esclaves qui ont contribué à forger le caractère unique de cette région. »
>
> — William A. Silverman, 1930-2012

CHAPITRE TROIS

L'ÉTINCELLE D'UNE GUERRE INÉVITABE

La compétition est un état de fait commun dans le monde du vivant. Dans des circonstances ordinaires, elle se déroule de manière inaperçue, même pour ceux qui y sont directement impliqués. Toutefois, en période de crise, lorsque les hommes déploient des efforts nouveaux et conscients pour maîtriser les conditions de leur vie commune, lorsque les forces en jeu s'incarnent dans des personnes, la compétition se transforme en conflit. C'est au sein de ce que l'on désigne comme le processus politique que la société affronte consciemment ses crises.[1] La guerre constitue l'expression ultime du processus politique. C'est en guerre que les grandes décisions sont prises. Les organisations politiques existent pour gérer les situations de conflit. Les partis politiques, les tribunaux, le débat public et le vote ne sont que des substituts à la guerre.

La guerre de Sécession fut livrée aux États-Unis entre 1861 et 1865 et, comme pour la plupart des guerres, aucune cause unique ne peut lui être attribuée. Les révisionnistes historiques ont tenté d'en proposer diverses interprétations, mais la majorité des chercheurs universitaires identifie l'esclavage comme cause centrale du conflit.[2] Il s'agit du conflit le plus meurtrier qu'ait connu l'Amérique dans sa relativement courte histoire, entraînant entre 620 000 et 750 000 morts militaires américains.[3]

Pendant plus de quatre-vingts ans, les populations des États du Nord et du Sud débattirent des questions qui allaient ultimement conduire

43

à la guerre : politiques économiques, valeurs culturelles, étendue et portée du gouvernement fédéral, et surtout, place de l'esclavage dans la société américaine. Sur cette toile de fond, chaque soldat avait ses propres motivations pour combattre. Celles-ci incluaient souvent un mélange complexe de considérations personnelles, sociales, économiques et politiques, qui ne correspondaient pas nécessairement aux objectifs de leurs gouvernements respectifs, ni à ceux d'autres membres de leurs familles. Cela entraîna, dans certains cas, des situations où des frères se retrouvèrent opposés sur les champs de bataille, dans les armées du Nord et du Sud.[4]

Le conflit politique entre le Nord et le Sud se manifesta clairement en 1819, lorsque le Missouri demanda à rejoindre l'Union en tant qu'État. Étant donné que les lois territoriales du Missouri reconnaissaient et soutenaient l'esclavage, les membres du Congrès originaires du Nord refusèrent d'approuver cette demande, tandis que les représentants du Sud soutenèrent pleinement l'admission du Missouri comme État. Les affrontements au Congrès sur cette question furent longs et souvent houleux. C'est au cours de ce débat que les tensions entre le Nord et le Sud devinrent le point focal de la politique américaine, rendant une guerre civile de plus en plus probable.[5]

L'AFFAIRE DRED SCOTT

Le Compromis du Missouri stipulait que le Missouri serait admis comme État esclavagiste, mais qu'aucune esclavage ne serait autorisé ailleurs au nord de la ligne Mason-Dixon. Cette ligne suit un tracé vers l'ouest à partir du Maryland jusqu'au fleuve Ohio, puis descend le long du fleuve, avant de bifurquer à l'ouest le long du 36e parallèle et 30 minutes de latitude nord, longeant la frontière sud du Missouri. Elle incluait également la région du Bootheel, bien qu'elle s'étende au-dessous de cette ligne. La législature du Missouri fut furieuse de cette décision, car elle imposait au Missouri des conditions qui n'avaient pas été imposées à d'autres États. Le Missouri devint ainsi le seul État "du Nord" où l'esclavage était légal, et, en conséquence, l'assemblée législative du Missouri déclara que l'État se rangerait du côté du Sud, attisant encore davantage le conflit entre le Nord et le Sud.[6]

Un autre facteur ayant contribué au déclenchement de la guerre fut l'affaire Dred Scott de 1847 à St. Louis, Missouri. Quatorze ans avant Fort Sumter, Scott, un esclave, intenta un procès pour obtenir sa liberté. Il avait tenté d'acheter sa liberté et celle de son épouse, Harriet, mais sa demande fut rejetée. Scott chercha alors à obtenir son émancipation par voie judiciaire. En 1857, la Cour suprême infligea un coup terrible au mouvement abolitionniste en rendant un arrêt décisif.[7]

Né esclave en Virginie, Scott revendiquait sa liberté après avoir vécu plusieurs années hors du Sud avec son maître, un militaire affecté en Illinois et dans le Territoire du Wisconsin, où l'esclavage était interdit. L'affaire remonta des tribunaux locaux et d'État jusqu'à la Cour suprême, où le juge en chef Roger B. Taney rendit une décision qui bouleversa profondément les Noirs américains et leurs alliés. Taney conclut que Scott restait esclave, et déclara que le Congrès n'avait aucun droit de légiférer contre l'esclavage dans les territoires de l'Ouest, invalidant ainsi de facto le Compromis du Missouri de 1820. Plus troublant encore, Taney affirma que les Noirs n'avaient aucun droit de citoyenneté en vertu de la Constitution des États-Unis. Et ce, malgré leur service durant la Révolution américaine qui permit à l'Amérique de conquérir sa liberté, et dans la guerre de 1812 qui la défendit ; malgré le fait qu'ils votaient en Nouvelle-Angleterre et, avec certaines restrictions, ailleurs ; et bien que de nombreux Noirs détenaient des passeports américains, Taney proclama que les Noirs n'avaient jamais été, n'étaient pas, et ne pourraient jamais être des citoyens des États-Unis. Ils n'avaient, selon ses mots, « aucun droit que l'homme blanc soit tenu de respecter ».[8]

La décision et l'opinion de Taney révoltèrent les Noirs américains. Ils avaient subi une détérioration continue de leurs droits pendant toute une décennie et se voyaient à présent dire, par la plus haute cour du pays, qu'ils n'avaient aucun droit. Charles Lenox Remond, abolitionniste noir, donna voix à cette colère lors d'une réunion de protestation à Philadelphie, un mois seulement après le verdict, au printemps 1857 : « Nous ne devons aucune allégeance à un pays qui nous écrase sous son talon de fer et nous traite comme des chiens. Le temps est révolu pour les gens de couleur de parler de patriotisme. »[9]

Lors d'une réunion à New York, présidée par le journaliste et réformateur William Lloyd Garrison, Frederick Douglass affirma une nouvelle fois que la Constitution pouvait être utilisée pour attaquer l'esclavage. « En tant qu'homme, qu'Américain, que citoyen,

qu'homme de couleur, de sang à la fois anglo-saxon et africain »,
déclara Douglass, « je dénonce cette interprétation comme une
perversion scandaleuse et diabolique de la Constitution, et comme
une distorsion éhontée de l'histoire. »[10]

Le leader politique Robert Purvis, lui, n'était pas du même avis
: « J'affirme que la Constitution convient parfaitement à ceux qui
l'ont rédigée — les esclavagistes et leurs partisans. » Il proclama
également que le gouvernement fédéral, « dans sa formulation, sa
structure fondamentale et ses pratiques, était l'un des despotismes les
plus abjects, vils et atroces que le soleil ait jamais éclairés. » Louant
la société antiesclavagiste pour avoir initié une nouvelle révolution
contre ce despotisme, Purvis conclut : « Je me réjouis… qu'il y ait
une perspective de renversement de ce gouvernement atroce, et de
l'édification d'un système meilleur à sa place. »[11] À la suite de la
décision Dred Scott, certains Noirs émigrèrent vers le Canada, mais
d'autres redoublèrent de détermination pour rester et lutter pour les
droits que la cour leur avait refusés.

LINCOLN, DOUGLAS ET L'ESCLAVAGE

Un rapport statistique sur les Noirs propriétaires d'esclaves fut
réalisé en 1921, lorsque le directeur de la Association for the Study
of Negro Life and History (ASNLH) obtint, de la part de la Laura
Spelman Rockefeller Memorial, un financement destiné à soutenir
des recherches sur certains aspects négligés de l'histoire des Noirs.
Ce rapport statistique ne constituait toutefois pas l'objectif initial du
département de recherche de l'Association ; il se développa comme
un produit dérivé. En compilant les statistiques pour un rapport bien
plus vaste sur les chefs de famille noirs libres aux États-Unis en 1830,
les chercheurs rencontrèrent tellement de cas de Noirs propriétaires
d'esclaves qu'ils décidèrent de porter une attention particulière à
cette dimension de l'histoire des Noirs libres. Les enquêteurs furent
frappés par la fréquence des cas de séparation géographique entre le
maître et l'esclave. En répertoriant les cas de Noirs libres possédant
des esclaves, il fut alors facile de noter les cas de propriété à distance,
et cela fut fait en conséquence.[12]

L'objectif de ce rapport était de faciliter l'étude approfondie de
ce groupe négligé. Des personnes censées bien connaître l'histoire

sont aujourd'hui encore surprises d'apprendre qu'environ un demi-million, soit près d'un septième des Noirs du pays, étaient libres avant l'émancipation de 1865. Plus encore, il leur semble inconcevable qu'un nombre considérable de Noirs aient possédé des esclaves eux-mêmes, certains contrôlant même de grandes plantations.

Selon Carter G. Woodson, les registres du recensement de 1830 montrent que la plupart des Noirs propriétaires d'esclaves le faisaient dans un esprit philanthropique. Dans bien des cas, le mari rachetait son épouse, ou inversement. Le nombre d'esclaves dans ces familles restait très faible comparé aux plantations florissantes tenues par les Blancs. Dans certains cas, les esclaves appartenant à des Noirs étaient en fait leurs propres enfants, issus d'une épouse que l'homme libre avait achetée. S'il ne l'avait pas émancipée — ce que beaucoup de ces maris ne faisaient pas —, leurs propres enfants naissaient esclaves et étaient ainsi déclarés comme tels par les agents recenseurs.[13]

La thèse de Woodson sous-estime la dimension matérialiste de la possession d'esclaves chez les Noirs lorsqu'il affirme que la majorité d'entre eux le faisaient pour des raisons bienveillantes. De nombreux Noirs propriétaires d'esclaves soutenaient fermement l'esclavage comme institution et ne voyaient aucune raison d'émanciper leurs esclaves. Pour ces maîtres de couleur, les esclaves n'étaient que des biens à acheter, vendre ou échanger. Leur intérêt économique l'emportait sur toute considération morale ou culpabilité potentielle à l'égard de l'esclavage. Puisqu'ils bénéficiaient du système, ils le rationnalisaient : étant donné que l'institution était lucrative, ils ne pouvaient se résoudre à renoncer à cette propriété précieuse sans compensation financière.[14]

Les Noirs libres propriétaires d'esclaves résidaient dans des États aussi au nord que New York, au sud jusqu'à la Floride, et s'étendaient vers l'ouest, notamment dans le Kentucky, le Mississippi, la Louisiane et le Missouri. Le recensement fédéral de 1830 indique que les Noirs libres possédaient plus de 10 000 esclaves en Louisiane, au Maryland, en Caroline du Sud et en Virginie. La majorité des Noirs propriétaires d'esclaves vivaient en Louisiane et cultivaient la canne à sucre.[15] De plus, ces propriétaires noirs continuèrent à posséder des esclaves tout au long de la guerre de Sécession.

Ayant des intérêts économiques communs avec les esclavagistes blancs, les Noirs propriétaires d'esclaves jouissaient souvent d'un statut social proche de celui des Blancs. Il n'était pas rare qu'ils fréquentent les mêmes églises, inscrivent leurs enfants dans les mêmes écoles privées et fréquentent les mêmes lieux de divertissement. Dans de telles circonstances, la métissage s'ensuivait fréquemment. Bien que les agents du recensement de 1830 n'aient généralement pas consigné de telles données, ceux qui l'ont fait, comme dans le cas du comté de Nansemond, en Virginie, rapportèrent une situation qui, aujourd'hui, serait jugée alarmante. Dans ce comté figuraient, parmi les esclavagistes, des Noirs libres désignés comme Jacob of Read et son épouse blanche ainsi que Syphe of Matthews et son épouse blanche. D'autres, ayant des épouses blanches, n'étaient toutefois pas recensés comme propriétaires d'esclaves.[16]

Pourtant, l'esclavage était devenu la question politique centrale de la nation lorsque Abraham Lincoln, avocat spécialisé dans les chemins de fer et Républicain modéré, défia Stephen A. Douglas pour son siège au Sénat en 1858. Leurs positions sur l'esclavage et sur l'arrêt Dred Scott furent des facteurs déterminants. Douglas, démocrate, acceptait la décision de Taney, tandis que Lincoln arguait que cette décision était une mauvaise interprétation de l'intention des rédacteurs de la Déclaration d'indépendance. S'il reconnaissait que les fondateurs n'avaient pas voulu déclarer que tous les hommes étaient égaux en tous points, Lincoln croyait néanmoins qu'ils reconnaissaient à chaque homme le droit fondamental à la liberté. Il soutenait qu'ils avaient inscrit ce principe dans la Déclaration non pas parce qu'il était applicable à leur époque, mais « pour un usage futur ». Douglas et les démocrates traitaient avec dérision les Républicains de « Républicains noirs », les accusant de vouloir promouvoir l'égalité des Noirs.[17]

Les Républicains soutenaient que maintenir l'Ouest libre de l'esclavage permettrait de le réserver au travail libre des Blancs, et ils condamnaient l'arrêt Dred Scott, le qualifiant de composante d'une « conspiration du pouvoir esclavagiste » visant à subvertir le gouvernement fédéral et à étendre l'esclavage à toutes les régions de l'Ouest.[18] Lincoln avançait avec prudence, condamnant l'esclavage et plaidant pour les droits des Noirs sans paraître soutenir le métissage. « Je proteste maintenant contre cette logique contrefaite, » déclarat-il, « qui conclut que, parce que je ne veux pas d'une femme noire comme esclave, je dois nécessairement la vouloir comme épouse. »[19]

Les sept débats entre les deux candidats les menèrent à parcourir des milliers de kilomètres à travers l'État de l'Illinois. Lincoln dénonçait l'immoralité de l'esclavage, tandis que Douglas se focalisait uniquement sur ses implications politiques.[20]

Les Noirs ne pouvaient pas voter dans l'Illinois et ne purent donc rien faire pour éviter la défaite de Lincoln. À New York, toutefois, les Noirs propriétaires avaient le droit de vote et furent confrontés à un choix difficile. Lors de l'élection du gouverneur, ils pouvaient soit soutenir le Républicain Edwin D. Morgan, soit voter pour Gerrit Smith, candidat du parti abolitionniste radical. Lors d'une réunion à Troy, les Noirs de New York débattirent de leurs options. Certains votèrent selon leur conviction morale en soutenant Smith, bien que ses chances fussent minimes. D'autres optèrent pour un vote plus stratégique, voire décisif, en faveur des Républicains. Une résolution appelant à soutenir les Républicains fut vivement débattue puis adoptée, bien que beaucoup, comme le révérend Dr. Henry Highland Garnet, président de l'American and Foreign Anti-Slavery Society, aient demandé que « leur nom ne soit pas associé à cette décision ». Malgré leurs différences, les Noirs new-yorkais contribuèrent à l'élection du Républicain au poste de gouverneur.[21]

Les germes de la guerre civile américaine étaient profondément enracinés dans l'institution de l'esclavage, déjà présente en Amérique depuis plus d'un siècle au moment de l'indépendance des États-Unis. Au début du XIXᵉ siècle, l'esclavage était devenu une institution exclusivement sudiste, les esclaves fournissant la main-d'œuvre pour l'économie du Sud fondée sur les cultures agricoles de base. Durant la première moitié du siècle, l'opposition morale croissante à cette institution provoqua une défensive accrue et une hostilité croissante de la part du Sud. Une minorité de Nordistes défendait l'abolitionnisme, c'est-à-dire l'idée que l'esclavage devait être aboli immédiatement, et non maintenu ou éliminé progressivement. Les abolitionnistes du Nord condamnaient l'esclavage, ce à quoi les Sudistes répliquaient par des accusations de fanatisme et d'extrémisme, croyant de plus en plus que ces opinions représentaient l'ensemble du Nord.[22]

La coexistence d'un Sud esclavagiste et d'un Nord de plus en plus antiesclavagiste rendait le conflit inévitable. Une grande partie de la lutte politique des années 1840 portait sur l'expansion de l'esclavage dans les territoires nouvellement créés.[23] Tous les territoires nouvellement organisés semblaient destinés à devenir des États libres, ce qui accéléra le mouvement sécessionniste sudiste. Le Nord comme le Sud pensaient que si l'esclavage ne pouvait s'étendre, il finirait par dépérir.[24]

Les désaccords régionaux concernant la morale de l'esclavage, l'étendue de la démocratie, et les mérites économiques du travail libre par rapport aux plantations esclavagistes, provoquèrent l'effondrement des partis Whig et Know-Nothing, remplacés par de nouveaux partis : le Free Soil Party en 1848, les Républicains en 1854, et l'Union constitutionnelle en 1860. En 1860, le dernier parti politique national restant, le Parti démocrate, se scinda lors de sa convention à Charleston (Caroline du Sud), selon des lignes sectionnelles Nord-Sud.[25]

Le système constitutionnel des États-Unis stipulait clairement que les institutions domestiques étaient du ressort de chaque État. Ainsi, les Nordistes ne pouvaient rien faire contre l'existence de l'esclavage dans les États sudistes existants. Toutefois, beaucoup espéraient empêcher l'expansion de l'esclavage vers les nouveaux territoires encore sous contrôle fédéral. La lutte politique se concentra alors sur le statut de l'esclavage dans ces territoires. En 1854, le Parti républicain vit le jour avec pour thème central l'interdiction de toute nouvelle expansion de l'esclavage. Les Sudistes, offensés, déclarèrent bruyamment que leurs États feraient sécession si un Républicain était élu président.[26]

En 1860, l'électorat mit ces menaces sudistes à l'épreuve en élisant le Républicain Abraham Lincoln lors d'une élection inhabituelle à quatre candidats. Lincoln ne reçut aucune voix dans les États du Sud et moins de la moitié du vote populaire, mais il remporta aisément la majorité des votes électoraux en gagnant tous les États du Nord, sauf le New Jersey, où il partagea les votes avec le candidat démocrate Stephen A. Douglas. Comme beaucoup de Nordistes, Lincoln pensait que les discours sécessionnistes du Sud n'étaient que du bluff. Les Sudistes, eux, n'attendirent pas pour mettre leur menace à exécution.[27]

SÉCESSION DE L'UNION

Le 20 décembre 1860, avant même que Lincoln ne prenne ses fonctions, la Caroline du Sud déclara ne plus faire partie de l'Union. Au cours des six semaines suivantes, six autres États du Sud — le

Mississippi, la Floride, l'Alabama, la Géorgie, la Louisiane et le Texas — firent de même. En février 1861, leurs représentants se réunirent à Montgomery, en Alabama, et mirent en place un gouvernement qu'ils déclarèrent être celui des États confédérés d'Amérique. Ils désignèrent Jefferson Davis, du Mississippi — ancien officier de l'armée, secrétaire à la guerre et sénateur des États-Unis — comme leur président.[28]

Davis déclara que les États du Sud avaient quitté l'Union « pour nous sauver d'une révolution » qui menaçait de rendre « la propriété des esclaves si incertaine qu'elle en deviendrait pratiquement sans valeur ». Le secrétaire d'État confédéré informa les gouvernements étrangers que les États du Sud avaient fondé une nouvelle nation afin de « préserver leurs anciennes institutions » face à « une révolution qui menaçait de détruire leur système social ».[29] Beaucoup de Sudistes croyaient encore que le Nord accepterait docilement leur sécession et qu'il n'y aurait pas de guerre, mais Davis, à juste titre, en doutait.

Lincoln n'avait pas proposé de lois fédérales contre l'esclavage là où il existait déjà. Dans son discours de 1858 « Une maison divisée », il exprimait le désir de « freiner sa propagation et le placer dans une perspective où l'opinion publique croirait à son extinction finale ».[30] Dans son discours inaugural, il fit appel au calme et à la raison. Il affirma que les États ne pouvaient légitimement se retirer de l'Union, mais promit néanmoins de ne pas agir de manière agressive, à moins que ces États ne tirent le premier coup de feu. Fait significatif, il déclara qu'il continuerait de tenir les derniers postes fédéraux dans le Sud.[31]

Le 14 avril 1861, le drapeau américain fut abaissé et les étoiles et barres confédérées furent hissées au-dessus de Fort Sumter.[32] Le Nord répondit à l'attaque contre Fort Sumter avec des expressions d'indignation, des rassemblements patriotiques, et un élan massif d'enrôlement militaire. La nouvelle galvanisa l'opinion publique du Nord. Le 15 avril, Lincoln publia une proclamation convoquant 75 000 miliciens au service national pour 90 jours afin de réprimer une insurrection « trop puissante pour être maîtrisée par les procédures judiciaires ordinaires ». La réponse des États libres fut massive.[33]

Des assemblées de guerre eurent lieu dans chaque ville et village ; on y acclamait le drapeau et l'on jurait vengeance contre les traîtres. « La bruyère est en feu », écrivait un professeur de Harvard né à l'époque de George Washington. « Je n'avais jamais vu ce que pouvait être une excitation populaire... Toute la population — hommes, femmes et enfants — semble être dans les rues, arborant des fanions et des drapeaux de l'Union. » De l'Ohio et de l'Ouest monta « un grand cri d'aigle » en faveur du drapeau. « Le peuple est devenu complètement fou ! »[34]

À New York, qui avait auparavant été un bastion de sympathies sudistes, 250 000 personnes participèrent à un rassemblement de l'Union. « Le changement de sentiment ici est incroyable — presque miraculeux, » écrivait un marchand new-yorkais le 18 avril. « Je regarde avec crainte ce mouvement national ici à New York et dans tous les États libres, » ajoutait un avocat. « Après nos désaccords récents, cela semble surnaturel. » Le « temps d'avant Sumter » semblait appartenir à un autre siècle, écrivait une femme new-yorkaise. « On dirait que nous n'avions jamais vécu jusqu'à maintenant ; que nous n'avions jamais eu de pays jusqu'à présent. »[35]

Déclarant qu'il existait une rébellion, Lincoln convoqua 75 000 volontaires pour trois mois afin de la réprimer. Le quota fut atteint — puis dépassé — en quelques jours. Le Sud aussi s'enflamma, ravi que ses dirigeants aient enfin porté un coup aux Yankees tant détestés. Davis appela à 100 000 volontaires pour un an, et les hommes du Sud répondirent avec un enthousiasme égal. Les États esclavagistes de Virginie, Caroline du Nord, Tennessee et Arkansas, confrontés au choix de combattre pour ou contre les autres États esclavagistes de la Confédération, choisirent de rejoindre le Sud. Désireuse de bénéficier du prestige de la Virginie, patrie de Washington, Madison et Jefferson, la Confédération transféra sa capitale à Richmond à la fin du mois de mai.[36]

Quatre États esclavagistes restèrent dans l'Union. Le Delaware, qui comptait peu d'esclaves, n'envisagea jamais sérieusement la sécession. Le Maryland, en revanche, possédait de nombreux esclaves dans la partie orientale de l'État, et cette région était farouchement pro-confédérée. Lorsque le Sixième Régiment du Massachusetts traversa Baltimore en direction de Washington, une foule esclavagiste l'attaqua. Plusieurs décès eurent lieu des deux côtés. D'autres habitants du Maryland tentèrent de faire sortir l'État de l'Union pour l'entraîner dans la Confédération, mais Lincoln agit fermement pour étouffer le mouvement sécessionniste dans le Maryland. Dans ce contexte, il dut plier ou suspendre temporairement certains principes juridiques. L'un d'eux concernait un ordre émis par le président de la Cour suprême des États-Unis, Roger B. Taney, lui-même originaire du Maryland, lui intimant de ne pas emprisonner un homme qui recrutait des troupes pour la Confédération dans l'État. Contrairement à ce que prétendait la propagande confédérée, les entorses de Lincoln aux libertés civiles furent rares et limitées, compte tenu de l'urgence nationale à laquelle il faisait face.[37]

Un autre État esclavagiste frontalier entre le Nord et le Sud était le Kentucky, l'État natal d'Abraham Lincoln et de Jefferson Davis. La population de cet État du Bluegrass était profondément divisée entre soutien à la Confédération et loyauté envers l'Union. En revanche, une large frange de la population était simplement décidée à suivre le Kentucky, quelle que soit sa décision. Le résultat fut que l'État se déclara neutre et interdit aux deux camps de déplacer des troupes sur son territoire. Cette disposition étrange profita énormément à la Confédération tant qu'elle dura, en protégeant le cœur du Sud contre une invasion de l'Union. Pourtant, les deux parties respectèrent cette neutralité avec soin, car Lincoln estimait que la perte du Kentucky ferait irrémédiablement pencher la balance contre le Nord dans la guerre à venir. La neutralité du Kentucky perdura durant l'été 1861, jusqu'à ce qu'un général confédéré, imprudemment, envahisse l'État au début de septembre. Par la suite, le Kentucky opta pour l'Union, bien que certains de ses citoyens aient combattu pour le Sud.[38]

L'État esclavagiste frontalier le plus à l'ouest était le Missouri. Une action rapide et décisive des autorités fédérales permit de contrecarrer une tentative précoce des forces pro-confédérées pour prendre le pouvoir dans l'État. Le Missouri resta profondément divisé et fut le théâtre d'une guérilla féroce, qui dégénéra parfois en banditisme sanglant se prolongeant au-delà de la fin de la guerre. Toutefois, dans l'ensemble, l'État demeura territoire de l'Union, rarement visité par les principales armées confédérées.[39]

Une fois le contrôle des États frontaliers assuré, l'Union mit en place un blocus naval, tandis que les deux camps mobilisaient troupes et ressources. La marine était un peu mieux préparée à la guerre que l'armée. Lors de l'accession de Lincoln à la présidence, 42 navires étaient en service, la plupart patrouillant dans des eaux situées à des milliers de kilomètres des États-Unis. Moins d'une douzaine de navires de guerre étaient immédiatement disponibles pour défendre les côtes américaines.[40]

GUERRE DE SÉCESSION

Les troupes de l'Union et de la Confédération livrèrent la première grande bataille de la guerre à Bull Run (ou Manassas Junction), en Virginie, le 21 juillet 1861. C'était le premier test de force, et de l'avis général, le Nord aurait dû l'emporter. Bull Run fut à la fois un revers pour les armées de l'Union et un désaveu pour les attentes du Nord. Ce fut un coup porté presque au cœur, car elle se déroula à seulement quelques kilomètres de la capitale fédérale, dont les habitants, depuis les émeutes de Baltimore en avril 1861 jusqu'au raid de Jubal Early en juillet 1864, vécurent dans la crainte intermittente d'une capture.[41]

À peine les armées, à l'est comme à l'ouest, avaient-elles pénétré en Virginie et au Tennessee, que des esclaves fugitifs apparurent dans leurs rangs. Ils arrivaient la nuit, lorsque les feux vacillants des camps de l'armée bleue brillaient comme des étoiles à l'horizon noir. C'étaient des vieux hommes, maigres, aux cheveux gris et épars. C'étaient des femmes aux yeux apeurés, traînant des enfants affamés et gémissants. C'étaient des hommes et des jeunes filles, robustes et décharnés, une horde de vagabonds affamés, sans abri, impuissants, misérables dans leur détresse obscure.[42]

Deux méthodes de traitement de ces nouveaux arrivants paraissaient également logiques, selon les esprits. Certains disaient : « Nous n'avons rien à faire des esclaves. » Le général de l'Union Henry Halleck ordonna : « Désormais, aucun esclave ne doit être autorisé à entrer dans vos lignes ; si certains s'y trouvent à votre insu, et que leurs maîtres les réclament, livrez-les. » Mais d'autres répondaient : « Nous prenons du grain et de la volaille ; pourquoi pas des esclaves ? » Ainsi, dès août 1861, le général John Fremont déclara libres les esclaves des rebelles du Missouri. Une telle action radicale fut rapidement annulée, mais la politique inverse ne put être imposée. Certains des réfugiés noirs se déclaraient hommes libres, d'autres montraient que leurs maîtres les avaient abandonnés, et d'autres encore étaient capturés avec des forts et des plantations.[43]

De toute évidence, les esclaves représentaient une force pour la Confédération, servant de main-d'œuvre et de producteurs. « Ils constituent une ressource militaire, » écrivait le secrétaire à la guerre Simon Cameron à la fin de l'année 1861, « et à ce titre, il est évident qu'ils ne doivent pas être remis à l'ennemi. » Le ton des chefs de l'armée changea donc. Le Congrès interdit la restitution des fugitifs, et les « contrabandes » furent accueillis comme travailleurs militaires. Cela compliqua plutôt que ne résolut le problème. Désormais, les fugitifs dispersés devinrent un flot constant, qui s'accéléra au rythme des avancées de l'armée.[44]

En 1862, les batailles de la guerre de Sécession, telles que Shiloh et Antietam, causèrent des pertes massives sans précédent dans l'histoire militaire des États-Unis.[45] À l'Est, le commandant confédéré Robert E. Lee remporta une série de victoires contre les armées de l'Union[46], mais sa défaite à Gettysburg, au début de juillet 1863, où il perdit 30 % de son armée, marqua le tournant de la guerre.[47] La prise de Vicksburg et de Port Hudson par Ulysses S. Grant assura le contrôle total du Mississippi par l'Union, et la résistance confédérée s'effondra après la reddition de Lee à Grant à Appomattox Court House, le 9 avril 1865.[48]

La guerre fut la plus meurtrière de l'histoire des États-Unis, causant 620 000 morts parmi les soldats et un nombre indéterminé de victimes civiles. Elle mit fin à l'esclavage, restaura l'Union en réglant les questions de nullification et de sécession, et renforça le rôle du gouvernement fédéral. Les enjeux sociaux, politiques, économiques et raciaux de cette guerre continuent de façonner la pensée américaine contemporaine.

LA PROCLAMATION D'ÉMANCIPATION

Le 22 juillet, Lincoln présenta la Proclamation d'émancipation à son cabinet. Le président informa les membres de son intention de publier une proclamation de liberté et invita aux commentaires. Seul le directeur général des postes, Montgomery Blair, s'y opposa, affirmant qu'un tel édit ferait perdre aux Républicains le contrôle du Congrès lors des élections d'automne. Le secrétaire d'État William H. Seward approuva la proclamation mais conseilla de la reporter « jusqu'à ce que vous puissiez la présenter au pays, soutenue par un succès militaire ». Autrement, le monde risquerait d'y voir « le dernier recours d'un gouvernement à bout de souffle, un cri à l'aide… notre dernier hurlement en pleine retraite. » La sagesse de cette suggestion, confia Lincoln plus tard, « m'a profondément marqué ». Il mit donc sa proclamation dans un tiroir, convaincu de différer sa publication jusqu'à une victoire de l'Union.[49]

Le 22 septembre, cinq jours après la bataille d'Antietam, Lincoln convoqua à nouveau son cabinet. Il avait conclu un pacte avec Dieu, dit-il, : si l'armée repoussait l'ennemi hors du Maryland, il publierait sa proclamation d'émancipation. « Je pense que le moment est venu, » poursuivit-il. « J'aimerais qu'il soit meilleur. J'aimerais que nous soyons en meilleure condition. L'action de l'armée contre les rebelles n'a pas été exactement celle que j'aurais souhaitée. » Néanmoins, Antietam était une victoire, et Lincoln avait l'intention d'avertir les États rebelles que, à défaut de retour dans l'Union avant le 1er janvier, leurs esclaves « seront alors, désormais et à jamais libres. » Le cabinet approuva, bien que Montgomery Blair réitéra son avertissement : cette action risquait de pousser les États frontaliers vers le Sud et de fournir aux Démocrates « un bâton… pour frapper l'Administration » pendant les élections. Lincoln répondit qu'il avait épuisé tous les efforts pour rallier les États frontaliers. Désormais, « nous devons avancer sans eux. Ils [finiront par] acquiescer, sinon immédiatement, du moins bientôt. » Quant aux Démocrates, « leurs bâtons seraient utilisés contre nous, quelle que soit notre décision. »[50]

Lincoln publia sa Proclamation d'Amnistie et de Reconstruction le 8 décembre 1863. Elle contenait son indulgent « plan des dix pour cent » pour rétablir les États du Sud dans leur relation légitime avec le gouvernement fédéral.[51] Ce plan prévoyait qu'un État pourrait être réintégré dans l'Union lorsque 10 % des votants de 1860 dans cet État auraient prêté serment d'allégeance aux États-Unis et promis de respecter l'émancipation. Ces électeurs pourraient ensuite élire des délégués chargés de rédiger de nouvelles constitutions d'État et de mettre en place de nouveaux gouvernements locaux. Tous les Sudistes, à l'exception des officiers de haut rang de l'armée confédérée et des fonctionnaires du gouvernement, se verraient accorder un pardon complet. Lincoln garantissait aux Sudistes la protection de leurs biens privés, à l'exclusion de leurs esclaves. En 1864, la Louisiane, le Tennessee et l'Arkansas avaient établi des gouvernements unionistes pleinement fonctionnels.[52]

Cette politique visait à raccourcir la guerre en offrant un plan de paix modéré. Elle cherchait aussi à renforcer la politique d'émancipation de Lincoln, en insistant pour que les nouveaux gouvernements abolissent l'esclavage. Toutefois, selon ce plan, l'esclavage aurait pu survivre à la guerre. L'attitude de Lincoln à l'égard de l'opportunité et de la légalité de l'émancipation, comme celle de beaucoup dans l'Union, avait évolué au fil des aléas de la guerre. Mais à la fin de 1863, sa vision de l'avenir de l'esclavage se stabilisa. Il croyait qu'à la fin du conflit, ceux qui avaient été esclaves avant la guerre se répartiraient en deux groupes.[53]

Le premier groupe comprenait les esclaves qui s'étaient réfugiés dans les lignes de l'Union ou qui vivaient dans des zones occupées par les armées unionistes et qui étaient inclus dans les termes de la Proclamation d'émancipation. Ces personnes étaient considérées comme libres aux yeux de l'administration Lincoln. Le second groupe regroupait les esclaves vivant dans les États frontaliers ou dans des zones exemptées par la Proclamation. Ces personnes n'étaient pas encore libres, mais elles le seraient probablement bientôt, par des actions législatives et judiciaires adoptées après la guerre. Ce second groupe incluait aussi les esclaves vivant dans des régions visées par la proclamation, mais qui n'étaient pas encore occupées par les troupes de l'Union. Selon Lincoln, l'effet de la proclamation cesserait avec la fin de la guerre. Les attentes de Lincoln se révélèrent largement erronées, car après le conflit, les armées unionistes n'attendirent que rarement les jugements juridiques et continuèrent à libérer les esclaves, indépendamment de leur lieu de résidence.[54]

Les Républicains radicaux du Congrès se réjouirent que le président ait maintenu son engagement contre l'esclavage, mais ils poussèrent plus loin que Lincoln pour garantir que l'émancipation serait universelle, immédiate et juridiquement irréversible. Pour atteindre ces objectifs, les Républicains du Congrès travaillèrent sur deux types de législation distincts mais étroitement liés. Le premier était un projet de loi définissant les conditions de réintégration des États séparatistes dans l'Union, et le second, un amendement constitutionnel abolissant l'esclavage partout, y compris dans les États frontaliers. Les historiens ont généralement traité ces deux efforts de manière séparée : le premier serait le début créatif d'un programme de reconstruction, et le second ne représenterait que l'étape finale et logique de l'émancipation en temps de guerre. Pourtant, ces deux initiatives étaient profondément liées. Toutes deux visaient à créer une nouvelle Union, purgée de toute trace d'esclavage. En dépit de l'accent mis par les historiens sur la manière dont les Américains envisageaient la restauration de l'Union dans les dernières années du conflit, la plupart des citoyens s'intéressaient tout autant, voire davantage, à la question de rendre la liberté des Noirs définitive.[55]

En avril 1864, le Sénat adopta une résolution en faveur de l'amendement abolitionniste et l'envoya à la Chambre des représentants. Deux mois plus tard, en juin, la Chambre vota sur la mesure, mais échoua à l'adopter à la majorité des deux tiers. Puis, en juillet, le Congrès adopta finalement son projet de loi de reconstruction, appelé le projet Wade-Davis.[56]

Cette législation est surtout connue des historiens pour avoir relevé les exigences imposées aux États souhaitant réintégrer l'Union, bien au-delà du seuil fixé par Lincoln. Au lieu des 10 % proposés par le président, 50 % des électeurs blancs devaient prêter un serment rigide, dit « serment de fer », avant qu'un nouveau gouvernement puisse se former et être réadmis. Le projet comportait aussi une différence cruciale avec le plan de Lincoln en matière d'émancipation. Alors que la proclamation présidentielle laissait en suspens la question du calendrier d'émancipation pour les esclaves non encore libérés par les lois de confiscation ou la Proclamation d'émancipation, le projet Wade-Davis accordait la liberté immédiate à tous les esclaves vivant dans la Confédération.[57]

C'est précisément cette différence que Lincoln évoqua lorsqu'il opposa un veto de poche au projet de loi Wade-Davis. Outre son objection au fait que cette loi affaiblirait les mouvements unionistes dans les États confédérés tels que la Louisiane et l'Arkansas, Lincoln protesta que le Congrès ne disposait pas de la « compétence constitutionnelle [...] pour abolir l'esclavage dans les États ». En d'autres termes, il appliquait le même critère qu'il avait utilisé pour juger de la constitutionnalité des mesures antérieures prises en temps de guerre contre l'esclavage. Le gouvernement fédéral pouvait, en vertu de ses « pouvoirs de guerre », affranchir les esclaves appartenant à des maîtres déloyaux ou résidant dans des zones en rébellion, mais il ne pouvait pas abolir l'esclavage dans un ou plusieurs États par voie législative ; du moins, pas par simple loi. L'amendement constitutionnel proposé, déclara Lincoln, était la méthode préférable — et légale — pour parvenir à une émancipation universelle.[58]

CONDUCIENDO LA GUERRA HACIA SU CONCLUSIÓN

La convention républicaine de Baltimore, durant la deuxième semaine de juin, manifesta la traditionnelle effusion de joie et l'unité d'un parti reconduisant un président sortant. L'assemblée se qualifia de convention de l'Union nationale afin d'attirer les Démocrates de guerre et les unionistes du Sud qui auraient pu se détourner du nom républicain. Néanmoins, elle adopta une plateforme entièrement républicaine, comprenant l'approbation d'une guerre implacable pour forcer la « reddition inconditionnelle » des armées confédérées et le passage d'un amendement constitutionnel abolissant l'esclavage. Lorsque ce dernier point fut présenté, « l'ensemble des délégués se leva... dans une ovation prolongée », selon William Lloyd Garrison, présent comme reporter pour son journal The Liberator. « Un tel spectacle ne constituait-il pas une juste compensation après plus de trente années d'opprobre personnel ? »[59]

La plateforme évita la question controversée de la reconstruction. Les délégations des États reconstruits par Lincoln — Louisiane, Arkansas et Tennessee — furent admises, tandis que, avec l'accord discret du président, la convention fit un geste de conciliation envers les radicaux en accordant une place à une délégation anti-Blair du Missouri. Les délégués du Missouri votèrent alors symboliquement pour Ulysses S. Grant avant de changer leur vote pour rendre la nomination de Lincoln unanime.[60]

Le seul véritable débat lors de la convention concerna la nomination à la vice-présidence. Le titulaire sans éclat, Hannibal Hamlin, n'apportait aucune force à la candidature. Le souci de projeter une image de parti de l'Union semblait exiger la nomination d'un Démocrate de guerre issu d'un État du Sud. Andrew Johnson du Tennessee convenait parfaitement.[61] À la suite de manœuvres en coulisses dont les détails restent obscurs, Johnson fut nommé dès le premier tour de scrutin.[62] Cette nomination eut un effet ambivalent sur les tensions entre radicaux et modérés au sein du parti. D'une part, Johnson s'était montré sévère envers les « rebelles » au Tennessee. D'autre part, il incarnait l'approche présidentielle de Lincoln concernant la reconstruction.

Le Parti démocrate se réunit en convention à Chicago, dans l'Illinois, le 30 août 1864, et nomma George B. McClellan pour la présidence. Leur plateforme proclama que la guerre était un échec et demanda la paix immédiate. McClellan embrouilla la situation en acceptant la nomination tout en répudiant la plateforme.[63] McClellan possédait toutes les qualités de « présentabilité ». Il jouissait d'un charme personnel exceptionnel, rehaussé par sa jeunesse relative, ses manières gracieuses et sa culture.[64]

Les succès du général William T. Sherman en septembre et ses progrès continus à travers la Géorgie renforcèrent considérablement l'opinion publique en faveur de Lincoln. Le désespoir croissant du Sud, qui se manifesta par des actes de terrorisme, des braquages de banque et des meurtres dans les villes du Nord, attisa la colère des masses nordistes et fit gagner des voix aux Républicains. Le ressentiment de George B. McClellan conduisit les Démocrates à un échec cuisant. Lincoln remporta tous les États participants sauf trois et obtint 212 grands électeurs sur 233. Ce fut un vote de confiance retentissant de la part du peuple.[65]

Convaincu qu'il pourrait réunir le Nord et le Sud en proposant une campagne conjointe pour expulser les Français du Mexique, Francis Preston Blair, vieux jacksonien aussi chevaleresque à sa manière qu'Horace Greeley, harcela Lincoln pour obtenir un laissez-passer à travers les lignes afin de soumettre cette proposition à Jefferson Davis. Lincoln ne voulait rien avoir à faire avec le projet extravagant de Blair sur le Mexique, mais il lui permit d'aller à Richmond pour voir ce qui pourrait en découler. Pour sa part, Jefferson Davis n'attendait rien de mieux de ces négociations que les précédentes exigences de « soumission inconditionnelle ». Il y vit cependant une occasion de raviver l'ardeur sudiste déclinante en suscitant publiquement de telles exigences. Davis autorisa donc Blair à informer Lincoln qu'il était prêt à « entrer en conférence dans le but d'assurer la paix entre les deux pays ». Lincoln répondit aussitôt qu'il était également prêt à recevoir des propositions « en vue d'assurer la paix au peuple de notre seul pays commun ».[66]

Une confrontation dramatique eut lieu le 3 février 1865, à bord du vapeur de l'Union River Queen. Les instructions antérieures de Lincoln au secrétaire d'État William H. Seward avaient formé la position inflexible de l'Union durant quatre heures d'échanges :[67]

1. Rétablissement de l'autorité nationale dans tous les États.

2. Aucun recul de l'Exécutif des États-Unis sur la question de l'esclavage.
3. Aucun cessez-le-feu avant la fin de la guerre et la dissolution de toutes les forces hostiles au gouvernement.

En vain, Alexander H. Stephens, vice-président de Davis dans les États confédérés, tenta de détourner Lincoln en évoquant le projet mexicain de Blair. Tout aussi infructueuse fut la proposition du général David Hunter d'une trêve et d'une convention des États. Lincoln déclara qu'il n'y aurait pas de trêve : la reddition était le seul moyen de mettre fin à la guerre. Hunter répliqua qu'au cours de la guerre civile anglaise, même Charles Ier avait conclu des accords avec des rebelles armés contre son gouvernement. « Je ne prétends pas être un expert en histoire, » répondit Lincoln. « Tout ce que je me rappelle clairement à propos de Charles Ier, c'est qu'il a perdu la tête. »[68] Concernant la punition des chefs rebelles et la confiscation de leurs biens, Lincoln promit un traitement généreux fondé sur son pouvoir de grâce. Sur la question de l'esclavage, il suggéra même la possibilité d'indemniser les propriétaires à hauteur de 400 millions de dollars — environ 15 % de la valeur des esclaves en 1860.[69]

Une certaine incertitude subsiste quant à ce que Lincoln entendait précisément par « aucun recul... sur la question de l'esclavage ». Au minimum, il signifiait qu'il ne reviendrait pas sur la Proclamation d'émancipation ni sur les autres actions exécutives ou législatives prises pendant la guerre contre l'esclavage. Aucun esclave libéré par ces actes ne pourrait jamais être réduit de nouveau en esclavage. Les Sudistes s'interrogèrent sur le nombre réel d'esclaves libérés par ces mesures : s'agissait-il de tous les esclaves dans la Confédération, ou seulement de ceux qui étaient passés sous contrôle militaire de l'Union après la promulgation ? En tant que mesure de guerre, cesserait-elle d'être applicable avec la paix ? Ce serait aux tribunaux d'en décider, répondit Lincoln. Seward informa les commissaires que la Chambre des représentants venait d'adopter le treizième amendement. Sa ratification rendrait toutes les autres questions juridiques caduques. Si les États du Sud revenaient dans l'Union et votaient contre la ratification, la rendant ainsi invalide, une telle action serait-elle recevable ? Cela restait à voir, déclara Seward.[70]

En tout cas, fit remarquer Lincoln, l'esclavage comme la rébellion étaient voués à disparaître. Les dirigeants sudistes devaient limiter leurs pertes, revenir à leur ancienne allégeance et sauver le sang de milliers de jeunes hommes qui serait versé si la guerre se poursuivait. Quelle que fût leur opinion personnelle, les commissaires n'avaient aucun pouvoir pour négocier de telles conditions. Ils retournèrent à Richmond, abattus.[71]

Les protestations sudistes de choc et de trahison face à la demande du Nord de « reddition inconditionnelle » étaient trompeuses. Lincoln ne leur avait donné aucune raison d'espérer autre chose. Les trois commissaires rédigèrent un rapport succinct et factuel sur leur mission. Lorsque Davis tenta de leur faire ajouter des expressions manifestant leur ressentiment face à une « soumission dégradante » et une « capitulation humiliante », ils refusèrent, sachant que le président voulait s'en servir pour discréditer l'idée même de négociation. Le 6 février, Davis ajouta donc lui-même ces expressions dans un message au Congrès accompagnant le rapport des commissaires. Le Sud devait continuer à se battre, déclara Davis ce soir-là dans un discours public empreint de « défi inébranlable ». Nous ne nous soumettrons jamais à la « honte de la capitulation », affirma le leader confédéré. Dénonçant le président du Nord comme « Sa Majesté Abraham Ier », Davis prédit que Lincoln et Seward découvriraient qu'« ils avaient parlé à leurs maîtres ». Les armées sudistes allaient encore « contraindre les Yankees, en moins de douze mois, à nous supplier de leur accorder la paix à nos conditions ».[72]

Il ne diminue en rien la dévotion spirituelle de Lincoln à la cause de l'Union de dire que sa politique fut marquée par son habituelle compréhension des réalités de la situation. Son défi était d'assurer sa réélection en novembre, et cette réélection dépendait du soutien d'un électorat diversifié. Pour conserver ce soutien, la politique qu'il avait mise en place auparavant devait être maintenue même dans une période de découragement et de désespoir. Même lorsque soufflait un « simoun de paix » aveuglant les électeurs du Nord, il devait rester ferme et inébranlable.[73]

Lincoln resta fidèle à sa politique de guerre et de paix. Ses conditions furent énoncées dans leur forme la plus concise dans la déclaration À qui de droit, sa réponse aux commissaires confédérés. Il était disposé à négocier les détails, comme le montrait son projet de mission confiée à James Jaquess et James R. Gilmore. Il évoqua une compensation pour les esclaves avec un visiteur à la Maison-Blanche en août, mais, sur les conditions fondamentales de la réunion de l'Union et de la liberté, il ne vacilla jamais.[74]

D'un autre côté, on peut dire que dans sa lettre à Charles D. Robinson et dans les instructions relatives à une commission pour Richmond – qu'il proposa comme réponse au Comité exécutif républicain – figurait une indication selon laquelle il avait modifié sa politique. Pour répondre à cette affirmation, il faut considérer les négociations de paix de juillet 1864. Si Lincoln avait eu besoin de comprendre les enjeux de la guerre, les initiatives de Greeley, Jaquess et Gilmore les lui auraient révélés. Les résultats de leurs missions fournissaient une nouvelle preuve du fait que la Confédération se battait pour son indépendance, et pour rien d'autre. Fort de cette confirmation, Lincoln pouvait se permettre une certaine dissimulation dans sa lettre à Robinson et omettre, dans ses instructions non utilisées du 24 août, toute mention de l'esclavage. Comme le Président percevait la situation avec une clarté implacable, il était justifié de l'exploiter à des fins politiques.[75]

La scène de la seconde investiture de Lincoln fut saisissante. Le matin avait été mauvais, avec une tempête si violente que, jusqu'à quelques minutes avant midi, on pensait que le discours inaugural devrait être prononcé dans la salle du Sénat. Le peuple s'était rassemblé en masse devant le Capitole, malgré la tempête, et, juste avant midi, la pluie cessa. Les nuages se dissipèrent, et le Président prêta serment, administré par le président de la Cour suprême, Salmon P. Chase. Le ciel bleu apparut au-dessus et un petit nuage blanc, tel un oiseau planant, sembla suspendu au-dessus de sa tête. Le soleil perça les nuées et se posa sur lui avec une splendeur, perçue plus tard comme l'emblème de la couronne du martyr, qui devait bientôt reposer sur son front.[76]

CHAPITRE QUATRE

DE L'ACCOMMODEMENT AU CONFLIT

Les accommodements liés à l'esclavage auraient pu évoluer vers l'assimilation ; c'est-à-dire « un processus d'interpénétration et de fusion par lequel des individus et des groupes acquièrent les souvenirs, les sentiments et les attitudes d'autres individus ou groupes, et, en partageant leur expérience et leur histoire, sont incorporés avec eux dans une vie culturelle commune. »[1] Au lieu de cela, les accommodements de l'esclavage ont persisté pendant une longue période, ont été perturbés, puis ont sombré dans le conflit de la guerre civile.

Le mouvement industriel mondial a tellement révolutionné le filage et le tissage que la demande accrue de fibres de coton qui en résulta donna naissance au système des plantations dans le Sud. Celui-ci nécessitait un plus grand nombre d'esclaves. Devenus trop nombreux pour être considérés comme faisant partie du corps politique tel que conçu par John Locke, le baron de Montesquieu et Sir William Blackstone, les esclaves furent généralement condamnés à vivre sans aucune forme d'instruction. Dès lors, les riches planteurs jugèrent imprudent d'éduquer des hommes destinés à vivre sur un pied d'égalité avec les bêtes. D'ailleurs, certains considéraient comme plus rentable de faire travailler un esclave jusqu'à la mort pendant sept ans, puis d'en acheter un autre, plutôt que de l'instruire et de l'humaniser afin d'accroître son efficacité.[2]

LES NOUVEAUX CODES

L'augmentation du nombre de Noirs fit naître chez les Blancs des craintes de désordre et d'insurrection. Cela conduisit à l'adoption de codes esclavagistes sévères visant à réglementer les activités des Noirs.

La législation restrictive s'étendit sur plus d'un siècle, commençant par l'adoption par l'Assemblée de Caroline du Sud de l'« Acte sur les Nègres » en 1740, qui établit le code esclavagiste de l'État. Ce code fut adopté en réaction à la révolte d'esclaves de Stono en 1739, dirigée par un esclave africain natif nommé Cato.[3] Il s'agissait de l'épisode insurrectionnel le plus grave de la période coloniale.[4]

La révolte débuta le dimanche 9 septembre 1739, à environ 30 kilomètres de Charlestown. Un groupe de vingt esclaves noirs se réunit secrètement près de la rivière Stono, en Caroline du Sud, pour planifier leur fuite vers la liberté. Peu après, ils cambriolèrent un magasin, tuèrent les deux commerçants et volèrent les armes et la poudre qui s'y trouvaient. Le groupe se dirigea vers le sud en direction de St. Augustine, incendiant et tuant des Blancs au fur et à mesure que d'autres esclaves les rejoignaient. En se rendant à Charlestown à cheval, le lieutenant-gouverneur William Bull aperçut le groupe et alerta les Blancs. Les Noirs poursuivirent leur route, dansant, chantant et battant du tambour pour attirer d'autres esclaves. Dans l'après-midi, le groupe s'arrêta après avoir parcouru plus de 16 kilomètres et décida d'attendre le lendemain avant de traverser la rivière Edisto.[5]

Comptant entre 60 et 100 participants, le groupe fut confronté à une troupe de planteurs blancs, dont le nombre variait également entre 20 et 100 hommes. Une bataille s'ensuivit et, selon certains récits secondaires, l'insurrection fut réprimée avant la tombée de la nuit. D'autres sources indiquent qu'un petit groupe d'esclaves parvint jusqu'à la frontière sud et fut intercepté par les Blancs le samedi suivant. On estime que 21 Blancs et 44 Noirs périrent dans la révolte de la rivière Stono.[6]

La loi de Caroline du Sud servit également de modèle pour le code esclavagiste de Géorgie de 1755,[7] et resta en grande partie inchangée jusqu'à l'émancipation en 1865. Le nouveau code retirait aux esclaves noirs toute forme de protection légale. Ainsi, le meurtre d'un esclave par un Blanc n'était puni que comme une simple contravention, passible d'une amende. Les esclaves ne pouvaient jamais attaquer physiquement une personne blanche, sauf pour défendre la vie du maître à qui ils appartenaient. Ils pouvaient être exécutés pour avoir fomenté une insurrection, avoir comploté une fuite, avoir incendié un baril de goudron ou une « meule de riz », ou encore pour avoir enseigné à un autre esclave « la connaissance de quelque racine, plante ou herbe vénéneuse. » Une grande partie de l'Acte sur les Nègres portait sur le contrôle des moindres aspects de la vie des esclaves. Par exemple, il leur était interdit de s'habiller d'une manière « au-dessus de leur condition d'esclaves. » Leurs vêtements devaient obligatoirement être confectionnés à partir d'une liste de tissus grossiers autorisés. Ils n'étaient pas autorisés à apprendre à lire ou à écrire, ni à se rassembler entre eux. Les Noirs enfreignant ces dispositions étaient passibles de flagellation.[8]

Alors que la Caroline du Sud et la Géorgie adoptaient des mesures législatives prescriptives, d'autres États abordèrent le problème de diverses manières. Les Noirs, au-delà d'un certain nombre, n'étaient pas autorisés à se rassembler à des fins sociales ou religieuses, sauf en présence de certains hommes blancs dits « discrets ». Les esclaves furent privés du contact bénéfique avec les personnes de couleur libres, car ces derniers furent chassés de certains États du Sud. Les maîtres, qui avaient employé leurs esclaves préférés dans des fonctions nécessitant la connaissance de la comptabilité, de l'imprimerie, et autres compétences similaires, furent contraints par la loi de cesser cette pratique. Il fut interdit aux enseignants privés comme publics d'aider les Noirs à acquérir quelque savoir que ce soit.[9]

À cette époque, bon nombre de personnes dans le Sud en étaient venues à la conclusion que l'élévation intellectuelle rendait les hommes inaptes à la servitude et rendait impossible leur maintien dans cette condition. En d'autres termes, plus on cultive l'esprit des esclaves, plus ils deviennent inutilisables. Ils développent un goût plus prononcé pour les privilèges qu'ils ne peuvent obtenir, et ce qui devait être une bénédiction devient une malédiction. S'ils doivent rester en esclavage, il convient de les maintenir dans le plus bas état d'ignorance et de dégradation. Plus on les rapproche de la condition des bêtes, plus on a de chances de conserver leur apathie. En définitive, les mesures adoptées pour empêcher l'instruction des Noirs non seulement interdirent l'association entre pairs pour l'entraide mutuelle, mais entraînèrent également la fermeture de la plupart des écoles pour Noirs dans le Sud. Dans plusieurs États, ces mesures faisaient même du fait pour un Noir d'enseigner à ses propres enfants un crime.[10]

Les lois adoptées au Mississippi dans le Sud après la guerre de Sécession (1865–1867) furent largement considérées comme le premier ensemble de Codes noirs ; c'est-à-dire un corpus de lois, statuts et règlements édictés par les États du Sud immédiatement après la guerre civile, afin de reprendre le contrôle sur les anciens esclaves, maintenir la suprématie blanche, et assurer l'approvisionnement continu en main-d'œuvre bon marché. Ces codes représentaient un effort concerté des législateurs blancs pour restaurer la relation maître-esclave sous un nouveau nom. Quelques mois après l'adoption par le Mississippi de sa première loi de ce type, l'Alabama, la Géorgie, la Louisiane, la Floride, le Tennessee, la Virginie et la Caroline du Nord suivirent en promulguant leurs propres lois similaires.[11]

Sous l'esclavage, les Blancs disciplinaient les Noirs essentiellement en dehors du cadre légal, au moyen de flagellations extralégales administrées par les propriétaires d'esclaves et leurs surveillants. Après l'émancipation des esclaves, les Blancs, pris de panique, craignaient que les Noirs cherchent à se venger du traitement dur et inhumain qu'ils avaient subi sur les plantations du Sud. Certains États limitèrent le type de propriété que les Noirs pouvaient posséder. Dans d'autres, les Noirs furent exclus de certaines professions ou métiers qualifiés. Les anciens esclaves furent également interdits de port d'armes à feu ou de témoignage en justice, sauf dans les affaires impliquant d'autres Noirs. Le mariage légal entre Noirs fut autorisé, mais le mariage interracial fut interdit.[12]

ÉMANCIPATION

Dès les premiers jours de la guerre de Sécession, les esclaves avaient agi pour assurer leur propre liberté. La Proclamation d'Émancipation[13] confirma leur détermination à faire de la guerre pour l'Union une guerre pour la liberté. Elle donna une force morale supplémentaire à la cause de l'Union et renforça l'Union tant sur le plan militaire que politique. Par ce décret, Lincoln espérait inspirer tous les Noirs et esclaves de la Confédération à soutenir la cause de l'Union. Il considérait également que ce geste était nécessaire pour empêcher l'Angleterre et la France d'accorder reconnaissance politique et aide militaire à la Confédération. Toutefois, en tant que mesure militaire, la Proclamation présentait plusieurs limites. Elle ne s'appliquait qu'aux États ayant fait sécession de l'Union, laissant l'esclavage intact dans les États frontaliers restés loyaux. Elle exemptait également expressément certaines parties de la Confédération déjà sous contrôle de l'Union. Surtout, la liberté promise dépendait de la victoire militaire de l'Union.[14]

Bien qu'elle n'ait pas aboli l'esclavage dans toute la nation, la Proclamation d'Émancipation transforma fondamentalement la nature de la guerre. Après le 1er janvier 1863, chaque avancée des troupes fédérales élargissait le domaine de la liberté. De plus, elle annonça l'acceptation des Noirs dans l'armée et la marine de l'Union, permettant aux libérés de devenir eux-mêmes des libérateurs. À la fin de la guerre, près de 200 000 soldats et marins noirs avaient combattu pour l'Union et pour la liberté.[15]

Au moment où le président de la Confédération, Jefferson Davis, fut capturé, Lincoln était déjà mort. Le 14 avril, Vendredi saint, Lincoln assista à la pièce Our American Cousin au théâtre Ford de Washington. Il fut assassiné par John Wilkes Booth, acteur, sympathisant de la Confédération originaire du Maryland et membre d'un réseau d'espionnage confédéré. Simultanément, Lewis Powell, alias Lewis Paine, poignarda et blessa grièvement le secrétaire d'État William H. Seward à son domicile, alors que ce dernier était alité à la suite d'un accident de voiture. Powell, également membre du même réseau d'espionnage, fut plus tard pendu, avec trois autres complices. Booth, en revanche, échappa à la potence en étant tué ou en se suicidant pour éviter la capture, quelques jours après son crime.[16]

Les semaines qui suivirent l'acte de Booth défilèrent dans une succession vertigineuse d'événements. Des images saisissantes se dissolvaient et se reformaient en motifs kaléidoscopiques, laissant les esprits traumatisés ou exaltés : notamment Lincoln exposé en chapelle ardente à la Maison-Blanche le 19 avril, tandis que le général Ulysses S. Grant pleurait ouvertement à son catafalque. Les armées confédérées se rendirent l'une après l'autre tandis que Jefferson Davis fuyait vers le sud, espérant rétablir son gouvernement au Texas et poursuivre la guerre jusqu'à la victoire. Sept millions d'hommes, de femmes et d'enfants endeuillés se massèrent le long des voies ferrées pour voir passer le train funéraire de Lincoln sur le chemin du retour à Springfield.[17]

Le 27 avril, le bateau à vapeur Sultana, ramenant des prisonniers de guerre de l'Union libérés, explosa sur le Mississippi, provoquant une perte de vies équivalente à celle du Titanic un demi-siècle plus tard. Jefferson Davis fut capturé en Géorgie le 10 mai et accusé à tort de complicité dans l'assassinat de Lincoln. Emprisonné et brièvement enchaîné au Fort Monroe en Virginie, il y resta deux ans avant d'être libéré sans procès. Il vécut jusqu'à l'âge de 81 ans, devenant membre du courant littéraire ex-confédéré dont les adeptes écrivirent de volumineux ouvrages pour justifier leur Cause.

L'armée du Potomac et l'armée de Sherman en Géorgie défilèrent, fortes de 200 000 hommes, lors d'une Grande Revue sur Pennsylvania Avenue les 23 et 24 mai, dans une démonstration de puissance et de catharsis, avant d'être démobilisées : passant de plus d'un million de soldats à moins de 80 000 un an plus tard, pour atteindre finalement un total en temps de paix de 27 000. Éreintés et en haillons, les soldats confédérés rentrèrent chez eux, mendiant ou volant sur leur chemin.[18]

Après l'assassinat de Lincoln en avril 1865, les Sudistes, abasourdis par leur défaite et ses possibles conséquences, étaient prêts à accepter presque n'importe quelle condition. Comme le déclara l'éditeur du Raleigh Press au journaliste Whitelaw Reid à l'été 1865, ils étaient « prêts à se soumettre à toute base de réorganisation que le Président prescrirait ». Même le suffrage noir « serait préférable à rester désorganisé et serait accepté par le peuple ».[19] Cependant, le président Andrew Johnson manqua cette opportunité d'instaurer une politique qui aurait au moins protégé les droits minimums des anciens esclaves. Il avait pourtant été averti. Les Noirs d'Alexandrie, les unionistes du Maryland et de Virginie, les fonctionnaires de Louisiane, entre autres, l'avertirent par lettres et pétitions. Ils le mirent en garde contre l'abandon des unionistes et des Noirs aux mains des anciens rebelles revenus au pouvoir.[20]

RECONSTRUCTION

C'est la réaction du Nord aux codes noirs, ainsi qu'aux émeutes sanglantes anti-Noirs de Memphis et de La Nouvelle-Orléans en 1866, qui contribua à la mise en œuvre de la Reconstruction radicale et à l'adoption du Quatorzième et du Quinzième amendements. La Reconstruction supprima les codes noirs, mais, après sa fin, nombre de leurs dispositions furent réintroduites sous les lois de ségrégation dites Jim Crow.

La Reconstruction fut l'une des périodes les plus turbulentes et controversées de l'histoire américaine. Elle fut le théâtre de la première expérience américaine de démocratie interraciale. Le président Andrew Johnson prônait une approche indulgente de la Reconstruction, réclamant un retour immédiat des anciens États confédérés dans l'Union sans aucune garantie de droits civiques pour les Noirs.[21] Cependant, tout comme le sort de l'esclavage avait été central pour comprendre la signification de la guerre de Sécession, les politiques conflictuelles de la Reconstruction se cristallisèrent autour du statut que les anciens esclaves assumeraient dans la nation réunifiée.[22]

Le président Johnson annonça ses plans de Reconstruction à la fin du mois de mai 1865. Ces plans reflétaient à la fois son unionisme fervent et sa foi inébranlable dans les droits des États. Selon Johnson, les États du Sud n'avaient jamais renoncé à leur droit de se gouverner eux-mêmes, et le gouvernement fédéral n'avait aucun droit d'imposer des conditions de vote ou d'autres règlements au niveau étatique. Dans le cadre de sa Reconstruction présidentielle, toutes les terres confisquées par l'armée de l'Union et redistribuées aux esclaves libérés par l'armée ou par le Bureau des Affranchis furent rendues à leurs anciens propriétaires. Hormis l'obligation de se conformer au Treizième amendement de la Constitution, de prêter serment de loyauté à l'Union et de rembourser la dette de guerre, les gouvernements des États du Sud avaient toute latitude pour se reconstruire.[23]

Le Congrès, contrôlé par les Républicains, s'opposa au plan de Johnson et refusa d'admettre les congressistes des anciens États confédérés.[24] Passant outre les vetos de Johnson, le Congrès renouvela le Bureau des Affranchis et adopta la loi sur les droits civiques de 1866. Lors de la campagne électorale pour les élections législatives de cette même année, Johnson porta son message directement au peuple lors de sa tournée de discours appelée « Swing Around the Circle ».[25] Il fit pression sur Ulysses S. Grant, alors l'homme le plus populaire du pays, pour qu'il l'accompagne. Grant, désireux de paraître loyal, accepta.[26]

Cependant, Grant croyait que Johnson cherchait délibérément à attiser l'opinion conservatrice pour défier la Reconstruction du Congrès. Il se retrouva de plus en plus en désaccord avec le président et considérait que ses discours étaient une « honte nationale ». Publiquement, Grant tenta de préserver une apparence de loyauté envers Johnson tout en évitant de s'aliéner les législateurs républicains, essentiels à sa future carrière politique. Craignant que les différends de Johnson avec le Congrès ne ravivent l'insurrection, Grant ordonna que les arsenaux du Sud transfèrent leurs armes vers le Nord afin d'empêcher leur capture par les gouvernements des États du Sud.[27]

L'élection de 1866 changea décisivement l'équilibre des pouvoirs, donnant aux Républicains le contrôle du Congrès ainsi qu'une majorité suffisante pour passer outre les vetos de Johnson. Le Congrès rejeta l'argument de Johnson selon lequel il disposait des pouvoirs de guerre pour décider de la reconstruction, car la guerre était terminée. Le Congrès estima qu'il avait l'autorité principale pour décider de la Reconstruction, puisque la Constitution exigeait qu'il garantisse à chaque État une forme de gouvernement républicain.[28] La question devint alors de savoir comment le républicanisme devait fonctionner dans le Sud ; c'est-à-dire comment les Noirs nouvellement libérés allaient obtenir la citoyenneté, quel serait le statut des anciens États confédérés, et quel serait le sort des hommes ayant soutenu la Confédération.[29]

Dès 1866, Johnson, fidèle à son orientation démocrate jeffersonienne et jacksonienne, rompit avec les Républicains modérés pour s'aligner davantage sur les Démocrates, opposés à l'égalité et au Quatorzième amendement qui accordait la citoyenneté aux anciens esclaves.[30] Les Radicaux attaquèrent la politique de Johnson, notamment son veto à la loi sur les droits civiques de 1866, qui visait à protéger les droits civiques des Noirs. Finalement, le Congrès triompha. Passer outre les vetos de Johnson devint une routine, et lorsqu'il limogea un membre de son cabinet sans l'autorisation du Sénat après l'adoption d'une loi lui interdisant cet acte, la Chambre des représentants l'impeacha. Le Sénat échappa de justesse à sa destitution, manquant d'une seule voix la majorité des deux tiers requise pour l'évincer de ses fonctions.[31]

Les Républicains établirent sept districts militaires dans le Sud et utilisèrent le personnel de l'armée pour administrer la région jusqu'à ce que de nouveaux gouvernements loyaux envers l'Union puissent être mis en place. Ils accordèrent la citoyenneté et le droit de vote aux anciens esclaves. Certaines portions de terre furent réservées exclusivement à l'usage et au travail des affranchis. Ces réserves furent appelées Colonies de travail des affranchis. Des écoles furent établies, tant dans les colonies résidentielles que dans les colonies de travail.[32] Le droit de vote fut suspendu pour environ 10 000 à 15 000 hommes blancs ayant été fonctionnaires confédérés ou officiers supérieurs.

Avec le droit de vote, les Noirs commencèrent à participer à la vie politique. Une coalition républicaine composée de Noirs, de Sudistes favorables à l'Union et de Nordistes ayant migré vers le Sud s'organisa pour créer des conventions constitutionnelles et de nouvelles constitutions étatiques afin de mettre en œuvre les réformes concernant les anciens esclaves. Certains de ces Nordistes étaient des natifs revenus au pays, mais la plupart étaient des vétérans de l'Union. Ce groupe fut surnommé avec mépris les « carpetbaggers ». Beaucoup d'entre eux étaient des agents du capital, descendus du Nord avec une mentalité d'investisseurs modernes en territoire conquis ou colonial. Ils apportaient le capital, l'investissaient, restaient sur place pour superviser les profits, et s'emparaient du pouvoir pour protéger leurs intérêts. À l'inverse, il y avait aussi des enseignants venus du Nord, des aumôniers militaires, des travailleurs sociaux, et d'autres personnes qui s'engagèrent sincèrement dans les aspects sociaux d'une nouvelle démocratie.[33]

Les amendements constitutionnels et les réformes législatives qui jetèrent les bases de la phase la plus radicale de la Reconstruction furent adoptés entre 1865 et 1871. Le Treizième amendement abolit l'esclavage. Le Quatorzième amendement aborda les droits de citoyenneté et l'égalité de protection des lois pour toutes les personnes. Le Quinzième amendement interdit toute discrimination dans les droits de vote des citoyens fondée sur « la race, la couleur ou une condition antérieure de servitude ». Les gouvernements radicaux républicains du Sud tentèrent d'aborder de manière constructive les problèmes laissés par la guerre civile et l'abolition de l'esclavage. Les soi-disant carpetbaggers (Nordistes installés dans le Sud), les scalawags (Blancs sudistes ralliés au Parti républicain) et les Noirs commencèrent à reconstruire l'économie et la société sudistes. La production agricole fut rétablie, les routes reconstruites, un système fiscal plus équitable adopté, et l'enseignement étendu aux Noirs ainsi qu'aux Blancs pauvres. Les droits civils et politiques des anciens esclaves furent garantis. Pour la première fois, les Noirs purent participer pleinement à la vie politique et économique du Sud en tant que citoyens à part entière.[34]

THE KU KLUX KLAN

Un nombre croissant de Blancs sudistes se tourna vers la violence en réponse aux bouleversements révolutionnaires de la Reconstruction radicale. La première branche du Ku Klux Klan (KKK) fut fondée à Pulaski, dans le Tennessee, en mai 1866. Un an plus tard, une organisation générale regroupant les différents Klans locaux fut établie à Nashville. La plupart des dirigeants étaient d'anciens membres de l'armée confédérée, et le premier Grand Sorcier fut Nathan Forrest, un général confédéré pendant la guerre de Sécession.[35] De 1866 à 1871, le KKK agit comme une société secrète de justiciers portant des robes blanches pour dissimuler leur identité, et qui chevauchaient de nuit pour rendre la « justice ». Ils s'habillaient pour terrifier la communauté noire et, lorsque la terreur échouait, ils recouraient au fouet et à la potence.[36]

Le KKK joua un rôle violent contre les Noirs dans le Sud durant l'ère de la Reconstruction des années 1860 et, bien qu'il n'existât que peu de structure organisationnelle au-dessus du niveau local, des groupes similaires surgirent à travers tout le Sud, adoptant le même nom et les mêmes méthodes.[37] La violence nocturne sporadique de petits groupes était une tactique pratique et efficace dans le Sud rural d'après-guerre. Elle nécessitait peu d'organisation ou de planification, pouvait répondre rapidement aux conditions locales spécifiques, et s'appuyait sur des réseaux communautaires que les Nordistes, désireux de la réprimer, peinaient à décrypter.

Au début de la période d'après-guerre, notamment en 1866 et 1867, d'anciens soldats confédérés et d'autres profitèrent de l'état de faiblesse pour faire surgir des groupes de « vigilants » ou de « guérilleros » dans tout le Sud. La plupart restèrent anonymes, mais d'autres adoptèrent des noms, ou en reçurent. La Black Horse Cavalry se peignait le visage en noir pour terroriser les travailleurs dans la paroisse de Franklin, en Louisiane. Les Pale Faces émergèrent en 1867 au centre du Tennessee. Les Knights of the White Camellia virent le jour en Louisiane au printemps 1867. D'innombrables autres groupes sans nom, appelés « slickers », parcouraient les régions rurales du Sud durant les premières années de la Reconstruction.[38]

Toutes ces formes de violence, cependant, présentaient une lacune significative en tant que moyen de réaffirmer la domination raciale blanche. Plutôt que de représenter la voix d'un Sud blanc défait mais non anéanti, elles véhiculaient un message de fureur blanche sudiste inarticulée. Les attaques individuelles de Blancs contre des Noirs, les émeutes, ou les groupes de « slickers » démontraient et affirmaient un contrôle blanc local tout en intimidant les Noirs du Sud. Pourtant, les mêmes caractéristiques qui rendaient ces violences attrayantes dans les débuts de la Reconstruction neutralisaient leur force politique coordonnée. Bien que leurs affrontements échappassent potentiellement à l'interférence nordiste en apparaissant comme non planifiés, sporadiques et déniables, les milliers d'attaques individuelles, les émeutes sanglantes, et les centaines de groupes de « slickers » ne formaient pas un ensemble cohérent.[39]

Le KKK résolut ce problème. Il redonna de la valeur aux attaques locales nocturnes collectives, permettant aux Ku-Klux de rester petits, locaux, difficiles à détecter ou à supprimer, tout en s'imaginant et en se présentant comme faisant partie d'un mouvement unique de résistance pan-sudiste. En combinant une organisation de petite échelle avec une revendication insistante de cohérence régionale, les nombreux petits groupes constituant le premier KKK allaient devenir ensemble le mouvement terroriste domestique le plus largement répandu et meurtrier de l'histoire des États-Unis.[40]

Essentiellement, le KKK fut un véhicule de la résistance sudiste blanche contre les politiques de la Reconstruction républicaine visant à établir l'égalité politique et économique pour les Noirs. Ses membres menèrent une campagne clandestine d'intimidation et de violence dirigée contre les dirigeants républicains noirs et blancs. Bien que le Congrès ait adopté des lois visant à freiner le terrorisme du Klan, l'organisation poursuivit pour objectif principal la restauration de la suprématie blanche. Cet objectif fut atteint grâce aux victoires démocrates dans les législatures des États du Sud dans les années 1870.

En 1870 et 1871, le gouvernement fédéral adopta les Force Acts, qui furent utilisés pour poursuivre les crimes du Klan et réprimer ses activités.[41] Dans quelques États du Sud, les Républicains organisèrent des unités de milice pour démanteler le Klan. Toutefois, dès 1874, de nouvelles organisations paramilitaires ouvertement actives, telles que la White League et les Red Shirts, initièrent une nouvelle vague de violence visant à supprimer les droits de vote des Noirs et à chasser les Républicains du pouvoir.[42] Les activités de ces diverses organisations contribuèrent à la reconquête du pouvoir politique par les Démocrates blancs ségrégationnistes dans tous les États du Sud d'ici 1877. Elles perturbèrent également l'organisation républicaine et terrorisèrent les Noirs pour les empêcher de voter.[43]

Après une période de déclin, des groupes nativistes protestants blancs ravivèrent le Klan au début du XXe siècle, brûlant des croix et organisant des rassemblements, des parades et des marches. Ils dénoncèrent aussi les immigrants, les catholiques, les juifs, les Noirs et les syndicats. En 1924, le KKK connut un certain succès en faisant élire plusieurs de ses membres à des fonctions politiques. Cinq furent élus au Sénat, dont Hugo Black d'Alabama, futur juge à la Cour suprême, qui se désillusionna rapidement du Klan. Toutefois, le Klan prit véritablement racine dans l'État de l'Indiana, seul État du pays où chaque comté possédait son propre Klavern.[44]

La croissance rapide du Klan dans l'État de l'Indiana fut en grande partie attribuée au Grand Sorcier David Curtis Stephenson, qui exploita un virulent sentiment anti-catholique. Il fonda un magazine du Klan intitulé The Fiery Cross, qui devint immensément populaire. Les figures politiques de l'Indiana qui s'opposaient au Klan étaient presque assurées de voir paraître dans The Fiery Cross des accusations de banditisme ou de prostitution contre leur ville ou leur comté. Stephenson mit également en place un programme où le Klan enquêtait sur tous les candidats à une élection, du conseil scolaire au poste de maire. Des campagnes agressives furent menées contre tous les catholiques, Noirs, juifs et toute autre personne jugée indésirable par le KKK. Avant les élections de 1924, le Klan envoya 250 000 bulletins de vote modèles à ses membres indiquant pour quels candidats ils devaient voter. Le résultat fut que Ed Jackson, jusque-là inconnu, remporta l'élection au poste de gouverneur en 1924, et d'autres membres du Klan furent également élus. Peu après, l'image du Klan de l'Indiana, ainsi que celle de l'organisation nationale, fut détruite par l'affaire Madge Oberholzer, une jeune femme assassinée par Stephenson. Cet événement provoqua l'effondrement du Klan et mit fin à la plus grande période de popularité de son histoire.[45]

Durant son procès, ses camarades du Klan avaient encouragé Stephenson en lui affirmant que le jury était corrompu en sa faveur. De plus, même s'il était reconnu coupable, le gouverneur Jackson le gracierait sûrement. Stephenson fut néanmoins condamné pour meurtre au second degré, et Jackson ne fit rien. Il craignait qu'un soutien public à son ami du Klan n'équivalût à un suicide politique. Furieux du refus du gouverneur, le Grand Sorcier déchu révéla aux médias toute la corruption liée aux élections de 1924, y compris la signature par le maire d'Indianapolis, John Duvall, d'un document l'engageant à ne nommer personne au conseil des travaux publics sans le consentement de Stephenson, ainsi que les contributions de campagne occultes reçues par Jackson du KKK. Les carrières politiques de Jackson, Duvall et de dizaines d'autres hommes politiques de l'Indiana furent ruinées.[46]

Lorsque les enquêtes commencèrent à ralentir et que les tribunaux cessèrent de rendre des jugements, l'effectif du Klan de l'Indiana passa de 350 000 à un maigre 15 000 membres. L'organisation nationale connut un déclin similaire : 600 membres du Klan à New Haven, dans le Connecticut, démissionnèrent en bloc et envoyèrent une résolution au siège impérial déclarant qu'ils ne pouvaient plus rester membres tout en gardant leur respect d'eux-mêmes. Parallèlement, le KKK perdit presque tous ses membres dans le Deep South.[47]

Le krach boursier de 1929 avait inauguré la Grande Dépression. En 1930, les propriétaires du film The Birth of a Nation remirent en circulation ce film emblématique avec une nouvelle bande sonore et des effets sonores. Toutefois, la réaction du public ne fut plus du tout la même qu'une quinzaine d'années plus tôt. Peu de spectateurs se déplacèrent, hormis des recruteurs du Klan espérant désespérément trouver de nouveaux membres pour revitaliser l'organisation. Non seulement les activités illégales du Klan de l'Indiana et l'assassinat de Madge Oberholzer par son dirigeant avaient horrifié l'opinion publique, mais les préoccupations quotidiennes de survie pendant la Grande Dépression surpassaient désormais tout intérêt pour le KKK. Les dirigeants restants continuèrent à tenter d'alimenter la peur et la colère parmi les Américains en blâmant les juifs, les catholiques et les Noirs pour la plus grave crise économique de l'histoire du pays. Peu de gens accordèrent du crédit à leurs accusations.[48]

Finalement, le Klan trouva une cause dans la législation du New Deal créée par le président Franklin Roosevelt, arrivé au pouvoir en 1933. Ils accusèrent les juifs présents dans le nouveau cabinet d'être responsables de politiques jugées dangereuses pour la liberté américaine et recrutèrent au sein des syndicats, dont l'influence grandissait sous l'administration Roosevelt. Hiram Wesley Evans, Grand Sorcier impérial resté en poste malgré la perte quasi totale du soutien public, tenta de lier le syndicalisme au communisme, mais sans grand succès. Quelques semaines après l'entrée de Roosevelt à la Maison-Blanche, Adolf Hitler et le Parti national-socialiste des travailleurs allemands (nazis) prirent le contrôle de l'Allemagne, et, sans surprise, des comparaisons furent établies entre les philosophies et tactiques du KKK et celles des nazis. Le révérend Otto Strohschein, un ancien membre américain du Klan ayant émigré en Allemagne en 1923, fonda un Klavern du Klan qui atteignit finalement 300 membres.[49]

Les sympathisants nazis voyaient le KKK d'un œil favorable. Les Klansmen des régions à forte population juive, notamment à New York, louèrent Hitler pour son antisémitisme et les programmes anti-juifs qu'il initiait en Allemagne. Fritz Kuhn, chef du Parti nazi américain, tenta de fusionner son organisation avec le Ku Klux Klan, mais les pourparlers échouèrent en 1939 lorsqu'il fut condamné pour détournement de fonds et emprisonné. Son remplaçant, G. William Kunze, organisa un rassemblement commun entre nazis et Klansmen durant l'été 1940, ce qui poussa une commission du Congrès à enquêter sur ce qu'elle considérait comme un dangereux rapprochement entre extrémistes de droite. Finalement, cela n'eut que peu d'importance. Le Parti nazi américain fut contraint de se dissoudre après l'entrée des États-Unis dans la Seconde Guerre mondiale.[50]

Bien que certains membres du Klan continuassent à opérer dans tout le Sud, l'organisation était pratiquement moribonde au début des années 1950. Cependant, une décision de la Cour suprême en 1954 leur fournit une nouvelle cause autour de laquelle se mobiliser. Dans l'affaire Brown v. Board of Education, la Cour détermina que la politique de ségrégation "séparés mais égaux" était intrinsèquement inégale et invalida la ségrégation scolaire. Les États du Sud ignorèrent largement la décision, ce qui incita la Cour, en 1955, à ordonner que l'intégration soit réalisée "avec toute la célérité délibérée". Cette formulation vague permit aux responsables sudistes de retarder davantage la mise en œuvre de l'intégration et donna au KKK l'occasion de regagner des membres et d'intensifier ses violences contre les Noirs.[51]

En 1957, le KKK comptait environ 40 000 membres, dont une grande majorité était composée de voyous racistes et violents qui s'attaquaient à ceux qu'ils considéraient comme leurs ennemis. Le mouvement des droits civiques avait débuté et, bien que la majorité des Noirs suivît l'exemple du Dr Martin Luther King, Jr., jeune pasteur de 27 ans prônant la non-violence, d'autres étaient assez en colère pour riposter. Robert Williams, vétéran noir de guerre et ancien marine, réussit à intégrer la bibliothèque de Monroe, en Caroline du Nord, avant de s'attaquer aux piscines, restaurants et autres lieux publics. Le KKK répondit en terrorisant la communauté noire locale, ce qui poussa Williams à demander et à obtenir une charte de la National Rifle Association (NRA). Il forma ses amis à l'utilisation des armes à feu et, à l'été 1957, lorsque des Klansmen cagoulés passèrent en klaxonnant et en proférant des menaces, ils furent stupéfaits de voir Williams et d'autres Noirs riposter à coups de fusil. Les Klansmen, loin d'égaler la précision de leurs adversaires, prirent rapidement la fuite.[52]

Le mouvement des droits civiques des années 1960 connut également une recrudescence de l'activité du KKK, notamment par des attentats à la bombe contre des écoles et des églises noires ainsi que des violences contre les militants noirs et blancs dans le Sud. Le Dr Martin Luther King lança sa campagne avec le boycott des bus à Montgomery, en Alabama, où les Noirs étaient contraints de s'asseoir à l'arrière des bus. L'intégration officielle des bus de Montgomery un an plus tard constitua la première d'une longue série de victoires pour King et les Noirs du Sud. Opposé au mouvement des droits civiques et à sa tentative de mettre fin à la ségrégation et à la discrimination raciale, le KKK exploita les peurs des Blancs pour atteindre environ 20 000 membres. Il décrivit le mouvement des droits civiques comme une conspiration communiste et juive et se livra à des actes terroristes destinés à décourager et intimider ses membres.[53]

Les membres du KKK furent responsables d'actes tels que l'attentat à la bombe contre la Seizième rue Baptist Church de Birmingham, en Alabama, en 1963, qui tua quatre jeunes filles noires et en blessa de nombreuses autres, ainsi que du meurtre en 1964 au Mississippi des militants des droits civiques Michael Schwerner, Andrew Goodman et James Chaney. Le KKK fut également responsable de nombreux autres passages à tabac, meurtres et attentats, y compris des attaques contre les Freedom Riders qui cherchaient à intégrer les bus inter-États. Dans de nombreux cas, il est réputé que le Federal Bureau of Investigation (FBI), alors dirigé par J. Edgar Hoover, détenait des informations qui auraient permis de prévenir les violences du Klan et de condamner leurs auteurs. Cependant, le FBI fit peu pour s'opposer au KKK au plus fort du mouvement des droits civiques.

LES DÉMOCRATES CONSOLIDENT LEUR CONTRÔLE POLITIQUE DANS LE SUD

De 1865 aux années 1870, la tendance générale aux États-Unis était à une acceptation croissante du patronage noir. La loi fédérale sur les droits civils de 1866 leur garantissait « l'égalité des avantages devant la loi ».[54] Cela déclencha une série de procès-tests, mais la plupart des décisions judiciaires, tant au niveau des États qu'au niveau fédéral, entre 1865 et 1880, se prononcèrent en faveur des droits des Noirs. Ces décisions exercèrent une pression continue sur les commerçants pour qu'ils assouplissent les barrières raciales.[55]

En 1870, tous les anciens États confédérés avaient été réintégrés dans l'Union, et les constitutions rédigées durant les années de la Reconstruction radicale étaient les plus progressistes de l'histoire de la région. La participation des Noirs à la vie publique du Sud après 1867 fut de loin le développement le plus radical de la Reconstruction, essentiellement une vaste expérience de démocratie interraciale, sans équivalent dans aucune autre société ayant aboli l'esclavage. Les Noirs furent élus aux gouvernements des États du Sud et au Congrès des États-Unis durant cette période. Parmi les autres réalisations de la Reconstruction figurent les premiers systèmes d'écoles publiques financés par l'État dans le Sud, une législation fiscale plus équitable, des lois contre la discrimination raciale dans les transports publics et les lieux d'hébergement, ainsi que des programmes ambitieux de développement économique, notamment une aide aux chemins de fer et à d'autres entreprises.[56] La Reconstruction avait permis de faire quelques progrès dans l'obtention de droits égaux pour les anciens esclaves, qui votaient et occupaient des fonctions politiques. Les législatures républicaines, coalitions de Blancs et de Noirs, avaient établi les premiers systèmes d'écoles publiques dans le Sud.

Abraham Lincoln bouleversa l'équilibre économique et l'ordre politique des États-Unis. Il détruisit d'abord l'équilibre traditionnel du pouvoir économique entre le Sud et le Nord, puis mit fin au système politique fondé sur le contrôle sudiste de l'esclavage. Quels que fussent les résultats immédiats de la guerre civile, ses causes profondes résidaient sans doute dans les grandes forces cosmiques qui avaient commencé à abattre les barrières séparant autrefois les races ainsi que les partis politiques démocrate et républicain. L'assassinat de Lincoln par Booth, cependant, replongea les États-Unis dans d'anciennes alliances politiques, permettant aux Démocrates de reprendre le contrôle politique et d'initier de nouvelles formes de rivalité et de conflits, notamment la ségrégation « Jim Crow ».[57]

De 1873 à 1877, les Démocrates blancs conservateurs, se qualifiant de « Rédempteurs », regagnèrent le pouvoir dans les élections étatiques à travers l'ancienne Confédération. Plusieurs États conservèrent les constitutions réécrites durant les années de la Reconstruction pendant de nombreuses années. D'autres utilisèrent une législation distincte pour annuler certaines avancées de la Reconstruction. En 1877, le président républicain Rutherford Hayes retira les troupes fédérales, provoquant l'effondrement des trois derniers gouvernements républicains des États du Sud. Grâce à l'adoption de lois de privation de droits et d'actes extralégaux, les Démocrates blancs éliminèrent ensuite la majorité des Noirs et des centaines de milliers de Blancs pauvres des listes électorales de chaque État du Sud.[58] Ils instaurèrent un régime de parti unique et appliquèrent un système de ségrégation raciale qui persista dans tout le Sud jusqu'aux années 1960. L'amertume née du climat partisan intense de l'époque perdura jusqu'au XXe siècle. Cependant, sous d'autres aspects, les Blancs du Nord et du Sud commencèrent un processus de réconciliation qui atteignit son apogée au début du XXe siècle.[59]

Durant les années 1870, aucun État de l'Union, qu'il soit au nord ou au sud de la ligne Mason-Dixon, n'imposait légalement la séparation des Noirs et des Blancs dans les lieux publics comme les wagons fumeurs des chemins de fer ou les balcons de théâtre.

Au contraire, les Noirs s'asseyaient aux côtés des clients blancs qui n'avaient pas les moyens d'acheter des billets de première classe. Cependant, certains établissements du Nord et de l'Ouest refusaient totalement l'accès aux Noirs.[60] La situation était similaire dans les grandes villes des États frontaliers et dans le Deep South : la plupart des établissements admettaient les Noirs dans des installations de seconde classe. Certains offraient un service de première classe aux Noirs jouissant d'un statut social élevé, tels que les fonctionnaires publics, officiers de l'armée, journalistes ou membres du clergé itinérants. D'autres, en particulier dans les zones rurales, interdisaient totalement l'accès aux Noirs, quel que soit leur rang ou leur fortune.[61]

Malgré la loi fédérale sur les droits civils et les trois amendements constitutionnels, le juge Joseph P. Bradley écrivit dans l'opinion de la Cour suprême que le Congrès ne pouvait protéger les Noirs contre la discrimination à moins qu'une « action d'État » ne soit impliquée.[62] Ainsi, la réconciliation coïncida avec le nadir des relations raciales aux États-Unis, une période marquée par une augmentation de la ségrégation raciale et la privation de droits pour la majorité des Noirs du Sud, ainsi qu'une recrudescence de la violence raciale. Les treizième, quatorzième et quinzième amendements demeurèrent les legs constitutionnels de la période radicale. Ils servirent de fondement juridique aux nombreux procès menés par les Noirs américains, les Blancs pauvres et leurs alliés, qui menèrent à des décisions de la Cour suprême au début du XXe siècle. Ces décisions annulèrent les dispositions discriminatoires ainsi que certaines lois sur les droits civiques adoptées dans les années 1860.

LA LUTTE POUR L'ÉDUCATION DES NOIRS

Au début du conflit, un mouvement visant à garantir le soutien à la Confédération entraîna le renvoi des enseignants jugés insuffisamment favorables aux objectifs confédérés. D'autres enseignants quittèrent leur poste pour rejoindre les rangs militaires, et le blocus de l'Union sur les ports du Sud mit à mal l'éducation. Les écoles du Sud dépendaient des éditeurs du Nord pour leurs manuels scolaires, mais, au fur et à mesure de l'intensification du blocus, elles se retrouvèrent confrontées à une pénurie sévère de livres. Par nécessité, Mobile, en Alabama, devint rapidement un centre d'édition de manuels scolaires pour le Sud.[63]

Cependant, dès les premiers jours de leur liberté, les esclaves affranchis réclamèrent une éducation formelle. Une législation adoptée en 1829 avait fait de l'enseignement de la lecture aux esclaves un crime, et les attitudes blanches décourageaient l'alphabétisation au sein de la communauté noire libre. Pourtant, lorsque des écoles pour les affranchis ouvrirent au début de 1865, elles furent bondées. Moins d'un an après la libération des Noirs, au moins 8 000 anciens esclaves fréquentaient les écoles en Géorgie. Huit ans plus tard, les écoles noires peinaient à contenir près de 20 000 élèves.[64]

Le service militaire et les bouleversements économiques affectèrent l'éducation publique. Par exemple, en Alabama, le surintendant de l'éducation publique, Gabriel DuVal, ne pouvait consacrer toute son attention à son poste car il était également capitaine d'une compagnie de volontaires de l'Alabama. Les 500 000 dollars consacrés à l'éducation publique en 1858 furent réduits de moitié en 1861. En 1865, l'éducation publique en Alabama ne reçut que 112 000 dollars.[65]

Durant la Reconstruction, les écoles publiques du Sud bénéficièrent d'un financement supérieur à celui d'avant et pendant la guerre. Les gouvernements républicains favorisèrent la croissance de l'éducation, croyant que celle-ci était une clé du progrès social. Les gouvernements locaux augmentèrent considérablement les taux d'imposition foncière, générant ainsi plus de revenus malgré la baisse de la valeur des biens après-guerre. En 1860, l'Alabama percevait seulement 530 000 dollars sur des propriétés évaluées à 432 millions de dollars, contre plus de 1,4 million de dollars sur des propriétés évaluées à 156 millions en 1870. Le coût moyen du gouvernement d'État et local était de 800 000 dollars entre 1858 et 1860 ; il dépassa 4 millions de dollars en 1868.[66]

L'hostilité raciale empêcha la création d'écoles intégrées. Pendant la journée, les enseignants affiliés aux écoles noires instruisaient les enfants. La nuit, ils dispensaient des cours aux adultes, dont beaucoup étaient motivés par le désir d'apprendre à lire la Bible. Les suprémacistes blancs ripostèrent en incendiant des écoles noires et en terrorisant enseignants et élèves. Cependant, la soif d'instruction parmi les Noirs était immense, et les églises noires prirent souvent en charge la mission éducative.[67]

En 1870, 41 300 Noirs et 75 800 Blancs fréquentaient les écoles publiques. Un an plus tard, ils étaient respectivement 54 300 Noirs et

87 000 Blancs. L'augmentation de la scolarisation des anciens esclaves était en grande partie due aux activités du Freedmen's Bureau, qui assistait les anciens esclaves dans leur transition vers la liberté.[68]

En mars 1865, le Congrès des États-Unis créa le Bureau des réfugiés, des affranchis et des terres abandonnées pour aider les Noirs dans leur transition vers la liberté après la guerre civile. Plus connu sous le nom de Freedmen's Bureau, il fut la première agence fédérale consacrée exclusivement au bien-être social. Sous la direction du major-général Oliver O. Howard, l'agence fournit des rations aux réfugiés et aux affranchis déplacés par la guerre. Elle créa des écoles et des hôpitaux, supervisa le développement d'un système de travail sous contrat, et établit des tribunaux militaires pour régler les différends juridiques. Bien que ses opérations cessèrent en Géorgie et dans d'autres États dès 1870, le bureau demeura une agence fédérale fonctionnelle jusqu'en 1872, date à laquelle le Congrès laissa expirer son autorisation.[69]

Le 20 mai 1865, Howard nomma le brigadier-général Rufus Saxton pour superviser les efforts du bureau en Géorgie, en Caroline du Sud et en Floride. Saxton avait passé une grande partie de la guerre sur les îles de la mer en Caroline du Sud, dans le cadre d'une force d'occupation de l'Union supervisant les plantations abandonnées et leurs résidents noirs. En tant que commissaire adjoint du bureau, il poursuivit essentiellement ses efforts de temps de guerre, encourageant les esclaves libérés à se réinstaller sur des terres abandonnées ou confisquées et prônant l'acquisition de terres comme étape essentielle vers l'autosuffisance. Son plaidoyer pour le travail libre et les contrats écrits façonna les efforts du bureau pour les années suivantes.[70]

Saxton eut du mal à organiser les territoires intérieurs de l'État et, en septembre 1865, il fut relevé de son commandement en Géorgie. La présence du bureau s'étendit sous son successeur, le brigadier-général Davis Tillson, et, en septembre 1866, l'agence avait distribué plus de 800 000 rations dans tout l'État. Bien qu'une grande partie des rations soit allée aux Noirs, un nombre surprenant de Blancs pauvres bénéficia aussi des mesures de secours du bureau. En Géorgie, les Blancs reçurent près d'un cinquième des rations de l'agence ; à l'échelle régionale, ils en reçurent plus d'un quart.[71]

Le bureau obtint peu de succès en matière de droits civils. Ses propres tribunaux étaient mal organisés et de courte durée. Seules les formes les plus rudimentaires de procédure régulière purent être soutenues dans les tribunaux civils pour les affranchis. Son échec le plus notable concernait la question des terres. Entravé par la restitution des terres abandonnées aux Sudistes graciés par le président Johnson et par le refus catégorique du Congrès d'envisager toute redistribution des terres, le bureau fut contraint de superviser des arrangements de métayage qui devinrent inévitablement oppressifs. Le Congrès, préoccupé par d'autres intérêts nationaux et répondant à l'hostilité persistante des Blancs du Sud, mit fin à l'agence en juillet 1872.[72]

CHAPITRE CINQ

LA PHILOSOPHIE DE L'ÉDUCATION

L'éducation a presque toujours pour objectif l'assimilation, c'est-à-dire la fusion de deux ou plusieurs cultures en un ensemble unique de traditions et de souvenirs partagés. Pour les Noirs américains affranchis, l'éducation représentait le chemin vers la liberté. Toutefois, l'instruction publique dans le Sud avait pratiquement cessé pendant la longue guerre civile. Certains habitants du Sud ne s'opposaient pas sérieusement à l'émancipation intellectuelle des Noirs, mais les Noirs eux-mêmes, craintifs, eurent bientôt d'autres raisons d'adopter une attitude peu charitable. Au cours du premier quart du XIXe siècle, des forces efficaces augmentèrent rapidement le nombre de réactionnaires locaux qui, par l'influence de l'opinion publique, parvinrent progressivement à interdire l'éducation des personnes de couleur partout, sauf dans certaines communautés urbaines où des Noirs progressistes avaient acquis un niveau de connaissance suffisant pour établir leurs propres structures scolaires.[1]

Une réponse de la part des Noirs instruits fut la diffusion de récits antiesclavagistes relatant les injustices subies par leur peuple et les exploits éloquemment décrits de François Dominique Toussaint Louverture, l'un des chefs de la Révolution haïtienne. De plus, des réfugiés venus d'Haïti s'étaient installés à Baltimore, Norfolk, Charleston et La Nouvelle-Orléans, où ils racontèrent aux Noirs locaux, de première main, comment les Noirs des Antilles avaient réparé leurs torts. Parallèlement, certains abolitionnistes louaient, en présence des esclaves, les méthodes sanglantes de la Révolution française. Lorsque cet éveil intellectuel engendra des désordres au point que les propriétaires d'esclaves vivaient dans la crainte d'une insurrection servile, les États du Sud adoptèrent une politique résolument réactionnaire visant à rendre l'éducation des Noirs pratiquement impossible.[2]

INFLUENCE DE L'ÉTRANGER

Les progrès rapides réalisés par les Noirs dans leur développement intellectuel après l'ère révolutionnaire furent si saisissants que certains commencèrent à privilégier une politique rétrograde consistant à ne les instruire qu'à condition de les coloniser. Le mouvement de colonisation fut soutenu par quelques hommes blancs qui, voyant les progrès éducatifs des personnes de couleur pendant cette période de renouveau, estimaient qu'il fallait leur donner l'occasion d'être transplantés dans un pays libre où ils pourraient se développer sans restriction.[3]

En 1804, le gouvernement haïtien tenta d'attirer les Noirs américains. À la fin des années 1810, il connut un certain succès. En communication directe avec la communauté noire de New York, Haïti offrit de payer le passage et de fournir des terres à ceux qui s'y installeraient. Lorsque Prince Saunders présenta l'idée lors de la réunion de 1818 de l'American Convention for Promoting the Abolition of Slavery à Philadelphie, elle fut accueillie avec enthousiasme.[4]

Paul Cuffee était un homme d'affaires noir quaker, capitaine de navire, patriote et abolitionniste. Il était issu des peuples Aquinnah Wampanoag et Ashanti d'Afrique et contribua à la colonisation de la Sierra Leone. Cuffee bâtit un empire maritime lucratif et fonda également la première école racialement intégrée à Westport, dans le Massachusetts.[5] Chrétien dévoué, Cuffee prêchait fréquemment lors des services dominicaux de la Société des Amis, une congrégation multiraciale de Westport.[6] En 1813, il fit don de la majeure partie des fonds nécessaires à la construction d'une nouvelle maison de réunion. De nombreux esclaves affranchis avaient émigré de la jeune nation américaine vers la Nouvelle-Écosse après la Révolution américaine, et Cuffee s'engagea aux côtés des Britanniques dans leur projet de réinstaller ces personnes en Sierra Leone. Il aida également à fonder la Friendly Society of Sierra Leone qui apportait un soutien financier à la colonie.

En 1816, Cuffee envisagea un plan d'émigration massive des Noirs américains, aussi bien vers la Sierra Leone que, potentiellement, vers la toute jeune Haïti libre.[7] Le Congrès rejeta sa demande de financement pour un retour en Sierra Leone. De nombreux Noirs commencèrent à manifester un intérêt pour l'immigration en Afrique et certains pensaient que c'était la meilleure solution aux tensions raciales persistantes dans la société américaine. Cuffee, sollicité par les révérends Samuel J. Mills et Robert Finley pour les aider à promouvoir les projets de colonisation africaine de l'American Colonization Society (ACS), fut toutefois alarmé par le racisme manifeste de nombreux membres de cette organisation.

Les cofondateurs de l'ACS, en particulier Henry Clay, défendaient l'idée d'exporter les Noirs affranchis afin de débarrasser le Sud d'agitateurs potentiellement "gênants" qui pourraient menacer le système des plantations esclavagistes.[8] D'autres Américains s'engagèrent également dans l'ACS mais découvrirent qu'il était peut-être préférable d'encourager l'émigration vers Haïti, où les immigrants américains seraient accueillis favorablement par le gouvernement du président Jean-Pierre Boyer.

James Forten, ainsi que les révérends Richard Allen et Peter Williams, parmi de nombreux autres partisans de l'émigration vers Haïti, avaient soutenu les projets d'émigration africaine de Cuffee, mais ils étaient encore plus favorables à l'idée d'un refuge proche, en Haïti. Le soutien de Forten fut particulièrement significatif, car il était un abolitionniste noir de premier plan, inventeur, entrepreneur, et l'un des Américains les plus riches de son époque.[9]

Prince Saunders, lui-même, avait été l'un des premiers correspondants de Cuffee au sein de la Boston African Institution. Originaire du Vermont, éduqué à la Moor and Indian School rattachée au Dartmouth College, Saunders était malade et en congé de son poste d'enseignant à l'African School de Boston. Son médecin lui conseilla un long voyage vers un climat plus chaud et, en 1815, agissant en partie sur ce conseil, Saunders écrivit à Cuffee pour l'informer que lui-même et plusieurs familles de Boston étaient intéressés par une émigration en Sierra Leone. En préparation de ce projet, Saunders se rendit à Londres pour y recevoir une formation de missionnaire. À cette époque, des abolitionnistes britanniques examinaient également la possibilité d'une émigration vers Haïti, tandis que le roi haïtien Henri Christophe exprimait son besoin d'enseignants. Ainsi, William Wilberforce convainquit Prince Saunders de se rendre en Haïti pour contribuer à l'établissement d'écoles.[10]

Au cours des années suivantes, Saunders recruta des enseignants et promut l'intérêt pour Haïti, partageant son temps entre l'Angleterre, les États-Unis et Haïti, où Christophe le nomma ministre de l'Éducation. Saunders, l'abolitionniste britannique Thomas Clarkson et le roi élaborèrent un plan pour offrir l'asile en Haïti aux esclaves américains affranchis, en alternative au projet de colonisation africaine de l'American Colonization Society. Les efforts de Saunders au service d'Haïti furent interrompus par des conflits personnels avec Christophe, un coup d'État contre le roi, puis la mort de Christophe à l'automne 1820.[11]

LA SYSTÉMATISATION PRÉCOCE DES ÉCOLES NOIRESN

Après la guerre de Sécession, une immense demande d'éducation se fit sentir dans le Sud. Au début du XIXe siècle, l'opposition à l'éducation des Noirs était moins marquée que dans les années précédant la guerre. Cependant, les premiers élèves étaient généralement issus de milieux privilégiés. Les enfants de Noirs libres prospères ainsi que les domestiques de familles éminentes ou de fonctionnaires fréquentaient des écoles privées établies par des Noirs libres ou par des Blancs bienveillants.[12]

Bien que la bienfaisance privée du Nord et le gouvernement fédéral méritent d'être crédités pour leur aide à l'éducation des Noirs dans le Sud pendant la Reconstruction, l'impulsion principale et la force de soutien provenaient des Noirs eux-mêmes. Les premières écoles d'après-guerre furent d'anciennes écoles clandestines qui, dès janvier 1865, commencèrent à fonctionner ouvertement. Des hommes et des femmes noirs alphabétisés ouvrirent de nouvelles écoles auto-suffisantes. Les organisations d'aide aux affranchis du Nord commencèrent à établir des écoles dès le milieu de l'année 1865. Près de cinquante sociétés philanthropiques travaillaient à l'éducation des affranchis dans les années 1860. Ces organisations levèrent des fonds, recrutèrent des enseignants, et tentèrent de maintenir la cause des anciens esclaves au premier plan de l'opinion publique du Nord.[13]

Le Bureau des Affranchis n'employait pas directement d'enseignants ni n'exploitait d'écoles. Il assistait plutôt les sociétés d'aide en répondant à la demande croissante d'éducation des Noirs. Il louait des bâtiments pour les salles de classe, fournissait des livres et le transport pour les enseignants, supervisait les écoles, et offrait une protection militaire aux élèves et aux enseignants contre les opposants à l'alphabétisation noire. Les enseignants étaient constitués de natifs du Sud, noirs et blancs, ainsi que d'enseignants venus du Nord.[14]

Parmi les près de 600 enseignants dans les écoles de Géorgie pendant la Reconstruction, plus d'un cinquième étaient originaires de l'État, y compris près de 50 Blancs. Vingt-cinq pour cent des enseignants étaient des Noirs. Plus de la moitié de ces enseignants noirs venaient de Géorgie, tandis que les autres étaient originaires du Sud-Est atlantique, de Pennsylvanie, du New Jersey, de New York, du Massachusetts et de l'Ohio. Bien que les enseignants contemporains du Sud n'aient que rarement achevé leurs études secondaires, de nombreux enseignants nordistes d'affranchis étaient diplômés d'établissements postsecondaires tels que le Dartmouth College dans le New Hampshire, l'Université Yale dans le Connecticut, l'Oberlin College dans l'Ohio et le Mount Holyoke College dans le Massachusetts. Les enseignants noirs, eux, avaient étudié à Oberlin, à la Wilberforce University dans l'Ohio, et à la Lincoln University en Pennsylvanie.[15]

Même dans les régions du Sud où le Bureau des Affranchis et l'aide nordiste n'avaient pas atteint, les Noirs fournissaient un soutien substantiel aux écoles. Ils payaient des frais de scolarité mensuels, recueillaient des fonds pour l'hébergement des enseignants, achetaient des terrains pour y bâtir des écoles et donnaient matériaux et main-d'œuvre pour les construire. Ils créaient également et soutenaient des écoles indépendantes des efforts du Nord. Jusqu'en 1870, les Noirs, qui représentaient près de la moitié de la population de l'État, finançaient leurs propres écoles tout en payant des taxes scolaires qui finançaient également les écoles blanches dont ils étaient exclus.[16]

Les adultes noirs désiraient avec autant d'ardeur que leurs enfants bénéficier de l'alphabétisation. En hiver et durant les périodes creuses entre les plantations et les récoltes, pères et mères récitaient côte à côte avec leurs enfants dans les écoles. Pour répondre à la demande d'éducation des adultes qui ne pouvaient assister aux cours réguliers, les enseignants organisaient des cours du soir et des écoles dominicales. Tout au long de la Reconstruction, les enseignants rapportaient que les adultes constituaient souvent un tiers de leurs élèves. Ces étudiants adultes furent également accueillis dans des institutions secondaires et supérieures formelles. Ces établissements allaient des écoles normales pour la formation d'enseignants à Macon, Columbus, Savannah et ailleurs, aux écoles préparatoires rattachées aux collèges, et aux collèges eux-mêmes. Parmi ces collèges figuraient l'Université d'Atlanta, le Clark College (devenu plus tard Clark Atlanta University) et l'Augusta Institute (devenu plus tard Morehouse College).[17]

En plus de l'enseignement rudimentaire, les Noirs libres du Nord aidèrent leurs amis à rendre possible ce que l'on appelle aujourd'hui l'enseignement supérieur. Durant le deuxième quart du XIXe siècle, la formation avancée des Noirs était pratiquement interdite, les académies et les collèges refusant d'admettre les personnes de couleur. Face à cette situation, les efforts de longue date pour fonder des collèges noirs commencèrent à porter leurs fruits même avant la guerre de Sécession. Plus tard, après la guerre, des institutions du Nord accueillirent des Noirs pour diverses raisons. Certains collèges cherchaient à les préparer à servir au Libéria, tandis que d'autres, proclamant leur conversion à la doctrine de l'éducation démocratique, ouvrirent leurs portes à tous.[18]

Les partisans de l'enseignement supérieur pour les Noirs rencontrèrent une opposition substantielle. La concentration, dans les communautés du Nord, des fugitifs frustes chassés du Sud nécessita un ajustement des choses. La formation des Noirs, quelle qu'en soit la forme, était très impopulaire même dans de nombreuses régions du Nord. Lorsque le préjugé perdit de son âpreté, les amis des Noirs firent davantage que jamais pour les aider dans leur éducation. Compte tenu des nouvelles conditions, cependant, la plupart de ces philanthropes conclurent que les Noirs avaient grandement besoin d'une éducation pratique. Les éducateurs tentèrent d'abord de fournir une telle formation en offrant des cours classiques et professionnels dans ce qu'ils appelèrent les « écoles de travail manuel ». Lorsque ces initiatives échouèrent à répondre à l'urgence, ils plaidèrent en faveur d'une formation réellement professionnelle. Pour étendre ce nouveau système, les Noirs coopérèrent librement avec leurs bienfaiteurs, assumant une part non négligeable du véritable fardeau, puisqu'ils payaient également des impôts pour financer des écoles publiques auxquelles ils n'avaient pas accès.[19]

Cette situation permit aux abolitionnistes de réaliser qu'ils avaient commis une erreur en prônant la création d'écoles séparées pour les Noirs. Au départ, la ségrégation des élèves noirs avait été pensée comme une disposition spéciale visant à mettre la jeunesse noire en contact avec des enseignants sympathiques, connaissant leurs besoins. Lorsque les écoles publiques, développées aux frais de l'État, se transformèrent en un système désirable mieux équipé que les institutions privées, les organisations antiesclavagistes de nombreux États du Nord commencèrent à exiger l'admission des Noirs dans les écoles publiques. Après de longues discussions, certains États de la Nouvelle-Angleterre décidèrent finalement d'admettre les Noirs dans les écoles publiques, sans grande difficulté. Toutefois, dans la plupart des autres États du Nord, les écoles séparées pour les Noirs ne disparurent qu'à la fin de la guerre de Sécession.[20]

Les enseignants noirs, à tous les niveaux, dépendaient des chefs de communauté blancs. Cette dépendance était particulièrement forte dans le cas des enseignants d'écoles élémentaires en milieu rural. Leurs salaires étaient bas et ils ne bénéficiaient d'aucune sécurité d'emploi. De plus, ils pouvaient être utilisés comme vecteurs des attentes et des exigences des Blancs à l'égard de la communauté noire.[21]

L'extrême dépendance et la pauvreté des enseignants noirs ruraux, ainsi que l'existence de Noirs relativement mieux lotis et plus indépendants, excluaient pratiquement les enseignants de toute position de leadership au sein de la communauté noire. Cependant, en matière d'enseignement, ils jouissaient d'une certaine indépendance. Cela était dû uniquement au fait que le surintendant blanc et le conseil scolaire blanc se souciaient généralement si peu de ce qui se passait dans les écoles noires que certains comtés comptaient des écoles noires jamais visitées par leur surintendant. Tant que les informateurs noirs ne rapportaient pas que l'enseignant inculquait de mauvaises idées aux élèves, l'instituteur noir rural était en général ignoré.[22]

La situation était différente dans les villes. Les écoles élémentaires et secondaires noires y étaient de meilleure qualité ; les enseignants y étaient mieux formés et mieux rémunérés. Dans la communauté noire, les enseignants jouissaient d'un statut social élevé. En tant qu'individus, ils atteignaient également une certaine indépendance, car ils étaient généralement anonymes aux yeux du surintendant blanc et du conseil scolaire. La communauté blanche ne surveillait pas de près ce qui se passait parmi les Noirs. Cependant, le principal noir d'une école en ville était directement responsable devant les autorités blanches et surveillait de près ses enseignants, plus que les surintendants ruraux ne le faisaient.[23]

L'une des premières écoles noires de Washington, D.C., fut l'Union Seminary School, fondée par John F. Cook, Sr., sur H Street près de la 14e Rue, N.W. Né esclave, Cook obtint sa liberté grâce à sa remarquable tante, Alethia Browning Tanner, qui, par les revenus de son potager près de Lafayette Square, acheta non seulement sa propre liberté, mais aussi celle de sa sœur et des quatre frères et sœurs de Cook. En 1834, Cook devint maître de l'Union Seminary. Le programme d'études comprenait la lecture, la composition, la récitation, la sculpture, la physiologie et la santé. Le bâtiment fut partiellement détruit par certains citoyens blancs du District lors des émeutes de la neige de 1835.[24]

Cook chercha refuge en Pennsylvanie, où il bâtit une autre école. Il revint à Washington en 1836 et, en 1841, le révérend Cook et Charles Stewart organisèrent officiellement l'église presbytérienne de la 15e Rue, la première de cette dénomination dans la ville. En 1843, Cook fut élu premier pasteur de l'église et y créa une école. Il exerça ses fonctions jusqu'à sa mort en 1855. L'un de ses fils, George, dirigea l'école paroissiale jusqu'à sa fermeture en 1867.[25]

Après qu'une loi du Congrès eut créé un système scolaire public en 1864, les écoles noires de Washington et de Georgetown furent organisées sous l'autorité d'un conseil de fiduciaires noirs. En 1874, ce conseil fut fusionné avec trois autres pour former un conseil de 19 membres pour toutes les écoles du District.[26] Après la perte de l'autonomie gouvernementale de Washington en 1879, les commissaires du District nommèrent les membres du conseil et les écoles noires et blanches passèrent sous l'autorité de surintendants séparés. George F. T. Cook, l'un des fils de John F. Cook, Sr., fut nommé surintendant des écoles noires, poste qu'il occupa jusqu'à la réorganisation des écoles en 1900. Les écoles noires et blanches relevaient directement du Conseil d'administration, où il était d'usage que trois hommes noirs siègent. Après 1895, des femmes y siégèrent également.[27]

ÉDUCATION CLASSIQUE CONTRE ÉDUCATION INDUSTRIELLE

Dès que le mouvement pour l'éducation de la jeunesse noire commença, surgit une querelle sur la nature que devait revêtir cette éducation : devait-elle être « classique » ou « industrielle » ?[28] Si les Blancs du Sud devaient tolérer que les Noirs reçoivent une quelconque éducation, ils souhaitaient que ce fût une formation qui les rendrait meilleurs serviteurs et ouvriers, non pas une instruction qui leur enseignerait à sortir de leur « condition ». Les enseignants de la Nouvelle-Angleterre, qui assurèrent d'abord la majorité de l'enseignement, voulaient instruire les Noirs comme eux-mêmes l'avaient été dans le Nord : les « trois R » (lecture, écriture et arithmétique) à l'école élémentaire, puis des matières telles que le latin, le grec, la géométrie et la rhétorique aux niveaux secondaire et universitaire.[29]

En 1868, le général Samuel C. Armstrong, officier de l'Union durant la guerre de Sécession, fonda l'Hampton Normal and Agricultural Institute dans la région des marées de Virginie en tant qu'« institution agricole ». Armstrong souhaitait perpétuer la tradition artisanale qualifiée qui existait parmi les Noirs avant la guerre et, comme l'écrivit le président de l'école dans son rapport annuel de 1872 : « Ce sont des agriculteurs et des mécaniciens habiles dont nous avons besoin, non des poètes et des orateurs. » Son élève le plus célèbre, Booker T. Washington, fonda le Tuskegee Institute en Alabama et devint l'apôtre de l'éducation industrielle pour les Noirs. Dans son célèbre discours de l'Atlanta Compromise en 1895, il exhorta les Noirs à « puiser là où ils se trouvent ». Washington supplia les Noirs de développer en premier lieu leurs perspectives économiques, rappelant que « labourer un champ a autant de dignité qu'écrire un poème ». Armstrong et Washington conservèrent des liens personnels étroits toute leur vie et Armstrong contribua d'ailleurs à fournir au Tuskegee Institute la publicité et les contacts financiers dont il avait tant besoin.[30]

Il ne fait aucun doute que, indépendamment du mérite pédagogique de ce type d'éducation, le message de Washington arriva à point nommé dans le contexte de pouvoir de la Restauration. Il réconcilia nombre d'hommes blancs du Sud avec l'idée de l'éducation des Noirs, et Washington joua probablement un rôle important pour sauver l'éducation noire du grand danger de sa destruction. Pendant ce temps, les partisans de l'éducation classique de la Nouvelle-Angleterre poursuivirent leur action à Atlanta, à Fisk et dans quelques autres centres du Sud dédiés à l'enseignement universitaire des Noirs. Les écoles élémentaires — il n'existait pratiquement aucune école secondaire pour Noirs dans le Sud à cette époque — suivirent les modèles fixés par ces collèges dominants.[31]

La lutte entre le groupe conservateur et le groupe radical des leaders noirs se cristallisa autour de la question de « l'éducation industrielle » contre « l'éducation classique » pour les Noirs. En 1853, Frederick Douglass se déclara en faveur d'une « école industrielle » lorsque Harriet Beecher Stowe proposa de financer soit cela, soit « un établissement purement éducatif ». Il souhaitait fonder « ... une série d'ateliers où les personnes de couleur pourraient apprendre divers métiers manuels — travail du fer, du bois, du cuir — et recevoir également une instruction en anglais élémentaire ». Selon lui, « ... le manque d'argent était la racine de tout le mal pour les gens de couleur. Ils étaient exclus de tous les emplois lucratifs et contraints d'être simplement barbiers, serveurs, cochers, etc., pour des salaires si bas qu'ils pouvaient à peine survivre. »[32] Cependant, Booker T. Washington devint le champion de cette position et reçut le soutien du Sud blanc ainsi que de la majeure partie de la philanthropie nordiste.

William Edward Burghardt Du Bois, qui obtint son doctorat en sociologie à Harvard en 1895, dirigea un groupe d'intellectuels noirs qui craignaient que l'intention — et, de toute façon, le résultat — d'une insistance sur l'éducation industrielle soit d'exclure les Noirs de la culture générale et supérieure américaine. Du Bois fut fortement influencé par les travaux historiques d'Albert Bushnell Hart, historien formé en Allemagne et professeur de gouvernement et d'histoire à Harvard, ainsi que par les conférences philosophiques de William James, souvent considéré comme le père de la psychologie américaine. D'autres influences intellectuelles lui vinrent de ses études et voyages entre 1892 et 1894 en Allemagne, où il était inscrit à la Friedrich-Wilhelm III Universität (couramment appelée Université de Berlin, puis renommée Université Humboldt après la Seconde Guerre mondiale). En raison de l'expiration de sa bourse Slater Fund, Du Bois ne put satisfaire aux exigences de résidence nécessaires pour obtenir officiellement son diplôme en économie, malgré l'achèvement de sa thèse de doctorat (portant sur l'histoire de l'agriculture dans le sud des États-Unis) durant son séjour.[33]

Avec la publication de Souls of Black Folk, Du Bois émergea comme le porte-parole le plus éminent de l'opposition à la politique de conservatisme politique et d'accommodation raciale de Washington. Ironiquement, Du Bois avait jusque-là gardé une distance prudente vis-à-vis des opposants de Washington et avait émis peu de déclarations publiques contre celui que l'on appelait le Magicien de Tuskegee. Sa carrière connut plusieurs épisodes où il aurait lui-même pu finir par enseigner à Tuskegee. À son retour de Berlin, il sollicita un poste auprès de Washington, mais dut décliner l'offre financièrement plus avantageuse de Tuskegee, ayant déjà accepté une position à Wilberforce. À plusieurs autres reprises, Washington, parfois poussé par Hart, tenta de recruter Du Bois pour rejoindre Tuskegee, une tentative de séduction qui se poursuivit au moins jusqu'à l'été 1903, lorsque Du Bois enseigna lors d'une session d'été à Tuskegee.[34]

Au début de sa carrière, en outre, les vues de Du Bois présentaient une certaine similarité superficielle avec celles de Washington. En fait, il avait loué le discours du « Compromis d'Atlanta » prononcé par Washington en 1895, dans lequel ce dernier proposait aux élites blanches du Sud un compromis par lequel les Noirs renonceraient à leurs droits politiques et civils en échange d'opportunités économiques. Comme beaucoup de Noirs de l'élite à cette époque, Du Bois n'était pas opposé à une certaine forme de restriction du suffrage, tant qu'elle était fondée sur des critères éducatifs et appliquée équitablement aux Blancs comme aux Noirs.[35]

Ce différend joua un rôle important dans le développement des idéologies noires, mais il eut peu d'impact concret sur l'évolution réelle de l'éducation des Noirs dans un Sud dominé par les Blancs. Si l'éducation noire dans le Sud ne fut pas entièrement convertie en éducation industrielle au niveau élémentaire, c'est principalement, comme nous le verrons, en raison du coût croissant de cette formation après la Révolution industrielle et des intérêts concurrentiels des ouvriers blancs soucieux d'exclure les Noirs des métiers artisanaux et industriels. Au niveau supérieur, une éducation non professionnelle pour les Noirs, comme Du Bois l'a toujours souligné, trouva sa principale justification dans le fait que le Tuskegee Institute et d'autres écoles similaires avaient accru la demande d'enseignants dotés d'une formation plus générale.[36]

Du Bois et Washington partageaient des objectifs similaires en matière d'éducation et de société, mais différaient dans leurs priorités. Tous deux reconnaissaient la faiblesse des compétences scolaires, des comportements et de l'hygiène chez la majorité des Noirs à la fin du XIXe siècle. Après tout, ils n'étaient qu'à une génération du monde des plantations esclavagistes.[37] Durant cette période, Du Bois critiqua également les habitudes de dépenses extravagantes qu'il observait chez certains Noirs. Dans son étude The Philadelphia Negro, il évoquait de manière plus générale le « grand manque auquel notre race est confrontée dans le monde moderne, le manque d'énergie », qu'il attribuait à une « indolence » devenue une sorte d'« hérédité sociale ».[38] Même si les Blancs perdaient leurs préjugés raciaux du jour au lendemain, cela aurait peu d'effet sur la position économique de la plupart des Noirs, selon Du Bois. Bien que « quelques-uns seraient promus et que d'autres obtiendraient de nouveaux postes » en conséquence d'une fin de la discrimination, « la masse resterait telle qu'elle est » tant que la jeune génération n'aurait pas commencé à « faire davantage d'efforts » et à perdre « l'excuse omniprésente de l'échec : le préjugé ».[39]

Du Bois observait que beaucoup de Noirs étaient attirés vers « une indifférence apathique, une insouciance, ou une bravade téméraire ».[40] À l'instar de Washington, Du Bois constatait un besoin immense d'amélioration de soi au sein de la communauté noire à cette époque critique de l'histoire. La grande différence résidait dans le fait que Washington faisait de cette amélioration personnelle l'objectif principal et prépondérant de l'éducation qu'il promouvait au Tuskegee Institute.[41]

Les étudiants de Tuskegee recevaient une formation professionnelle, y compris les compétences qui leur permirent de construire nombre des bâtiments de l'institut lui-même. On leur enseignait également la tenue, l'hygiène et d'autres aspects pratiques, mais essentiels, nécessaires pour prendre en main leur vie et progresser dans le monde. Contrairement à la légende, Booker T. Washington n'a jamais renoncé aux droits égaux. « Il est important et juste que tous les privilèges de la loi nous soient acquis, mais il est infiniment plus important que nous soyons préparés à l'exercice de ces privilèges », déclara-t-il dans son célèbre discours à l'Exposition d'Atlanta.[42] En liant droits et responsabilités, Washington sut s'adresser à la fois aux Noirs et aux Blancs présents dans l'auditoire sur un terrain commun. En reliant le sort des deux races, il parvint à rallier le soutien de certains Blancs en affirmant que les Noirs contribueraient soit à élever le Sud, soit à l'entraîner dans leur chute.[43] De même, Du Bois s'adressa aux Blancs du Sud en déclarant : « Si vous ne les élevez pas, ils vous entraîneront vers le bas. »[44]

Bien que les deux hommes aient exprimé à l'époque des propos souvent similaires, leurs différences d'accent étaient également nettes. S'agissant de l'éducation, Du Bois mettait l'accent sur l'instruction académique pour ceux qu'il appelait « le dixième talentueux »[45] de la race. Il s'agissait en grande partie de personnes comme lui-même : des descendants instruits et cultivés des « personnes de couleur libres » d'avant la guerre de Sécession. Pour ce « dixième talentueux », une formation professionnelle aurait représenté un recul. L'expression même de « dixième talentueux » reconnaissait implicitement que ce type d'éducation n'était pas ce dont la majorité des Noirs avait le plus besoin à cette époque. Bien que Du Bois reconnut la nécessité et les réalisations de l'éducation professionnelle, « des accomplissements dont elle peut être fière »,[46] il promouvait une éducation d'un tout autre type pour une classe différente de personnes. Cette éducation, ainsi que cette élite, étaient destinées à mener la lutte politique pour les droits civiques, comme l'illustra la création de la National Association for the Advancement of Colored People (NAACP), que Du Bois contribua à fonder.[47]

De même que Du Bois reconnaissait la nécessité de l'éducation professionnelle pour de nombreux Noirs, Washington reconnaissait la nécessité de l'éducation académique pour d'autres. Il siégea au conseil d'administration de l'Université Howard et de l'Université Fisk, dont les missions éducatives différaient fortement de celle du Tuskegee Institute. Il utilisa son influence pour obtenir un soutien financier pour Howard et pour d'autres établissements d'enseignement supérieur pour Noirs tels que Talladega College et Atlanta University.[48] Bien qu'il considérât que la plupart des Noirs de son époque avaient d'abord besoin d'acquérir des compétences professionnelles, Washington déclarait : « Je dirais au jeune Noir ce que je dirais au jeune Blanc : acquiers tout le développement intellectuel que ton temps et ta bourse te permettront. » Il ajoutait néanmoins : « Je ne voudrais pas abaisser d'un iota le niveau de développement intellectuel, car, pour le Noir comme pour toutes les races, la force mentale est la base de tout progrès. »[49] Kelly Miller, premier étudiant noir en mathématiques diplômé, considérait la controverse sur les différences philosophiques en matière d'éducation comme l'œuvre « d'enthousiastes borgnes »,[50] et non comme celle d'hommes comme Du Bois et Washington, qui reconnaissaient la nécessité des deux types d'éducation.

Booker T. Washington considérait que sa mission principale était « la promotion du progrès parmi les masses, et non la culture particulière de quelques-uns ».[51] Il voyait son œuvre d'éducateur comme préparatoire, comme « posant les fondations pour les masses »,[52] mais sans vouloir confiner toute la race aux métiers pour lesquels l'Institut Tuskegee préparait immédiatement ses étudiants. Après avoir parlé fièrement d'un diplômé de Tuskegee dont les connaissances en chimie avaient multiplié par plusieurs fois le rendement moyen des patates douces, il déclara : « Ma théorie de l'éducation pour le Noir ne le confinerait pas, par exemple, pour toujours au travail agricole, à la production des meilleures et des plus douces patates. Cependant, s'il réussissait dans ce domaine, il pourrait poser les bases sur lesquelles ses enfants et petits-enfants pourraient s'élever vers des sphères de vie plus hautes et plus importantes. »[53] Même dans le présent, ajoutait-il, « nous avons besoin d'hommes et de femmes professionnels »[54] et il aspirait à une époque où l'on compterait davantage d'avocats, de membres du Congrès et de professeurs de musique noirs.[55]

En 1899, Booker T. Washington écrivait : « Je ne suis pas favorable à ce que le Noir abandonne quoi que ce soit de fondamental, qui lui a été garanti par la Constitution des États-Unis. »[56] Sa posture publique générale était qu'il était trop occupé à œuvrer pour l'amélioration des Noirs pour se mêler aux controverses politiques. Pourtant, lorsqu'on examina ses papiers après sa mort, il devint évident qu'il avait, en privé, encouragé d'autres Noirs à mener des campagnes pour les droits civiques et avait même secrètement financé des contestations juridiques contre les lois Jim Crow dans le Sud.[57]

Washington savait parfaitement que s'il avait agi ainsi publiquement, il aurait compromis le soutien financier des Blancs dont dépendait l'Institut Tuskegee. Ce n'était pas seulement une question de protection de ses propres intérêts ; il comprenait les répercussions pour autrui si lui-même faisait des déclarations explosives dans l'atmosphère raciale volatile de l'époque. « Je pourrais provoquer une guerre raciale en Alabama en six semaines si je le voulais », disait-il, mais agir ainsi « anéantirait les réalisations de décennies de travail. »[58] Pourtant, il savait aussi que des défis ouverts contre la discrimination raciale devaient être relevés. Comme il l'écrivit à Oswald Garrison Villard, l'un des fondateurs de la N.A.A.C.P., « il existe un travail à accomplir que personne placé dans ma position ne peut faire. »[59]

Bien que Du Bois ne pût connaître toutes les actions secrètes de Washington, il avait une intuition sur l'homme lui-même et savait où se situaient ses loyautés. Du Bois déclara à propos de Washington : « Il n'avait aucune foi dans les Blancs, pas la moindre. »[60] Booker T. Washington pratiquait ce qu'une génération ultérieure de militants noirs ne ferait que prêcher : faire avancer la cause des Noirs « par tous les moyens nécessaires. »[61] Le doyen de l'Université Howard, Kelly Miller, déclara à propos de Washington que « l'avancement de la race noire est la principale charge de son âme. »[62]

Malgré les divergences entre Du Bois et Washington, et les rivalités entre leurs partisans respectifs, cela n'empêcha pas la civilité entre les deux hommes eux-mêmes. Dans son autobiographie, De l'esclavage, Booker T. Washington écrivit à propos d'une réunion organisée par quelques « bonnes dames de Boston » en 1899 où, en plus « d'un discours de ma part, M. Paul Lawrence Dunbar lut quelques-uns de ses poèmes et le Dr W.E.B. Du Bois lut une esquisse originale. »[63]

UNE PROCLAMATION ÉDUCATIVE

Le système scolaire du district de Columbia devint rapidement un aimant pour les enseignants noirs, car les salaires y étaient relativement élevés. De plus, le système scolaire ségrégué atténuait les effets de la discrimination, et les commodités de la société noire de Washington offraient aux enseignants un cadre de vie attrayant. Dès 1869, la moitié des enseignants dans les écoles noires étaient noirs, et, en 1901, le dernier enseignant blanc se retirerait.[64]

À la tête du groupe qui fonda le premier lycée pour Noirs se trouvait un homme remarquable nommé William Syphax. Syphax grandit en homme libre, ayant été affranchi dès son enfance en 1826, et devint un militant des droits civiques au sein de la communauté noire de Washington au milieu du XIXe siècle. Il était décrit comme un homme d'« un courage intrépide et d›une intégrité sans faille » qui « osait réclamer ce qui était dû à sa race, ne craignant aucun homme, quelle que soit sa position ou sa couleur. » La substance et le ton de ses messages adressés aux autorités municipales et fédérales confirment pleinement cette description. Il avait une vision pragmatique de l›éducation. Bien que le groupe qu'il dirigeait préférât des enseignants noirs pour les enfants noirs, il n'était pas prêt à compromettre la qualité au nom de la représentation raciale. Ils estimaient qu'il serait « une violation de notre serment officiel d'employer des enseignants inférieurs alors que des enseignants supérieurs peuvent être obtenus pour le mêmc salaire. » Syphax fut tout aussi franc en rappelant à la communauté noire que les parents devaient envoyer leurs enfants à l'école avec respect pour les enseignants et une volonté de se soumettre à la discipline et au travail acharné, sans quoi leur éducation ne vaudrait rien.[65]

Seuls des rapports fragmentaires, incohérents et inconclusifs ont été conservés, et les années passées ont estompé les souvenirs de nombreux descendants de Syphax. Ceux qui ont vécu à ses côtés et l'ont connu ont disparu. Il naquit peu après les jours troublés du Compromis du Missouri et fut témoin de la haine croissante et des discordes sectionnelles qui résultèrent du Compromis de 1850. Il vit également les effets dévastateurs de la loi Kansas-Nebraska, de la décision Dred Scott et du raid de John Brown. Il traversa les jours tumultueux de l'esclavage, de la désunion, de la guerre civile et de la reconstruction qui s'ensuivit. À travers tout cela, cependant, Syphax conserva une foi inébranlable en son peuple et, à chaque occasion, il affirma avec clarté sa virilité et sa détermination dans ses efforts pour défendre leur cause. Il fut honnête, courageux et économe dans toutes ses affaires, et ne descendit jamais de son noble piédestal.[66]

Syphax n'était pas aveugle aux insuffisances de son propre peuple. Dans une circulaire adressée aux Noirs de Washington et de Georgetown, le 10 septembre 1868, il les exhorta à coopérer avec les administrateurs dans leurs efforts pour rendre les écoles aussi efficaces que possible pour «le grand objectif pour lequel elles furent établies.»[67] Cette circulaire fut envoyée aux ministres et aux personnalités noires éminentes de Washington et de Georgetown. Dans son zèle à obtenir la coopération des parents, Syphax exprima une vision et une interprétation des valeurs scolaires qui le plaçaient bien en avance sur son temps. Il aurait aisément pu vivre au XXe siècle lorsqu'il établit un ensemble de croyances, de principes et d'opinions pour les écoles noires, devenant ainsi une philosophie adoptée par les premiers éducateurs noirs, les parents et les élèves. Sa circulaire proposait aux ministres et aux citoyens :

1. Les ministres devaient rappeler à leurs congrégations la nécessité de l'éducation pour préparer leurs enfants aux nouvelles responsabilités de la liberté et de l'égalité civile, afin de pouvoir occuper dignement des positions d'honneur et de responsabilité. Cela ne peut être accompli dans l'ignorance.

2. Les parents devaient envoyer leurs enfants à l'école dès le premier jour de l'année, afin que l'école soit organisée rapidement et pour empêcher certains élèves de prendre de l'avance sur ceux qui arriveraient plus tard.

3. Les parents étaient exhortés à envoyer leurs enfants régulièrement et ponctuellement à l'école. De nombreux parents, ne comprenant pas pleinement l'importance d'une fréquentation scolaire régulière, avaient souvent gardé leurs enfants à la maison pour des raisons futiles, ce qui nuisait gravement à leurs enfants et à l'ensemble de l'école. Le retard était également considéré comme un grand vice. L'habitude de se lever tôt et d'arriver à l'école à l'heure inculquerait des habitudes précieuses tant aux enfants qu'aux parents pour toute leur vie.

4. Les parents devaient toujours soutenir les règlements et la bonne discipline des écoles. Ils ne devaient jamais manquer de respect à un enseignant en présence de leurs enfants, ni prendre parti contre un enseignant

sans d'abord avoir effectué une visite et une enquête calme sur le sujet de la plainte, et seulement si l'enseignant était manifestement en tort. Même dans ce cas, le parent devrait parler à l'enseignant en privé ou s'adresser au surintendant ou aux administrateurs, plutôt que de blâmer l'enseignant devant les élèves.

5. Les parents devaient visiter les écoles, faire la connaissance des enseignants et observer le déroulement des cours. Cela démontrerait leur intérêt pour les progrès de leurs enfants et inciterait les enseignants à un engagement accru dans leur travail.

6. Les ministres donneraient également le bon exemple en visitant les écoles ; les enfants comprendraient alors qu'il existait une harmonie entre l'église et l'école.

7. Tous devaient soutenir les administrateurs dans leur détermination à élever le niveau des écoles en exigeant un haut niveau de qualification pour les enseignants, indépendamment de leur couleur. Une préférence serait accordée aux enseignants noirs, à condition que leurs qualifications soient équivalentes, car « nous considérons qu'il serait une violation de notre serment officiel d'employer des enseignants inférieurs alors que des enseignants supérieurs peuvent être obtenus pour le même salaire. » Les enseignants noirs seraient employés dès qu'ils deviendraient compétents, après avoir bénéficié « d'avantages égaux pendant une durée suffisante. »

Telles furent les exhortations et les admonestations de William Syphax à son peuple,[68] alors qu'il tentait de guider les Noirs vers l'assimilation. La première période de compétition et de conflit à l'époque coloniale avait été suivie par l'institutionnalisation de l'esclavage, une forme d'accommodation qui commença à émerger dans les années 1660 et s'acheva à la fin de la guerre de Sécession en 1865. Après une brève période de conflit renouvelé durant la

Reconstruction, une seconde accommodation, celle de la ségrégation de jure, stabilisa les relations entre Noirs et Blancs, ces derniers demeurant en position de pouvoir. Chaque progrès accompli dans l'éducation et l'intelligence plaçait les Noirs en possession de la technique de communication et d'organisation du Blanc, contribuant ainsi à l'extension et à la consolidation du monde noir au sein du monde blanc.[69]

De nombreux autres Noirs, enseignants dans les écoles publiques du District de Columbia, apportèrent également d'importantes contributions à l'éducation des Noirs. En 1864, le Congrès adopta une loi prévoyant qu'une partie, voire la totalité, des fonds collectés à Washington et à Georgetown soit réservée aux écoles pour enfants de couleur, proportionnellement au nombre d'enfants de cette race âgés de six à dix-sept ans constituant une part de la population scolaire totale. Cinq écoles furent ouvertes entre 1866 et 1868, avec sept enseignants et 400 élèves.[70]

PARTIE III

Le Paradigme

« Le fondement de tout gouvernement libre et de tout ordre social doit être établi dans les familles et dans la discipline de la jeunesse. Les jeunes doivent non seulement être pourvus de connaissances, mais ils doivent également être accoutumés à la subordination et soumis à l'autorité et à l'influence de bons principes. Il servira de peu que les jeunes comprennent la vérité et les principes justes, si on ne les habitue pas à se soumettre à leur gouvernance. »

— Noah Webster, 1758-1843

CHAPITRE SIX

LA CULTURE DE LA COMMUNAUTÉ NOIRE AVANT 1960

L'environnement culturel dans lequel vivent les individus est un facteur fondamental qui à la fois favorise et limite le progrès humain. Pour les Noirs aux États-Unis, l'esclavage, puis plus tard la ségrégation, ont été des forces dynamiques dans le développement de leur communauté. Ainsi, les Noirs observaient avec désespoir la mise en place des fondations du système Jim Crow et l'élévation progressive des murs de la ségrégation autour d'eux. Leur désillusion face aux espoirs suscités par les amendements de la Guerre civile et par les lois de la Reconstruction était presque totale dès 1890.

L'engagement américain en faveur de l'égalité, solennellement affirmé par trois amendements à la Constitution et plusieurs lois élaborées sur les droits civiques, fut pratiquement renié. Ce qui avait commencé par un repli en 1877 se transforma en débâcle. Les radicaux et les libéraux du Nord avaient abandonné la cause ; les tribunaux avaient rendu la Constitution impuissante, et le Parti républicain avait renié la cause qu'il avait initialement portée. Une marée de racisme montait dans le pays sans rencontrer d'opposition. Les Noirs tinrent pas moins de cinq conventions nationales en 1890 pour examiner leur situation, mais tout ce qu'ils purent faire fut d'adopter des résolutions de protestation et de confesser leur impuissance.[1]

En 1896, dans l'affaire Plessy v. Ferguson, la Cour suprême statua

107

qu'il n'était pas contraire à la loi pour un État d'imposer des pratiques de ségrégation dans les transports publics, et que chaque État pouvait exiger des installations distinctes pour les Noirs et les Blancs.[2] Cette décision valida les lois imposant des installations de transport « séparées mais égales » pour les deux races. Essentiellement, la Cour entérina la ségrégation avec des raisonnements incohérents, car cela correspondait aux « usages, coutumes et traditions établis du peuple ». Elle rendit également plusieurs autres décisions importantes approuvant la ségrégation raciale dans d'autres circonstances et d'autres lieux. L'une de ces décisions autorisa par la suite la ségrégation raciale dans les écoles. La Cour affirma que la ségrégation ne constituait pas une discrimination.[3] Plessy v. Ferguson resta la loi du pays pendant exactement 58 ans, du 18 mai 1896 au 17 mai 1954, date à laquelle il fut enfin reconnu que séparé n'était pas égal.

Il existe certains types de comportements considérés comme essentiels au bien-être d'une communauté : les usages, les mœurs et les valeurs. Ceux-ci impliquent des jugements moraux de la société sur ce qui est juste et ce qui est injuste. Ils concernent également des aspects importants de la vie tels que l'honnêteté et l'équité dans les relations avec autrui, les relations entre les sexes, la sécurité des personnes et des biens, ainsi que la loyauté envers la nation. Afin de promouvoir les intérêts essentiels de la communauté noire en tant que groupe, un paradigme social fondé sur un ensemble complexe de comportements fut établi, reposant sur l'église, la loyauté envers le pays et la famille. Ces trois facteurs représentaient les intérêts et besoins centraux de la communauté et contribuèrent grandement à ce qui était considéré comme « la vie bonne » et au bien-être général des Noirs.[4]

RELIGIÓN

À quelques exceptions près, les esclaves noirs amenés en Amérique n'avaient pas été convertis au christianisme.[5] Pendant près d'un siècle, de nombreux propriétaires d'esclaves hésitèrent à permettre aux Noirs de recevoir une instruction religieuse, car ils croyaient qu'un chrétien baptisé ne pouvait être maintenu en esclavage. Toutefois, lorsque des théologiens, des assemblées législatives et des tribunaux déclarèrent, vers l'année 1700, que la conversion au christianisme n'était pas incompatible avec le statut séculier d'un esclave, beaucoup de propriétaires d'esclaves firent des efforts particuliers pour fournir un enseignement religieux et des lieux de culte à leurs esclaves. D'autres, plus passifs, ne firent rien pour entraver le travail des missionnaires parmi eux.[6]

Il est indéniable que la principale motivation des propriétaires d'esclaves était que la religion chrétienne, telle qu'elle était prêchée, servait leurs intérêts en maintenant les esclaves dans l'humilité, la douceur et l'obéissance. Le devoir chrétien de propager l'Évangile était pris très au sérieux, notamment comme compensation aux nombreuses privations infligées aux Noirs. L'idée du culte libre était trop forte pour être entièrement contenue. Les esclaves furent admis dans la plupart des églises blanches et pouvaient même se réunir entre eux à condition qu'un ministre blanc dirige le culte ou qu'un blanc soit présent pour les observer. Essentiellement, les seules réunions religieuses entièrement libres de toute présence blanche étaient des rassemblements secrets.[7]

Le service religieux constituait l'une des rares occasions pour les esclaves de se rassembler. Là, ils pouvaient ressentir une union spirituelle avec d'autres Noirs. Ils pouvaient se sentir égaux au blanc aux yeux de Dieu, et ils pouvaient voir l'un des leurs, le prédicateur, s'élever au-dessus de leur condition servile, et même, parfois, être admiré par les Blancs. Les esclaves d'une plantation considéraient le prédicateur noir comme leur leader, celui qui pouvait intercéder auprès du maître blanc pour obtenir de petites faveurs.[8]

Dans le Nord, les rares églises noires existantes avant la Guerre de Sécession continuèrent à remplir les mêmes fonctions qu'auparavant. Beaucoup d'entre elles, tout comme certaines églises blanches, étaient des « stations » du « chemin de fer clandestin », où un esclave en fuite pouvait trouver des moyens de s'établir dans le Nord ou de poursuivre sa route vers le Canada. L'église noire du Nord fut également un centre d'activités abolitionnistes noires. La question de l'esclavage dans la politique nationale de l'époque conféra à l'église noire du Nord un intérêt et un rôle dans les affaires temporelles aussi importants qu'aujourd'hui.

Probablement, seule une minorité d'esclaves noirs étaient chrétiens nominalement au moment de l'Émancipation.[9] À la fin de la Guerre de Sécession, on assista, d'une part, à une quasi-expulsion complète et définitive des Noirs des églises blanches du Sud, et, d'autre part, à un mouvement général des Noirs vers la construction de leurs propres dénominations. Cette période vit une nouvelle vague de conversion des Noirs au christianisme et l'établissement ferme de l'église noire indépendante. Les dirigeants religieux noirs du Sud furent soutenus par des missionnaires blancs et noirs venus du Nord. Observant la situation religieuse dans les années 1870, Sir George Campbell donne le tableau suivant de cette activité religieuse :

> Chaque homme et chaque femme aime être un membre actif de son Église. Et bien que leurs prédicateurs soient dans une large mesure leurs chefs, ces prédicateurs sont choisis par le peuple, parmi le peuple, selon un système pour la plupart congrégationaliste ; ils sont plutôt prédicateurs parce qu'ils sont leaders que leaders parce qu'ils sont prédicateurs. Dans le domaine de la religion, les Noirs se sont complètement affranchis de toute tutelle blanche — ils ont leurs propres églises et leurs propres prédicateurs, tous hommes de couleur — et la part qu'ils prennent dans l'autogouvernement de leurs églises constitue en réalité une éducation très importante. Aux yeux des observateurs, leurs prédicateurs peuvent sembler particuliers. Les orateurs américains ont tendance à exagérer et à accentuer notre style, et les prédicateurs noirs exagèrent quelque peu le style américain ; mais dans l'ensemble, je me suis senti considérablement édifié par eux. Ils vont droit au but d'une manière rafraîchissante après certains sermons que l'on a entendus.[10]

De nombreux leaders politiques noirs durant la Reconstruction furent recrutés parmi les prédicateurs. Après la Reconstruction, beaucoup d'entre eux retournèrent à la chaire. Sous la pression de la réaction politique, l'Église noire du Sud retrouva un rôle très semblable à celui qu'elle occupait avant la Guerre de Sécession. La frustration des Noirs se sublimait dans l'émotion religieuse, et leurs espoirs se tournaient vers l'au-delà. Les prédicateurs noirs exhortaient même leurs fidèles à respecter toutes les règles de caste. Toutefois, un nouveau facteur augmentait la possibilité pour l'Église noire de devenir une force pour la communauté noire : les prédicateurs blancs et les observateurs blancs disparurent des églises noires. Il subsistait néanmoins l'informateur noir, qui rapportait aux Blancs les activités des Noirs dans l'église et ailleurs dans la communauté noire.[11]

Dans les années 1890, le mouvement en faveur de la réforme de la société dans son ensemble mena naturellement à des réformes visant à combattre la discrimination raciale. Sous la direction du Révérend Walter H. Brooks, la Nineteenth Street Baptist Church entra dans une nouvelle phase de conflits au sein de l'Église noire et, par conséquent, pour les Noirs privilégiés. À mesure que le racisme et la ségrégation augmentaient dans la société américaine des années 1890, l'Église blanche commença à assimiler certaines de ces idées. Les ministres noirs se virent contraints de défendre le christianisme organisé contre les accusations d'hypocrisie émanant d'une élite noire de plus en plus consciente que l'assimilation n'interviendrait pas de sitôt.[12]

Les Noirs commencèrent à plaider pour la solidarité raciale, réalisant que c'était la seule voie pour échapper à la dépendance vis-à-vis des Blancs. L'Église noire mena la création d'institutions parallèles destinées à atténuer cette dépendance. Brooks fut particulièrement vocal dans les conflits opposant l'Église baptiste noire à ses homologues blanches dans les années 1880 et 1890.[13]

Les principales organisations baptistes du pays étaient les Conventions baptistes du Nord et du Sud, toutes deux contrôlées par des baptistes blancs. La plupart des églises baptistes noires étaient affiliées à la Convention baptiste du Nord. Cette convention supervisait les efforts missionnaires à l'étranger, la Société américaine des missions domestiques baptistes (ABHMS) et distribuait la littérature confessionnelle par l'intermédiaire de l'American Baptist Publication Society. Durant les années 1880, les Noirs commencèrent à réclamer la nomination de professeurs noirs dans les écoles pour Noirs gérées par l'ABHMS. De plus, les ministres noirs et les femmes d'église engagés dans le mouvement pour l'éducation se plaignirent que l'American Baptist Publication Society refusait d'accepter les travaux de théologiens noirs et que seule la littérature pour l'école du dimanche écrite par des Blancs était disponible pour les églises noires. Walter H. Brooks fut parmi les ministres noirs qui protestèrent contre les politiques de la Convention.[14]

Brooks s'était déjà fait connaître comme défenseur de l'éducation avant son arrivée à Washington. En 1881, il avait écrit un article largement lu plaidant pour l'élargissement du programme des collèges baptistes noirs, au-delà des seuls cours de théologie, pour inclure les matières enseignées à l'Université Howard et à l'Université Fisk. Il insista particulièrement sur l'importance de l'éducation des femmes noires. En réponse à ses appels et à ceux d'autres personnes, des Blancs du Nord établirent le Hartshorn Memorial College à Richmond, en Virginie, pour l'éducation des femmes noires.[15]

À Washington, Brooks mena un groupe de ministres noirs qui protestèrent contre l'administration du président blanc du séminaire baptiste affilié Wayland Seminary, George Merrill Prentie King. Ils accusèrent King de châtiments corporels arbitraires et de mauvais traitements infligés aux étudiantes noires de Wayland. Malgré leur protestation, l'ABHMS ne destitua pas King.[16] Le manque de résolution mena les Noirs à exiger une séparation des Baptistes blancs, à l'image de la séparation de l'Église épiscopale méthodiste africaine (AME) des méthodistes au début du XIXe siècle.[17]

À l'aube du XXe siècle, les églises noires avaient établi des identités distinctes et jouissaient d'une solide réputation en tant que porte-parole de la cause noire. Ce que la bourgeoisie noire avait recherché pour elle-même dans les années 1880, elle le revendiquait désormais pour l'ensemble de la race. L'église noire mena le mouvement en faveur de l'éducation des Noirs et de la création d'institutions indépendantes.[18]

L'idéal d'une église progressiste dédiée à l'élévation de la race fut incarné par la Fifteenth Street Presbyterian Church sous la direction de Francis J. Grimké. Fondée en 1841 par John F. Cook, cette église avait vu passer de grands noms parmi ses premiers pasteurs, notamment Benjamin Tanner, William B. Evans et Henry Highland Barnet. En 1878, Francis J. Grimké en prit les rênes, et, mis à part une interruption de trois ans à Jacksonville en Floride dans les années 1880, il servit cette congrégation pendant près de cinquante ans. Bien que les presbytériens noirs n'aient jamais constitué une hiérarchie distincte de leurs homologues blancs, des ministres tels que Grimké maintinrent sans relâche la question du racisme à l'ordre du jour des synodes. Selon un historien contemporain, l'arrivée de Grimké à la Fifteenth Street Presbyterian annonça « un grand réveil spirituel, fruit de sa prédication énergique. »[19]

Grimké était un brillant orateur, fougueux, qui devint le premier leader noir à s'opposer publiquement à la politique d'accommodement de Booker T. Washington. Il affirma que les Noirs devaient lutter pour obtenir la justice qui leur était due. Il dénonça les politiques racistes de la « fédération des églises blanches » et dénonça particulièrement les politiques ségrégationnistes de la Young Men's Christian Association (YMCA). Grimké s'opposa également à la hiérarchie raciale et aux pratiques discriminatoires de l'Église presbytérienne. Partisan précoce du Niagara Movement, il contribua à fonder l'American Negro Academy et fut administrateur de l'Université Howard.[20]

Dès sa première année, Grimké attira de nombreux nouveaux membres dans sa congrégation, la plupart issus de la classe moyenne reconnue. Ces nouveaux venus furent également très actifs dans l'église. Quatre ans après son adhésion, James H. Meriwether fut élu ancien ; deux ans plus tard, Furman J. Shadd devint membre du conseil d'administration. L'église fit le tri parmi ses membres inactifs encore inscrits sur ses registres. En 1890, il était évident que la Fifteenth Street Presbyterian Church était devenue une église influente et militante.[21] Grimké prêchait régulièrement des sermons spéciaux sur les questions raciales pendant la semaine inaugurale, car à cette époque, de nombreux représentants de la communauté noire venaient assister à ses sermons à Washington.[22]

Grimké incarnait la nouvelle génération de ministres : il était cultivé et citait dans ses sermons la poésie et les théories scientifiques. Ayant grandi pendant la Reconstruction, il croyait aux capacités de sa race et à la possibilité pour les Blancs de reconnaître ces capacités. Ainsi, il n'hésitait pas à rappeler aux églises blanches leur devoir envers les Noirs ; tout en gardant un ton essentiellement courtois, il dénonçait sans détour les injustices.[23]

Grimké considérait que l'église devait être le centre de la vie morale et spirituelle, ainsi que la source d'enseignement sur le bien. Les membres devaient inspirer la bonté et incarner cet idéal dans leur caractère et leur vie personnelle. Quant au pasteur, il devait être irréprochable, car son rôle principal était d'enseigner et de prêcher, ce qui exigeait une solide préparation intellectuelle et spirituelle.[24]

Bien que Grimké dénonçât courageusement les injustices, il pouvait proposer peu de solutions spirituelles concrètes à sa congrégation. Dans ses sermons intitulés « Signs of a Brighter Future » et « God and Prayer as Factors in the Struggle », il se félicitait de constater que la communauté noire avait dépassé la simple quête de biens matériels pour défendre ses droits. Cependant, ses principaux motifs d'espoir restaient, d'une part, l'existence de Dieu, garant que l'injustice ne pouvait prévaloir éternellement, et, d'autre part, la puissance de la prière pour corriger les torts.[25] Pour une audience sophistiquée comme celle de la Fifteenth Street Presbyterian Church, ces pensées apportaient une consolation mais peu de conseils pratiques.

Alors que l'église noire sensibilisait la bourgeoisie noire à ses responsabilités, d'autres évolutions survenaient. La société américaine adoptait la méthode scientifique, et l'autorité de la religion reculait. Les préjugés raciaux au sein des églises blanches causèrent la désillusion de nombreux leaders noirs. En outre, alors que la classe moyenne noire profitait des opportunités éducatives, une nouvelle élite de leaders se formait, composée de professionnels noirs et d'hommes d'affaircs ayant les moyens économiques et la connaissance pratique nécessaires pour mener des mouvements d'élévation raciale indépendants de l'église.[26]

La religion demeura spirituellement importante pour la communauté noire au XXe siècle, mais elle joua un rôle de plus en plus secondaire dans la vie quotidienne. Les églises noires adaptèrent leurs programmes pour répondre aux besoins sociaux de leurs fidèles, mais elles ne purent toujours rivaliser avec les organisations séculières. À mesure que la classe moyenne noire devenait plus instruite et professionnelle, elle attendait davantage des églises. Les professionnels prirent progressivement la place des pasteurs en tant que leaders communautaires, même si les églises continuèrent à forger les valeurs de ces leaders. Progressivement, l'élévation raciale prit un aspect plus séculier et, d'une certaine manière, relégua la religion à l'arrière-plan. Booker T. Washington tenta d'inculquer à la jeunesse noire « le sentiment que la grande tâche de l'élévation de la race, bien qu'elle puisse être vue comme un simple devoir humanitaire par d'autres, doit être considérée par eux comme une œuvre religieuse. »[27] Néanmoins, des membres individuels de la communauté noire, notamment des femmes engagées dans des activités de réforme, trouvèrent dans l'église à la fois des bénéfices spirituels et séculiers.

Il n'est donc pas surprenant que les classes de la M Street School et du Dunbar High School commencent leur journée par la récitation du Notre Père. L'école, tout comme l'église noire, reflétait et renforçait les idéaux de la bourgeoisie noire. Dans les années 1880, l'église chercha à affirmer son identité pour se différencier des masses populaires, tout comme ses membres plus aisés. Dans les années 1890, elle prit la tête des protestations contre la discrimination, établit des institutions indépendantes et se libéra du contrôle des Blancs. Au XXᵉ siècle, elle s'engagea dans la réforme sociale pour conserver l'intérêt de ses membres impliqués dans l'élévation raciale. Bien que l'église ait perdu une partie de son influence en raison de la sécularisation de la société, elle demeura l'institution qui façonna les valeurs de la bourgeoisie noire et qui poussa ses membres à s'engager pour le progrès social. En offrant un statut social tout en promouvant la fierté raciale et l'élévation, l'église noire forma des leaders ayant un engagement profond envers leur communauté et leur race.[28]

PATRIOTISME ET COMBAT POUR LA RÉPUBLIQUE

La communauté noire était une communauté patriotique. L'héritage militaire des Américains noirs est aussi ancien que la présence noire en Amérique du Nord. Il n'est donc guère surprenant que le Pledge of Allegiance fût récité chaque matin dans les écoles noires. De plus, le premier corps de cadets dans un lycée noir fut organisé en 1888 à M Street High (qui deviendrait plus tard Dunbar High School) par Christian Fleetwood, et il devint une grande source de fierté pour l'école et pour la communauté. L'objectif de ce corps était d'enseigner la discipline et le leadership.

Depuis la première visite enregistrée en 1528 d'une personne noire sur ce qui est aujourd'hui le territoire des États-Unis, les Noirs, qu'ils soient esclaves ou libres, ont participé à des actions militaires ou quasi-militaires. Cette participation n'a que rarement été mise en avant dans les livres d'histoire générale, et elle ne s'est pas faite sans difficulté. Les Américains blancs ont, au fil des années, entretenu des sentiments ambivalents concernant la participation des Noirs aux organisations militaires, et, dans la plupart des cas, ils n'ont encouragé ou permis cette participation que contraints par les circonstances. Néanmoins, les Noirs ont combattu pour les États-Unis d'Amérique dans chaque guerre de l'histoire de cette république.[29]

Certains Noirs combattirent pendant la Révolution américaine (1775-1783) parce qu'ils y voyaient un combat pour leur propre liberté et leur émancipation de l'esclavage. D'autres répondirent à la Proclamation de Lord Dunmore[30] et se battirent pour leur liberté en tant que loyalistes noirs. Benjamin Quarles estimait que le rôle des Noirs pendant la Révolution américaine pouvait être compris en « réalisant que la loyauté n'était pas envers un lieu ou une personne, mais envers un principe. »[31] Quelle que fût la loyauté des Noirs, il est souvent négligé qu'ils contribuèrent grandement à la naissance des États-Unis. Pendant la guerre d'indépendance américaine, les Noirs servirent tant dans l'Armée continentale que dans l'armée britannique. On estime que 5 000 Américains noirs servirent comme soldats dans l'Armée continentale[32], tandis que plus de 20 000 combattirent pour la cause britannique.[33]

La guerre de Sécession ne fit pas exception ; l'obtention de l'autorisation officielle fut une difficulté majeure. À l'automne 1862, il existait au moins trois régiments de troupes noires levés à La Nouvelle-Orléans, en Louisiane : le Premier, le Deuxième et le Troisième Louisiana Native Guard. Ces unités devinrent plus tard le Premier, le Deuxième et le Troisième Infantry, Corps d'Afrique, puis respectivement les 73e, 74e et 75e United States Colored Infantry (USCI). Le First South Carolina Infantry (African Descent) ne fut officiellement organisé qu'en janvier 1863. Cependant, trois compagnies de ce régiment participaient déjà à des expéditions côtières dès novembre 1862. Elles allaient devenir le 33e USCI. De même, le First Kansas Colored Infantry (qui deviendrait plus tard le 79e [nouveau] USCI) ne fut intégré au service qu'en janvier 1863, bien que le régiment eût déjà participé à l'action de Island Mound, dans le Missouri, le 27 octobre 1862. Ces premiers régiments non officiels reçurent peu de soutien fédéral, mais ils témoignèrent de la détermination des Noirs à se battre pour la liberté.[34]

La première autorisation officielle d'employer des Noirs dans le service fédéral fut le Second Confiscation and Militia Act du 17 juillet 1862. Cette loi permettait au président Abraham Lincoln d'accueillir des personnes noires dans le service militaire et lui donnait la permission de les utiliser à toute fin « qu'il jugerait la meilleure pour le bien public ». Cependant, le président n'autorisa pas l'utilisation de soldats noirs au combat avant la proclamation de l'Emancipation Proclamation le 1er janvier 1863 : « Et je déclare et fais également savoir que ces personnes, si leur condition est appropriée, seront admises au service armé des États-Unis pour garnir les forts, les positions, les stations et autres lieux, ainsi que pour armer les navires de toute sorte dans ledit service. » Par ces mots, l'armée de l'Union changea.[35]

À la fin du mois de janvier 1863, le gouverneur John Andrew du Massachusetts obtint l'autorisation de lever un régiment de soldats noirs américains. Ce fut le premier régiment noir organisé dans le Nord. Toutefois, le rythme d'organisation de régiments supplémentaires fut très lent. Pour accélérer ce processus, le secrétaire à la Guerre, Edwin M. Stanton, envoya en mars le général Lorenzo Thomas dans la vallée du Mississippi pour recruter des Noirs. Thomas reçut de larges pouvoirs. Il devait expliquer la politique de l'administration concernant ces nouvelles recrues et trouver des volontaires pour les lever et les commander. Stanton souhaitait que tous les officiers de ces unités soient blancs, mais cette politique fut assouplie pour permettre la nomination de chirurgiens et d'aumôniers noirs. À la fin de la guerre, il y avait au moins 78 officiers noirs dans l'armée de l'Union. L'entreprise de Thomas fut couronnée de succès et, le 22 mai 1863, le Bureau of Colored Troops fut créé pour coordonner et organiser les régiments issus de toutes les régions du pays. Créé par le General Order No. 143 du Département de la Guerre, le bureau était chargé de traiter « toutes les questions relatives à l'organisation des troupes de couleur ».[36]

En 1865, plus de 37 000 soldats noirs étaient morts pendant la guerre de Sécession, soit près de 35 % de tous les Noirs ayant servi au combat. Ce lourd tribut reflétait le fait que les unités noires avaient combattu sur tous les théâtres d'opérations et dans la plupart des grandes batailles, souvent en tant que troupes d'assaut. Une partie de ces pertes s'expliquait par un équipement inadéquat, de mauvais soins médicaux, et par la politique du « pas de quartier » adoptée par les forces confédérées à leur encontre. Pour les soldats noirs eux-mêmes, ces pertes incarnaient leur ardent désir de prouver à une nation indifférente leur droit à la pleine citoyenneté et à la participation après la guerre. Ils combattaient pour être libres, non pour retourner en esclavage.[37]

La communauté noire fut galvanisée par la Première Guerre mondiale dans ses efforts pour rendre l'Amérique véritablement démocratique en assurant la pleine citoyenneté pour tous ses habitants. Les soldats noirs, qui continuaient de servir dans des unités séparées, prirent part aux protestations contre l'injustice raciale, tant sur le front intérieur qu'à l'étranger. Bien que de nombreux soldats noirs fussent impatients de se battre, la majorité d'entre eux assura des services de soutien. Seul un petit pourcentage participa aux combats. Pourtant, la présence des Noirs américains en France, quel que fût leur rôle, suscita souvent une immense gratitude de la part des Français. Tant les soldats français que les soldats américains prirent plaisir à écouter les fanfares noires, qui introduisirent auprès de leurs auditeurs les rythmes du blues et du jazz jusque-là inconnus.[38]

La Première Guerre mondiale provoqua également de nombreux changements sociaux et économiques aux États-Unis. Les Noirs revenus du conflit formèrent une cohorte animée d'espoirs grandissants. Ils n'étaient plus disposés à accepter passivement les indignités et les abus des lois Jim Crow ainsi que d'autres formes de discrimination raciale. Ils nourrissaient désormais une détermination nouvelle à obtenir la concrétisation effective des droits constitutionnels et civiques qui leur avaient été accordés une génération plus tôt, au lendemain de la guerre de Sécession.

En 1919, le Dr George E. Haynes, éducateur et directeur du Bureau de l'économie des Noirs au sein du Département du Travail des États-Unis, écrivait : « Le retour du soldat noir à la vie civile est l'une des questions les plus délicates et difficiles auxquelles la Nation, au Nord comme au Sud, doit faire face. »[39] Un vétéran noir écrivit une lettre à l'éditeur du Chicago Daily News, déclarant que les anciens combattants noirs :

> . . . sont désormais des hommes nouveaux, et même des hommes du monde, si l'on peut dire ; leurs possibilités de direction, de guidance, d'usage honnête et de pouvoir sont sans limites, pourvu qu'ils soient instruits et dirigés. Ils se sont éveillés, mais ils n'ont pas encore pleinement conscience de ce à quoi ils se sont éveillés. »[40]

Ainsi, tout était en place en 1919 pour que le District de Columbia s'embrase dans ce que les journaux appelèrent une « émeute raciale ». Après avoir remporté la Grande Guerre, les vétérans de Washington rentrèrent dans une ville où trouver un emploi stable était difficile pour les travailleurs de toutes races. Les marins blancs mendiaient en uniforme dans le centre-ville. Les soldats noirs ayant combattu en

France écoutaient avec incrédulité leurs épouses leur expliquer qu'il n'y avait aucun travail pour eux.[41] Nul ne sait exactement comment ni où cela commença, mais, lors d'une nuit étouffante, le samedi 19 juillet 1919, la rumeur se répandit dans les saloons et salles de billard du centre-ville de Washington, où des foules de soldats, marins et marines récemment rentrés prenaient leur permission du week-end.[42]

Un suspect noir, interrogé à propos d'une tentative d'agression sexuelle sur une femme blanche, avait été relâché par la police métropolitaine de Washington. La femme était l'épouse d'un marin. Dès lors, la rumeur enflamma rapidement les centaines d'hommes blancs en uniforme, abreuvés d'alcool, appelant à la vengeance. La foule gagna en nombre dans un quartier sordide près de Pennsylvania Avenue NW, surnommé « Murder Bay », connu pour ses bagarreurs et ses maisons closes. Traversant le Mall ombragé, elle se dirigea vers un quartier majoritairement noir et pauvre du sud-ouest de la ville. Chemin faisant, les émeutiers ramassèrent des gourdins, des tuyaux de plomb et des morceaux de bois.

Près de l'intersection de la 9e rue et de D Street SW, ils s'en prirent à un Noir sans méfiance, Charles Linton Ralls, qui se promenait avec sa femme, Mary. Ralls fut poursuivi et sauvagement battu. La foule attaqua ensuite un second Noir, George Montgomery, 55 ans, qui rentrait chez lui les bras chargés de provisions. Ils lui fracturèrent le crâne avec une brique.[43]

La violence ne rencontra qu'une résistance dispersée au sein de la communauté noire, tandis que la police restait absente. Lorsque la police métropolitaine finit par arriver en force, ses officiers blancs arrêtèrent davantage de Noirs que de Blancs, envoyant ainsi un message clair sur leurs sympathies. Des milliers de vétérans blancs en uniforme arrachèrent des Noirs des tramways et des trottoirs pour les passer à tabac sans merci. Dans les rues, des femmes noires pleuraient, implorant Dieu de les sauver. « Avant de perdre connaissance, » se souvint Francis Thomas, âgée de 17 ans, « j'entendais [deux femmes noires] supplier le Seigneur de leur épargner la mort. » Un Noir de 22 ans, Randall Neale, marchait près de la 4e rue et de N Street NW lorsqu'un Marine blanc le tua d'un coup de feu tiré depuis un tramway en marche.[44]

Le dimanche soir, la communauté noire de Washington en eut assez. Des vétérans tireurs d'élite nettoyèrent leurs fusils avant d'escalader les murs pour se poster sur le toit du Howard Theatre. La rue U, au nord-ouest de la ville, devint leur Rubicon, et ils la défendirent contre toute invasion blanche. Le Washington Post rapporta : « Dans le quartier noir le long de U Street, entre la Septième et la Quatorzième rue, les Noirs commencèrent tôt dans la soirée à se venger des agressions subies par leur race dans le centre-ville la nuit précédente. » Après avoir sécurisé leurs quartiers, certains Noirs passèrent à l'offensive, arrachant des passagers blancs sans méfiance des tramways et les battant violemment. Des hommes noirs et blancs échangèrent des coups de feu depuis des véhicules en mouvement.[45] Lorsque les violences cessèrent, le bilan s'élevait à 15 morts : 10 Blancs, dont deux policiers, et cinq Noirs. Cinquante personnes furent grièvement blessées et une centaine d'autres légèrement blessées. Ce fut l'une des rares fois où les pertes blanches dépassèrent celles des Noirs.[46]

Plus de 400 000 Noirs servirent sous les drapeaux pendant la Première Guerre mondiale (1914-1918). Parmi eux, environ 10 % furent affectés à des unités de combat, tandis que les autres furent assignés à des unités de débardeurs, de dépôts et autres services de main-d'œuvre. Malgré la ségrégation et les affectations discriminatoires, plus de 1 300 Noirs furent commissionnés comme officiers (soit moins d'un pour cent de l'ensemble des officiers), la plupart en tant que sous-lieutenants ou lieutenants, mais certains atteignirent le grade de capitaine. Le plus haut gradé noir, le colonel Charles Young, fut forcé à la retraite au début de la guerre pour des raisons médicales. Certains suggérèrent qu'au vu de son ancienneté et de l'expansion de l'armée, il avait été écarté afin d'empêcher sa promotion au grade de général de brigade. Trois autres officiers noirs atteignirent le grade de commandant ou de lieutenant-colonel pendant la guerre ; deux dans le 370e Régiment d'infanterie et un dans le 9e Régiment de cavalerie, qui ne fut pas déployé outre-mer.[47]

Pendant la Seconde Guerre mondiale (1941-1945), les soldats et civils noirs menèrent un combat sur deux fronts. Il y avait l'ennemi à l'étranger et, en plus, la lutte contre les préjugés à domicile. « Les soldats combattaient le pire raciste du monde, Adolf Hitler, dans l'armée la plus ségréguée du monde, » explique l'historien et explorateur en résidence pour National Geographic, Stephen Ambrose. « L'ironie ne passa pas inaperçue. » Comme lors de la

Première Guerre mondiale, les soldats noirs furent relégués dans des unités de service sous la supervision d'officiers blancs, souvent affectés aux fonctions de manutentionnaires ou de cuisiniers.[48]

Les soldats noirs furent en général exclus des combats, mais les réalités de la guerre finirent par estomper les barrières raciales. Une percée se produisit lors de la bataille des Ardennes, à la fin de 1944. Le général Dwight D. Eisenhower, confronté à l'avancée des troupes hitlériennes sur le front de l'Ouest, déségréga temporairement l'armée et lança un appel urgent à renforts pour la ligne de front. Plus de 2 000 soldats noirs se portèrent volontaires pour combattre. De même, la demande en Italie appela les Tuskegee Airmen à l'action. En 1944, ils commencèrent à voler aux côtés de pilotes blancs sur le théâtre européen, menant avec succès des missions de bombardement et devenant la seule unité américaine à couler un destroyer allemand. Les femmes noires aussi se battirent pour contribuer à l'effort de guerre en tant qu'infirmières. Malgré les protestations initiales, selon lesquelles il serait inapproprié que des infirmières noires soignent des soldats blancs, le Département de la Guerre céda, et le premier groupe d'infirmières noires du Army Nurse Corps arriva en Angleterre en 1944.[49]

En 1941, A. Philip Randolph menaça le président Franklin D. Roosevelt d'une marche sur Washington de 100 000 personnes pour protester contre la discrimination à l'embauche. En réponse, Roosevelt signa le Executive Order 8802, interdisant la discrimination dans les emplois liés à la défense ou au sein du gouvernement. À mesure que la guerre se prolongeait, elle affectait la société américaine à presque tous les niveaux. Elle bouleversa l'ordre établi et ébranla les anciens schémas de ségrégation sociale et économique qui avaient confiné les Noirs américains à un rôle inférieur. En 1948, le président Harry S. Truman signa le Executive Order 9981. Ce décret déségrégait l'armée et la fonction publique.[50]

LA FAMILLE NOIRE : CONTROVERSE ET STABILITÉ

En 1891, Frederick Douglass remarqua que « là où il n'y a pas de famille, il n'y a ni moralité, ni vérité, ni bonheur. »[51] Qu'il n'y ait aucun doute : l'institution familiale était d'une importance capitale pour les Noirs. C'était la première et principale influence ressentie par l'enfant. Elle offrait une protection contre les pressions de la société. Pour ceux issus de familles anciennes, elle forgeait l'identité. Lorsque des familles plus aisées s'unissaient, elles reconfirmaient leur statut social. De plus, pour la classe moyenne noire de Washington, D.C., au tournant du siècle, la famille était un incubateur pour les futurs leaders de la génération suivante.[52] Aujourd'hui, cependant, cette conception de la famille noire a évolué, et elle mérite d'être examinée, notamment en raison de la mentalité familiale des élèves du lycée M Street/Dunbar.

Au début du XXe siècle, les familles noires manifestaient les valeurs typiques de la classe moyenne, même lorsqu'elles n'avaient pas les moyens financiers d'accéder pleinement à ce mode de vie. Les valeurs généralement associées à un style de vie de classe moyenne noire comprenaient un projet prévoyant la retraite, le désir de contrôler leur avenir, le respect et l'obéissance aux lois, ainsi qu'une volonté d'assurer une bonne éducation pour eux-mêmes et leurs enfants. Le moyen de progresser dans le statut socio-économique reposait sur une bonne éducation et un travail acharné. Les valeurs cohérentes avec ce style de vie incluaient également la volonté de protéger la famille contre diverses difficultés telles que les problèmes de santé, les difficultés financières et la criminalité.[53]

Avant les années 1950, les familles noires enseignaient des valeurs qui avaient peu changé entre 1880 et 1920. Renforcées par celles inculquées dans l'église, ces valeurs constituaient le fondement du concept de « respectabilité », de l'épargne, du travail assidu, du respect de soi et de la droiture. Le père occupait un rôle fondamental dans la famille. Il rapportait à la maison le salaire qui permettait de loger et de nourrir la famille, et offrait parfois un peu d'extra pour payer des cours de danse, des uniformes de sport ou des vélos pour les enfants. Ramener un salaire était d'une importance vitale, car rien n'est plus dévastateur pour la vie des enfants que la pauvreté. Veiller à ce que les enfants soient nourris, logés et préservés de la pauvreté était une mission essentielle.[54]

Le père noir était le gardien moral de la famille, le symbole de la masculinité pour ses fils, ainsi qu'un disciplinarian strict. De plus, dans une famille noire composée de deux parents, le père jouait de nombreux rôles : compagnon, fournisseur de soins, époux, protecteur, modèle, guide moral et enseignant.[55] Pourtant, la famille inculquait également la responsabilité envers la race. Les parents étaient l'exemple que les enfants devaient suivre, et si les parents s'impliquaient dans des efforts pour l'élévation de la communauté noire, les enfants étaient susceptibles de faire de même. Même si les parents ne faisaient qu'exprimer un soutien de principe à l'idéal de solidarité raciale, les enfants prenaient leurs paroles au sérieux.[56]

L'affection naturelle que les Noirs portaient à leurs enfants leur donnait ce qu'ils percevaient comme une opportunité personnelle d'élever la race en formant des fils et des filles intelligents et instruits qui, à leur tour, poursuivraient le travail amorcé par leurs parents. La grande proximité de ces familles pouvait être, en partie, un mécanisme de défense contre la discrimination extérieure, mais elle était indéniablement authentique. La chaleur créée dans l'environnement familial constituait un abri, mais nourrissait également l'épanouissement d'enfants heureux et assurait une continuité ainsi qu'un espoir pour l'avenir. La plupart des mariages étaient des partenariats établis pour atteindre les objectifs familiaux autant que pour perpétuer le statut social. Le divorce n'était pas inconnu, mais il demeurait rare. Les séparations n'étaient pas inhabituelles. La famille noire de Washington représentait une ligne de défense contre la société et ses valeurs, et ses stratégies garantissaient la continuité du statut familial à travers les générations.[57]

La controverse actuelle sur la désintégration de la famille noire et les raisons du taux élevé de foyers dirigés par des femmes parmi les Noirs remonte à la publication du Moynihan Report[58] sur la famille noire en 1965. Ce rapport soutenait que les schémas familiaux des Américains noirs étaient fondamentalement différents de ceux observés chez les Blancs, et que l'instabilité familiale chez les Noirs était la cause principale des problèmes sociaux et économiques rencontrés par cette communauté. Les schémas familiaux des Noirs étaient attribués à l'esclavage et à l'oppression raciale, qui visaient principalement à humilier l'homme noir. Le rapport suscita un débat houleux car, sur la base d'une comparaison des données des recensements de 1950 et 1960, il caractérisait la famille noire comme étant « en ruine » et comme constituant « un enchevêtrement de pathologies ». Ce faisant, il reprenait le message de l'ouvrage classique du sociologue E. Franklin Frazier, The Negro Family in the United States.[59]

Frazier soutenait que l'instabilité familiale parmi les Noirs résultait des effets de l'esclavage sur la vie familiale noire. En effet, en raison de l'absence de mariages reconnus parmi les esclaves et de la séparation constante des familles par la vente des hommes et des enfants plus âgés, l'esclavage avait instauré un schéma de familles noires précaires et instables. L'esclavage avait ainsi détruit tous les liens familiaux, à l'exception de ceux entre la mère et l'enfant, aboutissant à une structure familiale noire centrée sur la mère.[60] Frazier affirmait en outre que les Noirs nouvellement affranchis étaient des ruraux, héritiers des structures familiales typiques des sociétés agricoles traditionnelles, marquées par les naissances hors mariage et l'instabilité conjugale. Lorsqu'ils migrèrent massivement vers le Nord, ils furent confrontés à des modes de vie inconnus dans les villes industrielles. Incapables de s'adapter aux nouvelles conditions, leurs structures familiales se désorganisèrent, entraînant une montée de la criminalité, de la délinquance juvénile, et ainsi de suite.[61]

En réponse au Moynihan Report, l'historien Herbert Gutman entreprit une vaste étude sur les familles noires. Son ouvrage, The Black Family in Slavery and Freedom, 1750-1925, fut publié en 1976. Gutman raisonna ainsi : si Moynihan avait raison, il aurait dû exister une prédominance de foyers dirigés par des femmes pendant l'esclavage et dans les années immédiatement postérieures à l'émancipation. Or, il découvrit qu'à la fin de la guerre de Sécession, en Virginie, la majorité des familles d'anciens esclaves comptaient deux parents, et que la plupart des couples âgés vivaient ensemble depuis longtemps (voir Tableaux 6-1 et 6-2). Il attribua ces résultats à la résilience des Noirs américains, qui parvinrent à recréer de nouvelles familles après que leurs familles d'origine eurent été démembrées par la vente. Gutman conclut que Moynihan et Frazier avaient « sous-estimé les capacités d'adaptation des esclaves, de leurs enfants, et de leurs descendants. »

Composition des ménages noirs comptant deux personnes ou plus, dans les comtés de Montgomery, York et Princess Anne, Virginie, 1865–1866

Type de ménage	Comté de Montgomery	Comté dek York	Comté de Princess Anne
Mari-femme	18%	26%	17%
Mari-femme-enfants	54	53	62
Père-enfants	5	5	4
Mère-enfants	23	16	17
Nombre	498	997	375

Source: Herbert G. Gutman, *The Black Family in Slavery and Freedom, 1750- 1925*. p. 11.

Tableau 6-1

Durée des mariages d'esclaves enregistrés dans les comtés de Nelson et de Rockbridge, Virginie, 1866

Années de mariage	Comté de Nelson	Comté de Rockbridge
Moins de 10 ans	45%	49%
10-19	24	18
20-29	16	22
30-39	8	7
40 +	7	4
Nombre	616	230
Inconnu	4	6

Durée des mariages d'esclaves et âge des déclarants hommes et femmes, comté de Rockbridge, Virginie, 1866

YAnnées de mariage en 1866	*Age of Registrant in 1866*					
	15-19	*20-29*	*30-39*	*40-49*	*50+*	*Number*
Under 2	50%	9%	9%	5%	1	30
2-9	50	82	46	24	16	194
10-19	0	9	38	17	9	84
20-29	0	0	7	50	34	102
30+	0	0	0	4	40	50
Nombre	6	114	113	111	116	460
Age Inconnu						12

Source: Herbert G. Gutman, *The Black Family in Slavery and Freedom, 1750- 1925.* p. 12.

Tableau 6-2

À l›inverse, Erol Ricketts, démographe et sociologue à la Fondation Rockefeller, découvrit que les données des recensements nationaux couvrant les années décennales de 1890 à 1920 montraient que les Noirs se mariaient davantage que les Blancs, et ce malgré une pénurie constante d'hommes noirs due à leur taux de mortalité plus élevé.[62] Dans trois des quatre années décennales étudiées, la proportion d›hommes noirs actuellement mariés était supérieure à celle des hommes blancs (voir Tableau 6-3). Même à cette époque, le taux de foyers dirigés par des femmes était plus élevé chez les Noirs que chez les Blancs, mais la cause principale en était le fort taux de veuvage, et non un taux de mariage plus faible.

Estado civil de la población de 15 años y más, 1890-1920

	Noirs				Blancs – Ascendance native			
	1890	1900	1910	1920	1890	1900	1910	1920
Céli-bataires								
Homme	19.0	19.2	15.4	32.6	41.7	40.2	39.0	35.3
Femme	20.0	29.9	26.6	24.1	32.0	31.4	30.1	27.7
Mariés								
Homme	55.5	54.0	57.2	60.4	53.9	54.6	55.7	59.1
Femme	54.6	53.7	57.2	59.6	57.0	57.3	59.0	60.7
Veufs								
Homme	4.3	5.7	6.2	5.9	3.9	4.5	4.4	4.6
Femme	14.4	15.4	14.8	14.8	10.5	10.7	10.1	10.7
Sex ratio	99.5	98.6	98.9	99.2	105.4	104.9	106.6	104.4
% urban		21.0	27.0	34.0		42.0	48.0	53.0

Source: Decennial Census, U.S. Census Bureau

Tableau 6-3

Compte tenu du débat persistant sur l'origine des problèmes liés à la formation familiale chez les Noirs, notamment la question des foyers dirigés par des femmes, il est utile d'examiner les données historiques disponibles couvrant les années décennales de 1890 à 1980, présentées dans le Tableau 6-4. Ces données montrent, contrairement aux croyances largement répandues, que jusqu'en 1960, les taux de mariage pour les femmes noires et blanches étaient les plus bas à la fin des années 1800 et atteignirent leur sommet en 1950 pour les Noirs et en 1960 pour les Blancs. De plus, il est clairement démontré que, jusqu'en 1950, les femmes noires se mariaient à des taux plus élevés que les femmes blanches d'ascendance native.[63]

Comparaison des modèles de mariage des Noirs et des Blancs, 1890–1980

(Pourcentage de femmes ayant déjà été mariées, âgées de 15 ans et plus)

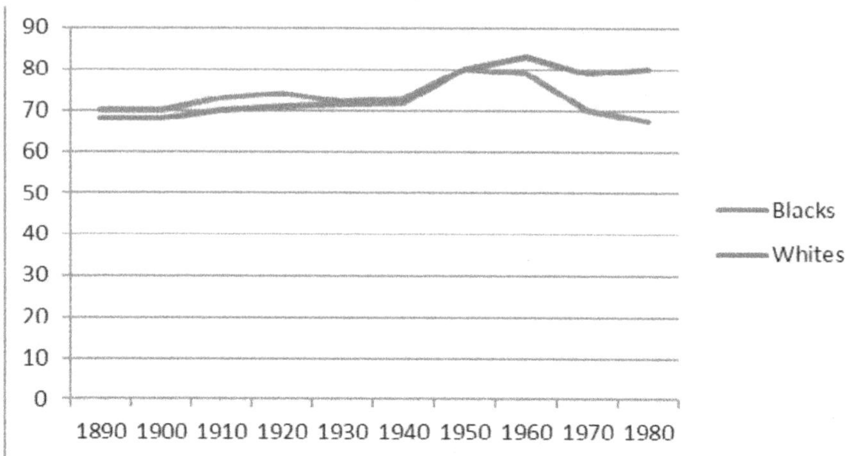

Source: Decennial Census, U.S. Census Bureau

Tableau 6-4

En outre, la série décennale sur les foyers dirigés par des femmes, couvrant les années 1930 à 1980 (présentée dans le Tableau 6-5), montre que le taux de foyers dirigés par des femmes noires en 1980 était le plus élevé de toute la série. Fait intéressant, les données révèlent que le taux de foyers noirs dirigés par des femmes avait atteint son niveau le plus bas en 1950, avant de grimper fortement par la suite.[64]

Familles dirigées par des femmes, 1930–1980

	White Female Heads As % of White Families					Black Female Heads As % of Black Families				
	All	Urban	Rural-Nonfarm	Rural-Farm	% White Population That is Urban[a]	All	Urban	Rural-Nonfarm	Rural-Farm	% Black Population That is Urban[a]
1930	12.0	14.4	12.0	5.0	59.4	19.3	25.2	20.6	10.5	47.4
1940[b]	14.5	17.3	13.1	7.2	65.2	22.6	29.5	21.7	11.5	52.3
1950[b]	8.5	9.7	7.2	4.3	65.9	17.6	19.8	18.1	9.2	66.2
1960	8.1	9.0	6.5	4.2	70.2	21.7	23.1	19.5	11.1	76.5
1970	9.0	10.0	6.3	n.a.	72.1	27.8	29.3	20.1	n.a.	83.3
1980	11.2	12.8	7.6	n.a.	70.2	37.8	39.6	26.8	n.a.	86.1

Source: Decennial Census, U.S. Census Bureau

[a] Pourcentage de la population totale, et non uniquement des familles dirigées par des femmes.

[b] Les chiffres pour les Noirs correspondent aux personnes non blanches.

n.d. = non disponible

Tableau 6-5

Alors, que s'est-il passé pour déstabiliser la famille noire ? Les Noirs américains progressaient sur la voie de la stabilité familiale, même dans une société ségréguée, lorsque l'on décida de commencer à subventionner l'illégitimité. Beaucoup savaient que l'octroi de prestations de veuvage à des femmes non mariées ayant des enfants illégitimes aurait des conséquences désastreuses.[65] Dès 1914, un défenseur du bien-être social du début du XXe siècle, Homer Folks, avertissait que l'octroi de pensions pour « abandon ou illégitimité aurait pour effet d'encourager ces crimes contre la société. »[66] Pourtant, c'est précisément ce système qui fut mis en œuvre sous la politique de la « Grande Société » de Lyndon B. Johnson.[67]

L'héritage tragique de la Grande Société réside dans la violence infligée à l'institution familiale. À travers une série d'actions, qu'elles aient été calculées ou non, la famille a été dévalorisée en tant que socle de la société civile et remplacée par le gouvernement agissant in loco parentis non seulement pour les enfants qu'il prenait en charge, mais également pour les parents eux-mêmes. Les exigences du type « foyer convenable » pour bénéficier de l'aide sociale, telles que la présence d'un mari, furent abandonnées comme étant irrationnelles et racistes par les progressistes libéraux du Federal Bureau of Public Assistance.[68]

En 1960, seulement 8 % des prestations d'aide sociale destinées aux veuves ou aux épouses d'hommes handicapés étaient effectivement perçues par ces catégories. Plus de 60 % des paiements de l'Aid to Families with Dependent Children (AFDC) allaient à des foyers où le père était absent. Ce fut l'année où le taux de mariage parmi les Noirs commença sa chute précipitée, d'abord progressivement, le taux de mariage des femmes noires passant pour la première fois sous les 70 % en 1970.[69] Pourtant, même à cette époque, la majorité des enfants noirs vivaient encore avec leurs deux parents.[70]

Comme le souligne Ricketts, « L'argument selon lequel les niveaux actuels de foyers dirigés par des femmes chez les Noirs sont directement dus à l'héritage culturel de l'esclavage, et selon lequel les schémas de formation familiale des Noirs seraient fondamentalement différents de ceux des Blancs, n'est pas soutenu par les données. »[71]

CHANGEMENT SOCIAL ET AGITATION

À la fin des années 1960 et au début des années 1970, les États-Unis connurent une violente révolution culturelle. De nombreux jeunes Blancs commencèrent à réclamer un changement révolutionnaire, rejoints par de nombreux jeunes Noirs qui voyaient apparemment dans ce mouvement une extension du mouvement des droits civiques. Les valeurs traditionnelles, les normes et les coutumes ancestrales furent balayées. Les fidélités sociales envers la religion, le patriotisme et l'engagement familial furent considérées comme « dépassées ». Les comportements dysfonctionnels devinrent « à la mode ».

De nombreux Américains adoptèrent des perspectives politiques anticapitalistes et anti-impérialistes et, tandis que des garçons américains mouraient au Vietnam, certains brandissaient des drapeaux cubains et vietcongs en scandant ironiquement : « Ho Ho Chi Minh, le FLN [Front de Libération Nationale] va gagner. »[72] Un mouvement antiguerre prospéra sur les campus des universités d'élite telles que Columbia, Harvard et Berkeley, elles-mêmes en pleine agitation autour des questions de programmes, de gouvernance et de leurs relations avec le gouvernement fédéral. Dès 1967, le président Lyndon B. Johnson ne pouvait plus voyager dans le pays sans être confronté à des manifestants, à des slogans grossiers et à des menaces de violence.

À ces problèmes politiques sur les campus universitaires et lycéens s'ajoutait le mouvement dit « contre-culturel » ou « hippie », dans lequel de jeunes Américains rejetaient totalement les valeurs de la classe moyenne en décidant de « se défoncer, se brancher et décrocher ». L'Amérique assista à la prolétarisation d'une minorité dominante, qui imposa ses nouvelles normes de valeur à la société dans son ensemble par l'imitation des comportements issus des classes sociales les plus basses.[73] Ainsi, le fossé culturel entre les classes s'avéra plus étroit que prévu, une forme d'imitation et de respect envers les comportements de la classe inférieure se manifestant de plusieurs façons.

En quelques années seulement, de nombreux jeunes Américains — ainsi que des jeunes Européens — laissèrent pousser leurs cheveux et troquèrent leurs escarpins, jupes, cravates et chemises boutonnées contre des jeans déchirés, des t-shirts teints au nœud (tie-dye) et des baskets sales. Ils parlèrent ouvertement d'« amour libre » et le pratiquèrent. Ils écoutèrent une musique incompréhensible pour leurs parents, fumèrent de la marijuana et rejetèrent toute forme d'autorité. Toutefois, bien que la majorité des jeunes Américains ne fussent pas des hippies grossiers, des consommateurs de drogue, des partisans de l'amour libre, des membres de coalitions antiguerre ou des marxistes, il y avait suffisamment de représentants télégéniques de la contre-culture et de l'anti-establishment à Columbia, Harvard et Berkeley pour suggérer que la prochaine génération de l'establishment pourrait être très différente de la précédente.[74]

Les valeurs d'avant 1960 — Dieu, la patrie et la famille — furent abandonnées ; Dieu est mort[75], « Les ouvriers n'ont pas de patrie »[76], et les familles dysfonctionnelles sont devenues la norme.[77]

LES LOCALITÉS DE WASHINGTON-GEORGETOWN

Une communauté se compose d'un groupe de personnes vivant dans une même zone locale et partageant certains intérêts et problèmes communs et, en raison de ces intérêts et problèmes communs, les membres d'une communauté doivent coopérer et s'organiser. Après la guerre de Sécession, la communauté noire de Washington-Georgetown fit un effort conscient pour contrôler les conditions de leur vie collective en identifiant les forces contre lesquelles elle était en concurrence et en conflit. L'environnement culturel de la communauté noire façonna la structure des idéologies éducatives, partagées publiquement dans les multiples itérations de ce qui allait devenir finalement le Paul Lawrence Dunbar High School dans le District de Columbia. À cet égard, l'école devint une partie intégrante d'un processus politique visant à gérer les limites imposées à la compétition des Noirs face aux Blancs.

La communauté noire de Washington-Georgetown avait été témoin du Missouri Compromise de 1820, du Compromise of 1850, du Kansas-Nebraska Act de 1854, de l'arrêt Dred Scott, ainsi que du raid de John Brown. La guerre de Sécession, l'assassinat de Lincoln et les élections qui suivirent changèrent radicalement la situation, menant à un régime de ségrégation Jim Crow. Blancs et Noirs procédèrent aux ajustements internes nécessaires aux nouvelles situations sociales créées par la concurrence et le conflit. Ces accommodements, hérités socialement, naquirent dans les douleurs et les luttes des générations précédentes et furent transmis et acceptés par les générations suivantes comme faisant partie de l'ordre social naturel et inévitable. Ces formes de contrôle limitaient la compétition concernant le statut des Noirs dans une société racialement ségréguée ; socialement, politiquement et économiquement.[1]

GEORGETOWN

Georgetown est délimité au sud par le fleuve Potomac, à l'est par Rock Creek, au nord par Burleith et Glover Park, et à l'ouest par l'Université de Georgetown. Une grande partie de Georgetown est entourée de parcs et d'espaces verts qui offrent des activités de loisirs et servent de zones tampons contre l'urbanisation des quartiers adjacents. Rock Creek Park, le Oak Hill Cemetery, Montrose Park et Dumbarton Oaks se situent au nord et à l'est de Georgetown, à l'est de Wisconsin Avenue.[2] Le quartier est implanté sur des falaises surplombant le fleuve Potomac. Ainsi, certaines rues orientées nord-sud présentent des pentes particulièrement abruptes. Les célèbres « marches de L'Exorciste », reliant M Street à Prospect Street, furent rendues nécessaires par le relief accidenté de la zone. Les principaux axes commerciaux de Georgetown sont M Street et Wisconsin Avenue, dont les magasins de haute couture attirent toute l'année de nombreux touristes ainsi que des habitants locaux. Entre M Street et K Street coule le canal historique Chesapeake and Ohio Canal.

En 1632, l'explorateur et commerçant anglais Henry Fleet documenta pour la première fois un village amérindien (Nacotchtank) appelé Tohoga sur le site de l'actuel Georgetown, et y établit un commerce.[3] Lors de son incorporation en 1751, Georgetown faisait partie de la colonie britannique du Province of Maryland. L'assemblée législative du Maryland autorisa l'achat de 60 acres (environ 240 000 m²) de terres à George Gordon et George Beall pour la somme de 280 livres sterling,[4] et le relevé topographique de la ville fut achevé en février 1752.[5]

Situé sur la ligne de faîte (fall line), Georgetown représentait le point le plus en amont du fleuve Potomac accessible aux navires de haute mer. Vers 1745, Gordon fit construire un centre d'inspection du tabac le long du Potomac. À cette époque, le transfert du tabac de la terre vers les voies navigables se faisait déjà à cet endroit. Des entrepôts, des quais et d'autres bâtiments furent ensuite érigés autour du centre d'inspection, et une petite communauté émergea rapidement. Georgetown ne tarda pas à se développer en un port florissant, facilitant le commerce et l'expédition du tabac et d'autres marchandises issues du Maryland colonial.[6] L'une des entreprises d'exportation de tabac les plus en vue fut Forrest, Stoddert and Murdock, fondée en 1783 à Georgetown par Uriah Forrest, Benjamin Stoddert et John Murdock.[7]

Étant donné que Georgetown fut fondé sous le règne de George II de Grande-Bretagne, certains spéculent que la ville fut nommée en son honneur. Une autre théorie avance que la ville aurait été baptisée en l'honneur de ses fondateurs, George Gordon et George Beall. L'assemblée législative du Maryland publia officiellement la charte de la ville et l'incorpora en 1789.[8] Robert Peter, qui fut parmi les premiers à établir un commerce (d'exportation de tabac) dans la ville, devint le premier maire de Georgetown en 1790.[9]

Benjamin Stoddert joua un rôle majeur dans l'histoire de Georgetown. Il avait auparavant servi comme secrétaire du Board of War sous les Articles of Confederation. Arrivé en 1783, il s'associa au général Uriah Forrest pour devenir l'un des propriétaires fondateurs de la Potomac Company. Il devint finalement propriétaire de la Halcyon House, située à l'angle de 34th et Prospect Streets. Stoddert acheta des actions du gouvernement fédéral dans le cadre du plan d'assainissement des dettes étatiques proposé par Alexander Hamilton. Ce plan d'Hamilton visait à faire reprendre par le gouvernement fédéral les dettes contractées par les États afin de stimuler l'économie et de renforcer l'unité nationale. Hamilton devait plus tard soumettre une proposition de création d'une banque nationale pour faciliter la circulation de la monnaie et simplifier les transactions financières du gouvernement.[10]

Les modalités du transfert de terres au gouvernement fédéral pour la création de la capitale nationale furent négociées par Stoddert et d'autres propriétaires fonciers du Potomac lors d'un dîner tenu au domicile de Forrest à Georgetown, le 28 mars 1791. Stoddert acheta des terres dans les limites du district fédéral, certaines à la demande de George Washington, pour le compte du gouvernement, et d'autres à titre spéculatif. Washington fréquentait régulièrement Georgetown, notamment la Suter's Tavern, où il finalisa de nombreux accords fonciers pour acquérir des terrains destinés à la création de la Federal City.[11]

Dans les années 1790, le City Tavern, le Union Tavern et le Columbian Inn ouvrirent leurs portes et restèrent populaires tout au long du XIXe siècle.[12] De ces tavernes, seul le City Tavern subsiste aujourd'hui. Toutefois, les achats fonciers spéculatifs ne furent pas rentables et causèrent de grandes difficultés à Stoddert avant sa nomination au poste de secrétaire à la Marine par John Adams. Stoddert fut sauvé de ses dettes grâce à l'aide de William Marbury, futur protagoniste célèbre de l'affaire Marbury v. Madison et résident de Georgetown. La Forrest-Marbury House, située sur M Street, abrite aujourd'hui l'ambassade d'Ukraine.

Le colonel John Beatty fonda une église luthérienne sur High Street, qui fut la première église de Georgetown. Stephen Bloomer Balch établit une église presbytérienne en 1784 et, en 1795, l'église catholique Trinity fut construite, accompagnée d'une école paroissiale. L'église épiscopale St. John's fut érigée en 1803.

Plusieurs banques furent fondées à Georgetown. La Farmers and Mechanics Bank fut créée en 1814. D'autres établissements financiers comprenaient la Bank of Washington, la Patriotic Bank, la Bank of the Metropolis ainsi que les banques Union et Central Banks of Georgetown. Les journaux de Georgetown incluaient le premier périodique, le Republican Weekly Ledger, lancé en 1790. Le Sentinel fut publié pour la première fois en 1796 par Green, English & Co.. Charles C. Fulton débuta la publication du Potomac Advocate, fondé initialement par Thomas Turner en 1838. Parmi les autres journaux de Georgetown figuraient également le Georgetown Courier et le Federal Republican.[13]

William B. Magruder fut nommé premier maître de poste le 16 février 1790, et une douane (custom house) fut établie sur Water Street en 1795. Le général James M. Lingan fut le premier percepteur du port.[14] Thomas Jefferson vécut quelque temps à Georgetown alors qu'il était vice-président sous la présidence de John Adams.[15]

Georgetown abrita également Francis Scott Key, arrivé en 1808 en tant que jeune avocat, et qui résida sur M Street. Le Dr William Beanes, un parent de Key, captura l'arrière-garde de l'armée britannique alors qu'elle incendiait Washington pendant la guerre de 1812. Lorsque l'armée se replia, elle récupéra ses soldats emprisonnés et captura à son tour le Dr Beanes, le transférant sur leur flotte près de Baltimore. Key se rendit auprès de la flotte pour demander la libération de Beanes. Il fut retenu prisonnier jusqu'à la fin du bombardement de Fort McHenry. C'est lors de ce bombardement que Key trouva l'inspiration pour écrire The Star-Spangled Banner.[16]

Dès les années 1820, le fleuve Potomac s'était ensablé, le rendant non navigable jusqu'à Georgetown. La construction du Chesapeake & Ohio Canal commença en juillet 1828, afin de relier Georgetown à Harper's Ferry, en Virginie (aujourd'hui en Virginie-Occidentale). Le canal fut achevé le 10 octobre 1850, pour un coût de 77 041 586 dollars. Avec la construction du Baltimore & Ohio Railroad, le canal se révéla cependant peu rentable et ne répondit jamais aux attentes.[17] Néanmoins, il procura un certain dynamisme économique à Georgetown.

Dans les années 1820 et 1830, Georgetown était un important centre d'expédition. Le tabac et d'autres marchandises étaient transférés entre le canal et les navires naviguant sur le fleuve Potomac. Du sel était importé d'Europe, tandis que le sucre et la mélasse arrivaient des Antilles.[18] Ces industries maritimes furent ensuite supplantées par les industries du charbon et de la farine, qui prospérèrent grâce au C & O Canal fournissant une énergie bon marché pour les moulins et autres industries.[19]

Historiquement, Georgetown possédait une importante population noire, comprenant à la fois des esclaves et des Noirs libres. Le travail des esclaves était largement utilisé pour la construction de nouveaux bâtiments à Washington et pour le travail dans les plantations de tabac du Maryland et de Virginie. Le commerce des esclaves à Georgetown remonte à 1760, lorsque John Beattie établit son entreprise sur O Street et exerça également ses activités à d'autres emplacements autour de Wisconsin Avenue. Le commerce des esclaves se poursuivit jusqu'au milieu du XIXᵉ siècle, lorsqu'il fut interdit.[20] D'autres marchés d'esclaves (« pens ») situés à Georgetown comprenaient notamment celui de la McCandless's Tavern, près de M Street et Wisconsin Avenue.[21]

Le Congrès abolit l'esclavage à Washington et Georgetown le 16 avril 1862, lorsque le président Abraham Lincoln signa le District of Columbia Emancipation Act, mettant fin à l'esclavage dans le district fédéral. L'adoption de cette loi précéda de huit mois et demi la publication de la Proclamation d'Émancipation du président Lincoln.[22] Après la guerre de Sécession, de nombreux Noirs s'installèrent à Georgetown, où ils établirent une communauté florissante.

À la fin du XVIIIe siècle et au XIXe siècle, les Noirs constituaient une part substantielle de la population de Georgetown. Le recensement de 1800 recensait 5 120 habitants à Georgetown, dont 1 449 esclaves et 227 Noirs libres.[23] Témoignage encore visible aujourd›hui de cette histoire noire, l'église méthodiste unie Mount Zion est la plus ancienne congrégation noire de Washington. Avant de fonder leur propre église, les Noirs libres et les esclaves fréquentaient l'église méthodiste de Dumbarton, où ils étaient relégués à un balcon surpeuplé et étouffant. L'église Mount Zion était initialement située dans un petit bâtiment en briques sur la 27th Street, mais celui-ci fut détruit par un incendie dans les années 1880, avant d'être reconstruit sur son site actuel.[24] Le cimetière Mount Zion proposait des enterrements gratuits pour la première population noire de Washington.[25]

Après la Révolution américaine, Georgetown devint une municipalité indépendante au sein du District fédéral de Columbia, aux côtés de la ville de Washington, de la ville d'Alexandria et des nouveaux comtés de Washington et d'Alexandria (aujourd'hui Arlington County, Virginie). Le quartier était officiellement connu sous le nom de « Georgetown, D.C. ». En 1862, la Washington and Georgetown Railroad Company mit en service une ligne de tramways tirés par chevaux, circulant sur M Street à Georgetown et Pennsylvania Avenue à Washington, facilitant les déplacements entre les deux villes. La charte municipale de Georgetown, tout comme celle de Washington, fut officiellement révoquée par le Congrès à compter du 1er juin 1871. À partir de cette date, ses pouvoirs gouvernementaux furent transférés au District de Columbia.[26] Les rues de Georgetown furent renommées en 1895 pour s'aligner sur la nomenclature en vigueur à Washington.[27]

À la fin du XIXe siècle, la meunerie de la farine et d'autres industries de Georgetown périclitèrent, en partie parce que les canaux et autres voies navigables s'ensablaient constamment.[28] Nathaniel Michler et Silvanus T. Abert dirigèrent des efforts de dragage des chenaux et d'enlèvement des rochers dans le port de Georgetown. Cependant, ces efforts n›apportèrent que des solutions temporaires et le Congrès manifesta peu d›intérêt pour cette question.[29]

En 1890, une inondation, combinée à l'expansion des chemins de fer, entraîna la ruine du C&O Canal et de Georgetown. La municipalité devint un bidonville miséreux, avec des ruelles envahies de minuscules maisons dépourvues de plomberie et d'électricité. Le commerce maritime disparut entre la guerre de Sécession et la Première Guerre mondiale,[30] ce qui permit, paradoxalement, de préserver de nombreuses anciennes demeures dans leur état d'origine. Le premier central téléphonique du système Bell, établi par Alexander Graham Bell, se trouvait juste en dessous du C&O Canal ; il est encore utilisé aujourd'hui comme centre téléphonique.

Le C & O Canal, alors propriété du Baltimore & Ohio Railroad, cessa officiellement ses opérations en mars 1924. Après de graves inondations en 1936, la B & O Railroad vendit le canal au National Park Service en octobre 1938.[33] La zone riveraine conserva son caractère industriel durant la première moitié du XXe siècle, et Georgetown abrita une scierie, une cimenterie, le moulin Washington Flour et une usine de traitement de viande. La ligne d'horizon du quartier était dominée par les cheminées d'un incinérateur d'ordures et par les doubles cheminées de l'usine de production d'électricité destinée à l'ancien système de tramway Capital Traction, située au pied de Wisconsin Avenue. L'usine ferma en 1935, mais ne fut démolie qu'en octobre 1968.

En 1949, la ville construisit l'autoroute Whitehurst, une voie rapide surélevée au-dessus de K Street, afin de permettre aux automobilistes entrant dans le District par le Key Bridge de contourner complètement Georgetown en se dirigeant vers le centre-ville.

Les législateurs ignorèrent largement les préoccupations concernant la préservation historique de Georgetown jusqu'en 1950, année où la Public Law 808 fut adoptée et où fut créé le quartier historique d'« Old Georgetown ».[34] Cette loi exigeait que la Commission of Fine Arts des États-Unis soit consultée pour toute modification, démolition ou construction de bâtiment dans le périmètre du quartier historique.[35]

En tant que seule ville existante à l'époque, Georgetown était alors le centre de la mode et de la culture du District de Columbia nouvellement formé. Toutefois, à mesure que Washington se développait, le centre de la haute société washingtonienne se déplaça vers l'est, de l'autre côté de Rock Creek, vers les nouvelles demeures victoriennes surgissant autour des cercles de circulation de la ville, ainsi que vers les somptueuses demeures de l'Âge d'or construites le long de Massachusetts Avenue.

Bien que de nombreuses « vieilles familles » soient restées à Georgetown, la population du quartier devint progressivement plus pauvre et plus diverse racialement au début du XXe siècle. La démographie commença à évoluer de nouveau avec l'arrivée de la gentrification dans les années 1930. De nombreux membres de l'administration du président Franklin D. Roosevelt s'installèrent alors dans le quartier et, dans les années 1950, une vague de nouveaux résidents d'après-guerre arriva. Nombre de ces nouveaux habitants étaient bien éduqués et issus de la classe moyenne. Ils portèrent un vif intérêt au caractère historique du quartier.

WASHINGTON

Le District de Columbia était un ensemble de quartiers informellement organisés, dont les limites, dans une certaine mesure, les distinguaient les uns des autres. Les habitants de chaque quartier partageaient généralement une culture similaire et se connaissaient entre eux. Le district fédéral constituait l'unité principale d'organisation sociale et fournissait la plupart des services nécessaires au quotidien de ses résidents. Washington et Georgetown étaient considérés comme des communautés, mais, dans l'ensemble, Georgetown relevait davantage d'un quartier que d'une véritable communauté.

La variété et la complexité des quartiers rendent difficile leur classification selon des caractéristiques communes. Les communautés et quartiers de Washington ne présentaient pas un haut degré d'homogénéité culturelle ou économique, un contraste extrême existant entre les quartiers miséreux et les quartiers résidentiels exclusifs. De plus, leur vie économique reposait sur un bon nombre et une grande variété d'industries et de professions.

En 1870, la communauté noire de Washington avait un caractère unique. Les esclaves du District de Columbia avaient été affranchis par le Congrès en avril 1862, mais la communauté noire de Washington était bien plus ancienne. Dès 1830, la moitié des Noirs de Washington étaient libres. Avant le début de la guerre de Sécession, 78 % des Noirs de Washington jouissaient de la liberté. Toutefois, à mesure que les États esclavagistes du Sud renforçaient progressivement leurs restrictions à l'encontre des « personnes de couleur libres » dans les décennies précédant la guerre civile, Washington devint une sorte de « Mecque » pour les Noirs libres en quête d'une vie meilleure. La présence du gouvernement fédéral rendait Washington moins oppressante que les États esclavagistes du Sud. Elle offrait également des opportunités d'emploi dans l'administration, supérieures à celles accessibles aux Noirs ailleurs.[36]

Dans les années 1880, il n'était pas rare que des voyageurs étrangers ou des visiteurs du Nord commentent, parfois avec dégoût mais toujours avec surprise, la liberté de relations entre Blancs et Noirs dans le Sud. Les Nordistes n'étaient pas préparés à ce qu'ils découvraient et, parfois, ils sous-estimaient ce qu'ils allaient trouver. Beaucoup oublient que, bien que l'esclavage n'ait pas été aussi répandu dans le Nord, les centres commerciaux et industriels du Nord, en particulier l'industrie textile, avaient un intérêt économique direct dans la survie de l'esclavage au Sud.

Ainsi, des dizaines de milliers de Noirs affluèrent vers la ville. Libérés de l'esclavage, ils cherchaient à reconstruire leur vie. Certains trouvèrent refuge dans des habitations précaires construites à la hâte dans des ruelles — de petites maisons situées derrière les grandes demeures qui donnaient sur les rues principales. Autrefois, ces logements accueillaient les esclaves et les domestiques des citoyens les plus éminents. Les résidents partageaient souvent les ruelles avec des ateliers, des écuries et d'autres bâtiments annexes. Pendant les graves pénuries de logements de la guerre de Sécession, les ruelles étaient l'une des rares options disponibles pour les pauvres et les travailleurs de Washington. Elles étaient interraciales dans la mesure où les conditions de vie en dessous du Potomac étaient meilleures que celles au nord du fleuve. Après tout, la ségrégation était une invention nordiste.[37]

U Street

Le quartier de U Street est en grande partie un quartier datant de l'époque victorienne, développé entre 1862 et 1900. La majorité de cette zone a été désignée comme district historique. Il est constitué de maisons mitoyennes construites rapidement par des promoteurs immobiliers et des entrepreneurs en réponse à la forte demande de logements après la guerre de Sécession et la croissance du gouvernement fédéral à la fin du XIXe siècle. Le corridor devint commercialement important lorsqu'une ligne de tramway y fut implantée au début du XXe siècle, facilitant ainsi les déplacements des employés fédéraux vers le centre-ville pour travailler et faire leurs achats.[38]

Bien que toujours racialement diversifié, le quartier était majoritairement blanc et de classe moyenne jusqu'en 1900. À mesure que Washington devenait de plus en plus ségrégué, le corridor de U Street et le quartier voisin de Strivers' Section émergèrent comme des quartiers prisés pour les résidents noirs de Washington. Le corridor devint la plus importante concentration d'entreprises et d'établissements de divertissement appartenant et gérés par des Noirs. Le quartier environnant accueillit de nombreux Noirs américains parmi les plus éminents de la ville.[39]

U Street précède Harlem, à New York, en tant que « Mecque » pour les Noirs. Les camps militaires de la guerre de Sécession dans la région avaient abrité des personnes en quête de liberté dans les années 1860, et les églises missionnaires qu'ils fondèrent existent encore aujourd'hui. L'Université Howard, juste au nord du quartier, commença à attirer l'élite intellectuelle et artistique noire du pays dès les années 1870. Au début du XXe siècle, U Street était devenu le centre de la communauté noire de la ville, accueillant entreprises, lieux de divertissement, et principales institutions sociales de la population noire de Washington. Jusqu'aux années 1920, lorsque Harlem le surpassa, U Street constituait la plus grande communauté urbaine noire du pays. Tous les grands artistes se produisaient dans ses théâtres et clubs animés.[40]

À l'apogée de sa culture dans les années 1920 et 1930, U Street était connu sous le nom de « Black Broadway ». Il rivalisait avec Harlem en termes d'influence sur la culture noire, offrant une scène importante pour des figures illustres telles que Langston Hughes, Zora Neale Hurston, Jean Toomer et Sterling Brown. Le natif de Washington D.C., Duke Ellington, ainsi que d'autres géants du jazz comme Cab Calloway, Ella Fitzgerald, Dizzy Gillespie, Louis Armstrong, Billie Holiday, Miles Davis, John Coltrane, Count Basie et Thelonious Monk, transformèrent le quartier en une destination de divertissement majeure. La maison d'enfance de Duke Ellington se trouvait sur la 13e rue, entre T Street et S Street. Le Lincoln Theatre ouvrit ses portes en 1921 et le Howard Theater en 1926.[41]

LeDroit Park

LeDroit Park est un quartier de Washington, D.C., situé immédiatement au sud-est de l'Université Howard. Ses frontières comprennent W Street au nord, Rhode Island Avenue et Florida Avenue au sud, Second Street NW à l'est, et Georgia Avenue à l'ouest. Le quartier fut développé par Amzi Barber (membre du Conseil d'administration de l'Université Howard). Dans les années 1870, LeDroit Park fut l'un des premiers faubourgs de Washington.

Bon nombre des demeures victoriennes, maisons individuelles et maisons mitoyennes du quartier furent conçues par l'architecte James McGill. À l'origine, le quartier ne suivait pas le système de dénomination des rues utilisé dans le reste de Washington D.C. LeDroit Park fut conçu et promu comme un quartier « romantique », avec des rues étroites bordées d'arbres portant le nom même des espèces arboricoles qui les ombrageaient. Une attention particulière fut portée à l'aménagement paysager, les promoteurs dépensant des sommes considérables pour planter des parterres de fleurs et des arbres afin d'attirer des professionnels de haut niveau de la ville. Le quartier était même clôturé et gardé, afin d'assurer la sécurité de ses futurs résidents.

Au début, LeDroit Park était essentiellement un quartier réservé aux Blancs. Les efforts de nombreux résidents ainsi que les actions répétées des étudiants de l'Université Howard aboutirent à l'intégration du quartier. En juillet 1888, les étudiants démantelèrent les clôtures séparant le quartier en signe de protestation contre ses politiques discriminatoires. Par conséquent, dans les années 1940, LeDroit Park devint un centre majeur pour les professionnels noirs, et de nombreuses figures noires éminentes s'y installèrent.

Griffith Stadium se trouvait également dans ce quartier jusqu'en 1965, date à laquelle l'Hôpital de l'Université Howard fut construit à son emplacement. LeDroit Park comprend également l'Anna J. Cooper Circle, nommée en hommage à la pionnière de l'éducation qui enseigna au lycée Dunbar.

Les résidents notables de LeDroit Park sont listés ci-dessous :

- Général William Birney – Vétéran de la guerre de Sécession, propriétaire de l'élégant manoir situé sur Anna J. Cooper Circle (T Street et 2nd Street).

- Sénateur Edward Brooke – Premier Noir américain à remporter un siège au Sénat des États-Unis par vote populaire depuis la Reconstruction ; né dans une maison de LeDroit Park en 1919. (1938 3rd Street)

- Dr Ralph J. Bunche – Premier Noir américain à recevoir le prix Nobel de la paix pour sa médiation en Palestine ; résida à LeDroit Park pendant son professorat à l'Université Howard. (Adresse non trouvée)

- Général Benjamin O. Davis, Sr. – Premier général noir de l'armée américaine ; père de Benjamin O. Davis, Jr., commandant des aviateurs de Tuskegee durant la Seconde Guerre mondiale. (Adresse non trouvée)

- Honorable Oscar De Priest – Premier Noir élu au Congrès des États-Unis depuis la Reconstruction ; vécut ici pendant ses trois mandats. (419 U Street)

- Paul Laurence Dunbar – Poète noir lauréat, ancien élève de l'Université Howard, qui donna son nom au lycée Dunbar High School. (321 U Street)

- Duke Ellington – Légende du jazz, vécut dans le quartier avec sa famille durant son enfance. (420 Elm Street)

- Major Christian Fleetwood – L'un des premiers Noirs à recevoir la Médaille d'honneur du Congrès. (319 U Street)

- Julia West Hamilton – Leader civique et membre de la National Association of Colored Women (N.A.C.W.). (320 U Street)

- Ernest Everett Just – Professeur de biologie, chercheur en biogénétique avec d'importantes contributions à la zoologie et à la biogénétique. (412 T Street)

- Dr Jesse Lawson et Dr Anna J. Cooper – Deux éducateurs éminents, fondateurs de la Frelinghuysen University pour l'éducation des adultes noirs de la classe ouvrière. Lawson était également avocat (Université Howard, 1881) et défenseur des droits des résidents pauvres de D.C. (201 T Street)

- Willis Richards – Dramaturge de renom, crédité pour avoir écrit la première pièce sérieuse jouée à Broadway. (512 U Street)

- Mary Church Terrell – Héritière et militante pour les droits civiques et le droit de vote des femmes. (326 T Street – Classé Monument Historique National)

- Walter Washington – Premier maire du District de Columbia élu sous le régime de l'autonomie locale (home rule). (408 T Street)

- Clarence Cameron White – Violoniste éminent, éducateur en arts plastiques et ancien élève de l'Université Howard. (Adresse non trouvée)

- Dr Garnet C. Wilkinson – Surintendant des écoles pour Noirs pendant la période de ségrégation Jim Crow. (406 U Street)

- Octavius Augustus Williams – Barbier du Capitole américain et premier Noir à s'installer à LeDroit Park en 1893. (338 U Street)

<u>Anacostia</u>

Au sommet d'une colline à Anacostia, surplombant Washington, se dresse un magnifique vieux manoir. Au pied de la colline se trouve le village d'Anacostia, datant du XIXe siècle, avec encore nombre de ses maisons en pain d'épices (gingerbread houses) et sa petite place centrale. De la fin de 1877 jusqu'à sa mort au début de 1895, Frederick Douglass fut le résident le plus éminent d'Anacostia. Écrivain, conférencier, rédacteur de journaux et réformateur social de renommée internationale, Douglass était profondément attaché à son quartier. Il prononçait régulièrement des discours dans les églises avoisinantes, investit dans la première ligne de tramway du secteur et ouvrit son manoir victorien (1411 W Street, SE), à Cedar Hill, aux étudiants de l'Université Howard, où il siégeait au conseil d'administration. Douglass vécut à Cedar Hill pendant plus de vingt ans au XIXe siècle. La maison conserve encore aujourd'hui de nombreux effets personnels de Douglass, y compris son mobilier et ses œuvres d'art d'origine.[42]

Dans les années 1920, Anacostia était bien plus rurale qu'aujourd'hui et affichait un taux de propriété foncière plus élevé que d'autres secteurs du District de Columbia. Dans une étude sur la construction résidentielle réalisée dans le district au cours des années 1920, la National Capital Parks and Planning Commission constata que 23 % des habitations de la ville étaient des immeubles multifamiliaux. Par district : dans le centre-ville, 32 % des habitations étaient des immeubles d'appartements ; dans le nord-ouest de D.C., 25 % ; dans la zone nord, 61 % ; dans le nord-est, 4,5 % ; et dans la zone est, 7,0 %. À Anacostia, cependant, les appartements ne représentaient que 0,5 % de toutes les structures résidentielles.[43]

À l'époque, Anacostia représentait seulement 5 % de la population totale de la ville, mais possédait 40 % des terrains vacants du district. Compte tenu de ces chiffres, le faible nombre d›immeubles d'appartements à Anacostia s'explique aisément. Cependant, la population d›Anacostia était en forte croissance. De 1920 à 1926, le quartier enregistra un taux de croissance de 56 % (avec un minimum de 10 % et un maximum de 187 %), soit le quatrième taux le plus élevé parmi les districts de planification. Pourtant, pendant cette période, seulement quatre immeubles d'appartements furent construits, contre 1 820 maisons individuelles ou maisons en rangée.[44]

Manifestement, Anacostia était destinée aux propriétaires, mais également à l'implantation d'entreprises privées. En 1928, 673 acres de terres d'Anacostia étaient utilisées à des fins commerciales et industrielles, contre 454 acres dédiées à l'habitat résidentiel. Peu d'autres zones du District offraient un tel équilibre. Dans une étude régionale portant sur des fermes maraîchères couvrant environ 1 600 miles carrés, Anacostia possédait plus du double de terres cultivées que tout autre lieu de la région.[45]

Moins de cinquante ans plus tard, les écoles d'Anacostia étaient surpeuplées à 83 % (contre 16 % pour le reste des écoles de D.C.) ; le gouvernement fédéral et celui du district possédaient davantage de bâtiments saisis par voie de forclusion qu'ailleurs dans le district ; et plus de 75 % des terres d'Anacostia étaient désormais classées en zone résidentielle pour immeubles d'appartements. Par comparaison, la législation de zonage prescrivait un taux de 80 % de logements unifamiliaux dans les autres parties de la ville.[46]

La transformation radicale d'Anacostia pourrait être interprétée comme le simple résultat d'une croissance démographique rapide combinée à des lois de zonage extrêmement déficientes et aux conséquences involontaires. Toutefois, c'est également l'histoire du renouveau urbain (urban renewal), de l'expansion de la bureaucratie d'un côté du fleuve, et de la création de ghettos de logements publics racialisés de l'autre. Le rôle du gouvernement fédéral dans la création de ghettos ailleurs dans le pays — par le biais des prêts de la Federal Housing Administration (FHA), de la Home Owners' Loan Corporation (HOLC), de l'administration des anciens combattants (Veterans Administration - VA), des lois sur le logement de 1949 et 1954, ainsi que des subventions pour les infrastructures reliant les villes aux banlieues — a été bien documenté par l'historien Arnold R. Hirsch et les sociologues George Lipsitz, Douglas S. Massey et Nancy A. Denton, entre autres. Leurs travaux montrent que le gouvernement fédéral fournit les fonds et la législation habilitante permettant aux autorités locales de créer des ghettos noirs urbains racialisés (Racialized Urban Black Ghettos - RUG). Anacostia constitue une illustration directe du rôle actif et intéressé du gouvernement fédéral dans la création d'une zone isolée ou ségréguée de la ville, destinée à être habitée par une minorité économiquement défavorisée.[47]

MIXITÉ DES QUARTIERS PARMI LES ÉLÈVES

Les communautés et quartiers du District de Columbia variaient grandement par leur caractère, leur taille, leur culture et leurs valeurs socio-économiques. Les facteurs qui apportèrent le plus grand degré d'unité et les schémas culturels les plus homogènes pour les Noirs de la ville furent la ségrégation et le racisme.

Parce qu'il ne s'agissait pas d'une école de quartier durant la période 1870-1955, aucun élève n'était affecté automatiquement à M Street/ Dunbar. Les élèves vivaient dans différents quartiers à travers la zone Washington-Georgetown et les comtés environnants. Personne n'était assigné d'office à M Street ou Dunbar pendant la période 1870-1955 et personne ne s'y inscrivait par hasard. L'admission était ouverte à tous les résidents noirs du District de Columbia, sans test ni exigence spéciale d'entrée. De plus, les normes de performance académique et les exigences de diplomation étaient universelles, c'est-à-dire qu'elles étaient identiques à celles utilisées dans l'Amérique blanche ; il n'existait aucune mesure de discrimination positive (affirmative action).

Dans une enquête menée auprès des anciens élèves de M Street et de Dunbar ayant fréquenté et obtenu leur diplôme avant 1960,[48] les répondants venaient de tous les grands quartiers de la ville, à l'exception de la zone de Penn Quarter/Chinatown. Comme l'indique le Tableau 7-1 ci-dessous, la plupart des répondants effectuaient chaque jour un long trajet pour se rendre à l'école et en revenir. Cinquante-huit pour cent parcouraient plus de trois miles (environ 5 kilomètres) pour se rendre à l'école, dans un seul sens.

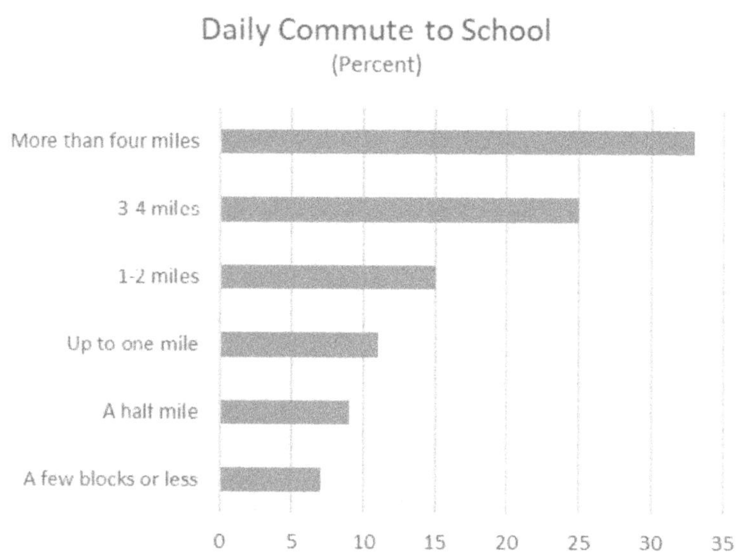

Source: Morris, Archie III., « *Advancing Urban Educational Policy: Insights from Research on Dunbar High School,* » *Journal of the Case Studies in Education*, mai 2017.

Tableau 7-1

La majorité des répondants à l'enquête, soit 32 %, vivaient dans le quartier de LeDroit Park. Dix-sept pour cent résidaient dans chacun des trois autres quartiers suivants : Capitol Hill, U Street, et Anacostia/Southwest. Voir le Tableau 7-2 ci-dessous.

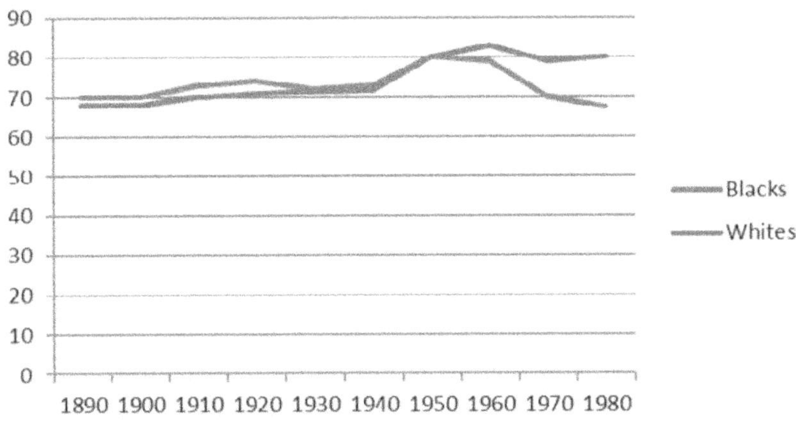

Source: Morris, Archie III., « *Advancing Urban Educational Policy: Insights from Research on Dunbar High School,* » *Journal of the Case Studies in Education*, mai 2017.

Tableau 7-2

Puisque M Street High School et Dunbar High School recrutaient parmi l'ensemble de la communauté noire de Washington-Georgetown, l'école constituait un point focal pour les Noirs de la région. Sa réputation et ses standards étaient bien connus des parents et des enfants du niveau secondaire dans toute la communauté noire, y compris dans le Maryland et la Virginie proches, ainsi que dans d'autres États du Sud, plus éloignés.[49] Chaque communauté et chaque quartier envoyaient des enfants ayant des valeurs et des arrière-plans culturels différents, mais tous considéraient l'excellence académique comme la clé d'une vie meilleure. En conséquence, ils établirent ce qui allait devenir leur joyau, un lycée destiné à préparer les enfants noirs à l'enseignement supérieur et à l'insertion professionnelle. Les Noirs fondèrent leurs propres écoles car ils n'étaient pas entièrement les bienvenus dans les écoles blanches, même dans le Nord. Ainsi, une éducation dispensée à M Street ou à Dunbar High School devint la voie vers un avenir meilleur et l'élévation raciale.

LES VALEURS DE LA COMMUNAUTÉ NOIRE DE WASHINGTON-GEORGETOWN

Washington possédait une communauté noire qui exigeait l'excellence académique, même dès 1870. Cette communauté continua de lutter avec ténacité pour maintenir cette exigence au fil des années. Dès 1807, les quelque 500 « personnes de couleur libres » du District de Columbia construisirent une petite école pour leurs enfants. Au cours des décennies suivantes, ils envoyèrent leurs enfants dans des écoles privées, car les Noirs n'étaient pas admis dans les écoles publiques. Lorsque les « administrateurs de couleur » du système scolaire public de D.C. fondèrent la première école publique en 1870, ils l'implantèrent sur un terrain fertile.[50]

La classe moyenne noire donna le ton à la communauté noire après la guerre de Sécession, en adoptant des valeurs et des objectifs typiques du mode de vie de la classe moyenne blanche, évoluant progressivement de l'accommodation vers l'assimilation.[51] Ce mode de vie ne se résumait pas simplement à un niveau de revenu ; il incarnait un ensemble de valeurs, d'objectifs et d'aspirations pour accéder à une meilleure qualité de vie. Même les Noirs aux revenus modestes recherchaient un mode de vie de classe moyenne. Les familles manifestaient les valeurs caractéristiques de la classe moyenne, même sans en avoir nécessairement les moyens financiers. Parmi ces valeurs figuraient la prévoyance pour la retraite, le désir de contrôler leur avenir, le respect et l'observance de la loi, ainsi que l'aspiration à obtenir une bonne éducation pour eux-mêmes et pour leurs enfants. La voie vers une progression socio-économique passait par une bonne éducation et le travail acharné. Ces valeurs comprenaient également le souhait de protéger leur famille contre divers aléas, tels que les problèmes de santé, les difficultés financières et la criminalité.

Les valeurs de la classe moyenne noire de Washington-Georgetown servaient de lignes directrices générales dans toutes les situations pour les élèves, les enseignants, le personnel et les directeurs de M Street/ Dunbar, et constituaient la principale influence sur le comportement et les attitudes de l'établissement. Les enseignants et directeurs de M Street High School/Dunbar High School insistaient sur des normes académiques élevées, une tenue vestimentaire soignée et un comportement irréprochable. Ils insufflaient aux élèves la confiance nécessaire pour réussir, même dans une société ségréguée racialement.[52]

VIVRE UNE VIE SÉGRÉGUÉE DANS LA CAPITALE NATIONALEL

La vie de l'ensemble de la communauté noire devint de plus en plus difficile entre 1880 et 1900. La plupart des acquis de la période de la Reconstruction furent perdus, les Blancs ayant commencé à ériger des barrières raciales de facto, bientôt suivies de barrières légales. Les propriétaires commencèrent à ségréguer les lieux publics, le gouvernement fédéral embaucha de moins en moins de Noirs, et les opportunités d'emploi se firent plus limitées.[1]

SÉGRÉGATION

La décision « séparés mais égaux » (separate but equal) de l'affaire Plessy légitima la progression des pratiques ségrégationnistes qui avaient déjà débuté dans le Sud.[2] En parallèle, le discours du Compromis d'Atlanta prononcé par Booker T. Washington la même année, qui acceptait l'isolement social des Noirs par rapport à la société blanche, fournit également une impulsion aux lois de ségrégation. Au cours des décennies suivantes, les statuts ségrégationnistes proliférèrent, atteignant même le gouvernement fédéral à Washington, D.C., qui fut ré-ségrégué pendant le premier mandat du président démocrate Woodrow Wilson. Plusieurs membres du cabinet de Wilson étaient originaires du Sud et exigèrent l'introduction de la ségrégation dans les services fédéraux. Wilson permit à ces efforts de se concrétiser. Les protestations de la National Association for the Advancement of Colored People (NAACP), récemment fondée, contraignirent l'administration à abandonner certaines des mesures discriminatoires les plus flagrantes, telles que l'installation de toilettes séparées pour « Blancs » et « Noirs ».[3]

Le nouveau ministre des Postes de Wilson, Albert Burleson, ordonna la ségrégation de ses bureaux à Washington, bientôt suivi par les départements du Trésor et de la Marine. Le nombre et la proportion de Noirs dans la fonction publique fédérale furent alors considérablement réduits, une pratique qui se poursuivit sous les administrations républicaines dominées par les Nordistes dans les années 1920. Wilson aggrava encore ses relations avec les Noirs en autorisant la projection très médiatisée, à la Maison-Blanche, du film de David Wark Griffith, The Birth of a Nation (1915), œuvre ambitieuse sur le plan artistique mais ouvertement raciste. Le seul geste que fit Wilson en faveur de l'amélioration des relations raciales intervint en juillet 1918, lors de son second mandat, lorsqu'il condamna éloquemment mais tardivement le lynchage.

La nouvelle Chambre des représentants démocrate adopta une loi criminalisant les mariages interraciaux dans le District de Columbia. Il devint également obligatoire de fournir une photographie pour toute candidature à un emploi fédéral. Lorsqu'il fut interpellé par des leaders noirs, Wilson répondit : « Le but de ces mesures était de réduire les frictions. Cela est aussi éloigné que possible d'un mouvement contre les Noirs. Je suis sincèrement convaincu que cela est dans leur intérêt. »[4]

Le début des années 1900 fut une période de « désintégration progressive du monde noir de Washington », principalement en raison de la restriction des opportunités économiques. Seul « l'individu le plus fort, capable de puiser dans des ressources intérieures profondes », pouvait échapper à un sentiment général de désespoir au sein de la communauté noire de Washington.[5] Les « anonymes mulâtres sans importance », comme les appelait le journaliste noir Roi Ottley, tentaient en vain de s'intégrer. De plus, bien qu'une éducation supérieure fût accessible aux jeunes Noirs les plus brillants de Washington, posséder un teint clair n'était en aucun cas une garantie d'accès aux hautes sphères de la société noire.

En revanche, la possession d'une bonne éducation, notamment si elle était accompagnée de manières raffinées, pouvait permettre à un individu issu d'humbles origines d'être admis parmi l'élite sociale. En raison du manque d'opportunités professionnelles, l'éducation constituait à la fois un marqueur de statut social et un moyen de « distinguer les divisions sociales au sein même du même niveau professionnel ». En 1909, lorsqu'un élève postulait et était admis au M Street High School, il accédait à l'école publique la plus prestigieuse pour les Noirs américains — et à l'un des meilleurs lycées du pays, toutes catégories confondues. Une éducation acquise dans cet établissement plaçait un individu sur un pied d'égalité avec les aristocrates de couleur et lui ouvrait des opportunités accessibles à peu de jeunes, toutes races confondues.[6]

Les tourments liés à la caste et à la couleur étaient atténués en partie par la nature particulière de la ségrégation à Washington. La ségrégation dans les lieux publics était strictement appliquée, mais l'on pouvait acheter des bâtons de réglisse ou de menthe poivrée dans la confiserie située à l'angle de la 20e rue et de M Street, car les Noirs ne s'asseyaient pas dans le magasin pour consommer leurs friandises. Au comptoir de la pharmacie de la 19e rue et de Pennsylvania Avenue, un Noir ne pouvait pas bénéficier du service au comptoir, mais il pouvait obtenir une glace à emporter. Dans un autre établissement du quartier, après avoir exceptionnellement servi un client noir, le propriétaire brisait la vaisselle utilisée. Toutefois, pour la plupart des familles noires, c'étaient davantage les lois de l'économie que les lois de la ségrégation qui les maintenaient à l'écart des lieux interdits. Le seul restaurant de la ville qui servait à la fois les Blancs et les Noirs était celui de la Union Station, mais ses prix étaient prohibitifs.[7]

Les lois et coutumes Jim Crow ne régulaient pas tous les aspects de la vie publique. Les tramways n'étaient pas ségrégués. Ni le zoo, ni le terrain de baseball ne l'étaient, ce qui permettait aux Noirs de profiter d'activités de loisirs bon marché sans subir les petites humiliations de la ségrégation omniprésente dans d'autres villes du Sud. Plus important encore, ni la bibliothèque publique ni la Library of Congress n'étaient ségréguées. Cet accès ouvert incita de nombreux étudiants noirs à poursuivre une carrière universitaire.[8]

SÉCURITÉ PROFESSIONNELLE ET COMMERCIALE

Depuis l'époque coloniale jusqu'à la période précédant la guerre de Sécession, les Noirs étaient très présents dans les métiers et les arts manuels qualifiés. Dans ses voyages au XVIIIe siècle à travers les États-Unis, Isaac Weld observa : « Parmi leurs esclaves se trouvent des tailleurs, des cordonniers, des charpentiers, des forgerons, des charrons, des tisserands, des tanneurs, etc. »[9] Le romancier James Weldon écrivit : « Les Noirs conduisaient les attelages de chevaux et de mulets, ils posaient les briques, ils peignaient les bâtiments et les clôtures, ils chargeaient et déchargeaient les navires. Lorsque j'étais enfant, je ne savais même pas qu'il existait des charpentiers, des maçons ou des plâtriers blancs. »[10]

En 1800, la main-d'œuvre civile de Washington, D.C., était principalement engagée dans les métiers traditionnels liés à la construction navale et à la réparation des navires — charpentiers, constructeurs de navires, menuisiers, fabricants de mâts, forgerons, fabricants de voiles, cordiers et calfats.[11] Les syndicats étaient inexistants et aucune législation ne garantissait aux travailleurs ni leur salaire ni leurs conditions de travail.[12]

En 1865, il y avait beaucoup plus d'ouvriers noirs qualifiés que d'ouvriers blancs qualifiés. Lorsque le travail qualifié devint un travail salarié, les travailleurs blancs investirent ces postes grâce à l'appui des syndicats. John Stephen Durham écrivit sur l'exclusion des Noirs par les syndicats dans les métiers qualifiés à la fin du XIXe siècle :

> Dans la ville de Washington, par exemple, à une certaine époque, certains des plus beaux bâtiments furent construits par des ouvriers de couleur. Leur emploi en grand nombre continua quelque temps après la guerre. La Légation britannique, le Centre Market, la Freeman's Bank et au moins quatre écoles bien construites sont autant de monuments témoignant de la qualité de leur travail, sous la direction de contremaîtres de leur propre couleur.

Aujourd'hui, mis à part quelques manœuvres (hod-carriers), aucun ouvrier noir n'est visible sur les nouveaux chantiers, et une poignée de petits artisans, avec peut-être deux charpentiers capables de diriger un grand projet, sont tout ce qui reste du corps de charpentiers, de maçons et de tailleurs de pierre noirs qui étaient généralement employés il y a un quart de siècle. »[13]

Les premiers professionnels noirs étaient principalement concentrés dans les domaines de l'enseignement et du ministère religieux, deux professions accessibles aux Noirs instruits. Toutefois, à l'aube du XXᵉ siècle, une plus grande liberté éducative permit aux Noirs d'étudier dans une variété plus large de disciplines. Les médecins et avocats noirs commencèrent progressivement à assumer les rôles de leaders communautaires autrefois détenus par les ministres et enseignants. De plus, à mesure que les professions s'ouvraient aux Noirs, un plus grand nombre de jeunes se tournèrent vers des carrières professionnelles plutôt qu'entrepreneuriales, conscients que l'emploi professionnel comportait moins de risques.[14]

Des milliers de Noirs affranchis et de Noirs nés libres avaient migré vers la ville des décennies avant la guerre de Sécession, permettant l'émergence d'une classe professionnelle et ouvrière noire bien avant l'émancipation. Dès 1827, des charpentiers, des plâtriers, des tanneurs et des fabricants de pompes noirs avaient ouvert des ateliers dans la ville. Les recensements des années 1840 révèlent la présence de nombreux artisans noirs libres, principalement des barbiers, des forgerons et des cordonniers. Cependant, l'employeur le plus stable pour les Noirs durant cette période était le gouvernement fédéral, où ils travaillaient couramment comme messagers et cuisiniers.[15]

De nombreux anciens esclaves qui s'installèrent à Washington durant les années de la Reconstruction — plus de 50 000 entre 1870 et 1900 — entrèrent en concurrence avec les soldats de l'Union démobilisés pour les emplois fédéraux. Inévitablement, les Noirs commencèrent à être exclus des emplois gouvernementaux. En conséquence, les Noirs de Washington furent contraints, selon les mots d'un historien, de « mettre au point d'autres stratégies pour résoudre leurs problèmes ». Cette autre voie fut celle du commerce indépendant.[16]

Qu'ils aient été libres ou réduits en esclavage, les Noirs, dans l'histoire américaine, ont toujours fait preuve d'un esprit entrepreneurial. L'essor des affaires noires à Washington débuta à la fin des années 1880. À la fin de la décennie, les Noirs de Washington possédaient deux compagnies de bateaux à vapeur, plusieurs épiceries et plusieurs entreprises de distribution de combustibles. La société

Adams Oil and Gas Development Company, propriété noire, investit dans les champs pétrolifères de l'Oklahoma. En l'espace de dix ans, la ville comptait une banque noire, Capital Savings ; deux compagnies d'assurance noires, Douglas Life et la National Benefit Company ; et au moins onze agences d'emploi dirigées par des Noirs.[17]

Dès 1892, le nombre d'entreprises noires était suffisamment important pour soutenir la création de la Union League, première organisation noire radicale républicaine dans le Sud des États-Unis. Cette association regroupait des « mécaniciens, hommes et femmes d'affaires et professionnels de couleur », avec pour objectif déclaré de « faire progresser notre statut moral et matériel et faciliter les conditions de réussite dans les métiers industriels et les professions libérales ». Comme le promettait une brochure de l'organisation, destinée à la classe moyenne noire émergente de la ville : « Si vous travaillez dans un magasin et aspirez à devenir vendeur ou commis afin d'apprendre l'art du commerce par l'expérience concrète, nous pouvons vous aider. Si vous cherchez un tel emploi, nous pouvons vous aider. »[18]

Chaque année, la Union League publiait un annuaire des entreprises noires que les chercheurs d'emploi ou les clients pouvaient consulter. « Il n'existe pas de meilleur indicateur du caractère et du développement d'un peuple que le nombre et la nature des organisations qu'il soutient », déclarait le rédacteur de l'annuaire. Le livret atteignit rapidement plus de 100 pages, et d'autres leaders encouragèrent également les Noirs à fréquenter les entreprises appartenant à des Noirs. « Si les gens de couleur veulent obtenir leur part dans les métiers qualifiés, dans le commerce et dans les professions, » éditorialisait un journal noir en 1894, « ils doivent avoir davantage confiance dans la capacité des hommes et des femmes de leur propre race à occuper ces postes qu'ils ne l'ont montré jusqu'à présent.»[19]

Bon nombre de ces entreprises étaient dirigées par des entrepreneurs autodidactes, comme Daniel Freeman, arrivé en ville en 1881 en provenance de Virginie, sans le sou et à la recherche d'un emploi. En 1901, à l'âge de 33 ans, Freeman, artiste portraitiste à succès, dominait le secteur de la photographie à Washington durant la première moitié du XXe siècle, aux côtés d'Addison Scurlock, son ami et principal concurrent. Freeman possédait un magasin de bicyclettes, un atelier d'encadrement et un studio de photographie sur la 14th

Street au centre-ville. Il était également franc-maçon, président de la Social Temperance League et, selon des récits contemporains, le neuvième meilleur tireur d'élite du pays. À l'aube du XXe siècle, et pendant des décennies, Washington compta des centaines de Daniel Freeman qui s'établirent au sein de la communauté noire locale. Sa vie et son œuvre en tant que photographe documentèrent la lutte et les réalisations de la communauté noire de Washington à peine trente ans après l'émancipation.[20]

Les hommes d'affaires noirs comprirent qu'ils ne pouvaient pas rivaliser financièrement avec les entreprises blanches et invoquèrent la solidarité raciale pour assurer le soutien de la communauté noire. Les professionnels noirs mirent plus de temps à saisir l'importance d'entretenir de bonnes relations avec leur communauté, car ils offraient des services difficiles à dupliquer. Néanmoins, après avoir été exclus des organisations professionnelles blanches et avoir vu leurs compétences dévalorisées en raison de leur couleur de peau, ils se retrouvèrent rapidement à l'avant-garde du mouvement pour l'élévation raciale. Les fonctionnaires noirs et les personnes nommées à des postes publics dépendaient du bon vouloir de la communauté noire et du patronage de Booker T. Washington pour conserver leur emploi ; cependant, à mesure que la ségrégation augmentait au sein du gouvernement fédéral et que l'influence de Tuskegee déclinait, ils n'hésitèrent plus à dénoncer la discrimination raciale. Leur subsistance dépendait d'un traitement équitable sur leur lieu de travail.[21]

Bien que l'on associe souvent un statut social élevé à la richesse, la sécurité économique était plus importante pour la haute société noire de Washington. La sécurité économique signifiait l'emploi. Dans une communauté noire en proie à l'insécurité, un emploi stable suffisait à conférer un certain statut. Bien que de nombreux Noirs influents de la vieille génération aient acquis leur statut par l'entrepreneuriat, la classe moyenne de Washington encourageait ses enfants à embrasser des carrières professionnelles tout en continuant de soutenir les entreprises noires. Elle encourageait également la recherche d'emplois gouvernementaux synonymes de sécurité à long terme.[22]

La structure professionnelle de la classe moyenne noire évolua au fil du temps pour refléter les tendances générales de la société. Avant l'essor de la ségrégation à la fin du XIXe siècle, les hommes d'affaires noirs avaient du mal à rivaliser avec les entreprises blanches plus établies. Après l'apparition des lois Jim Crow, lorsque de nombreux commerçants blancs refusèrent de servir des clients noirs, les entrepreneurs noirs purent trouver une clientèle fidèle en faisant appel à la solidarité raciale.[23]

À la fin du XIXe siècle et au début du XXe siècle, les salaires des Noirs restaient bien inférieurs à ceux des Blancs pour un travail équivalent. De nombreux Noirs durent cumuler plusieurs emplois pour maintenir un niveau de vie décent ; il n›était pas rare de voir des membres de la classe moyenne noire porter deux casquettes simultanément. C›était le dilemme du professeur obligé d›enseigner dans une école du soir pour subvenir à ses besoins. De nombreux avocats, par exemple, travaillaient également comme commis dans les services gouvernementaux. Par ailleurs, l'évolution des entreprises noires dans le District reflétait les mutations objectives de la société. Dès les années 1890, la plupart des villes avaient un quartier d›affaires noir, comme le quartier de Shaw à Washington, centré autour de Seventh Street et de Georgia Avenue, N.W., s›étendant entre Florida Avenue et l›Université Howard. La proximité de l›Université Howard n›était pas un hasard. Elle attirait une importante communauté de Noirs instruits venus enseigner ou étudier, et qui s›installaient à proximité. Ceux-ci constituaient un marché prêt à consommer pour les entreprises noires et créaient une demande pour de nouveaux services.[24]

La ségrégation créa certes des opportunités pour certaines entreprises noires, en leur fournissant une clientèle captive. Toutefois, elle menaçait également l'existence même de ces entreprises. Les entrepreneurs noirs avaient souvent du mal à obtenir des marchandises de qualité égale à celles disponibles pour les Blancs, et ne pouvaient offrir des services comparables à ceux des entreprises blanches qui continuaient à desservir les Noirs. Parmi les autres difficultés rencontrées par les entrepreneurs noirs figuraient le faible pouvoir d'achat de leur clientèle, la difficulté d'obtenir du capital d'investissement, ainsi que le manque d'opportunités pour acquérir une expérience commerciale moderne en dehors des organisations fraternelles.[25]

LES NOIRS DANS LA POLITIQUE

Le Parti démocrate était devenu le parti politique dominant aux États-Unis dans les années 1820.[26] En mai 1854, en réponse aux positions fortement pro-esclavagistes des démocrates, plusieurs membres du Congrès opposés à l'esclavage formèrent le Parti républicain. Ce parti naquit d'une coalition entre les « Whigs de conscience » antiesclavagistes et les Démocrates du Free Soil Party, opposés au Kansas-Nebraska Act, présenté au Congrès par Stephen Douglas en janvier 1854. Cette loi ouvrait les territoires du Kansas et du Nebraska à l'esclavage et à une future admission comme États esclavagistes, abrogeant ainsi implicitement l'interdiction de l'esclavage au nord du 36° 30' de latitude, prévue dans le Missouri Compromise.[27]

Le Parti démocrate se scinda sur la question de l'esclavage lors de sa convention présidentielle de 1860 à Charleston, en Caroline du Sud. Le président sortant James Buchanan, un Nordiste aux sympathies sudistes, avait recommandé que le juge de la Cour suprême Robert Grier vote en faveur de l'esclavage dans l'affaire Dred Scott v. Sandford de 1857, une décision si impopulaire qu'elle discrédita sa présidence. Cela permit aux Républicains de remporter la majorité à la Chambre en 1858 et de prendre le contrôle total du Congrès en 1860. Buchanan refusa de briguer un nouveau mandat et ces tensions internes divisèrent le Parti démocrate en factions nordiste et sudiste. Face à une opposition fragmentée, le tout nouveau Parti républicain obtint la majorité des suffrages électoraux, portant Abraham Lincoln à la présidence, pratiquement sans aucun soutien du Sud.[28]

Le Sud demeura une région dominée par un parti unique jusqu'au début du mouvement des droits civiques dans les années 1960. Les démocrates du Nord, dont beaucoup entretenaient des préjugés envers les Noirs, ne remettaient pas en cause les politiques discriminatoires des démocrates du Sud. À la fin du XIXe siècle, les Républicains brandissaient la « chemise ensanglantée » (waving the bloody shirt) pour associer les démocrates à la rébellion confédérée de la guerre de Sécession. De leur côté, les démocrates mettaient en garde les électeurs blancs contre les Républicains, qu'ils accusaient de vouloir instaurer un régime de « suprématie noire » dans le Sud. À cette époque, la plupart des Noirs vivaient dans les États du Sud et la majorité des hommes noirs votaient pour le Parti républicain. Ainsi, la question raciale était étroitement liée aux appartenances partisanes.[29]

L'une des conséquences des victoires démocrates dans le Sud fut que de nombreux membres du Congrès et sénateurs sudistes étaient presque automatiquement réélus à chaque élection. Compte tenu de l'importance de l'ancienneté au sein du Congrès américain, les Sudistes contrôlaient la majorité des commissions des deux chambres et pouvaient ainsi bloquer toute législation sur les droits civiques. Bien que Franklin Delano Roosevelt ait été un démocrate et soit considéré comme un président relativement libéral dans les années 1930 et 1940, il défiait rarement le pouvoir solidement enraciné du bloc sudiste. Ainsi, lorsque la Chambre adopta des projets de loi fédéraux anti-lynchage dans les années 1930, les sénateurs du Sud les enterrèrent par des filibusters.[30]

Fondamentalement, le président Roosevelt n'apporta que peu de soutien aux Noirs. Certains de ses programmes du New Deal bénéficièrent aux Noirs, même contre les traditions ségrégationnistes, mais il fit peu pour faire avancer les droits civiques. Par exemple, pourquoi refusa-t-il de soutenir les projets de loi anti-lynchage bloqués par les démocrates sudistes au Sénat en 1937 et 1939 ? Son appui aurait été politiquement possible et souhaitable pour un président populaire désireux de promouvoir des idées libérales.[31]

Roosevelt publia le Executive Order 8802,[32] qui interdisait la discrimination raciale dans les industries de défense et établissait la première Fair Employment Practice Committee nationale, mais seulement après qu'A. Philip Randolph eut menacé d'organiser une marche de 50 000 Noirs sur Washington, D.C., pour protester contre l'exclusion des travailleurs noirs des industries fabriquant du matériel de guerre.[33] Certains militants, dont Bayard Rustin, se sentirent trahis car l'ordre présidentiel ne concernait que les industries de guerre et non les forces armées. Après la guerre, une démarche similaire conduisit à l'ordre de déségrégation de l'armée par le président Harry S. Truman.[34]

Un petit nombre de Noirs parvint à accéder à des fonctions politiques. Cela se produisit d'abord dans le Sud, durant la Reconstruction, qui dura de 1865 à 1877. Dans les États du Sud, où de larges populations noires venaient soudainement d'acquérir le statut d'hommes et de femmes libres, les Noirs commencèrent à se présenter aux élections pour des sièges à la Chambre des représentants et au Sénat. Le Reconstruction Act de 1867 les encouragea à participer aux conventions politiques et à rejoindre des clubs politiques.[35]

Hiram Rhoades Revels et Joseph Hayne Rainey furent les premiers Noirs américains à siéger au Congrès des États-Unis. En 1870, Revels, républicain du Mississippi, prêta serment en tant que premier sénateur noir. Il naquit à Fayetteville, en Caroline du Nord, vers 1827 (le recensement de 1850 indique « environ 1825 »), de parents libres d'ascendance africaine et croatane. Son lieu exact de naissance n'a pas été identifié. Éducateur et membre du clergé, Revels organisa des troupes noires pendant la guerre de Sécession et fut sénateur de l'État du Mississippi avant d'être élu au Sénat des États-Unis. Revels prit son siège au Sénat, après de vifs débats, le 25 février 1870, et y siégea jusqu'au 4 mars 1871. De retour au Mississippi en 1871, il fut nommé président de l'Alcorn College, premier collège d'État pour étudiants noirs. Il mourut le 16 janvier 1901, alors qu'il assistait à une conférence religieuse à Aberdeen, Mississippi.[36]

Joseph H. Rainey, républicain de Caroline du Sud, fut le premier Noir américain à siéger à la Chambre des représentants. Il naquit à Georgetown, dans le comté de Georgetown, en Caroline du Sud, le 21 juin 1832, et reçut une éducation limitée. Il exerça d'abord la profession de barbier jusqu'en 1862, lorsqu'il fut contraint de travailler à la construction des fortifications confédérées à Charleston. Il s'échappa alors vers les Antilles, où il demeura jusqu'à la fin de la guerre. Rainey fut délégué à la convention constitutionnelle de l'État en 1868 et membre du Sénat de Caroline du Sud en 1870. Il fut élu républicain au 41e Congrès pour pourvoir le siège vacant laissé par B. Franklin Whittemore. Il fut réélu aux 42e, 43e, 44e et 45e Congrès. Il siégea du 12 décembre 1870 au 3 mars 1879. Il fut nommé agent du fisc en Caroline du Sud le 22 mai 1879 et exerça jusqu'au 15 juillet 1881, date à laquelle il démissionna. Il se lança ensuite dans la banque et le courtage à Washington, D.C. Rainey se retira de toutes ses activités professionnelles en 1886 et retourna à Georgetown, en Caroline du Sud.[37]

Robert Smalls, représentant républicain de Caroline du Sud, naquit à Beaufort, en Caroline du Sud, le 5 avril 1839. Jeune homme, il déménagea à Charleston en 1851, où il exerça divers métiers. La guerre de Sécession lui offrit son opportunité. Le matin du 13 mai

1862, avant même le lever du soleil et alors que les officiers blancs dormaient encore à Charleston, Smalls embarqua clandestinement sa femme et ses trois enfants à bord du Planter et prit le commandement du navire. Avec son équipage composé de douze esclaves, il hissa le drapeau confédéré et, faisant preuve d'un courage remarquable, fit passer le Planter devant les navires confédérés pour atteindre la haute mer. Une fois hors de portée des canons confédérés, il hissa un drapeau de trêve et remit le Planter au commandant de la flotte de l'Union. Smalls expliqua qu'il offrait le navire comme contribution des Noirs américains à la cause de la liberté. Le bateau fut reçu comme prise de guerre et Smalls ainsi que son équipage furent accueillis en héros.[38]

Par la suite, le président Lincoln reçut Smalls à Washington et le récompensa, lui ainsi que son équipage, pour leur bravoure. Smalls obtint le commandement officiel du Planter et fut nommé capitaine dans la marine américaine. Il servit dans cette fonction tout au long de la guerre. Smalls fut membre de la convention constitutionnelle de l'État en 1868, siégea à la Chambre des représentants de Caroline du Sud de 1868 à 1870, puis au Sénat de l'État de 1870 à 1874, et fut délégué aux conventions nationales républicaines de 1872 et 1876. Il fut élu républicain aux 44e et 45e Congrès (du 4 mars 1875 au 3 mars 1879) et mena ensuite plusieurs campagnes électorales, parfois victorieuses, parfois infructueuses. Battu en 1878 pour le 46e Congrès, il contesta avec succès l'élection de George D. Tillman et siégea au 47e Congrès du 19 juillet 1882 au 3 mars 1883. Battu de nouveau en 1882, il fut élu au 48e Congrès pour combler le siège laissé vacant par le décès d'Edmund W. M. Mackey, puis réélu au 49e Congrès (du 18 mars 1884 au 3 mars 1887). Il échoua à être réélu en 1886 pour le 50e Congrès. Smalls fut nommé collecteur du port de Beaufort, poste qu'il occupa de 1897 à 1913, tout en conservant un vif intérêt pour les affaires militaires. Il fut également général de division dans la milice de Caroline du Sud. Il mourut à Beaufort, Caroline du Sud, le 22 février 1915.[39]

Le sénateur Blanche Kelso Bruce, un autre sénateur noir républicain du Mississippi, fut élu en 1874. Né esclave à Farmville, en Virginie, en 1841, il fut le premier Noir à accomplir un mandat complet au Sénat des États-Unis. Bien qu'il ait été repoussé par une partie de la société blanche de Washington, lui et son épouse, Josephine Willson Bruce, fille d'un dentiste éminent, devinrent des figures de proue de la haute société noire de Washington à la fin du XIXe siècle. Le président James Garfield nomma Bruce au poste de register of the treasury (registraire du Trésor), fonction qu'il occupa jusqu'à sa mort à Washington en 1898. La maison de Blanche Kelso Bruce se trouve au 909 M Street, N.W.[40]

Entre 1870 et la fin des années 1890, près de deux douzaines de Noirs siégèrent au Congrès des États-Unis. Parmi eux figuraient John Langston de Virginie, Jefferson Franklin Long de Géorgie, Robert Carlos DeLarge de Caroline du Sud, Benjamin S. Turner d'Alabama, Josiah Walls de Floride, Jeremiah Haralson d'Alabama, John Lynch du Mississippi et George H. White de Caroline du Nord. Tous étaient républicains. Bien qu'une fonction élective ne garantît ni la richesse ni l'acceptation au sein de la structure sociale blanche, elle apporta un prestige durable à certains noms de famille. À Washington, cela comprenait des noms comme Terrell, Pinchback et Grimké. Ces familles influentes socialisaient entre elles, bâtissaient des entreprises ensemble et se mariaient entre elles pour établir des dynasties familiales aisées et respectées.[41]

Lorsque la Reconstruction prit fin en raison du compromis de 1877 — un accord informel et non écrit qui régla l'élection présidentielle très contestée de 1876 et permit de facto la suppression des droits de vote des minorités dans le Sud —, le flot grandissant de Noirs élus s'arrêta presque complètement. À la fin des années 1890, la plupart des Noirs américains avaient soit été exclus de la politique électorale, soit s'en étaient retirés par frustration. Après le départ du représentant George H. White de la Chambre des représentants en mars 1901, aucun Noir américain ne siégea au Congrès pendant près de trois décennies.[42]

À la fin des années 1890, la plupart des Noirs américains avaient soit été exclus, soit s'étaient détournés de la politique électorale par découragement. Après le départ du représentant White en mars 1901, aucun Noir ne fut élu au Congrès des États-Unis jusqu'à l'élection d'Oscar De Priest, de l'Illinois, en 1928. Ensuite, Adam Clayton Powell Jr., de New York, fut élu en 1945 et accomplit douze mandats.[43] Cependant, durant tout le XXe siècle, seuls deux Noirs furent élus sénateurs : Edward W. Brooke, républicain du Massachusetts (1967-1979), et Carol Moseley Braun, démocrate de l'Illinois (1993-1999). Le sénateur Brooke était diplômé du Dunbar High School, promotion de 1936.[44]

PROPRIÉTÉ IMMOBILIÈRE

Dès 1881, des plaintes se faisaient entendre au sujet de la pénurie de logements pour les Noirs. La crise était particulièrement aiguë pour les Noirs relativement aisés, car des habitations respectables demeuraient inaccessibles à toute personne classifiée comme noire. Les cottages et les maisons de taille moyenne situés dans des quartiers recherchés étaient rares, et les zones résidentielles blanches étaient fermées aux personnes de couleur. Pourtant, malgré les difficultés d'acquérir une propriété dans un secteur attrayant, un certain nombre de Noirs parvinrent à obtenir de vastes résidences dans des « quartiers à la mode ». La maison des Douglass à Cedar Hill à Anacostia, le Hillside Cottage des Langston et la maison de treize pièces des Pinchback sur Bacon Street comptaient parmi les plus grandes et les mieux aménagées de la communauté noire. D'autres demeures n'étaient que légèrement moins somptueuses. Henry P. Cheatham, député de Caroline du Nord devenu ensuite recorder of deeds, acheta en 1897 une maison sur T Street Northwest, décrite comme « l'une des meilleures propriétés possédées par un homme de couleur dans le District ».[45]

Dans la même rue vivaient les Terrell ainsi qu'Alice Strange Davis, dont les réceptions ("at homes") figuraient parmi les rassemblements sociaux les plus exclusifs de Washington. Les Daniel Murray, qui habitaient à proximité, furent pendant de nombreuses années les seuls résidents noirs du pâté de maisons du 900 de la S Street ; mais, dès 1912, tout le pâté de maisons était devenu entièrement noir, abritant notamment deux médecins et plusieurs professeurs de l'Université Howard. Peut-être « la maison la plus spacieuse possédée par une personne noire à Washington » fut-elle celle construite en 1899 par M. et Mme John F. Cook sur 16th Street entre L et M Streets. Ce bâtiment de trois étages, en brique beige et en pierre, était décoré intérieurement de « chêne finement travaillé » et comportait « toutes les commodités modernes ». Certaines vieilles familles, telles que les Cook, les Wormley et les Francis, avaient acquis de vastes biens immobiliers avant la guerre de Sécession et les avaient conservés au sein de la famille. Au tournant du siècle, ces propriétés avaient pris une immense valeur. Le Dr John Francis, ayant hérité de biens de son père, investit massivement dans l'immobilier, possédant notamment une élégante maison sur Pennsylvania Avenue attenante à son hôpital privé. Cependant, pour la majorité des Noirs, indépendamment de leur éducation, de leur richesse, de leur raffinement ou de la clarté de leur teint, l'acquisition d'un logement — autre que celui déjà « délaissé par des personnes discriminantes » — s'accompagnait de nombreuses difficultés.[46]

LOGEMENT POUR LES DÉFAVORISÉS

Le logement dans le District était coûteux et rare, même pour ceux disposant de revenus modestes. Parmi les adultes noirs non-professionnels de la ville, plus de 40 % vivaient avec des pensionnaires ou des locataires. Plus d'un tiers des foyers familiaux noirs non-professionnels étaient composés de familles élargies, de deux familles nucléaires apparentées ou plus, ou d'une famille ou plusieurs familles accueillant des pensionnaires ou locataires. Les professionnels noirs de la ville n'étaient pas immunisés contre ces pressions : plus du quart d'entre eux étaient eux-mêmes pensionnaires ou locataires, ou hébergeaient des pensionnaires ou locataires dans leur maison. Plus d'un tiers des foyers professionnels étaient consanguins dans leur structure, comprenant soit un seul parent et ses enfants, soit des frères et sœurs non mariés vivant ensemble.[47] Un cinquième de la population noire vivait dans les logements situés dans les ruelles (alley dwellings) du District. Trois quarts des familles habitant ces ruelles gagnaient moins de 800 dollars par an. Le travailleur moyen connaissait 6,6 semaines de chômage par an, tandis que pour 45 % des habitants des ruelles, ce chiffre grimpait à 13,4 semaines perdues pour des raisons autres que la maladie.[48]

Les citoyens les plus pauvres de Washington vivaient dans des logements insalubres situés dans les ruelles de la capitale nationale. À la fin du XIXe siècle, les Noirs représentaient les deux tiers de la population de ces ruelles. Diverses lois du Congrès, remontant à 1872 — y compris l'Alley Dwelling Act de 1914, déclaré inconstitutionnel —, tentèrent d'éradiquer cette population, qui persista jusqu'aux années 1940. En 1930, la population vivant dans les ruelles s'élevait encore entre 11 000 et 13 000 personnes, en baisse par rapport à son pic de 25 000.[49]

En 1880, la maison typique des ruelles comportait quatre pièces, un petit jardin arrière, une pompe à eau, des latrines extérieures (privy) et un appentis. Ces habitations étaient généralement dépourvues d'eau courante, de chauffage, d'électricité et de services d'égouts.[50] La situation en matière de logement des Noirs à Washington révélait également des divisions de classe au sein même de la communauté noire. Les immigrants ainsi que les habitants pauvres de Washington étaient souvent contraints de vivre dans ces ruelles. Déjà isolés du monde extérieur par un passage étroit menant aux rues principales, vivre dans ces ruelles signifiait également une coupure psychologique ; ces résidents devenaient invisibles. Ils devaient aller chercher de l'eau au robinet communautaire ou utiliser des latrines communes ; ils vivaient dans une communauté propice au « vice, au crime et à l'immoralité » ; et ils étaient exposés à une multitude de risques sanitaires.[51] La plupart des habitants des ruelles étaient des Noirs employés à des emplois peu rémunérés dans la construction ou comme domestiques.

La National Capital Parks and Planning Commission (NCPPC) aborda la question des ruelles dans son plan d'aménagement général pour le District de 1930. La NCPPC recommanda une loi du Congrès conférant au président et aux agences locales du gouvernement fédéral le pouvoir d'acheter ou d'exproprier les bâtiments des ruelles et de reloger les résidents, principalement dans des maisons vacantes situées ailleurs dans le District. La Commission s'efforçait de « rassurer les propriétaires et locataires des rues sur le fait que le caractère de leurs quartiers ne serait pas altéré. La recherche de maisons vacantes était limitée aux blocs noirs pour éviter toute controverse concernant la composition raciale d'un pâté de maisons donné. »[52]

La NCPPC justifia la démolition des logements des ruelles en invoquant les violations des codes du bâtiment, l'obsolescence des constructions et en s'appuyant sur un argument moral selon lequel les habitants des ruelles étaient particulièrement enclins au crime, à la délinquance et aux maladies contagieuses. Son projet de reloger ces résidents exclusivement dans des quartiers noirs ignorait l'existence d'une minorité de Blancs vivant également dans les ruelles ainsi que l'hétérogénéité de classe au sein des quartiers noirs. La Commission ajouta : « Il est aussi reconnu qu'il existe des différences parmi les Noirs, et il n'est pas envisagé de donner un nouveau caractère aux quartiers noirs respectables en les inondant de nouveaux locataires indésirables. C'est un problème délicat. Tous les habitants des ruelles ne sont pas des voisins indésirables. La transition devra être conduite avec considération et tact. »[53]

Il n'y avait pas assez de logements vacants pour accueillir les familles déplacées ; ainsi naquit le logement social dans le District de Columbia. En 1934, le Congrès créa l'Alley Dwelling Authority (ADA), qui devint, dans les années 1940, la National Capital Housing Authority (NCHA). Ses responsabilités incluaient la construction de logements pour les travailleurs de guerre durant la Seconde Guerre mondiale, l'éradication des logements situés dans les ruelles, ainsi que la construction de logements sociaux dans le District. La NCHA supervisa la construction de 943 unités de logement public dans toute la ville durant les années de guerre. La loi de réaménagement de Washington (D.C. Redevelopment Act) de 1945, votée par le Congrès, donna une impulsion supplémentaire à la réhabilitation des taudis dans la capitale et plaça tant la NCHA que les commissaires du District sous l'autorité directe de la National Capital Parks and Planning Commission (NCPPC).

La NCPPC était composée, entre autres, des présidents des comités du District à la Chambre des représentants et au Sénat, de personnalités nommées par le président, telles que le directeur du National Park Service, le chef du Forest Service et l'ingénieur en chef de l'armée américaine, ainsi que de quatre urbanistes également désignés par le président, dont au moins un devait résider dans le District de Columbia. La loi de réaménagement prévoyait la démolition des logements insalubres, mais elle autorisait également le gouvernement fédéral à acquérir des terrains en vue de projets de développement fédéraux, par l'intermédiaire de la NCPPC.

Dans son Plan global de 1950, la NCPPC mentionna que la loi de réaménagement faciliterait la démolition d'une vaste zone « afin d'accueillir des bâtiments publics et une extension du Mall à l'est du Capitole ».[54] Le processus de réaménagement commença par l'identification, par la NCPPC, de zones de la ville à démolir et à reconstruire selon son plan directeur pour Washington. Les commissaires du District disposaient de trente jours pour approuver ou modifier la proposition. Après approbation, la Redevelopment Land Agency acquérait les propriétés par achat, expropriation ou droit d'expropriation (eminent domain). L'NCPA construisait et administrait des logements publics et subventionnés lorsque les zones devaient être reconverties en quartiers résidentiels destinés aux ménages à faibles revenus. Marshall Heights, un quartier d'Anacostia, fut la première communauté ciblée pour la réhabilitation, mais les témoignages des résidents devant une commission du Congrès entraînèrent le refus de financement du projet.

Avec le début de la Seconde Guerre mondiale, l'Autorité suspendit son action de réaménagement et concentra ses efforts sur la fourniture de logements supplémentaires pour les travailleurs de la défense, puis pour les travailleurs de guerre. L'expansion des infrastructures militaires, comme l'agrandissement de l'arsenal naval (Navy Yard) et la construction d'une autoroute militaire, déplaça de nombreuses familles à faibles revenus et nécessita des mesures spécifiques pour leur relogement. Le Executive Order 9344 du 21 mai 1934 établit l'Autorité en tant qu'agence indépendante et la rebaptisa National Capital Housing Authority (NCHA).

Après la guerre, la NCHA poursuivit son rôle d'agence de logement public pour le District de Columbia, tentant de fournir une offre suffisante de logements décents pour les familles et individus à faibles revenus. En plus de construire et d'acquérir des logements, l'Autorité gérait les propriétés, les entretenait, et proposait des services sociaux, tels que des garderies, du tutorat et des activités récréatives pour les résidents. Le 13 mars 1968, par l'Executive Order No. 11401, le Président désigna le Commissaire du District de Columbia comme l'Autorité chargée d'exécuter les dispositions de la District of Columbia Alley Dwelling Act. Le décret précisait que, dans l'exercice de ses fonctions, le Commissaire porterait le titre de National Capital Housing Authority. La Home Rule Act (87 Stat. 779) du 24 décembre 1973 abolit définitivement l'agence, avec effet au 1er juillet 1974.

Certaines familles noires tentèrent de se distancier des classes populaires noires en recherchant un logement dans des quartiers intégrés. Au tournant du siècle, Washington ne possédait pas encore de véritables ghettos ; la ville ressemblait plutôt à un damier de quartiers raciaux. Bien que Noirs et Blancs pussent habiter des rues voisines, ils se fréquentaient rarement, à l'exception des domestiques noirs et d'un infime nombre de professionnels noirs travaillant dans les blocs blancs. Le pâté de maisons de la 20th Street, entre K et H Streets, était intégré en 1900, tout comme le quartier alentour, dans la section nord-ouest de Washington. Environ un tiers des familles étaient noires, leurs maisons étant mêlées à celles des familles blanches. Les habitants coexistaient généralement pacifiquement, et certains enfants noirs et blancs jouaient ensemble. Les enfants s'entendaient malgré leurs parents, qui souvent ne voulaient pas que leurs enfants côtoient les « nègres ».[55]

Un exemple de cette situation raciale émergea lors de l'arrivée de la famille Logan, accompagnée de six autres familles noires, dans la 20th Street, ce qui provoqua quelques remous dans les eaux normalement calmes du quartier. Ce nouveau mélange de résidents créa un contexte de confusion raciale. Certains habitants blancs du pâté de maisons considéraient l'arrivée des sept familles noires comme une sorte d'invasion. Les Logan espéraient éviter tout incident dans leur nouveau quartier, et Martha Logan, femme pieuse et disciplinée, veillait à ce que ses enfants se tiennent à carreau. Les Logan espéraient également que leur teint clair les aiderait à éviter l'hostilité qui aurait pu s'abattre sur une famille plus foncée.

Bien qu'ayant la peau claire, les Logan et les Simms étaient, à l'exception du frère de Rayford, Arthur Jr., d'une nuance légèrement plus foncée que les Prices et les Grays, deux familles noires déjà établies sur le pâté de maisons. Apparemment, les Prices et les Grays représentaient la teinte la plus foncée que les résidents blancs toléraient. Peu après leur installation, une bande d'enfants blancs se mit à lancer des pierres contre la maison des Logan. Une autre fois, Rayford, Arthur Jr., Robert Simms Jr., et quelques amis se battirent contre un groupe de garçons blancs de leur âge après « qu'ils nous eurent traités de "nègres" et que nous leur avions répliqué en les traitant de "pauvres blancs" ».[56]

La situation était tout aussi complexe pour les Noirs à la peau claire vivant dans les quartiers noirs pauvres ou dans les projets de logement social. Ils devaient souvent se battre avec des Noirs à la peau plus foncée, car ils étaient jugés trop clairs, et lorsqu'ils s'aventuraient à quelques pâtés de maisons hors de leur propre quartier, ils devaient se battre avec des Blancs parce qu'ils étaient « nègres ».

Étant donné la prédominance générale des mulâtres parmi les « personnes de couleur libres » et leurs descendants, il semble probable que le stéréotype du mulâtre à la peau claire s'appliquait aux premiers élèves et enseignants de M Street High School et de Dunbar High

School. Ce groupe resta surreprésenté parmi les élèves et enseignants de ces écoles pendant de nombreuses années, mais sans constituer nécessairement la majorité. Une étude des anciennes photographies de fin d'année du Dunbar High School révèle que la grande majorité des élèves avaient en réalité la même carnation que la plupart des Noirs américains. Tout biais éventuel dans la photographie de l'époque — avant que le noir ne devienne « beau » — aurait plutôt favorisé un éclaircissement des teints par rapport à la réalité.[57]

ACTIVITÉS SOCIALES ET DE LOISIRS DANS LE DISTRICT DE COLUMBIA

Les activités sociales de certains groupes choisis avaient tendance à être exclusives, créant ainsi une distance entre les membres du groupe et le reste de la société. L'appartenance à certains clubs sociaux constituait souvent l'une des caractéristiques attribuées ou subjectives d'un cercle restreint d'individus. On pourrait s'attendre à ce que ces clubs soient les lieux les moins propices à découvrir des liens avec la communauté dans son ensemble, mais les clubs sociaux noirs de Washington établirent bel et bien de tels liens au tournant du siècle.

Bien que l'exclusivité demeurât un héritage durable dans les organisations sociales et culturelles des Noirs privilégiés, la nature de ces organisations subit une transformation. Si, au XIXe siècle, elles ne visaient qu'à établir un statut social, elles commencèrent, au début du XXe siècle, à intégrer des concepts de fierté raciale et de solidarité raciale. Exclues des institutions sociales blanches, les élites noires renforcèrent leur fierté de leur héritage en créant leurs propres institutions sociales. Même dans des activités conçues pour offrir un moment d'évasion face aux luttes quotidiennes d'une vie oppressive, les Noirs devinrent plus conscients de la nécessité de contribuer à l'élévation de la race.[58]

Toutes les formes de culture et de loisirs étaient accessibles aux citoyens noirs du District au tournant du siècle, en particulier pour ceux ayant les moyens d'en profiter. Les résidents noirs assistaient à leurs propres pièces de théâtre, concerts, lectures de poésie, conférences et expositions spéciales. Ils étaient fiers de leurs organisations littéraires et de leurs galas annuels. Bien que certaines installations privées, telles que les théâtres et les restaurants, fussent ségréguées, les musées publics et les bibliothèques de Washington, contrairement à ceux d'autres villes du Sud, étaient ouverts aux Noirs.[59]

Le quartier de U Street était le centre de la communauté noire de Washington, avec de nombreuses entreprises, lieux de divertissement et institutions sociales appartenant à des Noirs. Les maisons construites sur U Street furent converties à des usages commerciaux environ dix ans après leur édification. Par exemple, la maison de ville située au 1355 U Street devint Republic Gardens dans les années 1910, un club qui existe encore aujourd'hui sous le même nom. Les premiers grands lieux de divertissement destinés au public noir apparurent dès 1909, avec la construction du Minnehaha Theater au 1213 U Street ; aujourd'hui, on y trouve Ben's Chili Bowl. En 1910, le Howard Theater fut construit avec une capacité de 1 200 places, précédant de près d'une décennie le célèbre Apollo de Harlem. L'imposant True Reformer Building au 1200 U Street, commencé en 1902, accueillait de nombreuses fonctions sociales, des soirées, et même la première performance rémunérée du jeune Duke Ellington, natif du quartier.[60]

Jusqu'aux années 1920, lorsqu'il fut surpassé par Harlem, le U Street Corridor abritait la plus grande communauté urbaine noire du pays. À son apogée culturel, U Street était connu sous le nom de « Black Broadway », une expression popularisée par la chanteuse Pearl Bailey. Avec de nombreux espaces pour les représentations dans ses théâtres, le corridor continua de s'étendre dans les années 1920 avec l'ouverture de petits clubs supplémentaires, de lieux de rassemblements privés pour musiciens, de représentations de jazz et pour l'élite culturelle noire. D'autres théâtres furent construits, notamment le Booker T Theater dans le pâté de maisons des 1400 de U Street et l'élégant Republic Theater dans les 1300 de la même rue. Ces deux bâtiments ont depuis été démolis.[61]

Le Lincoln Theater fut construit entre 1921 et 1923 comme cinéma de première diffusion et salle de spectacle au 1215 U Street. Le Club Crystal Caverns ouvrit en 1926 dans le sous-sol du 2001 11th Street, dans un cadre évoquant une grotte, accueillant des artistes allant de Pearl Bailey à Aretha Franklin durant ses heures de gloire. Ce club fonctionna sous plusieurs noms différents jusqu'au milieu des années 1970 et existe encore aujourd'hui. Les speakeasies installés dans des caves privées et le Lincoln Colonnade divertissaient souvent les clients bien après l'heure officielle de fermeture des clubs.[62]

ACTIVITÉS SPORTIVES

Le sport était populaire parmi l'élite noire, qui l'appréciait tant en tant que spectateurs qu'en tant que participants. Comme il n'existait pas d'équipe professionnelle de baseball noire à Washington, les amateurs devaient assister aux matchs du parc de baseball de la Ligue américaine, le Griffith Stadium, l'un des rares lieux publics qui ne fut jamais ségrégué racialement. Là, les Noirs faisaient la queue pour acheter leurs billets et leur nourriture comme tout un chacun, circonstance qui explique peut-être la popularité de ce sport parmi les Noirs américains. Cependant, à partir de 1925, le stade commença à refuser de vendre des billets aux supporters noirs dont les noms étaient reconnus. Cette pratique persista malgré les protestations relayées par la presse.[63]

Le golf et le tennis étaient également des sports de prédilection pour l'élite noire. À l'origine, les terrains de golf blancs réservaient certains jours de la semaine aux Noirs, mais les golfeurs blancs se plaignirent de ne pas apprécier d'être eux-mêmes restreints à des jours spécifiques. Les golfeurs noirs demandèrent donc la création d'un parcours réservé aux Noirs, mais rencontrèrent, là encore, une vive opposition de la part de la communauté blanche. Finalement, la ville accepta de construire un parcours de neuf trous pour les Noirs dans Potomac Park, près du Lincoln Memorial. Le parcours était si bien entretenu que des problèmes surgirent lorsque des golfeurs blancs tentèrent de l'utiliser.[64]

Il était difficile pour les Noirs en dehors du cercle de l'élite de pratiquer le tennis, car les courts désignés pour les Noirs étaient souvent situés loin de la majorité des quartiers noirs. Cependant, dans les années 1920, la ville comptait cinq clubs de tennis noirs, pour la plupart affiliés aux écoles ou à l'Université Howard. Le plus prestigieux était le James E. Walker Club, qui organisait régulièrement des « smokers » afin de promouvoir le tennis et organisait des tournois annuels. Ce club joua également un rôle déterminant dans la construction de nouveaux courts, d'abord à Le Droit Park, puis à l'angle de la 13th et de T Streets, N.W., près du domicile des Terrell. Le Howard University Club organisait également des tournois annuels, au cours desquels des coupes en argent, offertes par des commerçants locaux, étaient remises aux vainqueurs.[65]

Les clubs sociaux exclusifs constituaient une partie importante de la vie de l'élite noire car ils restituaient un sentiment de prestige à leurs membres. Dans les années 1880, des clubs sociaux noirs tels que le Lotus Club s'attachaient à exclure ceux à la peau plus foncée ou à diviser les groupes sociaux entre résidents de longue date et nouveaux arrivants. Bien que la peau claire soit demeurée un indicateur important de statut privilégié jusqu'au XXe siècle, de nombreux Noirs à la peau foncée parvinrent à s'élever dans les rangs de l'élite, au point que les clubs sociaux cessèrent progressivement de faire cette distinction.[66]

PARTIE IV

Le Joyau de la Couronnel

Celui qui ouvre la porte d'une école ferme une prison.

Victor Hugo, 1802-1885

LE COMMENCEMENT DE LA LIBÉRATION

Un sentiment d'élévation spirituelle se fit sentir alors qu'une théologie de la libération prospérait après l'émancipation et durant la période de Reconstruction. Les politiques d'élévation collective furent perpétuées par des générations de Noirs chantant Lift Every Voice and Sing, dont les paroles furent écrites en 1900 par James Weldon Johnson. Ce chant devint immensément populaire au sein de la communauté noire, repris par les assemblées scolaires et les congrégations religieuses lors des célébrations annuelles de l'anniversaire de l'émancipation.[1]

Pour la classe moyenne noire, l'élévation signifiait un accent mis sur l'entraide, la solidarité raciale, la tempérance, l'économie, la chasteté, la pureté sociale, l'autorité patriarcale et l'accumulation de richesses. Cette insistance sur la différenciation de classe en tant que progrès racial impliquait cependant souvent de lutter contre la construction culturelle dominante du « problème des Noirs ». Face à la répression légale et extralégale, de nombreux Noirs cherchèrent à obtenir un statut, une autorité morale et la reconnaissance de leur humanité en se distinguant de la majorité noire présumée sous-développée ; d'où l'expression, souvent d'une signification ambiguë, « élever la race ».[2]

LES ÉCOLES PUBLIQUES POUR NOIRS

En 1866, il existait cinq écoles publiques pour Noirs. Elles ouvrirent leurs portes avec sept enseignants et 400 élèves.[3] George F. T. Cook fut nommé surintendant des écoles pour Noirs en 1868 et reçut la charge des écoles noires du District de Columbia. Il fut le premier et dernier surintendant des écoles pour Noirs, ses successeurs portant le titre de surintendant adjoint en charge des écoles pour Noirs. Lorsque Cook entama son mandat, la branche destinée aux élèves noirs comptait 41 écoles, 41 enseignants et 2 300 élèves. À la clôture de son administration en 1900, il y avait 273 écoles publiques pour enfants noirs, avec 352 enseignants et 12 748 élèves.[4]

L'administration de Cook fut marquée par une philosophie mettant l'accent, comme objectif fondamental, sur le respect de la personnalité et l'éducation du caractère, à la fois par l'exemple et par l'enseignement.

Sous sa direction, les éducateurs reconnurent la philosophie défendue par William H. Kirkpatrick, éminent pédagogue de l'Université Columbia, selon laquelle :

> Les hommes sont, avant toute chose, des hommes, non des animaux, des serviteurs ou des outils. Le premier but de l'éducation doit donc être de faire non pas des travailleurs efficaces, mais de meilleurs hommes, de meilleurs citoyens et de meilleurs chrétiens. Une nation qui vise principalement à développer au maximum le caractère et l'intellect de ses citoyens peut découvrir que la prospérité matérielle et le succès commercial lui seront également accordés.[5]

Avec cet objectif éducatif, l'administration de Cook constitua un effort noble et efficace pendant plus de trente ans.

Cook était bien plus que le produit érudit du Oberlin College. Le révérend Francis J. Grimké, lui-même l'un des plus grands intellectuels de son époque et qui connaissait Cook intimement, déclara à son sujet, lors d'un discours prononcé à la Fifteenth Street Presbyterian Church le 10 août 1918, qu'il était l'âme même de la courtoisie, un véritable gentleman, d'une honnêteté et d'une droiture exemplaires dans toutes ses relations. Il était modeste et fuyait toute publicité.

Il préférait accomplir son travail dans le calme et laisser ses œuvres parler pour lui. C'était un homme pur, d'idéaux élevés et de nobles aspirations, qui commandait le respect de toute la communauté.[6]

De nombreux hommes et femmes de grand caractère et hautement formés travaillèrent aux côtés du surintendant Cook. Parmi eux, Martha B. Briggs, qui, en 1879, fut la première femme de couleur nommée directrice de la Miner Normal School. Un éducateur déclara à son sujet :

> Mlle Briggs était une enseignante née, et son travail reflétait ces qualités de cœur et d'esprit qui ont rendu son nom célèbre dans les annales de l'éducation à travers la formation de ses diplômés. Les élèves maîtres absorbaient son esprit de missionnaire et sortaient de sa présence renforcés, remplis de sympathie, déterminés à magnifier la vocation d'enseignant et à inspirer leurs élèves.[7]

Mlle Briggs fut remplacée par le Dr. Lucy E. Moten, qui enseigna aux jeunes à devenir de véritables enseignants et non de simples acteurs du métier en présence d'élèves. Le Dr. Moten mit l'accent sur la propreté, la ponctualité, la précision et la rigueur. Sous sa direction, la Miner Normal School devint l'un des meilleurs établissements de formation de maîtres en deux ans des États-Unis. Les surintendants d'État de tout le pays recherchaient ses diplômés en raison de l'efficacité de leurs services partout où ils étaient employés. Parmi les enseignants qui aidèrent le Dr. Moten à jeter les bases de son remarquable travail figuraient Mlle Ada C. Hand, Mlle Jesse A. Wormley, Mlle Mary Dickerson, Mlle A. J. Turner, Charles M. Thomas, Mlle Marie Bowie, George Jenifer, Mlle Clara H. Shippen et Eugene A. Clark.[8]

La grande majorité des enseignants et des cadres du système scolaire en 1932 étaient issus des remarquables vingt-cinq années d'administration de Cook à la tête du système scolaire noir du District de Columbia. Trois des quatre hommes qui atteignirent la plus haute fonction de premier surintendant adjoint furent George F. T. Cook, Roscoe C. Bruce et Garnet C. Wilkinson. Trois des quatre personnes ayant exercé les fonctions de surintendant adjoint furent Mlle M. P. Shadd, Eugene A. Clark et Alfred K. Savoy.

Il y eut également trois principaux inspecteurs : John C. Bruce, Mlle Minecola Kirkland et Leon L. Perry, ce dernier étant l'un des trois principaux de lycée. Robert N. Mattingly ainsi que quatre des cinq directeurs de collèges (junior high schools), Mme M. H. Plummer, Walter L. Savoy, Harold A. Haynes, et le directeur de la Randall Junior High School, étaient des produits des écoles publiques du District de Columbia ; ils poursuivirent ensuite leurs études dans quelques-uns des meilleurs collèges et universités des États-Unis.[9]

LE LYCÉE PRÉPARATOIRE POUR LA JEUNESSE NOIRE

L'éducation était considérée comme la clé de la libération. Il devenait nécessaire de créer une nouvelle école noire offrant un enseignement au-delà de la huitième année afin de mettre en avant les idéaux de l'élévation raciale propres à la classe moyenne noire, de promouvoir une vision de solidarité raciale, et d'unir les élites noires aux masses.[10] Le centre de ce projet fut la création du Preparatory High School for Colored Youth, établi deux ans avant la fondation de toute école secondaire publique blanche dans le District de Columbia.[11]

Le premier lycée destiné aux élèves noirs américains ouvrit ses portes en 1870, après que le Congrès eut rejeté un projet de loi parrainé par le sénateur Charles Sumner (républicain abolitionniste du Massachusetts) visant à instaurer un système scolaire intégré dans la capitale nationale. Tout en réaffirmant le principe d'un système éducatif dualiste dans la capitale, le Congrès promit des normes équivalentes et une représentation proportionnelle au sein de l'organisme directeur supervisant le système scolaire.[12] Au départ, Alonzo E. Newton était surintendant des écoles et William Syphax ainsi que William H. A. Wormley étaient membres du conseil des écoles pour Noirs de Washington et Georgetown. Peu après, Syphax, premier président du Conseil des écoles publiques pour Noirs du District de Columbia, initia la création du Preparatory High School for Colored Youth.[13]

En novembre 1870, le Preparatory High School for Colored Youth fut fondé dans le sous-sol de la Fifteenth Street Presbyterian Church, située entre les rues I et K sur la 15th Street N.W., à Washington, D.C. Initialement soutenue par des fonds philanthropiques privés, l'école devint, quelques années plus tard, une institution financée par l'impôt, devançant ainsi l'établissement des lycées publics pour les élèves blancs. Le Preparatory High School fut le premier lycée noir des États-Unis, et il fut académique dès le début. Il résista farouchement aux pressions récurrentes visant à le transformer en école professionnelle, commerciale ou « générale ». Il enseignait le latin tout au long de cette période, et, durant certaines années, le grec également. L'école ne céda jamais aux modes passagères ; elle insufflait au contraire fierté individuelle et fierté raciale à ses élèves ainsi qu'à toute la communauté noire du District de Columbia. Dès sa création, elle fonctionna, comme son nom l'indique, en tant qu'établissement préparatoire à l'université destiné aux membres du « Dixième talentueux ».[14]

Le « Talented Tenth » est un concept défendu par W. E. B. Du Bois dans The Negro Problem. Du Bois, éducateur et auteur noir, considérait l'enseignement supérieur comme indispensable au développement des capacités de leadership chez les 10 % les plus talentueux des Noirs américains. Il faisait partie de plusieurs intellectuels noirs qui redoutaient qu'un accent excessif mis sur la formation industrielle (comme proposé par Booker T. Washington dans son discours du Compromis d'Atlanta en 1895) ne confine les Noirs de manière permanente à une citoyenneté de seconde classe. Pour parvenir à l'égalité politique et civile, Du Bois insistait sur l'importance de former des enseignants, des professionnels, des ministres et des porte-parole noirs, qui obtiendraient leurs privilèges en se consacrant à « élever la masse » et à « inspirer les foules ».[15]

Ce lycée naissant pour la jeunesse noire n'était en réalité pas encore un lycée à part entière. Il se composait principalement d'élèves terminant les deux dernières années de l'enseignement primaire, avec seulement un petit nombre d'élèves suivant des cours secondaires. La nouvelle institution souffrait de plusieurs désavantages évidents. Tout d'abord, le personnel enseignant était insuffisant : il n'y avait qu'un seul professeur pour 45 élèves. Il n'y avait pas suffisamment de temps pour des études avancées, et l'école perdait de nombreux élèves recrutés pour répondre à la demande croissante d'enseignants noirs dans les classes inférieures.

La première promotion aurait dû être diplômée en 1875, mais la demande d'enseignants était supérieure à l'offre. Ainsi, les premières classes furent intégrées au corps enseignant avant d'avoir achevé leur cursus prescrit. Ce n'est qu'en 1877 que la première cérémonie de remise des diplômes eut lieu, au cours de laquelle 11 élèves reçurent leur diplôme.[16] Cette première promotion fut immédiatement embauchée pour enseigner dans les autres classes,[17] en raison de la forte demande d'enseignants et de l'absence d'école normale. Les réussites de ces premiers élèves, devenus des enseignants compétents, témoignent du niveau élevé d'instruction dispensé dès les débuts de l'établissement.[18]

Étant donné l'extrême rareté de Noirs instruits en 1870, les performances de l'école ne pouvaient guère être reproduites ailleurs dans un délai raisonnable. La première femme noire à obtenir un diplôme universitaire aux États-Unis, Mary Jane Patterson, diplômée d'Oberlin en 1862, enseigna au Preparatory High School. Le premier homme noir diplômé de Harvard, Richard T. Greener, reçut son diplôme en 1870 et devint directeur du Preparatory High School en 1872. Toutefois, la première directrice du Preparatory High School fut Emma J. Hutchins, une femme blanche originaire du New Hampshire. Comme beaucoup d'hommes et de femmes blancs venus du Nord à cette époque, Mlle Hutchins était animée d'un zèle ardent pour faire tout ce qui était en son pouvoir afin d'éduquer et d'élever la jeunesse de la race nouvellement émancipée. Elle exerça d›abord comme directrice de l'école O Street School, aujourd›hui appelée John F. Cook School, avant d'être nommée responsable du Preparatory High School en 1870.

Après un an, Mlle Hutchins démissionna pour accepter un poste dans le comté d'Oswego, dans l'État de New York. Il n'y avait aucun mécontentement de la part de la population qu'elle servait. Elle démissionna parce que, selon ses propres termes, il existait parmi les Noirs eux-mêmes des enseignants pleinement capables de reprendre le flambeau et de faire progresser le travail, tandis qu'elle pouvait trouver un emploi ailleurs. Son passage dans les écoles publiques de Washington fut bref, mais l'impression qu'elle laissa sur ceux qu'elle côtoya demeura profondément ancrée au fil des années. Elle mit l'accent sur des idéaux élevés, l'accomplissement consciencieux du devoir dans des conditions adverses, et la loyauté envers les intérêts de ses élèves. On disait d'elle : « Elle incarnait véritablement l'esprit du véritable enseignant. »[19]

Mlle Hutchins fut la première enseignante et ses quatre premiers élèves furent Rosetta Coakley, John Nalle, Mary Nalle et Caroline Parke. Le programme du Preparatory High School était, à l'origine, principalement axé sur les matières classiques et l'anglais. Le cursus comprenait : arithmétique, géométrie, trigonométrie, astronomie, grammaire anglaise, composition, littérature et éloquence, histoire des États-Unis, histoire anglaise et histoire générale, sciences, langues étrangères, philosophie mentale et morale, dessin, calligraphie et comptabilité.[20]

Des cours techniques et commerciaux furent ajoutés par la suite. Le programme de lycée durait trois ans jusqu'en 1894, lorsqu'il fut étendu à quatre ans grâce à l'ajout de cours optionnels.[21]

En 1871, Mary Jane Patterson succéda à Mlle Hutchins comme directrice du lycée, alors situé dans le bâtiment de l'école Thaddeus Stevens sur la 21st Street N.W. Mlle Patterson ne fut pas seulement la première femme noire des États-Unis à obtenir un diplôme universitaire ; elle réussit cet exploit en dédaignant les cursus habituellement réservés aux femmes à Oberlin et en suivant à la place un programme de grec, de latin et de mathématiques avancées destiné aux « gentlemen ». En tant que directrice, elle était reconnue comme ayant « une personnalité forte et énergique », réputée pour « sa rigueur » et son caractère « de travailleuse infatigable ».[22]

Après une année à la tête du lycée, Mlle Patterson fut remplacée en 1872 par Richard T. Greener. Tout comme Mlle Patterson fut la première femme de couleur diplômée du Oberlin College, Greener eut l'honneur d'être le premier Noir diplômé du Harvard College. Il fit ses études préparatoires à Boston, Oberlin et Cambridge, et obtint son diplôme de Harvard en 1870. Savant et avocat de profession, Greener attira l'attention par ses essais et ses discours. Il occupa plusieurs postes importants, notamment celui de professeur à l'Université de Caroline du Sud durant la période de Reconstruction, doyen de la faculté de droit de l'Université Howard, examinateur principal du service civil pour la ville de New York, ainsi que consul des États-Unis à Vladivostok, en Russie. Après avoir exercé comme principal du lycée pendant près d'un an, Greener quitta son poste pour saisir des opportunités plus vastes. Mlle Patterson fut alors réinstallée en tant que directrice du Preparatory High School, poste qu'elle occupa pendant encore une douzaine d'années au cours de la période formatrice de l'établissement. Elle fut remplacée en 1884 par Francis L. Cardozo Sr.[23]

Lorsque Cardozo fut nommé à la tête du lycée, le niveau d'exigence académique requis pour les directeurs fut assurément maintenu. Né libre en Caroline du Sud avant la guerre de Sécession, il eut la distinction rare d'être éduqué à l'Université de Glasgow, en Écosse, où il remporta deux bourses de 1 000 dollars chacune en grec et en latin. Il suivit également un cursus à la London School of Theology, en Angleterre, qu'il acheva en deux ans au lieu de trois. Il fut, à un moment donné, pasteur de la Tremont Street Congregational Church à New Haven, dans le Connecticut. Plus tard, il se rendit à Charleston, en Caroline du Sud, où il mena des missions d'évangélisation tout en travaillant pour l'American Board of Missions. Cardozo fonda l'Avery Institute à Charleston et en fut le principal jusqu'à devenir trésorier de l'État de Caroline du Sud en 1870. Sous le gouverneur Daniel Henry Chamberlain, il exerça deux mandats en tant que Secrétaire d'État.[24]

Après avoir occupé le sous-sol de la Fifteenth Street Presbyterian Church, l'école fut transférée à l'école Thaddeus Stevens pour une année, de 1871 à 1872. Le Charles Sumner School, situé à l'angle de 17th et M Streets N.W., l'accueillit de 1872 à 1877. L'école déménagea ensuite à la Myrtilla Minor School, au coin de 17th et Church Streets N.W., où elle resta jusqu'en 1891, date à laquelle elle devint le M Street High School, situé sur la M Street entre First Street et New Jersey Avenue N.W.[25]

Partant de 45 élèves la première année, les effectifs augmentèrent pour atteindre 83 élèves deux ans plus tard. Lors de la première cérémonie de remise des diplômes en 1877, 11 élèves furent diplômés :[26]

Dora F. Barker

Mary L. Beacon

Fannie M. Costin

Julia C. Grant

Fannie E. McCoy

Cornelia A. Pinckney

Carrie E. Taylor

Mary E. M.

Thomas James C. Craig

John A. Parker

James B. Wright

En 1884, l'école comptait 172 élèves et, deux ans plus tard, les effectifs avaient augmenté pour atteindre 247 inscrits. De 1887 à 1888, alors que l'école accueillait 361 élèves, il y avait neuf enseignants, sans compter les professeurs de musique et de dessin. Une augmentation de deux enseignants eut lieu durant l'année scolaire 1888-1889. De 1877 à 1894, le programme du lycée couvrait trois années d'études. En 1894, le programme fut enrichi et élargi par l'ajout de plusieurs cours optionnels, portant alors la durée du cursus à quatre ans. Le département commercial fut créé en 1884-1885 et, en 1887, un programme de commerce nécessitant deux années d'études fut ajouté. Les filles eurent la possibilité d'étudier les sciences domestiques et les garçons participaient à des exercices militaires.[27]

En 1886, le programme de commerce fut introduit dans l'ancien bâtiment de la Miner School, situé à l'angle de 17th et Church Streets N.W.. En raison de la croissance du département académique à M Street, le département commercial fut transféré au bâtiment de l'école Garnet, situé à l'angle de 10th et U Streets N.W., où il resta pendant deux ans. Il fut ensuite déplacé successivement vers les bâtiments de l'école Douglass (1st et Pierce Streets N.W.), puis vers Old Mott, Phelps, Dunbar, et enfin Cardozo.[28]

M STREET HIGH SCHOOL

Dès 1874, le surintendant des écoles pour Noirs, George F. T. Cook, avait plaidé pour la construction d'un bâtiment adapté pour le lycée.[29] Finalement, un crédit fut accordé pour la construction d'un édifice connu sous le nom de M Street High School. Il fut érigé sur M Street, N.W., près de l'intersection de New York Avenue et New Jersey Avenue. Le rapport 1904-1905 du Board of Education of D.C. indique que l'acquisition du terrain coûta 24 592,50 dollars. Le bâtiment lui-même coûta 74 454,88 dollars et les aménagements 9 862,44 dollars. La dépense totale pour la nouvelle école s'éleva donc à 109 909,82 dollars.[30]

Jusqu'en 1892, le Preparatory School for Colored Youth avait occupé divers emplacements dans la ville. L'école fut alors transférée dans le nouveau bâtiment situé au 128 M Street, N.W., et renommée M Street High School. L'ancien bâtiment de M Street High School devint l'école élémentaire Perry, qui ferma ses portes avec l'instauration des lois sur la déségrégation en 1954.[31] Le nouveau bâtiment de M Street était une grande structure en briques construite dans le style néo-roman (Romanesque Revival). Il fut conçu par l'Office of the Building Inspector de la Central Municipal Design and Construction Agency et pouvait accueillir 450 élèves.

L'Office of the Building Inspector, supervisé par le Engineer Commissioner, opérait à une époque où la ville était administrée par trois commissaires nommés. Le bâtiment de trois étages offrait des salles spécialisées adaptées au programme du lycée, incluant une « salle d'exercices » au sous-sol, des laboratoires scientifiques, ainsi que des salles d'étude situées à l'arrière du bâtiment. Un grand amphithéâtre se trouvait à l'avant du troisième étage, équipé d'une scène et de rangées de fauteuils de style opéra. Lors de son achèvement, le M Street High School fut « le premier lycée pour Noirs jamais construit avec des fonds publics. D'autres écoles avaient été établies par des souscriptions privées, mais ce bâtiment fut édifié grâce à une dotation publique expressément destinée à cet usage... ».[32]

Les qualifications du corps enseignant du M Street High School et de son successeur, Dunbar High School, étaient impressionnantes. Le système scolaire de Washington offrait des salaires égaux et relativement élevés pour tous les enseignants, indépendamment du sexe ou de la race, ce qui attira les meilleurs éducateurs noirs du pays, limités dans leurs opportunités professionnelles ailleurs.

Le corps professoral de M Street High School et de Dunbar était sans doute supérieur à celui des écoles publiques blanches, dont les enseignants étaient généralement diplômés d'écoles normales ou de collèges pour enseignants. Avec l'accent mis sur les classiques, M Street High School et son successeur Dunbar High School étaient vus par beaucoup comme l'équivalent du prestigieux Boston Latin School[33] ou d'autres établissements préparatoires exclusifs.[34] De fait, Rayford W. Logan, diplômé de M Street et historien, déclara que M Street High School était « l'un des meilleurs lycées du pays, noir ou blanc, public ou privé ».[35]

Les succès de Dunbar reflètent les qualités personnelles des dirigeants de l'institution au cours de ses années formatrices. Il fallait un certain courage et une confiance hors du commun pour un Noir ou une Noire afin de s'imposer à Oberlin ou à Harvard au milieu du XIXe siècle, à une époque où même les libéraux opposés à l'esclavage doutaient ouvertement de la capacité de la race noire à s'instruire. Les directeurs de M Street et de Dunbar devaient être des individus peu enclins au découragement, intrépides, et intransigeants en matière de qualité. C'est ainsi que les récits historiques les décrivent, et sans doute cette tradition dominante marqua durablement l'établissement.[36]

LES DIRECTEURS DU LYCÉE DE M STREET

Francis L. Cardozo, Sr. a l'honneur d'être le dernier principal du Preparatory High School for Colored Youth et le premier principal du nouveau M Street High School.

En 1896, le Dr Winfield Scott Montgomery fut nommé principal du M Street High School et occupa ce poste pendant trois ans. Né en 1853, esclave sur une plantation près de La Nouvelle-Orléans, il eut la grande fortune d'être libéré par l'armée de l'Union. Il gagna sa liberté en suivant les camps militaires jusqu'en Virginie puis dans le Vermont, où il entra au Leland and Gray Seminary à Townshend, Vermont. Lors du semestre d'automne 1873, il s'inscrivit au Dartmouth College, mais faute de moyens financiers suffisants, il dut interrompre ses études pendant un an pour enseigner à l'école de Hillsdale à Washington.

Le Dr Montgomery obtint son diplôme de Dartmouth en 1879, avec les honneurs Phi Beta Kappa. Il eut également la distinction d'être le seul Afro-Américain élu membre de la fraternité sociale Kappa Kappa Kappa (Tri-Kap) jusqu'après la Seconde Guerre mondiale. En juin 1906, Dartmouth College lui décerna le diplôme honorifique de Maîtrise ès Arts (Master of Arts). Le Dr Montgomery poursuivit avec succès des études de médecine à l'Université Howard et obtint son doctorat en médecine en 1890. Il fut autorisé à pratiquer la médecine dans le District de Columbia et dans le Michigan. En 1899, il devint surintendant adjoint des écoles pour Noirs et occupa cette fonction pendant sept ans. Un collègue évoqua son mandat au M Street High School comme « … marqué par une période de travail constructif. Il prônait l'excellence académique, avec une préférence pour une formation classique ».[37]

Le juge Robert H. Terrell succéda au Dr Montgomery en 1899. Il fut le deuxième principal du lycée à être diplômé du Harvard College. Dans son enfance, il fréquenta les écoles publiques du District de Columbia et fut membre de l'une des premières promotions de l'ancien Preparatory High School. Il poursuivit sa préparation universitaire au Lawrence

Academy à Groton, Massachusetts. Pour financer ses études à Harvard, Terrell travailla dans un réfectoire. Il fit partie des sept diplômés magna cum laude de la promotion de juin 1884. À l'automne suivant, il fut nommé enseignant au lycée et y resta cinq ans. En 1889, il devint chef de division au United States Treasury Department, poste qu'il occupa pendant quatre ans.

Pendant ce temps, Terrell étudia le droit. Il exerça la profession d'avocat jusqu'en 1889. En 1902, le président Theodore Roosevelt le nomma juge à l'un des tribunaux municipaux de Washington, ce qui amena Terrell à quitter la direction du lycée. En tant que principal, il « consacra la majeure partie de son temps hors de l'école à préparer les garçons à l'université », si bien qu'« un bon nombre » d'entre eux « poursuivirent leurs études à Harvard ».[38] Il lança une tradition qui se poursuivit avec les changements de directeurs et de bâtiments. Entre 1918 et 1923, les diplômés de Dunbar obtinrent 15 diplômes des universités de l'Ivy League et 10 diplômes d'Amherst, Williams et Wesleyan.[39]

Le successeur du juge Terrell fut Anna J. Cooper, originaire de Raleigh, en Caroline du Nord, diplômée de l'Oberlin College, promotion 1884, et titulaire d'une maîtrise d'Oberlin. En 1925, elle reçut son doctorat en philosophie de la Sorbonne. Elle enseigna le latin, les mathématiques et les sciences, et publia un livre célèbre, A Voice from the South, salué par la presse nationale.[40]

Le Dr Cooper s'efforça sans relâche de préparer ses élèves à être acceptés dans les universités du Nord et du Midwest, non ségrégées. Le parcours typique vers une université prestigieuse pour les diplômés noirs talentueux des écoles ségréguées incluait souvent un passage par un internat préparatoire en Nouvelle-Angleterre. Par exemple, Earnest Everett Just, le biologiste marin de renom, obtint son diplôme du département préparatoire classique du South Carolina State College en 1899, puis fréquenta la Kimball Union Academy dans le New Hampshire avant d'entrer au Dartmouth College en 1903.[41]

Sous la direction du Dr Cooper, les diplômés qui réussissaient les rigoureux examens d'entrée étaient admis directement dans les universités. Edwin French Tyson, promotion 1903, réussit l'examen d'entrée de Harvard et fut le premier élève du M Street High School à être ainsi admis directement au Harvard College. En 1899, les élèves du M Street High School obtinrent des scores supérieurs à ceux des élèves des lycées blancs Eastern et Western lors de tests standardisés en anglais et dans les matières générales. À cette époque, parmi les 30 enseignants, 20 détenaient des diplômes de prestigieuses universités du Nord et cinq autres étaient diplômés de l'Université Howard.[42] Ce n'était nullement un cas isolé ; M Street et Dunbar conservèrent un remarquable dossier académique pendant plus de 85 ans.[43]

Le nouveau lycée poursuivit son exigeant programme académique. Les élèves de première année devaient suivre l'anglais, l'histoire, l'algèbre, le latin, et la physique ou la chimie. En troisième et quatrième années, seuls l'anglais et le latin étaient obligatoires, mais la plupart des élèves suivaient un programme académique complet, incluant deux ans de grec, trois ans de français, quatre ans de latin, deux ans d'anglais et de géométrie, de trigonométrie et d'algèbre supérieure. D'autres options étaient disponibles, telles que des cours d'allemand, d'espagnol et d'économie politique.[44]

Les élèves diplômés du M Street High School étaient épargnés du temps et des frais supplémentaires liés à l'obligation de fréquenter une école préparatoire supplémentaire. Le corps enseignant de M Street préparait si rigoureusement les étudiants aux examens d'entrée universitaires que Brown, Harvard, Yale et Oberlin acceptaient les élèves sur la base des résultats de ces examens, sans exiger de préparation supplémentaire.[45] Le Dr Cooper réussit également à obtenir des bourses pour de nombreux élèves.[46]

Bien qu'elle fût une enseignante, érudite et administratrice compétente, le Dr Cooper eut aussi ses détracteurs. Dans une série d'articles factuels et pénétrants publiés en 1905, le Washington Post examina son rôle en tant que principale. Pendant plus d'un an, des plaintes formelles relatives aux méthodes disciplinaires et à l'efficacité du corps enseignant du lycée furent déposées auprès du conseil de l'éducation. Une enquête suivit, au cours de laquelle le Dr Cooper fut accusée d'être une mauvaise disciplinarienne. Des accusations de consommation d'alcool et de tabagisme par des élèves masculins dans l'enceinte de l'école, ainsi que l'admission d'élèves insuffisamment préparés aux études secondaires, furent rendues publiques.[47]

Le Dr Cooper se disculpa des accusations concernant la consommation d'alcool des élèves en démontrant qu'aucune preuve ne pouvait être retenue contre elle. Elle reçut le soutien de la puissante M Street High School Alumni Association, du révérend Francis

O. Grimké, pasteur de la prestigieuse Fifteenth Street Presbyterian Church, de l'ancien membre du Congrès George H. White de Caroline du Nord, et de Mme A. M. Curtis, représentante des mères d'élèves du lycée.[48]

Le Dr Cooper fut victime d'un complot. Certaines personnes de la communauté locale s'opposaient vivement à elle parce qu'elle défendait l'égalité stricte des programmes dans le système scolaire dual et parce qu'elle avait permis au Dr W. E. B. Du Bois de s'adresser aux élèves du lycée à l'hiver 1903. Dans son discours, Du Bois, ardent opposant aux vues industrielles et sociales de Booker T. Washington, remarqua qu'il percevait une tendance aux États-Unis à restreindre les programmes scolaires dans les écoles noires.[49] Avec la construction en 1902 de l'Armstrong Manual Training School, située à quelques pâtés de maisons au nord du M Street High School, les objectifs de préparation universitaire du lycée furent plus facilement réaffirmés.[50] Les préoccupations pratiques de ceux qui préconisaient l'enseignement professionnel furent ainsi apaisées par l'ouverture d'Armstrong.

Le Dr Cooper s'opposa fermement à toute diminution des standards académiques du lycée. Cette position la plaça en conflit avec Percy M. Hughes, directeur blanc des lycées. Hughes affirmait que les élèves de M Street étaient « incapables de suivre les mêmes études dans le même délai que les autres lycées de la ville ».[51] Il prétendait que les élèves de M Street n'étaient pas éligibles aux bourses universitaires et, lorsque le Dr Cooper continua de recommander des élèves pour ces bourses, il l'accusa d'insubordination.[52]

Hughes prétendait que les élèves n'étaient pas bien préparés en anglais et en algèbre à leur entrée au lycée, et il recommanda des modifications du programme pour y remédier. En 1904, bien qu'il reconnut être critiqué par la communauté noire, il recommanda une augmentation de la formation manuelle, notamment pour les élèves de M Street, affirmant qu'ils avaient besoin d'apprendre « la dignité du travail ». Selon lui, ils seraient « de meilleurs hommes et femmes, mieux armés pour la bataille de la vie s'ils étaient formés à l'utilisation des outils autant qu'aux livres ».[53] Compte tenu des réalisations académiques remarquables des diplômés du lycée pendant la période de ségrégation Jim Crow, il semble évident que les idées de Hughes étaient motivées par des considérations raciales. De plus, en raison de l'activisme communautaire du Dr Cooper, le sexisme a probablement également joué un rôle.[54]

Pour le Dr Cooper, les activités caritatives et réformatrices remplaçaient l'occupation professionnelle comme vecteur de transformation des valeurs ; il est certain que Hughes connaissait son activisme. De nombreuses femmes noires occupaient un emploi davantage pour accéder à une forme de liberté en tant que femmes que dans un objectif d'élévation raciale. Certaines combinaient travail et militantisme racial par des conférences, mais c'était à travers les activités caritatives que les femmes noires les plus privilégiées se rapprochaient du reste de la communauté noire et contribuaient le mieux à l'élévation raciale.[55] L'issue de l'enquête fut le maintien du Dr Cooper dans ses fonctions, bien que ses méthodes administratives furent critiquées et sa loyauté envers le directeur des lycées remise en cause.[56]

William Tecumseh Sherman Jackson succéda au Dr Cooper en 1906. Originaire de Glencairn, Virginie, il fit ses études au Amherst College, qui lui décerna les diplômes de B.A. en 1892 et de M.A. en 1897. Jackson devait son éducation universitaire au sénateur américain George Frisbie Hoar du Massachusetts, qui paya ses frais de scolarité et ses dépenses. Jackson n'oublia jamais cet acte de bonté. Il consacra sa vie à aider d'autres étudiants à obtenir les mêmes opportunités. Il guida de nombreux élèves vers Amherst, qui forma davantage d'étudiants de Dunbar que toute autre université hors de la capitale nationale.[57]

Par la suite, Jackson poursuivit des études de troisième cycle à la Catholic University of America. Ses 25 années de service furent entièrement consacrées au lycée. Il fut professeur de mathématiques de 1892 à 1904, principal du M Street High School de 1906 à 1909, puis enseignant principal au sein du Département de Pratique Commerciale de 1912 à 1917. Commentant l'œuvre de Jackson, l'un de ses supérieurs déclara qu'il « introduisit le système de promotion individuelle, stimula l'intérêt pour les activités sportives et favorisa l'esprit d'école ». En 1902, Jackson épousa May Howard, talentueuse sculptrice et enseignante de latin.[58]

Le dernier principal du M Street High School fut Edward Christopher Williams, qui succéda à Jackson en 1909. Williams naquit à Cleveland, Ohio, et fut diplômé du Central High School de cette ville. Il obtint le diplôme de Bachelor of Letters (B.L.) de la

Western Reserve University, où, dès sa troisième année, il fut honoré de la clef Phi Beta Kappa.[59]

Après avoir obtenu son diplôme avec distinction du Adelbert College de la Western Reserve University en 1892, Williams fut nommé bibliothécaire adjoint de la Hatch Library de la même université et instructeur en matières bibliographiques à l'École de Bibliothéconomie. En 1898, Williams prit un congé sabbatique pour poursuivre un master en bibliothéconomie à la New York State Library. Il acheva le programme de deux ans en une seule année et reprit ses fonctions à la Western Reserve University en tant que bibliothécaire et instructeur.[60] Williams fut promu bibliothécaire principal de la Hatch Library, où il travailla jusqu'en 1909. Il démissionna afin d'assumer la responsabilité de Principal du M Street High School à Washington, D.C.[61] Après avoir exercé cette fonction pendant sept ans, Williams démissionna en juin 1916 pour accepter un poste à l'Université Howard, en tant que bibliothécaire et directeur de l'École de Bibliothéconomie. Williams connut un grand succès en tant qu'administrateur durant son mandat au M Street High School.[62]

ENSEIGNANTS AU LYCÉE DE M STREET

Aucune institution éducative ne peut exister uniquement sous la direction de ses administrateurs. Les enseignants et les élèves représentent les deux tiers de l'ensemble.[63] En 1891-1892, le corps professoral du M Street High School comptait 17 membres, et en 1914-1915, il en comptait 35.[64] Parmi les membres du "Dixième Talentueux" du lycée figuraient Henry L. Bailey, Parker N. Bailey, Ulysses S. G. Bassett, Percival D. Brooks, Hugh M. Browne, Mary P. Burrill, Harriet Shadd Butcher, John W. Cromwell, Jr., Jessie Fauset, Ida A. Gibbs, Amplias Glenn, Angelina Grimké, Edwin B. Henderson, William T. S. Jackson, Lola Johnson, Mineola Kirkland, Julia Mason Layton, Caroline E. Parke, Harriet E. Riggs, Nevalle Thomas, Garnet C. Wilkinson, et Carter G. Woodson.[65] Examinons brièvement les carrières de quelques-uns de ces enseignants remarquables.

L'un des enseignants les plus distingués fut Hugh Mason Browne, né en juin 1851 dans une famille noire libre et influente de Washington, D.C. Ses parents, John et Elizabeth Wormley Browne, ainsi que d'autres membres de la famille, étaient bien établis au sein de la classe moyenne noire locale, grâce à leurs activités entrepreneuriales, éducatives et politiques dans la capitale nationale. Après avoir reçu sa formation dans le système scolaire public noir local, Browne fréquenta l'Université Howard, obtenant son B.A. en 1875 et son M.A. en 1878. Il obtint également un diplôme de B.D. au Princeton Theological Seminary en 1878 et fut ordonné ministre dans l'Église presbytérienne. Durant les deux années suivantes, Browne voyagea en Allemagne et en Écosse pour poursuivre des études complémentaires. Il retourna ensuite aux États-Unis pour exercer brièvement au Shiloh Presbyterian Church à New York. En août 1883, il partit au Libéria où il fut nommé professeur de philosophie intellectuelle et morale au Liberia College. Au cours de son séjour, Browne prit conscience des défis liés à l'assimilation des anciens esclaves dans un contexte africain ainsi que des problèmes socio-économiques et éducatifs du Libéria.[66]

Browne revint à Washington après près de deux ans en Afrique de l'Ouest et enseigna la physique au M Street High School pendant deux ans. Là, il introduisit un système d'enseignement novateur fondé sur l'expérimentation des élèves. Ensuite, il enseigna à l'Institut Hampton en Virginie de 1898 à 1901, puis devint directeur du Colored High School de Baltimore, Maryland. Dans chacun de ces contextes, Browne s'efforça d'améliorer l'éducation des Afro-Américains grâce à un équilibre entre théorie et pratique. Il prônait une éducation académique enrichie par une formation industrielle et un développement équilibré du corps et de l'esprit.[67]

Théoricien et intellectuel, Browne s'engagea néanmoins dans l'application pratique des idées aux besoins spécifiques. Tout en jouissant du respect de figures telles que Washington et Du Bois, il s'investit également dans l'invention pratique à l'image de George Washington Carver et d'Elijah McCoy. Il est crédité d'un brevet délivré le 29 avril 1890 pour un dispositif empêchant le reflux d'eau dans les caves, mentionné dans The Colored American du 8 juillet 1893, qui dressait une « liste partielle des brevets accordés par les États-Unis pour des inventions réalisées par des personnes de couleur ».[68]

Angelina Weld Grimké naquit dans l'une des familles américaines les plus illustres du XIXe siècle. Elle reçut son prénom de sa grande-tante blanche, Angelina Grimké Weld, militante abolitionniste et féministe renommée, décédée quatre mois avant la naissance d'Angelina, le 27 février 1880. Son père, Archibald, fils métis d'un frère de Weld et de l'une de ses esclaves, fut avocat, activiste majeur du Parti républicain (d'abord à Boston, puis à Washington D.C.) et dirigeant de la NAACP (National Association for the Advancement of Colored People). En 1879, Archibald épousa Sarah Stanley, une blanche issue d'une famille aisée de Boston, avec laquelle il eut une fille, Angelina. Le couple se sépara quelques années après la naissance de l'enfant, Stanley obtenant la garde malgré l'opposition d'Archibald. Toutefois, incapable d'assurer l'éducation de sa fille, Sarah Stanley finit par céder la garde à Archibald lorsque Angelina eut sept ans.[69]

En 1902, grâce au soutien de son père, Mademoiselle Grimké fut engagée comme professeure d'éducation physique à l'Armstrong Manual Training School à Washington, D.C. Après un différend avec le principal de cette école, elle fut transférée en 1907 au prestigieux Dunbar High School, où enseignèrent également plusieurs écrivains associés à la Renaissance de Harlem. Pendant cette période, elle poursuivit des études d'été à Harvard. Mademoiselle Grimké s'efforça de répondre aux attentes de son père en excellant dans l'enseignement de l'anglais à Dunbar pendant près de vingt ans, tout en bâtissant sa renommée d'écrivaine.[70]

Mademoiselle Grimké fut une écrivaine réputée entre 1900 et 1920, et la première Afro-Américaine à voir une pièce de théâtre, Rachel (1916 ; publiée en 1920), mise en scène. Cette pièce fut produite comme moyen pour la NAACP de rallier des alliés contre les effets du film Birth of a Nation. Sa poésie fut régulièrement publiée dans des revues, des journaux et des anthologies pendant l'époque aujourd'hui connue sous le nom de Renaissance de Harlem. Elle cessa apparemment d'écrire vers la fin des années 1920 et tomba peu après dans une quasi-obscurité. Son œuvre fut redécouverte dans les années 1980 et 1990 par des chercheurs lesbiennes, gays et bisexuels, qui reconnurent que Mademoiselle Grimké était attirée par les femmes et les hommes, et que son incapacité à agir selon ses désirs inspira à la fois son écriture et sa décision éventuelle de l'abandonner.[71]

Garnet C. Wilkinson fut un éducateur engagé et un leader civique pendant plus de 60 ans. Né en Caroline du Sud, il déménagea à Washington dans son enfance. Il fréquenta le M Street High School, promotion de 1898, puis obtint son Bachelor of Arts au Oberlin

College en 1902. Il reçut son diplôme de droit de l'Université Howard en 1909, puis compléta son cursus par une maîtrise à l'Université de Pennsylvanie. En 1902, Wilkinson fut nommé au corps enseignant de son ancien lycée, où il enseigna le latin et les mathématiques. Il consacra beaucoup de son temps libre à entraîner les équipes de football et de baseball, ainsi qu'à encadrer le corps des cadets de l'école. Plus tard, il fut principal de l'Armstrong Manual Training School et du Dunbar High School et devint également l'un des premiers entraîneurs de lycée dans la ville.[72]

En collaboration avec Edwin Henderson, Wilkinson participa à la création et à la promotion de l'Inter-Scholastic Athletic Association of Middle Atlantic States (I.S.A.A.), ce qui permit l'émergence de nombreuses équipes de basket-ball noires issues d'écoles, de clubs sportifs, d'églises, de collèges et de branches locales de la Y.M.C.A. noire à Washington D.C. et sur la côte Est. Les matchs de basket-ball de l'I.S.A.A. lancèrent la popularisation de ce jeune sport parmi les Afro-Américains et, grâce au travail pionnier de Henderson et Wilkinson, le "basket-ball noir" vit le jour.[73]

Né en 1875, vers la fin de la Reconstruction, dans le comté de Buckingham, en Virginie, Carter Godwin Woodson était le cinquième des sept enfants survivants de James Henry et Anna Eliza Woodson. Ses parents étaient nés en esclavage en Virginie, mais son père avait réussi à s'échapper pendant la guerre de Sécession et avait servi dans l'armée de l'Union. Menuisier qualifié comme son père avant lui, James Henry ne put subvenir à ses besoins par son métier et fut contraint de pratiquer le métayage. Plus tard, il parvint à acheter 20 acres près de la ferme de son père et, bien que la famille vécut dans une extrême pauvreté, leur statut de propriétaires fonciers leur conféra une certaine autonomie, ce qui contribua au fort esprit d'indépendance du jeune Carter.[74]

Les enfants Woodson travaillaient durement à la ferme familiale. Pendant quatre mois de l'année, entre les récoltes et les plantations, ils fréquentaient l'école locale dirigée par leurs oncles, John Morton Riddle et James Buchanan Riddle. Alors que ses oncles lui servirent de modèles importants, Carter attribua néanmoins à son père, illettré, l'enseignement des leçons les plus précieuses : être poli avec tous, mais exiger le respect en tant qu'être humain et ne jamais trahir "la race". Sa mère, qui avait appris à lire et écrire, s'attendait à ce que Carter, son enfant préféré, travaille dur et excelle dans ses études.[75]

En 1892, à l'âge de 17 ans, Carter G. Woodson rejoignit ses frères aînés en Virginie-Occidentale, où ils travaillaient depuis plusieurs années dans les mines de charbon. C'est là que Woodson développa une passion pour « l'histoire de la race » grâce à son association avec Oliver Jones, un ancien cuisinier et vétéran de la guerre civile originaire de Richmond, Virginie. Lorsqu'il apprit que le jeune homme savait lire, Jones l'engagea pour lui lire les journaux quotidiens en échange de friandises gratuites. Jones, en s'abonnant à des journaux « noirs » et « blancs », cherchait à se tenir informé des nouvelles concernant la communauté noire, ainsi que de celles de la nation et du monde. Reconnaissant la valeur éducative de cette expérience, Carter écrivit :

> J'ai tant appris moi-même à cause de la lecture beaucoup plus étendue exigée par lui que je n'aurais probablement entreprise pour mon propre bénéfice. ... En cherchant à travers la presse des informations ... pour Oliver Jones et ses amis, j'apprenais d'une manière efficace ... l'histoire et l'économie. [76]

Afin de poursuivre cet intérêt, Woodson résolut de retourner à l'école et, à 20 ans, s'installa chez ses parents à Huntington pour fréquenter le Frederick Douglass High School. En seulement deux ans, il termina ses études secondaires et s'inscrivit en 1897 au Berea College au Kentucky, avec des fonds suffisants pour suivre seulement deux trimestres à plein temps. Pourtant, au cours des quinze années suivantes, Woodson obtint un Bachelor of Letters du Berea College. Toutefois, l'Université ne reconnaissant pas les crédits obtenus à Berea, il obtint un second Bachelor of Arts et une maîtrise à l'Université de Chicago. En 1912, il décrocha un doctorat (Ph.D.) en histoire à l'Université Harvard, devenant ainsi le deuxième Afro-Américain à obtenir ce titre à Harvard, après W.E.B. Du Bois.[77]

Dr. Woodson réalisa ces exploits tout en enseignant à temps plein à Malden, en Virginie-Occidentale (1898-1900), en tant que principal du Frederick Douglass High School de Huntington (1900-1903), puis en enseignant aux Philippines (1903-1907). En 1907, au cours d'un voyage autour du monde de six mois, il mena des recherches dans diverses bibliothèques et étudia un semestre à la Sorbonne à Paris. Pendant qu'il terminait sa thèse doctorale, Dr. Woodson enseigna dans les écoles publiques du District de Columbia, notamment au M

Street High School, où il enseigna le français, l'espagnol, l'anglais et l'histoire. Il voyagea également largement en Europe et en Asie.[78]

Doté d'une dignité tranquille, Dr. Woodson attachait une grande importance à la discipline. En 1915, il fonda l'Association for the Study of Negro Life and History (ASNLH) et lança la Journal of Negro History en 1916. De 1919 à 1920, il fut doyen des arts libéraux à l'Université Howard, directeur des études supérieures et professeur d'histoire. Déterminé à faire connaître l'histoire de la vie et de la culture afro-américaines, Dr. Woodson et l'ASNLH instaurèrent la Negro History Week en 1926, laquelle devint le Mois de l'Histoire des Noirs cinquante ans plus tard.[79]

En 1933, Dr. Woodson publia The Mis-Education of the Negro, dans lequel il plaidait pour une éducation adaptée aux Afro-Américains afin de contrer le sentiment d'infériorité. Il lança aussi, en 1937, la Negro History Bulletin, un magazine informatif destiné aux enseignants.[80]

Les enseignants du M Street High School étaient aussi exceptionnels que leurs élèves. Initialement, le Conseil d'administration recruta des diplômés noirs qualifiés de divers endroits du pays, attirant notamment les jeunes diplômées Mary Church et Anna J. Cooper, issues d'Oberlin, ainsi que Charlotte Atwood, Mary P. Burrill, et Ida Gibbs. Mademoiselle Atwood était diplômée du Wellesley College, Mademoiselle Burrill de l'Emerson College, et Mademoiselle Gibbs obtint son diplôme du Oberlin College en 1884.[81]

Dès 1905, cependant, de nombreux jeunes hommes et femmes formés à la Myrtilla Miner Normal School étaient disponibles pour enseigner. Finalement, le nombre de candidats excéda celui des postes disponibles, garantissant ainsi un corps enseignant de grande qualité. En fait, le nombre de diplômés d'université et d'écoles normales enseignant au M Street High School dépassait celui des lycées blancs.[82] Pendant des décennies, le M Street High School envoya des garçons et des filles noirs dans les meilleures universités du Nord, telles qu'Amherst, Dartmouth, Wellesley, Smith, et Harvard. Pour les familles noires de la classe moyenne, aucun autre lycée noir dans le pays n'égalait ce prestigieux établissement.[83]

CHAPITRE DIX

LE LYCÉE PAUL LAURENCE DUNBAR

Le nouveau bâtiment du Dunbar High School, situé aux 1st et O Streets, N.W., fut inauguré le 15 janvier 1917. C'était un magnifique édifice en brique, orné de grès, de style élisabéthain, avec une façade de 401 pieds. L'architecture du bâtiment associait des éléments de styles romain et grec avec des lignes symétriques, enrichies de décors flamands tels que des ornementations en forme de sangles (strapwork) et des fenêtres gothiques tardives à meneaux et traverses. Il fut baptisé en l'honneur du poète noir Paul Laurence Dunbar et représentait une dépense de plus d'un demi-million de dollars. Le terrain coûta au gouvernement 60 000 dollars et le bâtiment ainsi que son équipement, 550 000 dollars. L'établissement comptait 48 enseignants, dont beaucoup étaient diplômés des meilleures universités du pays. Il accueillait 1 252 élèves, dont 545 garçons et 707 filles.[1]

L'INFRASTRUCTURE PHYSIQUE

L'auditorium, équipé d'une grande scène, pouvait accueillir 1 500 spectateurs. Il était dominé par un vers écrit par le poète éponyme de l'école :

Keep a-pluggin' away,
Perseverance still is king;
Time its sure reward will bring;

Work and wait unwearying—
Keep a-pluggin' away.
Keep a-pluggin' away.
From the greatest to the least
None are from the rule released
Be thou toiler, poet, priest, Keep a-pluggin' away.

(Traduction française)
Continue de persévérer,
La persévérance est toujours reine ;
Le temps t'apportera sa juste récompense ;
Travaille et attends sans te lasser –
Continue de persévérer.
Continue de persévérer.
Du plus grand au plus humble,
Nul n'échappe à cette règle ;
Que tu sois ouvrier, poète ou prêtre,
Continue de persévérer.

Des dispositifs étaient prévus pour la projection de films, et un orgue à tuyaux dans l'auditorium offrait aux élèves des possibilités musicales qu'ils n'avaient jamais connues auparavant. La cafétéria était dotée d'une cuisine moderne permettant la préparation de repas chauds, ce qui contribua grandement à la santé et au confort des enseignants et des élèves. L'efficacité du département de musique était renforcée par la présence de cinq pianos. Depuis les balcons réservés aux visiteurs, on pouvait apercevoir de vastes gymnases distincts pour garçons et filles. Chaque gymnase disposait de vestiaires avec douches et des équipements les plus modernes disponibles à l'époque. L'atelier d'imprimerie, d'une valeur de 4 000 dollars, constituait une autre ressource importante. Les élèves des classes de comptabilité et de tenue de livres bénéficiaient d'une expérience pratique grâce à un département bancaire entièrement équipé d'un coffre-fort, de guichets et de toutes les installations modernes d'une véritable banque.[2]

Un salon et une salle à manger, meublés dans un style contemporain, permettaient aux jeunes filles du cours de sciences domestiques d'apprendre concrètement comment dresser une table, agencer un intérieur et entretenir une maison. La botanique, la zoologie, la chimie et la physique étaient enseignées dans les laboratoires et les salles de conférence qui occupaient presque tout le rez-de-chaussée. Le département de physique disposait d'un équipement scientifique de qualité, fruit d'années de collecte attentive. Une installation de radiotélégraphie (sans fil) permettait aux étudiants de bénéficier d'un apprentissage enrichi.

La bibliothèque, située au deuxième étage, disposait d'un aménagement complet, d'une capacité de 4 337 volumes et pouvait accueillir 185 étudiants. Au premier étage, se trouvaient les bureaux administratifs et une salle d'étude pouvant recevoir 106 élèves. Sous l'auditorium, dans l'armurerie, les cadets disposaient d'un espace suffisant pour plusieurs compagnies ainsi qu'un stand de tir pour l'entraînement au tir de précision. Le nouveau bâtiment comprenait 35 salles de classe, cinq salles de repos, une infirmerie d'urgence, sept vestiaires et des casiers pour 1 500 étudiants. Une serre et un jardin sur le toit étaient en cours de construction, et l'on espérait que le Congrès allouerait bientôt un budget pour la construction d'un stade derrière l'école.[3]

Avec le passage des années, cependant, le temps et le manque de soutien financier et logistique eurent raison de l'établissement. Les tableaux noirs commencèrent à se fissurer, traçant des lignes confuses semblables à une carte. La cafétéria était sombre et bondée. Le lundi, l'école était froide. D'autres insuffisances reflétaient l'insensibilité et la négligence souvent observées dans les écoles racialement ségréguées. Par exemple, alors que les enseignants noirs et leurs élèves acceptaient ces désagréments comme une routine, les écoles destinées aux citoyens blancs étaient confortables car une équipe supplémentaire de concierges entrait en service à 2 h du matin afin de chauffer les bâtiments en vue de leur ouverture le lundi, après que les foyers aient été éteints pendant le week-end.[4]

Avec l'expansion de la communauté et la dégradation des lieux au bout de quarante ans, les infrastructures de Dunbar étaient rarement suffisantes pour répondre aux besoins du moment. Même à ses débuts, l'établissement ne possédait pas de stade. À l'inverse, le Central High School, construit la même année pour les élèves blancs, disposait d'un magnifique stade aux 13e et Clifton Streets, N.W. Dunbar dut attendre dix années de protestations et de démarches avant qu'un stade ne soit enfin érigé, permettant d'y tenir des événements sportifs ainsi que des activités de drill militaire pour le corps des cadets.[5]

Chaque évaluation faisait état d'un manque de livres. Un service de prêt était assuré par la Bibliothèque publique de Washington (D.C. Public Library), utilisant le système décimal Dewey[6]. En 1944, on dénombrait 4 500 volumes reliés, ainsi que des magazines, brochures, coupures de presse et images. En 1945, une contribution de 900 dollars fut recueillie grâce à un projet réussi parrainé par l'Association des Étudiants. Dans le cadre d'un devoir portant sur l'orientation professionnelle, une équipe de 10 élèves prêta main forte à la bibliothécaire. Les livres disponibles pour une étude à domicile ainsi que les œuvres de fiction pouvaient être empruntés pour une durée d'une semaine.[7]

Un autre exemple de négligence à l'égard des besoins de la communauté concernait la piscine. Les demandes de réparation furent systématiquement refusées et la piscine fut fermée en 1954. Elle était pourtant nécessaire tant pour l'école que pour le quartier, ce dernier étant défavorisé et éloigné de la rivière. La piscine resta fermée jusqu'en 1963, date à laquelle les efforts de plusieurs groupes religieux et l'intérêt personnel de Robert F. Kennedy, alors procureur général des États-Unis, aboutirent enfin.[8]

Dans les années 1940, plusieurs salles de classe du rez-de-chaussée furent remplacées par de nouveaux bureaux de conseil scolaire et une nouvelle infirmerie. Une infirmière diplômée supervisait les cliniques tenues par les médecins scolaires, examinait les élèves après leurs absences pour maladie et aidait de nombreuses autres façons. Près des salles de biologie, une serre fournissait du matériel tout au long de l'année, particulièrement au printemps, lorsque des plants de légumes étaient vendus à des prix abordables aux élèves pour leurs « jardins de la victoire ». Les années 1940 virent également l'aménagement d'une piste d'athlétisme dans le stade et la modernisation de la cafétéria.[9]

Dans une enquête menée auprès des anciens élèves ayant fréquenté l'école entre les années 1930 et 1955, 85,4 % des personnes interrogées évaluèrent le bâtiment du Dunbar High School comme étant de bon à excellent, et 85,5 % en dirent autant des salles de classe. Parmi les installations physiques et les services de soutien, seules deux obtinrent une note « excellente » plus fréquemment que « bonne » : l'auditorium fut jugé excellent par 41,5 % des répondants, et l'armurerie par 47,5 %. La plupart des autres installations furent jugées majoritairement comme étant de qualité « bonne » (voir le tableau 10-1 ci-dessous).

Évaluation des installations physiques et de soutien de Dunbar (en pourcentage)						
	Excellent	Good	Average	Below Average	Inadequate	Do Not Know	Total
Bâtiment scolaire	29.3	56.1	12.2	2.4	0	0	100
Salles de classe	24.4	61	14.6	0	0	0	100
Laboratories	27.5	42.5	17.5	5	0	7.5	100
Cantine / cafétéria	12.8	48.7	28.2	7.7	0	2.6	100
Auditorium	41.5	39	14.6	4.9	0	0	100
Infirmerie	19.5	41.5	19.5	0	0	19.5	100
Arsenal	47.5	30	12.5	7.5	0	2.5	100
Installations de la bibliothèque	32.5	45	10	7.5	0	5	100
Gymnases	17.1	43.9	26.8	9.8	2.4	0	100
Atelier d'imprimerie	5.9	26.5	8.8	0	0	58.8	100
Stand de tir	17.1	25.8	17.1	0	0	40	100
Stade scolaire	29	42.1	15.8	10.5	0	2.6	100
Piscine	30	25	20	15	2.5	7.5	100

Source : Morris, Archie III., « Advancing Urban Educational Policy: Insights from Research on Dunbar High School, » Journal of the Case Studies in Education, mai 2017.

Tableau 10-1

Malgré les limitations et les privations, l'école développa ses infrastructures et tira le meilleur parti de sa situation. La surpopulation caractéristique des écoles pour enfants de couleur avait été signalée dès 1868, lorsque le conseil d'administration recommanda aux parents d'envoyer leurs enfants dès le premier jour du trimestre, car « nous craignons de ne pas pouvoir fournir des enseignants ou des salles de classe pour plus d'un tiers des enfants de ces villes » (Washington et Georgetown) ; et, bien sûr, ceux qui se présenteront les premiers auront droit aux premières places. » Les classes nombreuses et les bâtiments surchargés étaient habituellement la norme dans les écoles de couleur.[10]

Le programme d'études du Dunbar High School comprenait toutes les matières académiques et commerciales enseignées dans des écoles similaires de niveau accrédité, ainsi que les sciences domestiques, l'imprimerie, l'éducation physique et la science militaire.[11] Malgré une norme de 25 élèves par classe, Dunbar accueillait entre 35 et 40 élèves par classe ; il arrivait même que certaines classes comptent jusqu'à 90 élèves.[12] Dès 1877, on recensait déjà 40 élèves par enseignant, et une enquête menée en 1953 révéla que le ratio élèves/ enseignant à Dunbar était plus élevé que dans n'importe quel lycée pour blancs à Washington. Ce n'était pas un choix délibéré, mais une nécessité découlant du soutien financier insuffisant accordé aux écoles noires par le conseil de l'éducation, dirigé par des blancs. Il va de soi que la taille des classes constituait un handicap moindre lorsque les élèves étaient triés sur le volet et très motivés, que dans le cas d'élèves moyens ou manquant d'autodiscipline.[13] Dans l'enquête menée auprès des anciens élèves de Dunbar, les tailles de classes durant les années 1930 à 1955 furent présentées dans le tableau 10-2 ci-dessous.

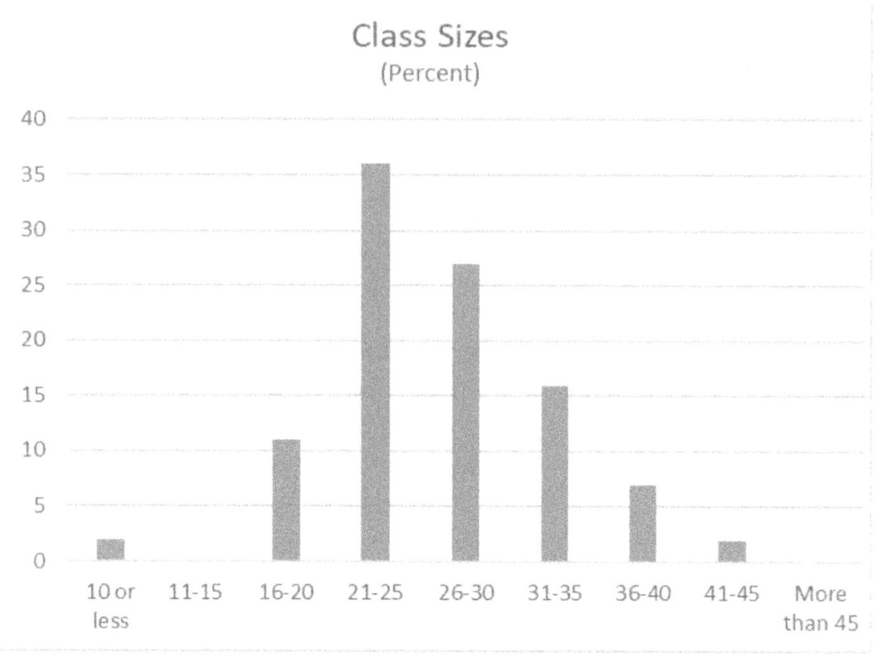

Source : Morris, Archie III., « Advancing Urban Educational Policy: Insights from Research on Dunbar High School, » Journal of the Case Studies in Education, mai 2017.

Tableau 10-2

Fait intéressant, les manuels utilisés par les élèves de Dunbar étaient souvent des ouvrages de seconde main. Lorsqu'une école blanche recevait une nouvelle édition de ses manuels, les anciennes éditions étaient transmises aux écoles de couleur. Les manuels étaient distribués au début du semestre et récupérés à la fin. Si un manuel était perdu ou non restitué, l'élève devait le rembourser. Dunbar avait ses propres méthodes et sa propre philosophie éducative. Une grande partie des élèves inscrits étaient issus de la classe moyenne noire, hautement motivés, et mettaient l'accent sur la réussite intellectuelle et la compétitivité, ce qui contribuait à maintenir les normes académiques élevées imposées par les enseignants.[14] La ponctualité et l'assiduité étaient strictement exigées. Le respect mutuel entre les enseignants et les élèves se reflétait dans leurs comportements quotidiens, à travers des bonnes manières et la courtoisie. À Dunbar, les enseignants appelaient tous les élèves par leur nom de famille, précédé d'un titre, comme « M. Jones » ou « Mlle Jones ». Les élèves faisaient de même pour leurs enseignants, utilisant leur nom de famille précédé du titre approprié, comme Dr., M., Mme ou Mlle.[15]

LES DIRECTEURS DU LYCÉE DUNBAR

Le Dunbar High School n'était pas une école de quartier. Il recrutait ses élèves dans toute la communauté noire de Washington. Il était donc en position favorable pour choisir ses enseignants et ses directeurs. Pendant des décennies, Dunbar a pu sélectionner des enseignants possédant d'excellentes références académiques. Quatre de ses huit premiers directeurs étaient diplômés d'Oberlin, et deux d'Harvard. Certains possédaient également des diplômes de troisième cycle. En fait, Dunbar comptait trois titulaires de doctorat dans son personnel enseignant dans les années 1920, en raison de l'exclusion presque totale des Noirs des facultés de la plupart des collèges et universités. Ce n'est qu'en 1942 qu'un Noir accéda à un poste de professeur titulaire dans une grande université blanche — le Dr William Allison Davis, diplômé de Dunbar.[16] Le Dr Davis obtint la titularisation à l'Université de Chicago en 1947 et devint professeur titulaire en 1948.

Garnet C. Wilkinson devint directeur du Dunbar High School en 1916. Il avait été formé dans les écoles publiques du District de Columbia, et termina ses études secondaires au M Street High School en juin 1898. M. Wilkinson fut diplômé d'Oberlin avec un baccalauréat ès arts en 1902, puis obtint un diplôme en droit de l'Université Howard en 1909. En 1902, il fut nommé professeur de latin au M Street High School, poste dans lequel il s'investit avec passion. En novembre 1912, il devint directeur de l'Armstrong Manual Training School, puis fut transféré au poste de directeur du Dunbar High School le 15 juillet 1916.[17]

Walter Lucius Smith, diplômé de l'Université Howard, succéda à M. Wilkinson en 1921. Il obtint son baccalauréat en sciences humaines en 1902. M. Smith avait enseigné les mathématiques au M Street et au Dunbar High School depuis 1905. Il était marié à Mary Annette Anderson, professeure de grammaire anglaise et d'histoire à l'Université Howard, et première femme noire élue Phi Beta Kappa au Middlebury College en 1899.[18] Sous l'administration de Smith, l'école compta parmi son corps professoral trois des premières femmes noires titulaires d'un doctorat : Georgiana Simpson, Eva B. Dykes et Anna Julia Cooper. Dunbar atteignit également son pic d'effectifs en 1927 avec 1 724 élèves, et pendant la décennie suivante, l'école dépassa la moyenne nationale aux tests standardisés.[19]

Smith dirigea l'école pendant 22 ans jusqu'à sa mort en poste. Il joua un rôle déterminant dans le développement de l'équipe de football et du Corps des Cadets du Lycée. Ses idéaux élevés en matière de bourses inspirèrent de nombreux élèves à entrer dans des universités à travers le pays. Peu importe le domaine dans lequel les élèves se lançaient après Dunbar, Smith les encourageait à donner le meilleur d'eux-mêmes.[20]

En 1943, le Dr Harold A. Haynes, diplômé de l'Université de Pittsburgh et de l'Université de Chicago, prit la tête de l'établissement pour cinq ans.[21] Diplômé du M Street High School en 1906, il forma avec son épouse, Euphemia Lofton Haynes — première femme noire à obtenir un doctorat en mathématiques — un couple entièrement dévoué à l'éducation à Washington. Le Dr Haynes obtint un diplôme en ingénierie électrique à l'Université de Pittsburgh (1910), une maîtrise en éducation à Chicago (1930) et un doctorat en éducation à New York University (1946). Il enseigna à l'Université Howard de 1912 à 1918, puis dans les écoles publiques du district, où il enseigna l'électricité appliquée à Armstrong High School (1919–1932). Il fut directeur à Browne Junior High School (1932–1940), puis à Armstrong (1940–1943) et enfin à Dunbar (1943–1947).[22]

En 1948, le Dr Haynes fut nommé surintendant associé des écoles, puis devint en 1951 le premier surintendant adjoint chargé du District 2, aussi appelé surintendant des écoles de couleur dans le système scolaire ségrégué du District de Columbia. Il conserva ce poste jusqu'à la décision Brown v. Board of Education qui força la réorganisation et l'intégration des écoles. En 1955, après la réorganisation, il fut nommé surintendant adjoint jusqu'à sa retraite en 1958.[23]

Charles Sumner Lofton, diplômé de Dunbar, en devint le directeur de 1948 à 1964. M. Lofton fut diplômé de l'Université Howard où il obtint aussi une maîtrise en histoire en 1934. Il enseigna l'année suivante au Virginia State College de Petersburg, puis devint professeur d'histoire à Armstrong High School. Durant la Seconde Guerre mondiale, il enseigna dans le programme militaire de formation spécialisée à Howard tout en continuant son travail à Armstrong. En 1946, il devint le premier directeur du Veterans High School Center, un établissement destiné à former les anciens combattants aux métiers et aux disciplines académiques. Deux ans plus tard, il fut nommé directeur de Dunbar.[24]

DPendant son mandat en tant que directeur du Dunbar High School à partir de 1948, M. Lofton a insisté sur des normes académiques élevées, une tenue soignée et un comportement approprié. Il a inculqué à ses élèves la confiance qu'ils pouvaient réussir, même dans une société racialement ségréguée. Dans les années 1950, alors que toutes les écoles noires du district étaient ségréguées, Dunbar envoyait 80 % de ses diplômés dans l'enseignement supérieur. En 1964, M. Lofton fut nommé assistant exécutif du surintendant des écoles, poste qu'il occupa jusqu'à sa retraite en 1970. Il devint ensuite assistant exécutif du président du D.C. Teachers College pendant dix ans, période durant laquelle le D.C. Teachers College, le Federal City College et le Washington Technical Institute fusionnèrent pour former l'Université du District de Columbia. Il prit sa retraite en 1980.[25]

Pendant qu'il était directeur, M. Lofton poursuivit ses études, suivant des cours à l'Université catholique, à Georgetown, et à l'Université de New York. Il reçut également un diplôme de l'Alliance Française à Paris. Il voyagea à Stockholm et en Russie, dans le cadre d'une bourse de la Eugene and Agnes Meyer Foundation, et visita Israël et la Jordanie grâce à une bourse de voyage de la Fondation israélienne. Les maires Walter Washington et Marion Barry lui décernèrent tous deux le Prix du service distingué du maire.

M. Lofton siégea sur plusieurs comités et conseils municipaux et fut consultant pour les départements de l'Éducation et de la Défense. Il siégea également aux conseils d'administration des institutions suivantes : la Woodward Foundation, la section de Washington de l'ONU, le Metropolitan Police Boys Club, le Southeast Neighborhood House, le D.C. Youth Orchestra Program, la Société pour la prévention de la cruauté envers les animaux. Il fut également ancien président du comité de bourses de la Eugene and Agnes Meyer Foundation et du comité de bourses de la Cafritz Foundation, président de la Columbian Educational Association, et le premier président noir de la section D.C. de l'Association nationale des directeurs d'établissements secondaires.[26]

LE CORPS PROFESSORAL DE DUNBAR

Parmi les membres les plus connus du corps professoral figuraient Mary Church Terrell ; Jessie Fauset, qui devint par la suite rédactrice littéraire du Crisis ; Ida A. Gibbs, qui devint une dirigeante du mouvement panafricain après la Première Guerre mondiale et épousa William Henry Hunt, consul des États-Unis à Tamafare et en France ; Angelina Grimké, militante politique, abolitionniste, défenseure des droits des femmes et partisane du suffrage féminin ; ainsi que Carter G. Woodson, historien, auteur, journaliste, et fondateur de l'Association for the Study of Negro Life and History (ASANH). Ces enseignants faisaient également partie de familles très en vue au sein de la communauté.

Vingt des trente enseignants de l'établissement entre 1916 et 1921 étaient diplômés de prestigieuses universités du Nord, notamment Harvard, Yale, Oberlin, Amherst, Dartmouth, et Bowdoin. Cinq autres étaient diplômés de l'Université Howard, l'établissement noir le plus réputé en matière d'enseignement supérieur aux États-Unis.

Le corps professoral, aussi engagé qu'illustre, prônait l'excellence académique. Les élèves étaient admis sur la base de leur potentiel académique, et n'étaient promus que s'ils continuaient de le démontrer. Un élève aurait mis sept ans à obtenir son diplôme. L'équipe éducative n'envisageait aucune complaisance dans les promotions. Toutefois, tant qu'il respectait les valeurs de l'école, en matière de discipline et de bonne conduite, il pouvait rester jusqu'à réussir légitimement.[27]

Avant 1920, les études supérieures n'étaient pas obligatoires pour enseigner. Pourtant, Dunbar comptait déjà plusieurs enseignants titulaire de diplômes avancés en lettres, en médecine et en droit. Parmi eux figuraient Henri L. Bailey, John W. Cromwell, Mary E. Cromwell, Juanita P. Howard, William T. S. Jackson, Harriet E. Riggs, Louis H. Russell, Nelson E. Weatherless, et Carter G. Woodson.

Dans les années 1920, Dunbar comptait trois enseignants titulaires d'un doctorat : Anna J. Cooper – Université de Paris, Eva B. Dykes – Radcliffe College, Georgiana R. Simpson – Université de Chicago. De nombreux autres enseignants suivaient des cours de perfectionnement pédagogique, cultivaient un enthousiasme professionnel durable, et enrichissaient leur expérience personnelle par des études continues et des voyages à l'étranger.[28]

L'ENGAGEMENT DU CORPS ENSEIGNANT DE DUNBAR

Les enseignants du lycée Dunbar étaient profondément engagés envers leurs élèves. Ils travaillaient avec ardeur pour inspirer et former la jeunesse noire à des carrières prometteuses et à une citoyenneté responsable. Ils s'efforçaient de développer les talents des élèves en sciences, théâtre, musique et arts, tout en leur inculquant des valeurs solides et une morale exemplaire.[29]

Dans les années 1930, le nombre de diplômés de Dunbar entrant dans des collèges prestigieux du Nord et de la Ivy League connut un net déclin. Ce prestige fut restauré dans les années 1940, lorsque le principal Harold Haynes, assisté d'un comité d'enseignants connu sous le nom de College Bureau, mit en place un programme de tutorat après les cours. Durant les heures de classe ordinaires, la surcharge et l'hétérogénéité des groupes empêchaient souvent un travail approfondi pour les élèves d'excellence. Ce programme extra-scolaire préparait les élèves prometteurs aux examens d'entrée à l'université.[30]

Mme Mary G. Hundley, présidente du College Bureau, et son équipe surmontèrent de nombreux obstacles dans les années 1940. De 1947 à 1955, Mme Hundley organisait une fête de Noël annuelle chez elle (125, rue Thomas, N.W.) pour les terminales prometteurs et les anciens élèves de retour des universités. Le contact informel avec des anciens élèves inscrits dans des institutions prestigieuses telles que Yale, Vassar, Sarah Lawrence et Skidmore encourageait les élèves potentiels. C'est durant cette période que ces universités commencèrent à offrir leurs premières bourses à des élèves de Dunbar, dans un contexte où la Seconde Guerre mondiale avait accru les contacts interraciaux. Les Américains prenaient conscience des limites de la ségrégation raciale.[31]

En tant que membre du College Bureau, Mlle Mary E. Cromwell, enseignante de mathématiques et professeure principale de jeunes filles ambitieuses, les encadrait durant trois années de préparation universitaire. Elle les encourageait à postuler tôt, visitait leurs familles et conseillait les parents sur les problèmes financiers.[33] Le Colonel Harry O. Attwood, instructeur militaire, encourageait les garçons à postuler à West Point et Annapolis, contribuant à atténuer les préjugés raciaux dans ces institutions fédérales jusqu'alors peu ouvertes aux jeunes hommes noirs.[34]

En musique, de nombreux jeunes talents noirs furent repérés et formés par des enseignants dévoués. Le Boys' Glee Club fut créé en 1904 par M. Gerald Tyler, puis réorganisé par M. Ernest R. Amos une décennie plus tard. Dans les années 1920, des opérettes furent présentées, ainsi que des chorales mixtes, suivies d'un orchestre dirigé par M. Henry L. Grant. Mlle Mary L. Europe organisait des programmes annuels avec la Howard University School of Music. Ces événements inspiraient les élèves à envisager une carrière musicale. En témoignage de sa gratitude, le baryton de renommée internationale Larry Winters chanta aux funérailles de Mlle Europe, qui était affectueusement surnommée "Little Mary" par ses élèves.[35]

Toujours soucieuse de développer les talents musicaux, Mlle Europe forma une chorale mixte dès 1919. Plus tard, elle créa un groupe de kantors (chantres), dont les membres continuaient à se produire après leur départ de Dunbar. Son influence s'étendait aux églises, hôpitaux, centres communautaires, clubs de service, et camps, par les programmes musicaux qu'elle parrainait. Elle contribua à de nombreux projets scolaires. En 1918, pour diffuser l'esprit de Noël et offrir aux élèves une expérience de gestion institutionnelle inspirée des départements gouvernementaux, elle créa le Bureau de poste de Dunbar.[36] De plus, l'hymne du lycée Dunbar fut composé par deux enseignantes : les paroles par Dr. Anna J. Cooper et la musique par Mlle Europe.[37]

Mary P. Burrill, diplômée du lycée M Street en 1901, enseigna l'anglais et le théâtre. Figure pionnière du théâtre noir féminin au début du XXe siècle, deux de ses pièces les plus connues furent publiées en 1919 : They That Sit in Darkness dans Birth Control Review (revue en faveur des droits reproductifs) et Aftermath dans The Liberator. Elle forma ses élèves à l'art dramatique, incluant des performances théâtrales et des lectures interprétatives. Mlle Burrill insistait sur la diction et la prononciation, exigeant des standards très élevés.[38] Enfin, Helen C. Nash, enseignante d'anglais à Dunbar entre 1931 et 1944, parrainait le House Beautiful Club, qui permettait aux garçons comme aux filles de découvrir les principes du bon goût en matière de décoration et d'aménagement intérieur. Elle apportait, discrètement, de la beauté et de la chaleur dans la vie de nombreux élèves.[39]

Des garçons et des filles, qui n'étaient jamais montés sur une scène auparavant, étonnèrent leurs camarades – et eux-mêmes – en interprétant des rôles sous la direction de Mlle Burrill dans l'auditorium de l'école.

Des élèves issus de milieux défavorisés, dont la race les tenait éloignés des influences culturelles habituelles, commencèrent à progresser en élocution, posture et prestance. À une époque, Mlle Burrill persuada le principal Walter Smith d'introduire un exercice quotidien de posture au début de chaque cours dans toute l'école.[40] Parmi ses élèves les plus talentueux figurait Willis Richardson, qui devint plus tard le premier dramaturge noir dont une pièce fut jouée à Broadway. Une autre, May Miller, publia sa première pièce, Pandora's Box, alors qu'elle était encore étudiante à Dunbar.[41]

Avec l'essor des concours d'art oratoire dans les années 1920 et 1930, Lillian S. Brown, professeure d'anglais, se fit remarquer pour avoir formé de nombreux lauréats. Avant même que les barrières raciales ne commencent à tomber dans les années 1940, Maude B. Allen, enseignante en expression orale, avait établi des liens avec la Northwestern University, des acteurs tels que Maurice Evans (célèbre pour ses rôles shakespeariens), et des directeurs de théâtre locaux. Le refus d'admettre des Noirs dans les théâtres entraînait des problèmes de location de costumes. James V. Mulligan, un bijoutier local qui vendait des bagues de fin d'études aux élèves de terminale de Dunbar depuis des années, jouait le rôle d'intermédiaire discret. Il obtenait des costumes pour les pièces de Dunbar en prétendant qu'il agissait pour le compte d'élèves blancs de Virginie.[42]

En arts plastiques, l'excellence et le dévouement furent fidèlement perpétués par Thomas W. Hunster, William D. Nixon et Samuel D. Milton. Ils encouragèrent les jeunes Noirs talentueux à participer à des concours locaux et à se préparer à des carrières dans l'enseignement et l'art commercial. Les décors de scène des pièces de théâtre scolaires étaient réalisés par ces enseignants et leurs élèves. Dans les années 1940, Helen Cunningham réalisa un tableau vivant annuel et des fresques murales élaborées pour la période de Noël. Ces enseignants apportèrent lumière et inspiration à de nombreux jeunes défavorisés limités par leur environnement racial.[43] M. Nixon créa également le sceau officiel de l'école, une plaque en bronze d'une grande finesse. De style classique, il comportait comme éléments principaux la devise de la classe, Carpe Diem, et une fleur de lys enchâssée entre deux cornes d'abondance débordant de fruits.[44]

De nombreux enseignants de Dunbar aidaient financièrement les élèves dans le besoin, ou achetaient de l'équipement pédagogique avec leurs propres fonds. Des fonds de prêt étudiant furent mis en place grâce au soutien du corps enseignant, qui offrait également chaque année, sur ses propres ressources, une bourse de 250 $ à un élève prometteur. Des anciens élèves de Dunbar offraient également des bourses annuelles. Des organisations comme le College Alumnae Club, la sororité Phi Delta Kappa, les Elks, et plusieurs fraternités universitaires apportaient également une aide ponctuelle et des programmes éducatifs. Anna L. Costin, enseignante, légua 10 000 $ en bourses pour les diplômées noires méritantes du lycée. Caroline E. Parke, professeure d'algèbre durant près de cinquante ans, légua également un fonds de bourses à l'école ; elle avait intégré le Preparatory School for Colored Youth dès 1870.[45]

Les contributions de Julia E. Brooks, professeure d'anglais et d'espagnol de 1916 à 1922, puis principale adjointe de 1922 à 1948, furent remarquables. En tant que doyenne des filles à Dunbar, Mlle Brooks gérait les préoccupations de plus de 1 000 élèves, du corps enseignant féminin, et de l'ensemble de l'établissement. Son bureau, accueillant et soigné, contenait fleurs, plantes, revues, une collection de timbres, et des ouvrages de voyage. Elle gérait également la cafétéria, y affichait des slogans sur les bonnes manières, et vendait des bonbons pour équiper la salle à manger du personnel. Elle créa et parrainait le Handbook, qui servait de guide de bienvenue et de règlement intérieur pour les nouveaux élèves. Elle finançait l'arbre de Noël de l'école et restait tard le soir pour superviser la distribution de paniers alimentaires aux familles dans le besoin.[46]

Mlle Brooks trouvait des emplois à temps partiel pour les élèves, soutiennait les projets communautaires et promouvait des causes méritoires. Elle parrainait également la bourse d'études des anciens élèves de Dunbar, vendait des bonbons pour acheter une encyclopédie pour l'école, et contribuait généreusement de ses propres moyens en toutes circonstances. Elle accompagnait les élèves lors des bals, excursions et pique-niques de fin d'année, restant toujours jusqu'au départ du dernier élève. Son compte personnel chez le fleuriste servait à couvrir les urgences liées à la maladie ou au décès parmi le personnel enseignant. Elle appuyait les programmes de discussion en classe principale, les projets culturels, dirigeait les clubs et fournissait orientation et leadership dans de nombreuses activités parascolaires.[47]

Les principaux et enseignants de Dunbar vivaient à Washington, principalement dans les quartiers de Georgetown, Le Droit Park et le corridor U Street. Les enseignants connaissaient les gens et les familles de leur communauté. Ils étaient respectés dans leur milieu et incarnaient un esprit civique qui les amenait à défendre des causes nobles pour le bénéfice de leurs élèves. Neval H. Thomas, enseignant en histoire, passa dix années à militer et à faire du lobbying pour obtenir une dotation du Congrès destinée à construire un stade derrière l'école. Personnage haut en couleur, il donnait des conférences illustrées sur ses voyages au Moyen-Orient et fut président de la section locale de la NAACP dans les années 1920.[48] William Nixon, quant à lui, servit la communauté vingt ans après sa retraite. Il fut président des Oldest Inhabitants, Inc., un leader actif dans de nombreuses organisations civiques, et participa à la lutte contre la discrimination raciale dans les restaurants locaux.[49]

James C. Wright, professeur de dactylographie, fut également un lobbyiste engagé. Dans les années 1930, il consacra dix années à faire adopter la loi du tarif de 3 cents pour le transport scolaire des enfants. Un stylo utilisé par le président Franklin D. Roosevelt pour signer cette loi lui fut offert – aujourd'hui une relique précieuse à Dunbar, encadrée avec une médaille en diamant que la société Underwood Typing Company lui remit pour son excellence dans l'enseignement de la dactylographie à Cortez Peters, Jr., lauréat de concours qui fonda par la suite une école de commerce locale.[50]

M.Peters remporta douze concours internationaux de dactylographie au cours de sa vie. Il établit un record mondial de 225 mots par minute sans erreur (soit 18,75 frappes par seconde). Sa vitesse de frappe maximale enregistrée était de 297 mots par minute. Haley G. Douglass, petit-fils de l'abolitionniste Frederick Douglass, enseigna les sciences et l'histoire pendant 46 ans. Il avait joué au football à Harvard et entraîna les équipes de football de l'école dans les années 1910 et 1920. Ses équipes eurent un palmarès envié dont les photos ornaient les couloirs de l'école, près de l'entrée du bâtiment de Dunbar. Il fut également maire de Highland Beach, Maryland, de 1928 à 1953.[51]

ÉVALUATION DES ENSEIGNANTS ET DU PERSONNEL PAR LES ANCIENS ÉLÈVESF

Les anciens élèves ayant répondu à l'enquête estiment que les points forts du programme académique de Dunbar High School étaient son corps enseignant et ses directeurs (44 %), ses élèves (32 %) et son programme scolaire (24 %). Ils considéraient que les enseignants et les directeurs étaient très bien qualifiés et dévoués à leurs élèves.

Trente pour cent des personnes interrogées ont estimé que le corps enseignant avait eu un impact sur le succès des efforts de l'école pour préparer les élèves à évoluer dans la société américaine dominante ainsi que dans la communauté noire. Pour 12,5 %, il était important que les enseignants noirs soulignent l'importance de l'éducation et de l'excellence comme moyen d'améliorer le statut des Noirs. Un autre 20 % considéraient que les élèves étaient généralement bien préparés, malgré un manque de ressources, car les enseignants insistaient sur le développement de la confiance en soi, de l'autodiscipline et de la persévérance comme qualités essentielles. Les diplômés ont eu la chance d'avoir, au Dunbar High School, des enseignants parmi les meilleurs, car les opportunités d'emploi dans la société dans son ensemble étaient alors limitées voire inexistantes. Un avantage particulier était que le personnel enseignant, issu des écoles ségréguées, vivait également dans les communautés noires ségréguées.

Les personnes interrogées ont exprimé des impressions très positives concernant l'ensemble du corps enseignant de Dunbar. Les évaluations portant sur la maîtrise des matières enseignées, la préparation des cours et la communication en classe ont dépassé les 95 % dans la catégorie « supérieur à la moyenne » ou « exceptionnel ». Les catégories les moins bien notées étaient l'utilisation efficace d'intervenants extérieurs en classe, évaluée à 84,2 % dans la catégorie « moyen ou supérieur », ainsi que la possibilité d'interagir socialement avec les enseignants, évaluée à 77,5 % dans la catégorie « moyen ou supérieur ».(voir le tableau 10-3 ci-dessous).

Évaluation du corps enseignant de Dunbar (en pourcentage)	Out-standing	Above Average	Average	Below Average	Inadequate	Total
Exposition à une variété de points de vue	65	27.5	7.5	0	0	100
Préparation des enseignants pour les cours	73.8	19	4.8	2.4	0	100
Connaissance des matières par le corps enseignant	80.9	14.3	4.8	0	0	100
Capacité à communiquer clairement en classe	64.3	30.9	4.8	0	0	100
Accessibilité des enseignants en dehors de la salle de classe	30	40	27.5	2.5	0	100
Possibilité d'interagir socialement avec le corps ensei-gnant	17.5	27.5	32.5	20	2.5	100
Aide apportée par les enseignants pour l'entrée à l'université et/ou pour l'emploi	55	22.5	15	5	2.5	100
Utilisation efficace d'intervenants extérieurs en classe	18.4	39.5	26.3	10.5	5.3	100
Qualité du conseil académique	57.5	27.5	10	2.5	2.5	100
Qualité du conseil en orientation professionnelle	35	30	27.5	5	2.5	100
Équité des systèmes de notation utilisés	48.9	31.7	14.6	2.4	2.4	100

Source : Morris, Archie III., « Advancing Urban Educational Policy: Insights from Research on Dunbar High School, » Journal of the Case Studies in Education, mai 2017.

Tableau 10-3

Pour 90 % des personnes interrogées, le principal du Dunbar High School durant leur scolarité était Charles S. Lofton. Cinq pour cent avaient eu pour principal le Dr Harold A. Haynes et cinq autres pour cent, Walter L. Smith. Le principal supervisait, en plus du corps enseignant, le ou les assistants principaux, un secrétaire ou un personnel administratif, l'instructeur du Corps de formation des officiers de réserve (ROTC), ainsi que le personnel d'entretien. Les anciens élèves interrogés semblent avoir eu, en tant qu'étudiants, des expériences globalement positives avec les principaux du Dunbar High School ainsi qu'avec l'ensemble de leur personnel administratif (voir le tableau 10-4 ci-dessous).

Évaluation des directeurs et du personnel administratif de Dunbar (en pourcentage)						
	Out-standing	Above Average	Average	Below Average	In-adequate	Total
Principal	90.2	4.9	4.9	0	0	100
Assistant principal(s)	76.3	18.4	5.3	0	0	100
Secretary/ clerical staff	57.1	25.8	17.1	0	0	100
ROTC instructor	50	33.4	13.3	3.33	0	100
Janitorial staff	37.1	51.5	11.4	0	0	100

Source : Morris, Archie III., « Advancing Urban Educational Policy: Insights from Research on Dunbar High School, » Journal of the Case Studies in Education, mai 2017.

Tableau 10-4

The Dunbar High School faculty, overall, was highly praised by all survey respondents. While 50 percent of survey respondents did not name a specific teacher as most outstanding, several teachers were named because they were admired for individual reasons:

Lillian S. Brown	15.8%
Frank Perkins	13.2%
Madison W. Tignor	5.3%
Mary G. Hundley	5.3%
Bertha McNeil	5.3%
Dorothy D. Lucas	5.3%

Le corps professoral du Dunbar High School a été globalement très apprécié par l'ensemble des personnes interrogées. Si 50 % d'entre elles n'ont pas désigné un enseignant spécifique comme étant le plus remarquable, plusieurs professeurs ont néanmoins été cités, chacun étant admiré pour des raisons particulières. Les personnes interrogées témoignaient d'une grande estime pour le corps enseignant du Dunbar High School en tant que groupe, mais 83,8 % d'entre elles avaient des raisons précises de se souvenir d'enseignants particuliers. Environ 37,8 % se rappelaient des enseignants pour leur culture générale, leurs compétences pédagogiques et leur maîtrise des matières enseignées. Les professeurs veillaient à ce que les élèves comprennent bien les sujets abordés et fassent le lien entre les concepts étudiés et la réalité du monde. Beaucoup saisissaient chaque occasion pour transformer les cours en moments d'apprentissage et renforcer la confiance en soi des élèves.

Selon 5,4 % des répondants, les enseignants mettaient beaucoup de préparation et d'efforts dans leur travail. Par ailleurs, 5,4 % des personnes interrogées percevaient les membres du corps enseignant comme des personnalités fortes qui servaient de mentors et de modèles. En fait, 5,4 % se disaient inspirés par leurs professeurs et 8,1 % estimaient que ces derniers les avaient aidés à se préparer aux expériences de la vie après la fin de leurs études secondaires. Les élèves étaient respectés par les professeurs, mais les enseignants insistaient également pour que tous les élèves se comportent comme des dames et des gentlemen. Les professeurs appelaient chacun par un titre suivi du nom de famille, par exemple « Monsieur Jones » ou « Mademoiselle Jones », et les élèves s'adressaient aux enseignants en utilisant leur titre suivi du nom, tel que « Docteur », « Monsieur », « Madame » ou « Mademoiselle ».

Ni les enseignants ni le personnel administratif n'étaient tolérants envers les retards, les absences, les comportements déplacés ou les perturbations pendant les cours au Dunbar High School. Toutefois, 10,8 % des répondants estimaient que leurs professeurs étaient bienveillants et attentifs aux élèves.

CHAPITRE ONZE

LE PARADIGME DE DUNBAR

Le corps étudiant de Dunbar était jeune et supérieur à la moyenne en termes de développement intellectuel. Ainsi, les élèves avaient tendance à être au niveau scolaire attendu pour leur âge, voire plus avancés s'ils avaient sauté des niveaux en école primaire ou au collège. Autrefois, la politique scolaire du District de Columbia permettait aux élèves d'être placés dans les classes en fonction de leurs progrès et de leurs réalisations plutôt que de leur âge uniquement. À cet égard, on ne saurait ignorer la formation élémentaire fondamentale que les élèves recevaient avant d'entrer à Dunbar. Les instituteurs de l'époque n'avaient pas une éducation générale très étendue, mais ils maîtrisaient parfaitement leurs savoirs. Ils connaissaient l'arithmétique et la grammaire anglaise. Surtout, ils étaient totalement dévoués à l'enseignement. Sans cet engagement, les élèves noirs n'auraient pas excellé à Dunbar.[1]

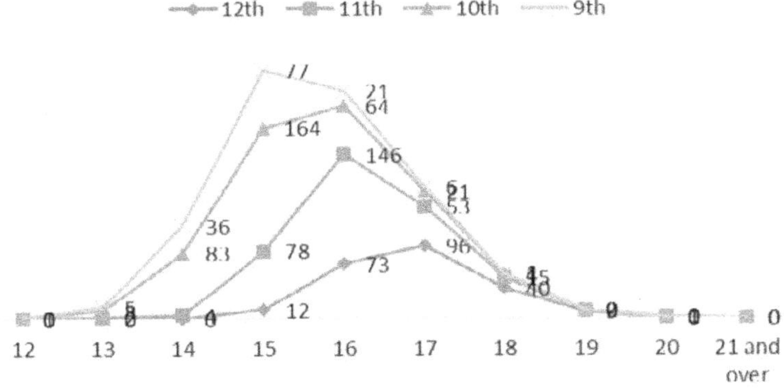

Source: Mary Gibson Hundley, *The Dunbar Story*, p. 25.

Table 11-1

Sur leur chemin vers le Dunbar High School, les anciens élèves interrogés indiquent qu'ils étaient essentiellement issus du système scolaire public ségrégué du District de Columbia. Quatre-vingt-douze pour cent avaient fréquenté l'école élémentaire à Washington, D.C., six pour cent à Baltimore, Maryland, et deux pour cent à Mechanicsburg, en Pennsylvanie. Quatre-vingt-dix-huit pour cent avaient suivi leur scolarité au collège à Washington et deux pour cent à Mechanicsburg.

DÉCLARATION DE PHILOSOPHIE ET D'OBJECTIFS

En novembre 1944, le corps enseignant de Dunbar a rédigé une déclaration de sa philosophie et de ses objectifs en vue d'une évaluation par la Commission des écoles secondaires de la Middle States Association of Colleges and Secondary Schools.[2]

La Philosophie du Dunbar High School

1. Nous croyons que, dans une démocratie, une éducation secondaire gratuite devrait être offerte à tous, sans distinction de race, sauf à ceux dont les anomalies physiques ou mentales rendent une telle formation impossible.

2. Adapté à leurs capacités, le programme scolaire devrait être suffisamment large et moderne pour répondre aux exigences de tous les élèves selon leurs intérêts et besoins présents et futurs. Il devrait être différencié, tout en étant socialement intégré, offrant des opportunités aux élèves d'acquérir, d'organiser et d'évaluer les connaissances et les compétences. Par le biais des activités parascolaires, l'élève devrait acquérir une formation en leadership et en ajustement social.

3. Nous croyons que chaque élève doit être traité comme une personnalité distincte, qui doit être aidée à atteindre le maximum de développement dont elle est capable. Des méthodes devraient être utilisées pour faciliter son apprentissage systématique par la participation active, avec la coopération de l'enseignant dans une attitude d'aide constructive et bienveillante.

4. Le personnel enseignant devrait être suffisant pour répondre aux besoins de la population scolaire. Il devrait bénéficier de la sécurité de l'emploi et d'un salaire adéquat. La formation devrait inclure une éducation libérale, comprenant une spécialisation disciplinaire ainsi qu'une grande ingéniosité professionnelle. Les enseignants devraient représenter une large variété d'universités et d'âges. Le personnel devrait être hautement intelligent et animé d'un esprit professionnel, avec un intérêt constant pour les problèmes éducatifs. L'éthique de la profession devrait toujours être observée avec la plus grande rigueur. La conscience sociale devrait être intégrée, car il incombe aux enseignants de la jeunesse, dans notre contexte social particulier, la responsabilité de protester contre les injustices de l'ordre social.

5. L'élève devrait être formé pour devenir un citoyen conscient de ses responsabilités sociales, avec une insistance sur la conduite appropriée à la maison, dans la communauté, dans la nation et dans le monde. L'école secondaire devrait souligner la relation de l'élève à son environnement immédiat et futur. L'élève devrait être disposé à coopérer avec les autres pour obtenir et maintenir une société démocratique, quelles que soient les différences de race, de nationalité ou de religion. L'école est directement responsable de ses résultats envers la société.

6. Comme objectifs, l'élève devrait être en bonne condition physique, émotionnellement équilibré, moralement conscient et mentalement alerte. Il devrait recevoir une formation adéquate en idéaux, compétences, connaissances et habitudes pour un enseignement supérieur qui le rendra économiquement prospère. Il devrait être formé aux habitudes de pensée exacte, lui permettant de prendre des décisions judicieuses. Il devrait avoir un large éventail d'intérêts, une philosophie de vie valable, des appréciations esthétiques, la capacité de s'intégrer socialement, une sensibilité à ses problèmes sociaux particuliers et la capacité d'utiliser son temps libre de manière digne.

Le corps enseignant a également établi des objectifs pour l'école.[3]

Objectifs du Dunbar High School

1. Offrir des opportunités de développement intellectuel progressif, en tenant compte des différences individuelles.

2. Développer des intérêts, des appréciations, des connaissances et des compétences qui enrichissent et embellissent la vie.

3. Développer des attitudes qui se traduiront par de bonnes habitudes de santé.

4. Offrir des situations qui encourageront le développement de traits de caractère et de personnalité souhaitables.

5. Offrir des opportunités pour développer des attitudes et des habitudes de bonne citoyenneté, en termes de respect honnête pour toute personnalité humaine.

PROGRAMME SCOLAIRE

Le programme scolaire, au fil des ans, comprenait principalement les cours académiques habituels : anglais, latin, français, espagnol, allemand, histoire, mathématiques et sciences. Le grec était enseigné avant 1920. L'éducation physique, la musique et l'art étaient des matières secondaires, tandis que, dans les années 1920, la musique et l'art devinrent des matières principales. L'allemand fut supprimé dans les années 1920 et 1930. Plus tard, des ajouts tels que l'économie domestique, l'aviation et l'apprentissage de la conduite automobile furent proposés en tant qu'options.[4] Au M Street et au Dunbar, il n'était nullement question d'un enseignement basé sur l'Afrique. Les questions d'immigration et des mouvements de retour en Afrique avaient été longuement débattues depuis l'époque de l'esclavage, et celles de la relocalisation des Noirs étaient réglées. La citoyenneté fut sans équivoque accordée aux Noirs américains en 1868 avec la ratification du quatorzième amendement à la Constitution des États-Unis. Ainsi, l'éducation noire était assimilée à la liberté et à l'assimilation, et les élèves de Dunbar étaient préparés à vivre aux États-Unis d'Amérique.

En apparence, l'éducation dispensée à Dunbar était influencée par les premiers enseignants de la Nouvelle-Angleterre qui, après la guerre de Sécession, enseignèrent aux premiers esclaves nouvellement affranchis. Ils voulaient former les Noirs comme ils l'avaient eux-mêmes été dans le Nord : les « trois R » au niveau élémentaire (lecture, écriture et calcul), avec des matières telles que le latin, le grec, la géométrie et la rhétorique aux niveaux secondaire et universitaire.[5] Comme 80 % des diplômés entraient dans l'enseignement supérieur, les exigences d'admission à l'université influençaient directement le choix des options. Les cours avancés de langues étrangères étaient souvent supprimés car le Congrès exigeait un minimum de 15 élèves par classe. Le latin faisait exception : quatre années étaient toujours proposées. Dans les années 1920 et 1930, le français et l'espagnol étaient enseignés régulièrement en troisième année, et le français de quatrième année seulement une fois.[6]

Les inscriptions des élèves passèrent de 45 en 1870 à 1 387 en 1945. L'établissement dépassa plusieurs fois la capacité de ses locaux. En juin 1877, il y eut 11 diplômés ; en juin 1945, on en compta 213. Le pic d'inscription, après 1945, atteignit environ 1 700 élèves, avant l'ouverture du Spingarn High School en 1952 pour atténuer la surpopulation. Si, au départ, l'école suivait un programme traditionnellement classique, de nouveaux cours furent développés pour répondre aux besoins professionnels et pour tenir compte des différences individuelles. Les cours d'anglais obligatoires furent enrichis par des cours de discours, de théâtre, de journalisme et de grammaire formelle. Les cours majeurs d'art et de musique, y compris un orchestre, développèrent les talents artistiques et musicaux. L'éducation physique comprenait un programme de santé constructif avec une infirmière scolaire et des visites de médecins et dentistes. L'école suivait ainsi l'évolution de la communauté et de ses besoins.[7]

Depuis sa création en 1870 sous le nom de Preparatory High School for Colored Youth, Dunbar représentait la seule opportunité pour la population noire de la capitale nationale de se préparer au leadership. Ce peuple, récemment libéré de l'esclavage, était guidé par des amis issus de la tradition abolitionniste pour développer son potentiel au maximum. Le programme scolaire était conçu dans la tradition d'une école américaine réputée et de qualité. Les réalisations des élèves représentaient la lutte et les progrès d'un peuple défavorisé vivant dans une situation paradoxale de soutien fédéral sans droit de vote ni autonomie municipale.[8]

Le programme du M Street/Dunbar représentait l'apprentissage basé sur le concept d'une éducation classique, un processus en trois parties destiné à former l'esprit. Ce modèle classique est appelé trivium, comprenant la grammaire, la dialectique et la rhétorique. Les élèves apprenaient d'abord la grammaire de chaque matière et ses « particularités », ensuite la dialectique, c'est-à-dire les relations entre ces connaissances, puis enfin la rhétorique, autrement dit l'art d'exprimer de manière efficace et cohérente ce qu'ils avaient appris.

L'objectif de ce schéma n'était pas d'enseigner à l'élève tout ce qu'il y a à savoir, mais de lui inculquer une habitude mentale qui lui permettrait d'apprendre de nouvelles matières bien après que l'école formelle ne soit plus qu'un lointain souvenir. L'élève n'était pas tant formé à penser une chose en particulier qu'à apprendre comment penser.[9] Dans l'enseignement classique, les 12 années de scolarité suivent trois répétitions du même cycle de quatre ans : l'Antiquité (5000 av. J.-C. – 400 apr. J.-C.), la période médiévale jusqu'au début de la Renaissance (400-1600), la fin de la Renaissance jusqu'aux temps modernes précoces (1600-1850), les temps modernes (1850-présent). Les jeunes apprennent ces quatre périodes historiques à différents niveaux de complexité : de manière simple jusqu'en 4e année, de façon plus complexe en 5e à 8e année (avec l'introduction des sources originales), puis avec encore plus de profondeur entre la 9e et la 12e année, avec l'étude directe des sources originales (de Homère à Hitler) et l'approfondissement d'un domaine d'intérêt personnel (musique, danse, technologie, médecine, biologie, écriture créative).[10]

Les autres matières du programme étaient reliées aux études historiques. Un élève étudiant l'histoire antique lisait ainsi la mythologie grecque et romaine, les récits de l'Iliade et de l'Odyssée, les premiers écrits médiévaux, les contes chinois et japonais, et (pour les élèves plus âgés) les textes classiques de Platon, Hérodote, Virgile et Aristote. L'année suivante, étudiant la période médiévale et la Renaissance, il lisait Beowulf, Dante, Chaucer et Shakespeare. Lorsqu'il étudiait les XVIIIe et XIXe siècles, il commençait avec Swift (Les Voyages de Gulliver) et finissait avec Dickens. Enfin, il lisait la littérature moderne en étudiant l'histoire contemporaine.[11]

Les sciences étaient étudiées selon un cycle de quatre ans correspondant aux périodes de découvertes scientifiques : la biologie, la classification et l'étude du corps humain (connues de l'Antiquité) ; les sciences de la Terre et l'astronomie de base (épanouies à la Renaissance) ; la chimie (devenue science propre aux débuts des temps modernes) ; la physique de base (discipline très moderne).[12]

Le programme du M Street/Dunbar suivait le modèle classique du trivium. Cela se discerne aisément à l'examen des matières proposées depuis la fondation de l'établissement en tant qu'institution préparatoire à l'université. Par exemple, au premier semestre des années scolaires 1943-44 et 1944-45, les élèves étaient inscrits dans les matières du programme suivant (voir Tableau 11-2) :[1]

<table>
<tr><td colspan="2" align="center">Lycée Dunbar
Programmes d'enseignement
(Premier semestre 1943-44 et 1944-45)</td></tr>
<tr><td>English 1-8
Formal
Grammar
Dramatics 1-2
Journalism
Creative Writing</td><td>Ancient History 1
Medieval History
2
Modern European History 3-4
American History 7-8
International
Relations Civics
Economics Sociology
Latin American History</td></tr>
<tr><td>Elementary Algebra 1-2
Plane Geometry 3-4
Solid Geometry 5
Intermediate Algebra 6A-6B</td><td>Music
Appreciation
Choral Music
Piano Music Theory</td></tr>
<tr><td>Trigonometry 7</td><td>Orchestra
Minor Music</td></tr>
<tr><td>French 1-2
Pre-Induction
French German 1-3
Pre-Induction
German Spanish 1-4
Pre-induction
Spanish Latin 1-7</td><td>Biology 1-2
Chemistry 1-3
Physics 1-2
Aviation 1-3
Electricity
Mechanics</td></tr>
<tr><td>Typewriting 1-3
Shorthand 1-2
General Business</td><td>Major Drawing
Minor Drawing
Mechanical drawing</td></tr>
</table>

Source: Mary Gibson Hundley, *The Dunbar Story,* pp. 26-29.

Tableau 11-2

Les exigences pour l'obtention du diplôme étaient de 32 points.[14] Les cours obligatoires étaient les suivants :

English 1-8	American History 7-8
Algebra 1-2	Biology 1-2 or
Health Education 1-8	Physics 1-2 or
(minor)	Chemistry 1-2

Des cours optionnels supplémentaires devaient être suivis afin que le nombre total de points, obligatoires et optionnels, atteigne 32 au moment de l'obtention du diplôme. Un point équivalait à ½ unité ou à un semestre d'une matière principale. Une matière principale correspondait à cinq heures par semaine. Une matière secondaire correspondait à deux heures par semaine. L'art et la musique en neuvième année étaient des matières secondaires obligatoires. Des matières optionnelles étaient proposées à différents niveaux scolaires.[15]

Les anciens élèves se souviennent de Dunbar comme d'une école préparatoire à l'université. Cependant, à mesure que ses élèves développaient des intérêts liés aux arts manuels et aux affaires, des programmes distincts furent mis en place, ce qui entraîna la création de deux autres lycées : Armstrong Technical High School et Cardozo High School. Les cours disponibles pour les élèves de Dunbar et le pourcentage de participation des répondants au sondage sont indiqués dans le Tableau 11-3 ci-dessous.

Cours suivis par les élèves du lycée Dunbar					
Course	Percent	Course	Percent	Course	Percent
English	93	Typewriting	50	Orchestra	0
Formal Grammar	59	Shorthand	4	Minor Music	9
Dramatics	2	General Business	9	Biology	72
Journalism	9	Ancient History	28	Chemistry	59
Creative Writing	9	Medieval History	9	Physics	24

Elementary Algebra	52	Modern European History	11	Aviation	2
Plane Geometry	72	American History	78	Health Education	43
Solid Geometry	20	Negro History	20	Electricity	2
Intermediate Algebra	50	International Relations	7	Mechanics	2
Trigonometry	20	Civics	37	Major Drawing	2
French	33	Economics	9	Minor Drawing	4
Pre-Induction French	0	Sociology	20	Mechanical drawing	9
German	17	Latin American History	0	Military Science	30
Pre-Induction German	2	Music Appreciation	33	Other (please specify)	
Spanish	22	Choral Music	17	Driver Education	4
Pre-induction Spanish	0	Piano	0	Gym for health	2
Latin	65	Music Theory	7		

Source : Morris, Archie III., « Advancing Urban Educational Policy: Insights from Research on Dunbar High School, » Journal of the Case Studies in Education, mai 2017.

Tableau 11-3

ÉQUIPES DE PARADE DU CORPS DE CADETS

S'il existait une activité qui incarnait la discipline et les hauts standards des écoles et de la communauté noire à Washington, c'était bien les équipes de parade du Corps de Cadets des lycées. Le Corps de Cadets, précurseur du Junior ROTC, était composé d'élèves masculins du secondaire. L'objectif du corps était d'enseigner la discipline et le leadership.

Comme la majeure partie de l'Amérique à cette époque, le Corps de Cadets était ségrégué. En 1882, deux compagnies de Cadets du Lycée furent organisées pour les lycées blancs, et la première parade compétitive pour les élèves blancs eut lieu en 1888. Les premiers cadets du lycée pour Noirs furent organisés en 1888 à la M Street High School par Christian Fleetwood. Ce fut en grande partie grâce aux efforts de M. Fleetwood que le Corps de Cadets du Lycée pour Noirs fut établi à la Preparatory High School for Colored Youth, six ans après sa création dans les écoles blanches.[16]

M. Fleetwood s'était enrôlé dans l'armée de l'Union en 1863 et avait servi comme sergent-major au sein du Quatrième Régiment d'Infanterie des Noirs des États-Unis jusqu'en mai 1866. Pour avoir sauvé les couleurs de son régiment lors de la bataille de Chaffin's Farm, en Virginie, le 29 septembre 1864, il reçut la Médaille d'Honneur. Après la guerre, il organisa et commanda des unités dans la Milice du District de Columbia et la Garde nationale de D.C. Il vécut dans une maison sur U Street dans le quartier Nord-Ouest avec son épouse Sara et devint un citoyen éminent de la communauté noire de Washington, en particulier dans ses églises. M. Fleetwood contribua à établir la formation des cadets pour les Noirs, principalement afin de soutenir les aspirants noirs à West Point, qui, en général, n'étaient pas admis dans les écoles militaires préparatoires.[17]

Le Corps de Cadets était une grande source de fierté pour l'école et la communauté. Les cadets défilaient lors de parades, notamment les parades inaugurales présidentielles, escortaient les dignitaires et participaient à des exercices de parade. Être membre du Corps de Cadets du lycée représentait une tradition familiale dans de nombreux foyers. L'un des plus grands honneurs était d'être nommé officier en dernière année. En plus d'avoir le commandement, un officier portait un sabre tandis que les rangs inférieurs portaient un lourd fusil. Le jour de la compétition de parade, des milliers de piétons noirs arpentaient les rues de la ville en arborant les couleurs de l'école de leur choix. Des centaines d'automobiles, richement décorées aux couleurs des écoles et remplies de fêtards, circulaient bruyamment dans les rues, résonnant de la joie de leurs occupants. La compétition de parade non seulement accentuait la popularité de l'école victorieuse pour l'année suivante en augmentant l'assiduité et en renforçant le moral des élèves, mais elle rehaussait également le statut des officiers victorieux. Ce statut, que l'individu gagnait lors de la parade compétitive, demeurait avec lui durant de nombreuses années dans toutes ses activités futures.[18]

Dans les années 1930, le Corps de Cadets était devenu indissociable du tissu du système scolaire, avec 30 compagnies et sept fanfares réparties entre les sept lycées du District. Un membre du corps enseignant, qui était soit un officier de réserve de l'Armée, soit avait reçu une formation militaire, dirigeait l'organisation des cadets dans chaque école. Un officier retraité de l'Armée occupait la fonction de professeur de science militaire et de tactique et supervisait l'ensemble du corps. Les règlements du District rendaient le « drill » obligatoire pour les garçons âgés de plus de 14 ans, et les cadets recevaient des crédits pour l'éducation physique. Seule la participation aux équipes sportives, une inaptitude physique ou l'opposition parentale pouvait dispenser un garçon du service. Les administrateurs et le corps enseignant constataient que les meilleurs cadets étaient également les meilleurs élèves, aussi soutenaient-ils le corps et en soulignaient-ils les bienfaits physiques et sociaux.[19]

Chaque lycée noir de Washington — Dunbar, Armstrong et Cardozo — comptait plusieurs compagnies de cadets qui, ensemble, formaient le Vingt-Quatrième Régiment. Les unités noires avaient des instructeurs noirs ainsi qu'un professeur distinct de science militaire et de tactique. Les cadets noirs ne participaient pas aux concours annuels de parade avec les blancs mais, à partir de 1902, ils organisèrent leur propre compétition annuelle au Griffith Stadium du District. Cette parade annuelle était un événement majeur dans la communauté noire, attirant des milliers de spectateurs, y compris des leaders noirs tels que Mary McLeod Bethune. Les unités de Dunbar dominaient généralement la compétition, et des membres éminents de la communauté noire de Washington remettaient les prix.[20]

Les Règlements de parade de l'infanterie américaine étaient utilisés pour l'instruction des cadets. Le programme enseignait la discipline, insistait sur le comportement et récompensait les résultats scolaires. Une demande de l'administrateur scolaire était considérée comme un ordre à obéir, et un cadet la traitait comme une demande d'un parent. Les cadets commençaient leur carrière comme simples soldats et les promotions étaient strictement basées sur la performance. Les cadets étaient très compétitifs et déterminés à défendre l'honneur de leur école. La participation au Corps des Cadets n'était pas une activité banale, et les élèves apprenaient à concourir et à travailler en équipe. Les cadets portaient leur uniforme de cérémonie à l'école.[21] Ils s'exerçaient deux fois par semaine de 7h30 à 9h00 du matin. À l'approche de la compétition annuelle, ils s'entraînaient trois fois par semaine.[22]

L'entraînement militaire devint également une partie importante du programme d'études du Dunbar High School pour les filles aussi bien que pour les garçons. Il existait un corps de cadets pour les filles dans les années 1920 et 1940, étroitement lié au Département d'Éducation Physique. Le mouvement des suffragettes des années 1920 a peut-être inspiré cette initiative. Plusieurs compagnies s'affrontaient dans des compétitions internes, imitant essentiellement la parade des garçons. Une bonne posture et le respect de l'autorité étaient des effets tangibles de la formation militaire pour les filles.[23]

Quarante pour cent des anciens élèves ayant répondu à l'enquête ont participé au programme des équipes de parade du Washington High School Cadet Corps pendant leur passage à Dunbar High School. Soixante pour cent n'y ont pas participé. Vingt pour cent des participants considéraient que le programme ROTC de Dunbar était exceptionnel. Selon 48 pour cent des répondants, le programme ROTC développait les compétences en leadership, la discipline et la citoyenneté. Dix-huit pour cent ont déclaré qu'il inculquait l'autodiscipline et le sens des responsabilités. Treize pour cent ont regretté de ne pas avoir pu participer en raison de la distance à parcourir pour se rendre à l'école et de l'obligation d'arriver avant le début des cours.

DISCIPLINE

Dunbar utilisait la punition corporelle pour discipliner les élèves, et les parents soutenaient cette pratique. De nombreux élèves masculins se souviennent particulièrement de la grande planche en bois dans les bureaux administratifs de Dunbar. Lorsqu'un directeur d'école noire recevait l'autorité d'administrer des punitions corporelles à l'insistance des parents, cela révélait des réalités humaines bien plus profondes qu'il n'y paraît. La question essentielle n'était pas de savoir si la punition corporelle était bonne ou mauvaise, pas plus que la véritable interrogation sur la nécessité pour les élèves de Dunbar d'étudier le latin. L'essentiel était que certaines relations humaines sont indispensables au processus éducatif. Lorsque ces conditions sont réunies, l'éducation peut progresser indépendamment des méthodes, de la philosophie pédagogique ou de l'état des infrastructures.[24]

Une grande majorité des élèves de Dunbar vivaient dans un cadre familial traditionnel à deux parents. La mère était la figure émotionnelle la plus disponible, affectueuse physiquement et plus patiente que le père. Cependant, le père jouait un rôle disciplinaire unique, particulièrement pour les garçons. Le père établissait les normes morales pour les enfants et contribuait de manière décisive à leur développement linguistique et cognitif. Ainsi, la discipline à Dunbar fonctionnait principalement par fierté familiale. Personne ne voulait embarrasser sa famille en posant des problèmes disciplinaires ou, d'ailleurs, en étant un mauvais élève. Être convoqué sur le banc du directeur était une honte pour l'élève, tout comme toute autre réprimande, l'assignation à l'étude surveillée ou d'autres sanctions.

Le pire était que ses parents soient appelés par un professeur ou le directeur en cas de violation du règlement ou des standards scolaires. Il était primordial pour un élève d'avoir une bonne réputation devant ses camarades, tant sur le plan personnel qu'académique. Avoir des problèmes disciplinaires fréquents au sein de sa famille ou de la communauté noire revenait littéralement à déclarer ses propres valeurs culturelles. Être réprimandé ou puni en présence de sa famille et de ses pairs constituait une condamnation accablante. L'élève perdait alors sa fierté, sa réputation était ternie et son amour-propre s'effondrait.

Pendant les cours, aucun élève n'était autorisé à se trouver hors de la salle de classe ou dans les couloirs sans un laissez-passer. Des élèves servaient de surveillants des couloirs et des sorties du bâtiment pendant une période libre de leur emploi du temps, et étaient stationnés dans tout l'établissement par binôme. Ils devaient signaler tout élève utilisant les sorties ou errant dans les couloirs sans laissez-passer délivré par un membre du corps enseignant, un assistant du directeur ou le directeur lui-même.

Bien que Dunbar, en tant que lycée préparatoire au collège, connût peu de problèmes disciplinaires, son histoire en la matière n'est pas dénuée d'importance. L'importance de l'attitude des parents et de leur implication avait été reconnue dès la création de l'école. Bien que Washington en 1870 comptât de nombreuses familles noires prêtes et désireuses d'avoir une école d'excellence, la ville en comptait aussi beaucoup qui ne l'étaient pas. L'abolition récente de l'esclavage avait grossi la population noire de Washington avec de nombreux arrivants du Sud et des États frontaliers. En 1868, seuls environ un tiers des enfants noirs du District de Columbia fréquentaient une école. Dans ce contexte, les exhortations de William Syphax aux parents noirs à envoyer leurs enfants à l'école, avec respect pour l'apprentissage et volonté de travail, étaient tout à fait pertinentes.[25]

Les types de sanctions utilisés étaient le banc du directeur, l'étude surveillée après les cours, la punition corporelle, la réprimande, les pénalités et l'implication parentale. En évaluant l'efficacité de ces différentes formes de punition pour maintenir la discipline, les anciens élèves ayant répondu à l'enquête considéraient le banc du directeur et l'implication des parents comme les plus efficaces. Chacune de ces formes de sanction était jugée très efficace ou efficace par 94,1 % des répondants ; l'étude surveillée après les cours venait ensuite avec 85,7 %. Voir Tableau 11-4 ci-dessous.

Types de sanctions disciplinaires appliquées au lycée Dunbar (en pourcentage)						
	Very Effective	Effective	Somewhat Effective	Not Very Effective	Ineffective	Total
Principal's bench	52.9	41.2	5.9	0.0	0.0	100.0
Study hall after school	40.0	45.7	14.3	0.0	0.0	100.0
Corporal punishment	13.0	34.8	21.7	21.7	8.7	100.0
Chastisement	25.0	35.7	25.0	10.7	3.6	100.0
Penalties	10.7	60.7	17.9	10.7	0.0	100.0
Parental involvement	58.8	35.3	5.9	0.0	0.0	100.0

Source : Morris, Archie III., « Advancing Urban Educational Policy: Insights from Research on Dunbar High School, » Journal of the Case Studies in Education, mai 2017.

Tabla 11-4

Bien qu'il n'y eût pas de code vestimentaire imposé aux élèves du lycée Dunbar, la tenue vestimentaire pour aller en cours n'était pas prise à la légère. Parmi les anciens élèves ayant répondu à l'enquête, 51 % qualifiaient leur tenue scolaire de décontractée et 44 % de respectable ; il existe peu de différence entre les deux catégories. La plupart des filles portaient des jupes et des chemisiers ou des robes avec des chaussettes et des chaussures, comme des mocassins ou des richelieus. Elles étaient toujours propres et convenables. Les garçons portaient des pantalons, des chemises et des pulls, parfois des vestes et des cravates ou les uniformes du ROTC. Leurs chaussures étaient également des mocassins ou des richelieus. Aucun jean, t-shirt, débardeur, chaussure de tennis ou basket n'était porté à l'école.

ACTIVITÉS EXTRASCOLAIRES

Le programme d'activités des élèves au lycée Dunbar était complet et soigneusement organisé pour inspirer et développer les talents et les intérêts des étudiants. Les objectifs culturels des premières années furent enrichis par une grande variété d'activités. Le Emerson Club, fondé en 1904, devint le Fleur-de-Lis Club pour les filles de terminale, regroupées selon leur intérêt pour le théâtre, la musique et le service social. Dans les années 1940 et 1950, les membres de ce club servaient de conseillères pour les élèves nouvellement inscrits. Le Rex Club, organisé en 1916 pour les garçons de terminale, avait à l'origine une vocation sociale et culturelle, mais finit par s'occuper de la gestion des problèmes de circulation à l'intérieur de l'établissement. Un Boys Glee Club fut formé en 1904, suivi d'un Girls Glee Club en 1910. Dans les années 1920, un Special Chorus mixte vit également le jour.[26]

La Dunbar High School Savings Bank, fondée en 1917, avait trois objectifs principaux : (1) encourager l'épargne et la gestion financière systématique ; (2) fournir une formation aux affaires ; (3) tenir les registres financiers des activités scolaires. Les élèves épargnaient pour l'achat de manuels, les dépenses de Noël ou de Pâques, les dons et les frais de fin d'études. La banque joua un rôle actif dans les campagnes d'emprunts de guerre et reçut quatre distinctions du Département du Trésor américain pour ses excellentes performances de vente en 1943 et 1944.[27]

Dans les années 1940, une grande variété de clubs reflétait l'ampleur des programmes scolaires : Banque, Biologie, Chimie, Commerce, Littérature contemporaine, Actualités, Débat, Théâtre, Actualités cinématographiques, Girl Reserves, Golf, Soins infirmiers, Langues étrangères, Bibliothèque, Musique, Histoire des Noirs, Croix-Rouge, Relations interraciales, Service social, Philatélie, Nouvelles, et Clubs de voyages. Un comité du corps enseignant contrôlait chaque année les finances de toutes les activités et commissions. De nombreux clubs possédaient des comptes dans la banque scolaire, avec un enseignant cautionné comme trésorier et des étudiants en comptabilité comme commis de banque.

Seuls neuf pour cent des anciens élèves ayant répondu à l'enquête n'avaient participé à aucune de ces activités. Les plus populaires étaient le Mixed Glee Club, le Club des langues étrangères et le Club de musique (neuf pour cent chacun), suivis par le Club de la Croix-Rouge (huit pour cent). Voir Tableau 11-5.

Clubs ou activités parascolaires pour les élèves du lycée Dunbar					
Activity	Percent	Activity	Percent	Activity	Percent
Emerson Club/Fleur-de-Lis Club	5	News Reel Club	4	Other (specify)	
The Rex Club	8	Girl Reserves	0	Cheerleading Squad	1
Boys Glee Club	0	Golf Club	5	Honor Society	3
Girls Glee Club	1	Home Nursing Club	1	Year Book	3
Mixed Glee Club	9	Debating Club	3	German Club	0
Biology Club	1	Library Club	1	French Club	1
Chemistry Club	1	Music Club	9	Latin Club	1
Commercial Club	0	Negro History Club	3	Dance Club	1
Contemporary Literature Club	0	Red Cross Club	8	Girl Scouts	1
Current Topics Club	3	Race Relations Club	0	Hockey Club	1
Foreign Languages Club	9	Intramural Sports	5	Boosters Club	1
Savings Bank/War Bond Drive	3	None	9	Liber Anni	1
Dramatics Club	5			Quill and Scroll	1

Source : Morris, Archie III., « Advancing Urban Educational Policy: Insights from Research on Dunbar High School, » Journal of the Case Studies in Education, mai 2017.

Tableau 11-5

Les activités sportives comprenaient le baseball, le football américain, le basketball, l'athlétisme, le tennis et la natation pour les garçons ; le basketball et la natation pour les filles. Des rencontres sportives de niveau universitaire (varsity) et des compétitions internes (intramuros) étaient organisées sur plusieurs terrains. De nombreux diplômés de Dunbar devinrent d'excellents athlètes dans plusieurs universités américaines et participèrent à des compétitions nationales et internationales.[28] Il existait également une équipe de tir à la carabine mixte, composée de garçons et de filles. Un stand de tir était aménagé au sous-sol, permettant aux membres de l'équipe de s'entraîner sur place.

L'enquête auprès des anciens élèves indique que les étudiants et étudiantes du lycée Dunbar étaient des jeunes équilibrés. Une gamme complète d'activités sportives leur était proposée et 65 % des anciens élèves ayant répondu à l'enquête avaient participé aux sports de niveau varsity. Le baseball et le football américain étaient les plus populaires auprès des garçons, avec un taux de participation de 12 % chacun, suivis par le basketball et l'athlétisme avec 8 % chacun, puis par le golf avec 7 %. Le basketball, le hockey sur gazon et la natation constituaient les principaux sports pour les filles. Voir Tableau 11-6 ci-dessous.

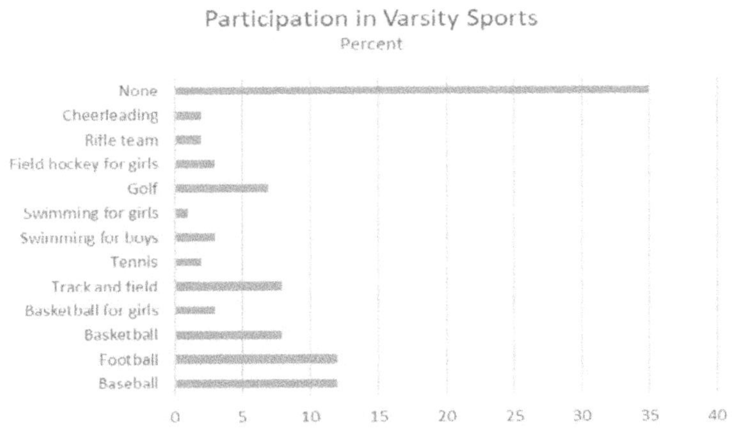

Source : Morris, Archie III., « Advancing Urban Educational Policy: Insights from Research on Dunbar High School, » Journal of the Case Studies in Education, mai 2017.

Tableau 11-6

Pour être éligible aux sports universitaires à Dunbar, un élève devait maintenir une moyenne cumulative d'au moins 2,5. Un échec (note F) dans n'importe quelle matière entraînait la suspension de l'élève de son équipe sportive.

IMPLICATION DES PARENTS

L'Association des Parents d'Élèves et des Enseignants (PTA) n'était pas le principal moyen d'implication parentale au sein du lycée Dunbar. L'implication des parents revêtait une importance particulière dans les écoles noires, car la culture noire n'était pas une culture permissive. Si des enfants noirs se comportaient mal, c'était parce que leurs parents ne le savaient pas ou ne s'en souciaient pas. Les parents des élèves de Dunbar n'acceptaient aucune philosophie prônant que les jeunes noirs puissent « faire ce qu'ils veulent ». Lorsque des parents noirs s'impliquaient dans une école, ils demandaient parfois une discipline plus stricte que celle que l'établissement était prêt à imposer. De plus, l'implication parentale ne signifiait pas « prendre le contrôle de la communauté » à travers un dogme idéologique ou un simple coup de communication. Dans une communauté où le taux de renouvellement résidentiel est élevé, « le contrôle communautaire » pouvait signifier la domination incontrôlée d'une poignée d'activistes sans véritable responsabilité envers une population durable. À Dunbar, il était essentiel d'avoir une large implication des parents individuellement et le soutien actif des églises.[29]

Environ 74 % des anciens élèves ayant répondu à l'enquête considéraient que l'Association des Parents d'Élèves et des Enseignants (PTA) était d'un niveau moyen à supérieur à la moyenne. Vingt et un pour cent la jugeaient exceptionnelle. Voir Tableau 11-6 ci-dessous.

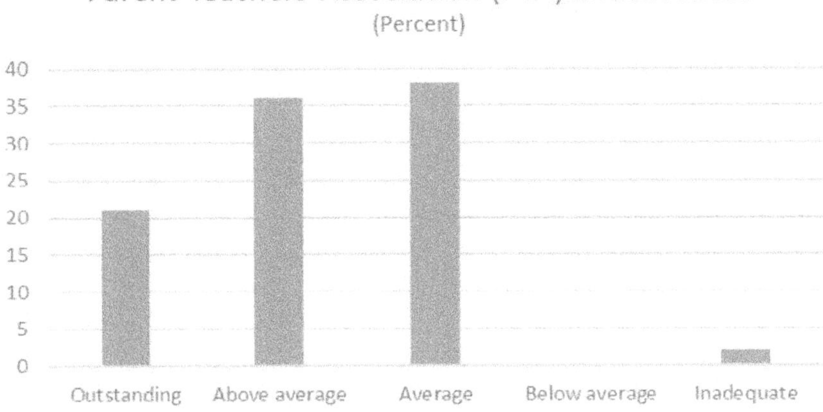

Source : Morris, Archie III., « Advancing Urban Educational Policy: Insights from Research on Dunbar High School, » Journal of the Case Studies in Education, mai 2017.

Tableau 11-7

FORCES ET FAIBLESSES DU PROGRAMME ACADÉMIQUE DU LYCÉE

La ségrégation était considérée comme un problème par 18 % des répondants, et 21 % estimaient qu'il existait un manque de ressources et de soutien pour les élèves. Cependant, 61 % pensaient qu'il n'y avait pas de faiblesses, si ce n'est l'impatience de certains enseignants envers les élèves qui n'étaient pas préparés pour leurs cours ou qui ne faisaient pas leurs devoirs ; ce que certains pourraient considérer comme une force. Il n'en demeure pas moins que la ville disposait d'un système scolaire ségrégué et que les fonds destinés à maintenir les fournitures, les livres et le matériel dans les écoles noires étaient limités. Les faiblesses spécifiques citées étaient les classes surchargées, les infrastructures délabrées, le manque de moyens financiers, et la distance que les élèves devaient parcourir pour se rendre à l'école. De plus, certains lieux accessibles aux Blancs n'accueillaient pas les élèves noirs, ce qui limitait les opportunités d'élargir leurs connaissances en dehors de la communauté noire.

Les répondants à l'enquête estiment que les forces du programme académique du lycée Dunbar résidaient dans son corps enseignant et ses directeurs (44 %), dans ses élèves (32 %) et dans son programme d'études (24 %). Ils considéraient que les enseignants et les directeurs étaient très bien qualifiés et dévoués à leurs élèves. Certains membres du corps enseignant détenaient des doctorats et avaient à cœur la réussite des élèves. Ils estimaient également que les élèves étaient centrés sur les études et soumis à des normes académiques exigeantes.

CHAPITRE DOUZE

LE MILIEU DE DUNBAR

Tout au long de sa période de suprématie académique, Dunbar se distingua par l'esprit de corps de ses élèves, le dévouement de ses enseignants et le soutien solide de la communauté noire, tant dans les tâches quotidiennes que lors des crises ponctuelles. Des efforts particuliers étaient déployés pour obtenir des bourses universitaires pour les jeunes brillants mais pauvres, et des efforts similaires étaient nécessaires pour aider les parents de ces jeunes à les maintenir au lycée. Il était souvent nécessaire d'envoyer les adolescents travailler afin qu'ils puissent contribuer financièrement au foyer. Un indicateur concret de l'attitude des élèves est le taux de présence et de ponctualité. Une vérification ponctuelle des anciens registres du Conseil de l'Éducation dans ces deux catégories montre que les résultats de Dunbar étaient supérieurs à ceux de ses homologues blancs, tant au tournant du siècle (1901-1902) qu'au milieu du siècle (1952-1953).[1]

Le principal « travail » de l'élève de Dunbar était d'aller à l'école, d'étudier sérieusement et de rester hors des ennuis. Nombre d'élèves occupaient des emplois à temps partiel pour aider leur famille à joindre les deux bouts. Cinquante et un pour cent des répondants à l'enquête auprès des anciens élèves de Dunbar avaient un emploi pendant qu'ils fréquentaient le lycée. Quarante-cinq pour cent d'entre eux travaillaient entre 16 et 20 heures par semaine, et trois pour cent travaillaient 21 heures ou plus par semaine. Voir le Tableau 12-1 ci-dessous..

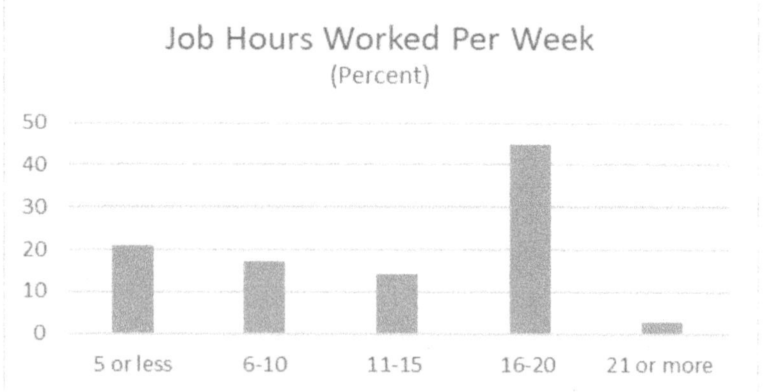

Source : Morris, Archie III., « Advancing Urban Educational Policy: Insights from Research on Dunbar High School, » Journal of the Case Studies in Education, mai 2017.

Tableau 12-1

EL ENTORNO ESCOLAR L'ENVIRONNEMENT SCOLAIRE

Parce qu'il ne s'agissait pas d'une école de quartier durant la période 1870-1955, personne n'était automatiquement affecté à Dunbar. On ne s'y inscrivait pas par hasard. La réputation et les standards de l'école étaient bien connus des parents et des enfants du cycle intermédiaire dans toute la communauté noire. En effet, certains jeunes noirs du Maryland et de la Virginie proches étaient connus pour donner de fausses adresses à Washington pour pouvoir fréquenter Dunbar[2]. D'autres, venus d'États plus éloignés du Sud, étaient envoyés par leurs parents vivre chez des parents ou amis afin de pouvoir y étudier. De plus, les élèves vivaient dans divers quartiers de Washington et de Georgetown ainsi que dans les comtés environnants, et parcouraient quotidiennement de quelques pâtés de maisons à plusieurs kilomètres pour se rendre en classe.

Les cours commençaient le matin à 9h00 par la récitation du Notre Père et du serment d'allégeance au drapeau des États-Unis d'Amérique. De 9h00 à 9h30, les élèves se rendaient dans leur salle de classe principale. Les assemblées générales se tenaient également dans l'auditorium à cette heure-là. Les cours disciplinaires débutaient à 9h30 et six périodes de cours de 45 minutes chacune avaient lieu chaque jour. Il n'y avait pas de code vestimentaire écrit, mais un code vestimentaire de base et conservateur était suivi. Les élèves étaient tenus d'être soignés et habillés de manière appropriée pour assister aux cours. La plupart des filles portaient des robes ou des jupes et des chemisiers. Les garçons portaient des pantalons, des chemises et des pulls. Occasionnellement, certains portaient un costume ou une veste avec cravate. Tous portaient des chaussettes et des chaussures, le plus souvent des mocassins ou des richelieus. Les cadets portaient leur uniforme en classe.

Le corps enseignant donnait l'exemple en matière d'habillement. Les enseignants, hommes comme femmes, étaient habillés chaque jour en tenue professionnelle ou de ville. Les garçons n'étaient pas autorisés à porter de chapeaux à l'intérieur. Les jeans, shorts, baskets, débardeurs, tops courts, survêtements ou vêtements transparents ou assimilés à des sous-vêtements étaient interdits.

Ni l'intégration raciale, ni des infrastructures physiques remarquables, ni un soutien financier généreux n'étaient essentiels aux performances académiques de Dunbar. L'école ne bénéficiait d'aucun de ces avantages. Hormis quelques enseignants blancs à ses débuts dans les années 1870, Dunbar fut une école entièrement noire génération après génération, tant pour les élèves que pour les enseignants et les administrateurs. De plus, les infrastructures de l'école se situaient dans une ville ségréguée, où, en 1950 encore, les Noirs n'étaient pas admis dans la plupart des cinémas ou restaurants du centre-ville. En dehors de quelques années après 1915, les équipements matériels de Dunbar étaient toujours insuffisants ; sa cantine était si exiguë que de nombreux élèves devaient déjeuner dans la rue, et l'école n'eut un système de sonorisation qu'en 1950. Puisque Dunbar faisait partie d'un système scolaire ségrégué, administré par des Blancs au sommet, elle fut continuellement privée de fonds. En interne, il existait des cliques d'élèves fondées sur la classe sociale et la couleur de peau, ainsi qu'un ressentiment contre le favoritisme de l'administration parmi les enseignants. En somme, la liste des « prérequis » pour le succès dont s'autorisent certains éducateurs aujourd'hui n'était clairement pas remplie à Dunbar.[3]

Le stéréotype local sur Dunbar voulait que cette institution soit fréquentée par les enfants des médecins et avocats noirs de la ville ; ce fut probablement le cas. Dans une étude des registres de classe pour la période 1938-1955, le pourcentage d'élèves de Dunbar dont les parents exerçaient une profession dite « libérale » n'a jamais dépassé six pour cent pour aucune des années étudiées. Seule environ la moitié des professions parentales avait pu être identifiée et classifiée, ce qui permet d'estimer à environ 12 pour cent le taux maximal parmi les professions connues et classées. Cela représentait un taux exceptionnellement élevé pour une école noire. L'ancien principal de Dunbar, Charles S. Lofton, qualifie ce stéréotype de « conte de bonne femme ». « Si nous n'avions pris que les enfants de médecins et d'avocats », demanda-t-il, « comment aurions-nous pu avoir 1 400 élèves noirs à un moment donné ? »[4]. Mary Gibson Hundley, ancienne enseignante à Dunbar, écrivit : « Une large part des élèves étaient soutenus par un ou plusieurs employés du gouvernement. Avant les années 1940, ces employés étaient pour la plupart des messagers ou des employés de bureau, à quelques exceptions près. »[5]

L'enquête auprès des anciens élèves apporte un éclairage intéressant. Répondant à la question sur les métiers exercés par leurs parents, les participants ont indiqué une grande diversité d'occupations pour leurs pères et mères. Une large majorité appartenait aux strates socio-économiques inférieures, les emplois gouvernementaux (employé de bureau, messager, etc.) arrivant en tête, avec 28 pour cent pour les pères et 26 pour cent pour les mères. Le deuxième taux le plus élevé pour les pères était celui de travailleur manuel, à 11 pour cent. Toutefois, un tiers, soit 33 pour cent, des mères étaient indiquées comme « femme au foyer ». Voir Tableau 12-2.

Emplois ou professions exercés par les parents			
Father		Mother	
Occupation	Percent	Occupation	Percent
Post Office	6	Government worker	26
Self-employed	2	Dietitian	2
Government worker	28	Housewife/home maker	33
Chef/Cook	2	Nurse	2
Physician	6	Secretary	2

Dentist	2	Beauty Salon owner	2
Chiropractor/ steam engineer	2	Real estate broker	2
Bootblack	2	Housewife/maid	2
Asst. Superintendent, DCPS	2	Domestic	6
Taxi company owner	2	Beautician	2
Vendor (blind)	2	Deceased	4
Security guard, taxicab driver/handy man	2	Seamstress	2
Laborer	11	Computer technician	2
Truck driver	4	Teacher	2
Taxi driver	8	Elevator operator	2
Teacher	6	Public school employee	2
U.S. Army	2	Charwoman	4
Deceased	2	Worked in bakery	2
Fireman	2	Maintenance worker	2
Stationary engineer (Steam/AC)	2		
Road and grounds supervisor	2		
Painter	2		
Construction work and pick-up jobs	2		

Source : Morris, Archie III., « Advancing Urban Educational Policy: Insights from Research on Dunbar High School, » Journal of the Case Studies in Education, mai 2017.

Tableau 12-2

Las familias afroamericanas a principios del siglo XX exhibían los valores típicos característicos de la clase media, aunque no tuvieran los medios económicos para sostener ese estilo de vida. Los valores asociados a un estilo de vida de clase media negra incluían una tendencia a planificar la jubilación, el deseo de tener control sobre su futuro, el respeto y cumplimiento de la ley, y el anhelo de una buena educación para ellos y para sus hijos. El camino hacia el ascenso socioeconómico pasaba por una buena educación y el trabajo arduo. Los valores coherentes con este estilo de vida también incluían el deseo de proteger a la familia de diversas dificultades, como problemas de salud, dificultades financieras y el crimen.[6]

Peu de familles des anciens élèves ayant répondu à l'enquête seraient considérées comme appartenant à la classe moyenne ou supérieure. Le revenu familial des répondants lorsqu'ils fréquentaient le lycée Dunbar se situait majoritairement entre 1 001 et 30 000 dollars, près d'un tiers se trouvant au bas de cette échelle (voir le tableau 12-3 ci-dessous). À titre de comparaison, en 1940, le revenu moyen aux États-Unis était de 1 299 dollars et le revenu médian de 2 200 dollars.[7]

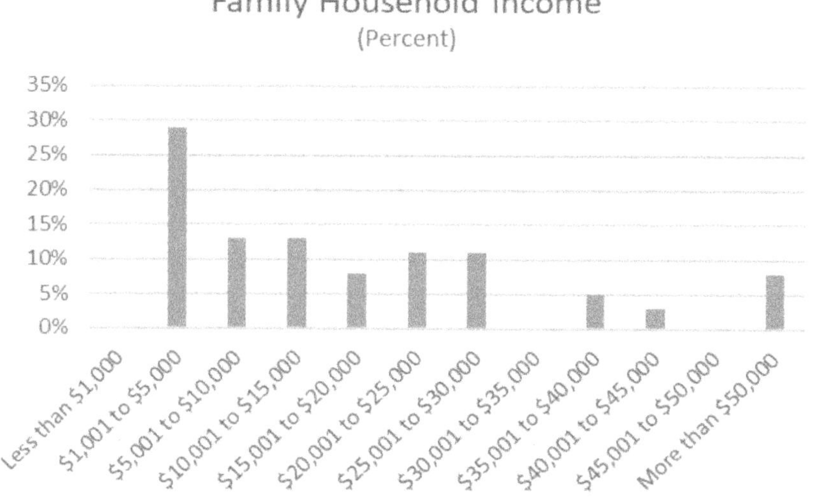

Source : Morris, Archie III., « Advancing Urban Educational Policy: Insights from Research on Dunbar High School, » Journal of the Case Studies in Education, mai 2017.

Tableau 12-3

RACE ET ORIGINE ETHNIQUE

Étant donné la prédominance générale des mulâtres parmi les « personnes de couleur libres » et leurs descendants, il semble probable que le stéréotype du mulâtre à la peau claire s'appliquait aux premiers élèves et enseignants de la M Street School et du Dunbar High School. Ce groupe est resté pendant de nombreuses années surreprésenté parmi les élèves et enseignants de ces écoles, sans pour autant constituer nécessairement une majorité. Une étude des anciens portraits de finissants du Dunbar High School montre que la grande majorité des élèves avait en réalité la même couleur de peau que la plupart des Noirs américains. Tout biais éventuel dans la photographie de l'époque — avant que le mouvement « Black is beautiful » n'émerge — aurait plutôt eu tendance à éclaircir les teints par rapport à la réalité.[8]

Les anciens élèves ayant répondu à l'enquête pouvaient cocher plusieurs caractéristiques sous la rubrique « Race ou origine ethnique ». Onze pour cent ont coché « Noir/Africain-Américain » et « Blanc/Caucasien », ou bien ces deux catégories ainsi que « Amérindien ». Cela donne un profil biaisé des élèves du Dunbar High School avec 11 % d'élèves blancs, 92 % noirs et 8 % amérindiens. Or, il n'existe aucune preuve de la présence d'élèves blancs à la M Street School ou au Dunbar High School avant 1954.

En analysant cette situation, deux termes méritent considération : « mulâtre » et « métis ». Un mulâtre est défini comme un enfant de première génération né d'un parent noir et d'un parent blanc. Une personne métisse est celle qui possède des caractéristiques ou des origines liées à différents groupes ethniques. En caractérisant ceux qui ont coché les catégories « noir » et « blanc » comme « mulâtres » et ceux ayant coché ces deux catégories plus « amérindien » comme « métis », on obtient une classification ajustée qui compte zéro élève blanc, 77 % d'élèves noirs, 4 % d'élèves amérindiens, 11 % d'élèves mulâtres, et 4 % d'élèves métis. Voir le tableau 12-4 ci-dessous.

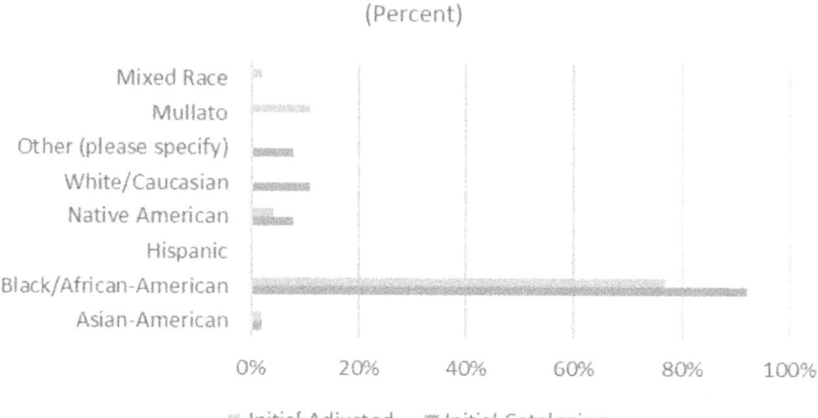

Source : Morris, Archie III., « Advancing Urban Educational Policy: Insights from Research on Dunbar High School, » Journal of the Case Studies in Education, mai 2017.

Tableau 12-4

L'EXPÉRIENCE DE DUNBAR

L'expérience de Dunbar fut unique. Il y a quelque temps, Charles L. Morris, qui fréquenta l'école au début des années 1920, en donna ce témoignage dans une lettre adressée à l'un des journaux de Washington :

J'avais été exposé à l'extraordinaire milieu de Dunbar, et pour moi, ce fut une expérience inestimable... Permettez-moi de donner un aperçu de ce milieu. Dès l'entrée à Dunbar, le nouvel élève ressentait immédiatement quelque chose de différent du comportement courant dans la rue. Vous baissiez la voix et regardiez vos chaussures ; peut-être auriez-vous dû les cirer... La première fois de ma vie où l'on m'appela « Monsieur », ce fut en tant que débutant au lycée Dunbar — j'avais quatorze ans et portais encore des culottes courtes... L'excellence du corps

248

professoral était la norme à Dunbar, dans tous les aspects. Les enseignants possédaient non seulement les diplômes officiels, mais aussi une personnalité et une capacité à enseigner et à inspirer. Les professeurs d'espagnol, afin de perfectionner leur matière, passaient leurs vacances en Espagne lorsqu'ils le pouvaient. Les professeurs de français allaient en France. Et je parierais que ces enthousiastes enseignants de latin visitaient Carthage et la Gaule dans leurs rêves... Nous avions deux excellents enseignants dont les prénoms rappelaient leurs affiliations unionistes durant la guerre de Sécession : William Tecumseh Sherman Jackson et Ulysses Simpson Grant Bassett. Tous deux étaient des pédagogues stricts, sans concession, rappelant le système des public schools anglaises... Beaucoup ressentirent le souffle magique de l'ancien Dunbar et reçurent un profond sens du décorum ainsi que l'amour de la lecture, de l'apprentissage et de la réflexion. Je suis fier d'avoir eu la chance d'en faire partie.[9]

Dans sa préface au livre de Mme Hundley sur Dunbar, le Dr Robert Weaver (promotion de 1925) écrit :

Mes racines au lycée Dunbar sont profondes. Ma mère était diplômée de l'ancien lycée M Street, et mon unique frère, aîné, Mortimer, fut diplômé de Dunbar, tout comme moi. L'efficacité de ce lycée s'exprime certainement par le succès de ses diplômés. Ma propre dette envers Dunbar est immense... Je me souviens d'au moins une demi-douzaine d'enseignants remarquables qui non seulement m'ont exposé aux matières étudiées et inculqué un profond respect pour la réussite, mais m'ont également inspiré en tant qu'êtres humains. Peut-être le plus bel hommage que je puisse rendre à Dunbar... est le fait que, lorsque j'ai obtenu mon diplôme, je suis allé au Harvard College où bon nombre de mes camarades de classe avaient été formés dans certaines des meilleures écoles préparatoires du pays. Dans l'ensemble, je me suis trouvé aussi bien préparé qu'eux pour affronter les exigences de l'université. Mon frère, diplômé du Williams College avec les honneurs Phi Beta Kappa, fit une expérience similaire là-bas, puis à Harvard, où il obtint son Master.[10]

Lorsqu'on évalua leur éducation globale reçue au lycée Dunbar, 93,1 % des répondants à l'enquête se déclarèrent satisfaits ou très satisfaits (voir Tableau 12-5 ci-dessous).

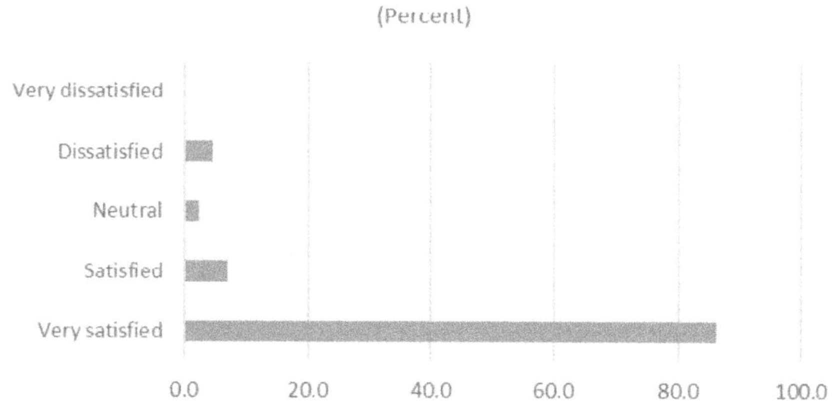

Source : Morris, Archie III., « Advancing Urban Educational Policy: Insights from Research on Dunbar High School, » Journal of the Case Studies in Education, mai 2017.

Tableau 12-5

RÉUSSITE ÉDUCATIVE ET PROFESSIONNELLE DES DIPLÔMÉS

Le lycée Dunbar était réputé pour avoir l'un des meilleurs programmes préparatoires à l'université. Soixante-douze pour cent des anciens élèves interrogés estimaient que les programmes académiques et connexes qui les avaient préparés à entrer à l'université, dans l'armée et/ou sur le marché du travail étaient excellents ou supérieurs à la moyenne. Les 28 % restants ont attribué une note moyenne ou inférieure. Voir Tableau 12-6 ci-dessous.

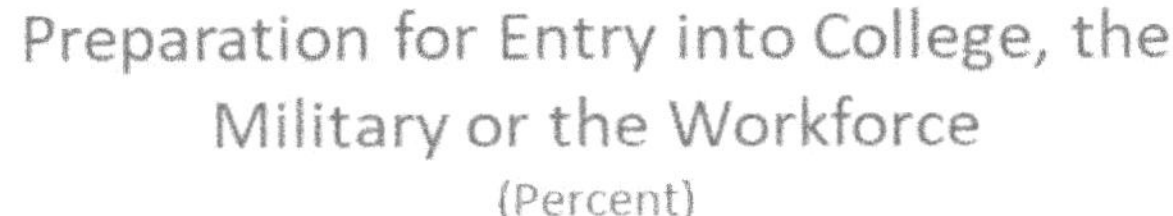

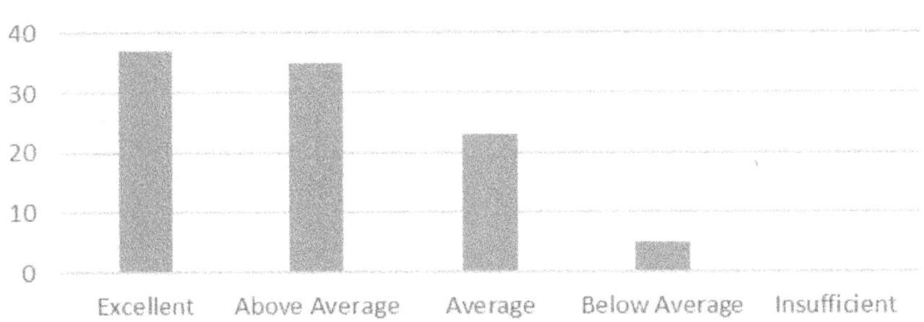

Source : Morris, Archie III., « Advancing Urban Educational Policy: Insights from Research on Dunbar High School, » Journal of the Case Studies in Education, mai 2017.

Tableau 12-6

À son apogée, entre 1900 et 1950, Dunbar envoya de nombreux élèves dans les universités de l›Ivy League et les établissements des Seven Sisters. Parmi ses diplômés figuraient les avocats William Henry Hastie et Charles Hamilton Houston, qui poursuivirent leurs études à Amherst ; le juge Robert Terrell, diplômé de Harvard, ainsi que les historiens Rayford Logan et Carter G. Woodson. De plus, en raison du prestige de Dunbar et de l›impossibilité pour eux d›obtenir des offres d›emploi dans les universités blanches du Nord, nombre d›enseignants du lycée Dunbar étaient des érudits noirs ayant obtenu des diplômes avancés dans des universités du Nord-Est, et utilisaient Dunbar comme terrain d›entraînement ou lieu d›attente avant d›obtenir des postes d›enseignants dans des établissements comme Howard, Fisk, Atlanta, Morehouse ou Spelman.[11]

Les élèves de M Street et de Dunbar fréquentaient les prestigieuses universités du Nord parce qu'ils étaient encouragés et soutenus par des enseignants qui avaient eux-mêmes étudié dans ces institutions. Depuis l'émancipation, l'idéal de la plupart des Noirs était d'aller dans des établissements comme Harvard. Les enseignants blancs qui s'étaient rendus dans le Sud dans les premières années suivant l'esclavage étaient animés par l'idée de « new-englandiser » le

Sud. Les Blancs du Sud ne leur permettaient pas de transposer cela dans les milieux blancs, mais ils y parvenaient auprès de nombreux Noirs. Ces derniers étaient réceptifs à cet effort, car ils pensaient que l'abolition avait pris naissance dans cette région. Les abolitionnistes étaient leurs amis, et leur orientation allait donc vers les meilleurs standards de l'éducation de la Nouvelle-Angleterre, parfois même vers ses manières. Ceux parmi les Noirs qui revenaient enseigner à Dunbar transmettaient à leurs élèves tout ce qu'ils savaient.[12]

Dès 1899, les élèves de M Street et de Dunbar arrivaient en tête des examens municipaux administrés dans les écoles, qu'elles soient noires ou blanches. Au cours de ces 85 années, la majorité des diplômés de Dunbar poursuivirent leurs études universitaires, alors que la plupart des Américains, qu'ils soient blancs ou noirs, ne le faisaient pas. La plupart des diplômés de Dunbar ne pouvaient se permettre de fréquenter que des établissements locaux à faible coût, tels que l'Université Howard (soutenue par le gouvernement fédéral) ou le Miner Teachers College (sans frais de scolarité). Cependant, ceux qui fréquentaient Harvard, Amherst, Oberlin ou d'autres institutions prestigieuses bénéficiaient généralement de bourses d'études et obtenaient d'impressionnants résultats académiques. Par exemple, on sait qu'Amherst admit 34 diplômés de M Street et de Dunbar entre 1892 et 1954. Parmi eux, 74 % obtinrent leur diplôme et plus d'un quart furent honorés du titre de Phi Beta Kappa.[13] Amherst tenait les diplômés de Dunbar en si haute estime qu'elle acceptait tout élève recommandé par l'école sans qu'il n'ait besoin de passer un examen d'entrée.[14]

Parmi ceux qui avaient obtenu leur diplôme, 98 % des anciens élèves de Dunbar ayant répondu à l'enquête poursuivirent des études universitaires. La majorité d'entre eux, soit 74 %, suivirent leurs études de premier cycle à Washington, D.C., tandis que 26 % fréquentèrent des établissements hors de l'État. Voir Tableau 12-7 ci-dessous.

Collèges ou universités de premier cycle fréquentés	
College/University	Percent
Howard University, Washington, DC	49
North Carolina Agricultural and Technical University, Greensboro, NC	2

D.C. Teachers College, Washington, DC	4
Miner Teachers College, Washington, DC	8
Washington State University, Pullman, WA	6
Pennsylvania State University, University Park, PA	2
Allegheny College, Meadville, PA	6
Columbia College, Columbia University, New York, NY	2
Morgan State University, Baltimore, MD	2
North Carolina College, Chapel Hill, NC	2
California State University, Los Angeles, CA	2
Harvard University, Cambridge, MA	2
Springfield College, Springfield, MA	2
Immaculataand Catholic University, Washington, DC	2
University of San Francisco, San Francisco, CA	2
American University, Washington, DC	4
Howard university/DCTC, Washington, DC	2
Delaware State University, Dover, DE	2
University of the District of Columbia, Washington, DC	2

Source : Morris, Archie III., « Advancing Urban Educational Policy: Insights from Research on Dunbar High School, » Journal of the Case Studies in Education, mai 2017.

Tableau 12-7

Parmi les répondants ayant poursuivi des études de premier cycle, 81 % poursuivirent ensuite des études de troisième cycle. Trente-six pour cent fréquentèrent une école de troisième cycle dans le District de Columbia, tandis que 64 % étudièrent dans des établissements hors de l'État. Deux pour cent étudièrent à l'étranger, à Bruxelles, en Belgique, et deux pour cent obtinrent un diplôme en ligne délivré par un établissement d'enseignement basé en Australie. Voir Tableau 12-8 ci-dessous.

Universités ou établissents de formation supérieure fréquentés	
College/University	Percent
Catholic University, Law School, Washington, DC	2
Bowie State University, Bowie, MD	2
University of Virginia, Charlottesville, VA	2

George Washington University, Washington, DC	12
Air Force Institute of Technology, Dayton, OH	7
Frostburg State University, Frostburg, MD	2
Howard University, Washington, DC	5
American University, Washington, DC	5
University of Brussels, Brussels, Belgium	2
Howard U., GWU, University Massachusetts, Amherst, MA	2
Miner Teachers College, Washington, DC	2
Howard U. and Virginia Polytechnic Institute and State University, VA	2
Monash University (online), Australia	2
Columbia University, New York, NY	2
Harvard University, Graduate School of Design, Cambridge, MA	2
Decatur and Macon County Hospital of Medical Technology, Decatur, GA	2
Georgetown University, Washington, DC	2
San Francisco State University, San Francisco, CA	2
Pepperdine University, Malibu, CA	2
Lincoln University, Lincoln, PA	2
American College, Bryn Mawr, PA	5
American University, Washington College of Law, Washington, DC	2
Howard U. Nova Southeastern, Ft. Lauderdale, FL	2
Howard U., Catholic U. American U., DC	2
University of the District of Columbia, Washington, DC	2
Did not attend graduate school	19

Source: Morris, Archie III., « Advancing Urban Educational Policy: Insights from Research on Dunbar High School, » Journal of the Case Studies in Education, mai 2017.

Tableau 12-8

Dix-neuf pour cent des anciens élèves ayant répondu à l'enquête n'obtinrent pas de diplôme universitaire. Un baccalauréat fut obtenu par 26 %, un master par 41 %, un diplôme professionnel par neuf pour cent, et un doctorat par six pour cent. Voir Tableau 12-9 ci-dessous.

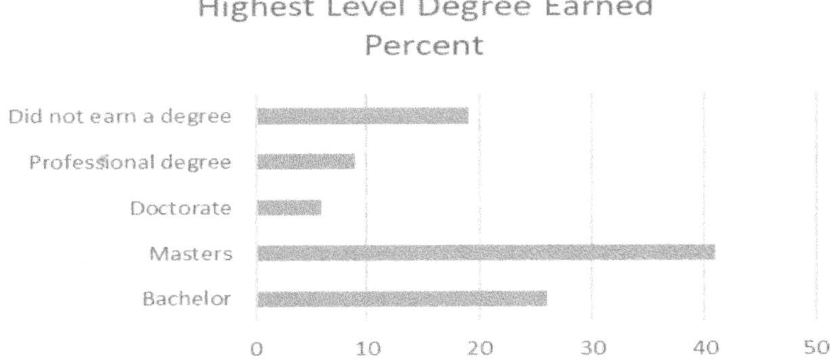

Fuente: Morris, Archie III., "Advancing Urban Educational Policy: Insights from Research on Dunbar High School," *Journal of the Case Studies in Education*, Mayo de 2017.

Tableau 12-9

Dans leur carrière, tout comme dans leur parcours académique, les diplômés de Dunbar excellèrent. Le premier général noir (Benjamin O. Davis, Sr.), le premier juge fédéral noir (William H. Hastie), le premier membre noir du Cabinet (Robert C. Weaver), le découvreur du plasma sanguin (Charles Drew), ainsi que le premier sénateur noir américain depuis la Reconstruction (Edward W. Brooke), furent tous diplômés de Dunbar. Pendant la Seconde Guerre mondiale, les diplômés de Dunbar dans l'armée comprenaient « près d'une vingtaine de commandants, neuf colonels et lieutenants-colonels, et un général de brigade ». Cela représentait un pourcentage substantiel du nombre total d'officiers noirs de haut rang à cette époque.[15] L'intelligence académique des élèves de Dunbar était supérieure à la moyenne, et leurs compétences se prolongèrent dans leurs carrières après l'obtention de leur diplôme. L'approche de l'apprentissage et de l'enseignement pratiquée au lycée M Street/Dunbar leur avait enseigné que les matières académiques (mathématiques, sciences, histoire, arts et alphabétisation de base) pouvaient être appliquées au monde réel et considérées comme un savoir soutenant des applications pratiques.

QUOTIENT INTELLECTUEL

Plus de 90 % des anciens élèves ayant répondu à l'enquête évaluèrent les capacités académiques de leurs camarades de Dunbar comme exceptionnelles ou supérieures à la moyenne. Huit pour cent des élèves furent jugés moyens ou inférieurs par leurs pairs. Voir Tableau 12-10.

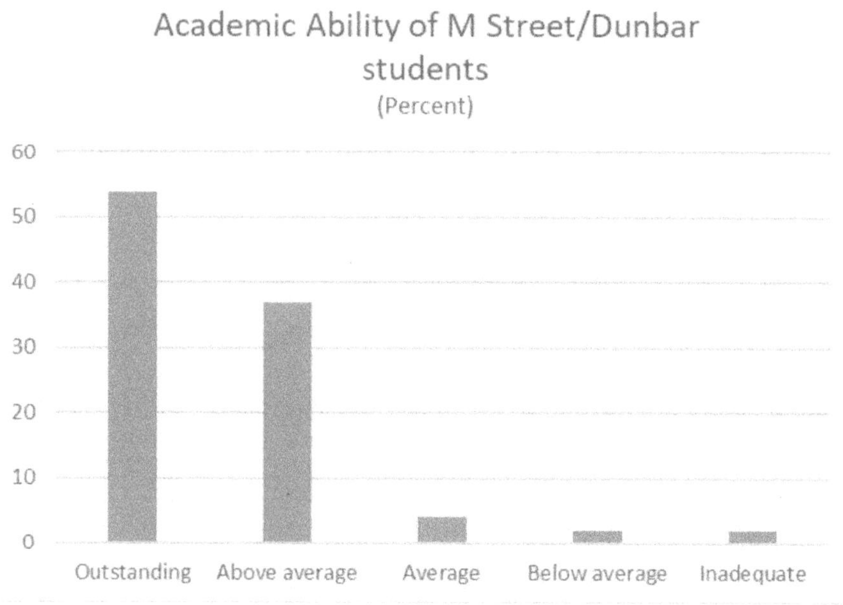

Source: Morris, Archie III., « Advancing Urban Educational Policy: Insights from Research on Dunbar High School, » Journal of the Case Studies in Education, mai 2017.

Tableau 12-10

Presque par définition, le quotient intellectuel (QI) est un concept enraciné culturellement, socialement et idéologiquement. Il est destiné à prédire le succès (c'est-à-dire les résultats que la majorité des gens considèrent comme une réussite) au sein d'un grand groupe social partageant son propre ensemble de valeurs. Plus précisément, il a été démontré que le QI est le meilleur prédicteur unique de la décision d'entreprendre des études postsecondaires, et des analyses économétriques ont montré que chaque point supplémentaire de QI peut accroître la probabilité qu'un étudiant prolonge sa scolarité.[16]

Cependant, il a souvent été avancé que les QI n'ont que peu de lien avec la performance en ce qui concerne les Noirs. Il existe néanmoins une littérature abondante indiquant que les tests de QI et tests similaires prédisent de manière aussi précise la performance académique des Noirs que celle des Blancs. Dunbar offrait un test quelque peu différent de cette hypothèse, car il reposait sur un groupe noir affichant des performances remarquables tant sur le plan académique que professionnel. Les QI des élèves de Dunbar étaient-ils significativement différents de la moyenne nationale de 85 pour les Noirs américains ? Le Tableau 12-11 ci-dessous répond à cette question.[17]

Quotient intellectuel moyen des élèves de Dunbar

Class of	Students	All Graduates Only	Non-Graduates Only
1938	105.5	111.6	97.1
1939	111.2	114.0	101.9
1940	108.5	111.1	100.9
1941	109.3	111.7	101.7
1942	105.2	107.8	101.4
1943	101.3	102.6	98.5
1944	106.0	109.8	97.5
1945	98.8	101.6	93.5
1946	102.1	105.7	102.1
1947	102.0	108.4	94.9
1948	105.3	106.5	98.2
1949	106.1	106.1	104.0
1950	110.9	111.3	99.4
1951	102.7	103.4	98.1
1952	103.1	104.7	94.3
1953	101.3	102.7	93.5
1954	101.7	102.6	98.8
1955	99.6	100.8	96.4

Source: Thomas Sowell, "Black Excellence--the Case of Dunbar High School," *The Public Interest*.

Tableau 12-11

Les élèves de Dunbar affichaient en moyenne des QI nettement supérieurs à ceux des autres Noirs et, généralement, également au-dessus de la moyenne nationale. Même les élèves ayant abandonné leurs études à Dunbar obtenaient des scores supérieurs à la moyenne des autres Noirs. Cependant, les élèves de Dunbar n'étaient pas sélectionnés sur la base de tests de QI. L'admission à Dunbar relevait d'un choix personnel et individuel.

TPour mettre les choses en perspective, le score moyen à un test de QI est de 100. Soixante-huit pour cent des scores de QI se situent dans un écart-type de la moyenne. Cela signifie que la majorité des individus ont un score de QI compris entre 85 et 115. Lewis Madison Terman (1916) développa la notion originale de QI et proposa cette échelle de classification des scores de QI :[18]

Over 140	Genius or near genius
120 – 140	Very superior intelligence
110 – 119	Superior intelligence
90 – 109	Normal or average intelligence
80 – 89	Dullness
70 – 79	Borderline deficiency
Under 70	Definite feeble-mindedness

Une courbe de Gauss est un graphique représentant une distribution normale de variables, où la plupart des valeurs se regroupent autour d'une moyenne, tandis que des valeurs aberrantes se situent au-dessus et en dessous de cette moyenne. En termes de capacités intellectuelles de ses élèves, la courbe de Gauss de Dunbar était décalée vers la droite. De plus, la population scolaire était jeune, avec des élèves âgés de seulement 12 ou 13 ans en classe de seconde, et quelques-uns obtenant leur diplôme à l'âge de 16 ans.

Tous ceux qui fréquentaient Dunbar n'avaient pas un QI très élevé. Le diagramme circulaire ci-dessous, réalisé en novembre 1944, indique que huit pour cent des élèves avaient un QI inférieur à la moyenne nationale de 85 pour les Noirs américains. Environ 52 % affichaient un QI égal ou supérieur à la moyenne nationale de 100 généralement attribuée aux Blancs américains.[19]

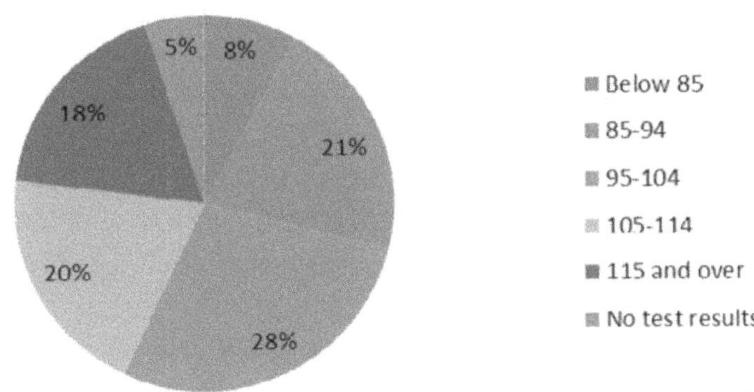

Source: Thomas Sowell, "Black Excellence--the Case of Dunbar High School," *The Public Interest.*

Tableau 12-12

Les QI élevés à Dunbar n'étaient en aucun cas l'unique explication. Un nombre équivalent d'élèves noirs, dispersés ailleurs avec des QI similaires, n'aurait peut-être pas produit un nombre égal de réussites académiques et professionnelles, à moins que d'autres facteurs ne soient présents : (1) l'élément de motivation associé à l'auto-sélection pour une telle école ; (2) les bénéfices de l'association mutuelle avec des élèves de grande qualité et avec des enseignants attirés par l'enseignement auprès de tels élèves ; et (3) les traditions scolaires, y compris les anciens élèves distingués qui étaient constamment présentés comme exemples aux étudiants. Certainement, le type d'intérêt personnel, de conseil, et de tutorat extrascolaire dont bénéficiaient les élèves de Dunbar est extrêmement rare pour les élèves noirs, même aujourd'hui, que ce soit dans des écoles entièrement noires ou intégrées.[20]

Une étude des dossiers de classe pour la période 1938-1955 confirme également que la majorité des parents d'élèves de Dunbar n'étaient pas des professionnels de la classe moyenne. Parmi les élèves dont les professions des parents pouvaient être identifiées et classées, la catégorie unique la plus importante était constamment celle des « non qualifiés et semi-qualifiés », et l'indice d'emploi médian correspondait au niveau d'un employé de bureau. Plus remarquable encore, les différences de QI moyen entre les élèves, selon les catégories professionnelles des parents, étaient relativement faibles. Pour les promotions de 1938 à 1955, le QI moyen des élèves dont les parents étaient classés comme « non qualifiés et semi-qualifiés » variait de 96,1 en 1945 à 113,3 en 1950. Le QI moyen des élèves dont les parents étaient « professionnels » variait de 102,1 en 1942 à 124,2 en 1950. En outre, même l'exclusivité académique de Dunbar ne doit pas être exagérée. Les données disponibles pour la période 1938-1948 montrent qu'environ un tiers de tous les élèves noirs inscrits dans les lycées de Washington, D.C., fréquentaient Dunbar.[21]

Il existe également des preuves que Dunbar atteignit son apogée quelque temps avant la période où les scores de QI furent enregistrés. Le léger déplacement vers le bas des QI durant la période 1938-1955 correspond à l'impression que cette période marquait le déclin de l'âge d'or académique de l'école. Cette période de 1938 à 1955 a été étudiée statistiquement parce qu'elle est la seule de l'apogée académique de Dunbar pour laquelle des scores de QI sont disponibles. Sur ces 18 années, les filles étaient plus nombreuses que les garçons chaque année. En général, le rapport était d'environ deux pour un, mais il atteignit trois pour un dans la promotion de 1952. Cela correspond à une prédominance générale des femmes parmi les Noirs américains à haut QI, un phénomène déconcertant difficile à expliquer aussi bien par les théories héréditaires ou environnementales que par les biais culturels des tests. Les hommes et femmes noirs tirent évidemment des gènes du même bassin génétique. Ils grandissent également dans le même environnement.[22]

SÉGRÉGATION ET ACTIVITÉS POUR L'ÉLÉVATION DE LA RACE

Parmi les écoles ségréguées, Dunbar était unique. Elle le devint presque par accident. Ce n'était pas l'éducation raciale ségréguée en soi qui fit de Dunbar le succès qu'elle fut, mais une combinaison de ses élèves, de leur classe sociale, et d'un ensemble particulier de circonstances historiques qui existèrent dans les premières années de son développement.[23]

Dunbar s'efforça sans relâche de préparer ses élèves à être acceptés dans les universités non ségréguées du Nord et du Midwest. Toutefois, malgré les réussites académiques des diplômés du lycée, il y eut des tentatives motivées par le racisme pour le convertir en une école d'arts manuels, comme en témoigne la « querelle » entre Percy M. Hughes, directeur blanc des lycées, et la Dre Anna J. Cooper. Le problème de la ségrégation fut toujours un facteur présent pour les lycées M Street et Dunbar.[24]

Après la fin de la Reconstruction, conséquence du Compromis de 1877, les nouveaux gouvernements démocrates du Sud instaurèrent des lois étatiques visant à séparer les groupes raciaux noirs et blancs, soumettant les Noirs américains à une citoyenneté de facto de seconde classe et imposant la suprématie blanche. La ségrégation raciale des installations, des services et des opportunités, tels que le logement, les soins médicaux, l'éducation et l'emploi, était devenue la norme, même dans la capitale nationale. L'expression ségrégation de jure désigne principalement la séparation légalement imposée des Noirs américains par rapport aux autres races, mais peut aussi désigner, de manière plus large, la séparation volontaire des groupes raciaux ou ethniques minoritaires de la société dominante.[25] Pendant toute la période de 1870 à 1955, Dunbar recruta ses élèves dans l'ensemble de la communauté noire de Washington et de Georgetown.

Lorsque Neval Thomas devint proviseur adjoint du lycée M Street, président de la branche de Washington de la National Association for the Advancement of Colored People (NAACP) et membre du conseil exécutif national de la NAACP, les élèves ne pouvaient qu'être marqués par sa dénonciation directe de la ségrégation. La ségrégation à Washington et dans la fonction publique commençait à se propager à la suite de la victoire présidentielle du démocrate Woodrow Wilson en 1912. M. Thomas releva le défi et, dans ses différentes fonctions à M Street et au sein de la NAACP, fit de la lutte contre la ségrégation une composante centrale de ses activités politiques et éducatives. Une certaine amertume semblait transparaître dans l'attitude de Thomas.

La propagation des lois Jim Crow dans le District de Columbia sous la présidence de Woodrow Wilson, et par la suite, suffisait à aigrir n'importe lequel des enseignants du « Dixième talentueux » de M Street. Les élèves ne pouvaient éviter d'être frappés par la dénonciation franche de la ségrégation par M. Thomas, même s'ils étaient rarement directement touchés par les humiliations de Jim Crow. Ils étaient davantage animés par l'optimisme porté par une éducation de qualité supérieure[26], qui leur permettrait de mener une révolution fondée sur les idées et sur la liberté individuelle afin d'élever la race noire au même niveau que les Blancs.

Les droits civiques, en revanche, sont ceux appartenant à un individu en vertu de sa citoyenneté, en particulier les libertés fondamentales et les privilèges garantis par les treizième et quatorzième amendements de la Constitution des États-Unis et par les lois ultérieures du Congrès, incluant les libertés civiles, le respect de la procédure régulière, l'égalité de protection des lois et la protection contre la discrimination. Les droits civiques, bien sûr, ont été entravés par le soutien fédéral et étatique à l'esclavage, à la ségrégation Jim Crow et à d'autres formes de préjugés raciaux. La lutte contre le racisme et la discrimination s'est menée en grande partie par des conflits non violents, des confrontations violentes et des actions en justice devant les tribunaux.

De nombreux élèves de Dunbar furent impliqués dans les droits civiques, l'élévation de la race, le suffrage et la lutte contre « Jim Crow », et l'école produisit plusieurs diplômés engagés dans ces causes. La Dre Anna J. Cooper se battit pour maintenir la préparation universitaire comme objectif principal pour ses élèves et fut active dans la communauté contre la discrimination raciale. Nannie Helen Burroughs défendit vigoureusement son credo d'entraide raciale. John Aubrey Davis fut un militant des droits civiques, tout comme Neval Thomas, Mary Church Terrell et Robert C. Weaver. Charles Hamilton Houston, directeur du contentieux de la NAACP, gagna le titre de « l'homme qui a tué Jim Crow ».

Souvent négligés dans la promotion de l'histoire noire et du progrès, deux éminents historiens issus de Dunbar, Carter G. Woodson et Rayford W. Logan, jouèrent un rôle fondamental.

Les élèves de M Street et de Dunbar sont également remarquables pour plusieurs « premières » qui ouvrirent la voie à ceux qui leur succédèrent :

- Benjamin O. Davis, Sr., premier général noir de l'armée américaine.

- Edward Brooke, premier sénateur noir américain depuis la Reconstruction.

- William Allison Davis, premier Noir américain à obtenir un poste de professeur titulaire dans une grande institution universitaire blanche.

- Robert C. Weaver, premier Secrétaire américain du Logement et du Développement urbain.

- Charles R. Drew, premier chirurgien noir à siéger en tant qu'examinateur au sein de l'American Board of Surgery.

L'ordre social prévalant durant l'âge d'or des anciens lycées M Street et Dunbar était celui de la ségrégation Jim Crow. Environ 35 % des anciens élèves ayant répondu à l'enquête estimaient que le racisme et la discrimination basée sur la couleur avaient affecté la capacité de l'école à fonctionner pleinement dans la société américaine majoritaire. Cependant, ils estimaient qu'en tant que diplômés du lycée Dunbar, ils étaient bien préparés pour évoluer dans la société américaine dominante et pour saisir les opportunités qui s'offraient à eux.

Le racisme et le colorisme représentaient des désavantages significatifs pour les Noirs américains, mais il existait certains avantages particuliers pour ceux confinés à la communauté noire. En raison du racisme, par exemple, M Street et Dunbar bénéficièrent des enseignants les mieux formés du système scolaire public de Washington, D.C. Il était attendu de chacun qu'il fasse partie intégrante de la communauté noire, et le corps enseignant de Dunbar préparait les élèves à devenir des membres respectés et actifs de cette communauté. De plus, en raison de l'objectif d'élévation raciale, aider ses camarades et amis faisait partie intégrante de la formation dispensée à M Street et au lycée Dunbar.

Trente pour cent des anciens élèves du lycée Dunbar ayant répondu à l'enquête estimaient que le corps enseignant avait eu un impact sur le succès des efforts de l'école pour préparer les élèves à évoluer dans la société américaine dominante ainsi que dans la communauté noire. Pour 12,5 %, il était important que les enseignants noirs soulignent l'importance de l'éducation et de l'excellence comme moyen d'améliorer le statut du peuple noir. Un autre 20 % estimaient que les élèves étaient généralement bien préparés, malgré le manque de ressources, car les enseignants mettaient l'accent sur le développement de la confiance en soi, de l'autodiscipline et de la persévérance en tant que qualités essentielles.

Les diplômés furent chanceux d'avoir eu au lycée Dunbar des enseignants qui représentaient l'élite, car les opportunités professionnelles dans la société majoritaire étaient limitées ou inexistantes. Un avantage particulier était que les enseignants des écoles ségréguées vivaient également dans les communautés ségréguées.

La classe sociale ou le statut économique n'était pas perçu comme un facteur majeur pour les élèves du lycée Dunbar. Cinquante-trois pour cent des personnes interrogées déclarèrent que la classe sociale ou le statut économique n'avait pas affecté leur éducation ni celle de leurs camarades. L'élitisme existait, mais l'éducation et la capacité intellectuelle étaient considérées comme les facteurs les plus importants. Ceux qui n'étaient pas issus d'un milieu privilégié estimaient que le corps enseignant les motivait toujours à réussir, malgré leurs moyens économiques. Toutefois, 16 % des répondants considéraient que leur statut socioéconomique avait eu un impact. Sept pour cent déclarèrent ne pas avoir perçu de problème à cet égard.

Les commentaires de 21 % des répondants furent plus explicites. Les élèves issus de familles plus aisées et occupant des positions plus élevées dans la communauté bénéficiaient de plus grandes opportunités, car leurs familles pouvaient les leur offrir. Certains élèves de statut socioéconomique inférieur se sentaient désavantagés parce qu'ils étaient exposés à une large gamme de modes de vie parmi leurs camarades. Toutefois, le lycée Dunbar proposait des activités sociales et culturelles ainsi que des opportunités gratuites ou peu coûteuses, afin que chacun puisse participer et en bénéficier autant que possible.

ANCIENS ÉLÈVES REMARQUABLES DES LYCÉES DUNBAR ET M STREET

Les lycées Dunbar et M Street formèrent de nombreux diplômés qui excellèrent dans de nombreux domaines : érudition, arts, affaires, armée, religion, médecine, droit, gouvernement et athlétisme. Une liste établie vers 1970 par Edgar R. Sims, promotion de 1930, indique que Dunbar :

> … a envoyé 8 000 employés fédéraux et municipaux ; 2 500 enseignants, éducateurs et spécialistes ; 150 directeurs à tous les niveaux ; 1 000 médecins, dentistes, pharmaciens,

techniciens médicaux ; 400 avocats, juges et employés de justice ; 200 architectes, ingénieurs et scientifiques ; 200 prêtres, ministres et travailleurs religieux ; 200 agents des forces de l'ordre, de la correctionnelle et pompiers ; 200 musiciens et stars de la scène, du cinéma et de la télévision ; 200 officiers militaires, de généraux à lieutenants ; 300 leaders dans la banque, les affaires, l'industrie et les organisations ; 300 leaders politiques (locaux, étatiques et fédéraux) ; 100 artistes, poètes, écrivains, journalistes ; 100 sportifs ; 300 artisans et ouvriers qualifiés ; 100 employés du service diplomatique ; 1 500 infirmières, hygiénistes, techniciens et assistants.[28]

Voici une liste d'anciens élèves remarquables, qui, sans être exhaustive, présente certains diplômés méritant une reconnaissance particulière pour leurs réalisations.

Érudits et artistes :

- James E. Bowman, Ph.D., scientifique, médecin, pathologiste, spécialiste de la déficience en glucose-6-phosphate déshydrogénase (G6PD) et de la drépanocytose.

- Herman Russell Branson, Ph.D., physicien et chimiste noir, connu pour ses recherches sur la structure en hélice alpha des protéines, et président de deux collèges.

- Sterling Allen Brown, professeur noir, poète et critique littéraire.

- Mary P. Burrill, éducatrice et dramaturge.

- Nannie Helen Burroughs, éducatrice noire, oratrice, leader religieux et femme d'affaires.

- Elizabeth Catlett, sculptrice, graveuse et artiste américaine d'origine mexicaine.

- Frank Coleman, professeur de physique, fondateur de l'Omega Psi Phi Fraternity, Incorporated.

- Anna J. Cooper, Ph.D., auteure, éducatrice, et l'une des érudites noires les plus éminentes de l'histoire des États-Unis.

- Oscar J. Cooper, médecin, fondateur de l'Omega Psi Phi Fraternity, Incorporated.

- William Allison Davis, Ph.D., anthropologue, éducateur, érudit, premier Noir américain à obtenir un poste de professeur titulaire dans une grande institution universitaire blanche — l'Université de Chicago.

- John Aubrey Davis, Sr., Ph.D., militant des droits civiques, chercheur principal dans l'affaire Brown v. Board of Education (1954), cofondateur de la New Negro Alliance et professeur de science politique.

- James Reese Europe, premier officier noir américain à diriger des troupes au combat durant la Première Guerre mondiale, fondateur et premier président du Clef Club, chef d'orchestre du 369ᵉ régiment d'infanterie "Hellfighters" ; chef d'orchestre, arrangeur et compositeur de ragtime et de jazz américain.

- Kelly Miller, mathématicien noir américain, sociologue, essayiste, chroniqueur de presse, auteur, et figure majeure de la vie intellectuelle noire pendant près d'un demi-siècle.

- May Miller, poète, dramaturge et éducatrice noire ; dramaturge féminine la plus publiée de la Renaissance de Harlem, avec sept volumes de poésie publiés au cours de sa carrière d'écrivaine.

- Willis Richardson, dramaturge, premier auteur dramatique noir dont une œuvre non musicale fut jouée à Broadway, The Chip Woman's Fortune (mai 1923), premier écrivain à remporter deux premiers prix lors de la Renaissance de Harlem, surnommé par certains le « Père du théâtre noir ».

- Billy Taylor, pianiste de jazz américain, compositeur, animateur et éducateur ; professeur émérite de musique à l'East Carolina University, et, depuis 1994, directeur artistique du jazz au John F. Kennedy Center for the Performing Arts de Washington, D.C.

- Mary Church Terrell, éducatrice, suffragette et militante des droits civiques, ainsi que l'une des premières femmes noires diplômées de l'université.

- Jean Toomer, poète et romancier associé à la Renaissance de Harlem. Vantile Whitfield, administrateur des arts influent, cofondateur de plusieurs institutions artistiques du spectacle aux États-Unis.

- Carter G. Woodson, Ph.D., historien noir américain, auteur, journaliste, et fondateur de l'Association for the Study of African American Life and History.

- George Theophilus Walker, Ph.D., compositeur et éducateur ; premier compositeur noir américain à remporter le Prix Pulitzer de musique pour son œuvre Lilacs for Voice and Orchestra, créée par l'Orchestre symphonique de Boston.

- Rayford W. Logan, Ph.D., historien noir et militant panafricain.

Gouvernement :

- Ionia Rollin Whipper, obstétricienne noire américaine et intervenante en santé publique ; au milieu des années 1920, elle travailla pour le United States Children's Bureau et parcourut le Sud rural pour former des sages-femmes aux techniques d'accouchement stériles et à l'enregistrement des naissances ; elle ouvrit son domicile aux mères célibataires de couleur et, grâce à des dons, fonda une maison distincte pour poursuivre ce travail, qui porte encore aujourd'hui son nom.

- Benjamin O. Davis, Sr., premier général noir de l'armée américaine.

- Andrew P. Chambers, lieutenant général, armée américaine.

- Roscoe C. Brown, Jr., Ph.D., commandant d'escadron du 100e Fighter Squadron du 332e Fighter Group des Tuskegee Airmen ; professeur à l'Université de New York et président du Bronx Community College.

- Edward Brooke, premier Noir américain élu au Sénat des États-Unis par vote populaire.

- Frederick D. Wilkinson Jr., l'un des premiers cadres noirs chez Macy's, la Ville de New York et la société American Express ; directeur des services passagers pour la New York City Transit Authority et directeur des transports de surface pour le réseau de bus des cinq arrondissements.

- Elmer T. Brooks, général de brigade de l'USAF ; poursuivit une seconde carrière comme haut fonctionnaire au sein de la NASA, où il fut administrateur associé adjoint pour la gestion, les installations et les communications spatiales.

- Frederic Ellis Davison, général de division de l'armée américaine, troisième officier général noir de l'histoire militaire des États-Unis et premier Noir à diriger une brigade d'infanterie en combat ; commandant de la 199ᵉ brigade d'infanterie au Vietnam, puis de la 8ᵉ division d'infanterie en Europe ; commandant général du district militaire de Washington.

- Robert C. Weaver, Ph.D., nommé par le président Franklin D. Roosevelt au sein de son Black Cabinet, où il servit de conseiller informel et dirigea des programmes fédéraux pendant le New Deal ; premier Secrétaire américain du Logement et du Développement urbain.

- William H. Hastie, avocat, juge, éducateur, fonctionnaire et défenseur des droits civiques des Noirs américains.

- Charles Hamilton Houston, doyen de la faculté de droit de Howard et directeur du contentieux de la NAACP, joua un rôle déterminant dans le démantèlement des lois Jim Crow, ce qui lui valut le titre de « l'homme qui a tué Jim Crow ».

- Hugh G. Robinson, général de division de l'armée américaine, premier général noir du Corps des ingénieurs ; servit comme directeur adjoint des travaux publics civils et prit le commandement de la division sud-ouest.

- Eleanor Holmes Norton, déléguée au Congrès des États-Unis représentant le District de Columbia.

- Vincent C. Gray, président du Conseil du District de Columbia et maire de Washington, D.C.

Affaires, religion et professions :

- Charles R. Drew, médecin, chirurgien et chercheur médical américain qui découvrit le plasma sanguin ; premier chirurgien noir à siéger en tant qu'examinateur à l'American Board of Surgery.

- H. Naylor Fitzhugh, l'un des premiers Noirs américains diplômés de la Harvard Business School, considéré comme l'inventeur du concept de marketing ciblé, et vice-président pour les marchés spécialisés chez Pepsi-Cola Company.

- Walter E. Fauntroy, pasteur de la New Bethel Baptist Church ; coordinateur national de la Poor People's Campaign ; président du conseil d'administration du Martin Luther King, Jr. Center for Social Change à Atlanta, Géorgie ; membre de la Leadership Conference on Civil Rights ; délégué au Congrès des États-Unis représentant le District de Columbia.

PARTIE V

La fin d'une époquea

« Peut-être que tout ce qu'on peut espérer,
c'est de finir avec les bons regrets. »

— Arthur Miller, (1915-2005)

L'EXTERMINATION DES TRADITIONS

Il est vrai que l'histoire et les traditions des lycées M Street et Dunbar furent façonnées, dans une large mesure, par des membres de quelques familles influentes de la communauté noire de Washington. Il s'agissait, typiquement, de descendants des « gens de couleur libres » d'avant la guerre de Sécession, généralement à la peau claire, et, dans certains cas, physiquement indiscernables des Blancs. Ce groupe n'était pas numériquement dominant et ne se mariait pas avec la majorité noire pendant la majeure partie de la période M Street-Dunbar ; il n'eut donc que peu d'impact biologique sur le reste de la population noire. Encore dans les années 1950, une enseignante dévouée de Dunbar, avec de nombreuses années de service, elle-même diplômée de Dunbar, avait une mère diplômée de la promotion de 1885, et un grand-père qui avait dirigé le groupe ayant fondé l'école originale dans le sous-sol d'une église en 1870. Ce type d'engagement eut un impact culturel majeur et durable sur la communauté de Dunbar.[1]

L'ÉTABLISSEMENT DE LA TRADITION DUNBAR

L'histoire de cette école est importante, car de nombreux élèves et enseignants devinrent par la suite certaines des figures noires les plus notables des États-Unis. De 1870 à 1955 — année où la Cour suprême des États-Unis déclara l'inconstitutionnalité de la ségrégation dans les écoles publiques du District de Columbia dans l'arrêt historique Bolling v. Sharpe, appuyé par l'arrêt Brown v. Board of Education — l'école avait la réputation d'être l'un des meilleurs lycées académiques du pays. Ses enseignants comptaient parmi les meilleurs érudits que ce pays avait à offrir. Par conséquent, Dunbar put attirer des enseignants aux qualifications exceptionnelles, car la plupart des universités blanches, à cette époque, n'embauchaient pas de professeurs noirs.

Les Noirs qui établirent le premier lycée préparatoire pour les jeunes de couleur comprenaient les réalités de l'esclavage et ses conséquences. Ils connaissaient les jours troublés du Compromis du Missouri, la haine et les discordes régionales qui menèrent au Compromis de 1850, et ils virent les effets dévastateurs de la loi Kansas-Nebraska, de la décision Dred Scott, et du raid de John Brown. Ils vécurent les jours agités de l'esclavage, de la désunion, de la guerre civile et de la reconstruction qui suivit — et ils n'avaient nullement l'intention de soumettre à nouveau leurs enfants, leur peuple, ou eux-mêmes aux « tendres attentions » de cette institution particulière qu'était l'Amérique.

Le District de Columbia avait flirté, à diverses époques de son histoire, avec l'idée d'un système scolaire intégré, mais les tentatives d'établissement d'un système unitaire furent de courte durée. L'idée d'un tel système provoquait la colère de nombreux Blancs, rebutés à l'idée que leurs enfants aient des contacts sociaux intimes avec des enfants noirs. Cependant, ces propositions inquiétaient également la communauté noire. Les Noirs craignaient qu'un système intégré ne les lèse. La ville, avec le Miner Teachers College, l'Université Howard, et une communauté noire relativement prospère et moins restreinte, attirait un grand nombre d'enseignants qualifiés pour exercer dans les écoles publiques. Ils redoutaient de perdre leur emploi au profit d'enseignants blancs en cas d'intégration des salles de classe.[2]

La classe moyenne noire donna le ton à la communauté noire après la guerre de Sécession, adoptant des valeurs et objectifs généralement caractéristiques du mode de vie de la classe moyenne blanche — cherchant fondamentalement à passer de l'accommodation à l'assimilation.[3] Ce mode de vie allait bien au-delà du simple revenu domestique. Il s'agissait d'un mode d'existence empreint de valeurs, d'aspirations et d'objectifs visant à améliorer la qualité de vie. Même les Noirs aux revenus modestes aspiraient à ce style de vie de classe moyenne, et personne ne souhaitait une vie de pauvreté ou de dépendance à l'égard de forces extérieures.

Les familles incarnaient les valeurs associées à la classe moyenne, même sans disposer des moyens financiers pour mener ce style de vie. Les valeurs typiques du mode de vie de la classe moyenne noire comprenaient la prévoyance pour la retraite, le désir de contrôler leur avenir, le respect de la loi et la volonté d'obtenir une bonne éducation pour eux-mêmes et leurs enfants. La voie de l'ascension socio-économique passait par une bonne éducation et le travail acharné. Les valeurs conformes à ce mode de vie comprenaient également le souci de protéger leur famille des épreuves telles que les problèmes de santé, les difficultés financières et la criminalité.

L'HÉRITAGE DE DUNBAR

La classe moyenne noire de Washington s'opposa à l'introduction de cours d'enseignement professionnel et industriel dans le programme des lycées M Street et Dunbar, craignant que cela n'empiète sur la vocation préparatoire aux études supérieures de l'école. Toutefois, elle soutint en 1902 la fondation du Armstrong Technical High School, inspirée par Booker T. Washington. Mary Church Terrell réprimanda ceux qui s'opposaient à l'éducation industrielle, mais d'autres Noirs estimaient qu'une éducation académique formalisée était la meilleure voie pour améliorer les conditions de vie des Noirs. La création de l'Armstrong contribua à apaiser le débat, car elle permit de séparer les étudiants destinés à l'université du reste de la population scolaire, permettant ainsi à l'école académique de se concentrer sur ceux aspirant à l'enseignement supérieur.[4]

L'importance des parents individuels est souvent ignorée ou minimisée. Les dispositifs d'« inscription libre », les systèmes de bons scolaires, ou toute autre forme de libre choix éducatif par les parents noirs des écoles publiques se heurtent invariablement à l'argument selon lequel les parents non instruits des ghettos ne sauraient faire des choix éclairés pour l'éducation de leurs enfants. Cependant, l'histoire du lycée Dunbar démontre qu'il suffit d'une poignée de personnes conscientes des complexités nécessaires pour créer une éducation d'excellence. Une fois cette éducation établie, il ne reste aux autres qu'à savoir la reconnaître.

Pendant des générations, des jeunes de la classe ouvrière, de la classe moyenne inférieure et de la classe moyenne furent envoyés à Dunbar précisément pour cette raison.[5]

La société noire de Washington était aussi stratifiée que celle des Blancs d'Amérique. Les Noirs de la ville ne se considéraient nullement comme un groupe monolithique ; en fait, les membres de la classe moyenne noire, surnommés sans connotation péjorative « strivers » (ceux qui s'efforcent), étaient plus enclins à fréquenter les Blancs que les ouvriers noirs. La famille Syphax, par exemple, compta parmi les familles les plus en vue, noires ou blanches, du District.[6]

Pendant des décennies, des membres de cette lignée dirigèrent écoles, églises et entreprises à Washington. La matriarche de la famille, Maria Carter Syphax, grandit esclave à Arlington, en Virginie, fille illégitime de George Washington Parke Custis et de sa gouvernante. En 1826, Custis — riche propriétaire terrien et petit-fils de Martha Washington — reconnut sa paternité et affranchit Maria. Dans les années 1850, son fils William s'installa dans le District. Avant sa mort en 1891, William Syphax devint à la fois chef des services de messagerie du Département de l'Intérieur et premier directeur du système scolaire noir de la ville. En 1878, même le Washington Post, alors propriété blanche, loua son travail pour le gouvernement fédéral en saluant son « esprit magnifique » et sa « froideur intellectuelle ». Un parallèle peut être fait avec la famille Grimké, dont les patriarches, les frères Francis et Archibald, furent diplômés respectivement du Princeton Theological Seminary et de la Harvard Law School au tournant du siècle.[7]

La vie sociale de la haute société noire de Washington tournait autour des organisations volontaires plutôt que des lieux de travail. La ville regorgeait de groupes sociaux noirs. Les Knights of Pythias, Love and Charity, les Sons and Daughters of Moses avaient tous de vastes chapitres à Washington. Au tournant du siècle, le District de Columbia comptait 11 loges maçonniques noires et 24 loges des Odd Fellows noires, totalisant près de 4 000 membres. La ville abritait également de nombreuses fraternités et sororités noires (presque toutes les principales fraternités et sororités noires américaines furent fondées à Washington), qui jouaient un rôle d'agences de service social, soutenant par exemple l'Ionia Whipper Home pour mères célibataires.[8]

Fondée et maintenue sur ses forces dans les affaires et l'éducation, la haute société noire de Washington ne chercha jamais à exercer ou afficher un pouvoir politique. Pourtant, même avant l'abolition de l'esclavage, les professionnels noirs de la ville militaient pour les droits civiques. En 1850, William Syphax fonda la Civil and Statistical Association, visant à obtenir des droits légaux pour les Noirs. Jusqu'à sa mort en 1891, Syphax fit pression sur le Congrès pour obtenir un financement égalitaire pour les écoles noires de la ville — souvent avec un certain succès. Dans les années 1890, la Black Union League publia une liste annuelle des « institutions ne pratiquant pas de discrimination raciale ». Parmi les établissements cités figuraient la pharmacie G. H. Cardozo sur K Street, ainsi que plusieurs cabinets d'avocats.[9]

LE NOUVEL ENVIRONNEMENT CULTUREL NOIR

Dans les années 1940, 1950 et au début des années 1960, les communautés noires présentaient une intégration verticale des différents segments de la population noire. Les familles noires des classes inférieure, ouvrière et moyenne vivaient toutes dans les mêmes communautés, mais dans des quartiers distincts. Elles envoyaient leurs enfants dans les mêmes écoles, utilisaient les mêmes installations récréatives et faisaient leurs achats dans les mêmes magasins. Les classes moyennes et ouvrières noires, confinées par des clauses restrictives raciales, cohabitaient avec les classes inférieures, et leur présence apportait de la stabilité aux quartiers noirs et aux quartiers du centre-ville. Les professionnels noirs (médecins, enseignants, avocats, travailleurs sociaux, ministres du culte) vivaient et travaillaient dans les quartiers de la communauté noire aux revenus plus élevés. Ils renforçaient et perpétuaient les normes et comportements du modèle dominant.[10]

La situation commença à changer à la fin des années 1960 et au début des années 1970. Les professionnels noirs et la classe ouvrière stable déménagèrent vers des quartiers plus aisés dans d'autres parties de la ville et vers les banlieues, laissant derrière eux les segments les plus défavorisés de la communauté noire. Ces derniers formaient un groupe hétérogène de familles et d'individus exclus du système professionnel américain traditionnel. Parmi eux se trouvaient des personnes sans éducation, sans formation ni compétences. Elles connaissaient le chômage de longue durée ou étaient en dehors de la population active. D'autres individus étaient impliqués dans la délinquance de rue, d'autres formes de comportements déviants, ou étaient incarcérés. Beaucoup de familles de ce groupe étaient des foyers monoparentaux subissant des périodes prolongées de pauvreté et/ou de dépendance à l'aide sociale. William Julius Wilson, érudit noir, utilise le terme « sous-classe » (underclass) plutôt que « classe inférieure » pour suggérer que les changements survenus dans les communautés noires et les groupes laissés pour compte les rendaient collectivement différents de ceux qui vivaient dans ces quartiers auparavant.[11]

Certains considéraient l'usage du terme « sous-classe » comme destructeur et trompeur, amalgamant des personnes ayant des problèmes très différents. D'autres niaient même l'existence d'une sous-classe par crainte d'être accusés de racisme ou de stigmatiser les pauvres. Le portrait peu flatteur que fit le sénateur Daniel Patrick Moynihan de la famille noire incita un certain nombre de personnes, notamment des libéraux noirs, à souligner, à la fin des années 1960 et au début des années 1970, les aspects plus positifs de l'expérience noire.[12] Les premiers arguments, qui affirmaient que certaines caractéristiques de la vie dans la communauté noire étaient pathologiques,[13] furent rejetés au profit de descriptions mettant en avant les forces de la communauté noire. Les études des années 1960, qui décrivaient le « comportement des ghettos noirs » comme pathologique, furent réinterprétées ou redéfinies comme fonctionnelles, car, selon certains, les Noirs démontraient ainsi leur capacité à survivre, voire à prospérer dans un environnement économiquement déprimé et raciste.

Personne ne voulait plus parler de la sous-classe ni d'une sous-culture de la pauvreté ; le problème fut balayé sous le tapis, et peu d'études ou de recherches furent menées en vue de solutions. La plupart des universitaires spécialisés dans la pauvreté cessèrent de s'adresser aux pauvres noirs. La titularisation se gagna sur des jeux de données, non dans les rues des centres-villes, et les experts adoptèrent un langage technique et desséché que seuls eux comprenaient.[14] Peu de chercheurs en sciences sociales entreprennent aujourd'hui des recherches sérieuses dans les communautés à faibles revenus.

La vie américaine s'est durcie au cours des dernières décennies, mais la nature de ce phénomène reste encore sujette à débat. Gertrude

Himmelfarb y voit une lutte entre élites concurrentes, dans laquelle la gauche créa une contre-culture que la droite échoua à contenir.[15] Le sénateur Moynihan nous a légué l'expression « redéfinir la déviance à la baisse » (defining deviancy down), pour décrire un processus où l'on adapte la définition de la moralité à nos propres comportements.[16] On peut ajouter une troisième voix, celle de feu l'historien Arnold Toynbee, pour qui notre histoire récente n'est nullement mystérieuse : Nous assistons à la prolétarisation de la minorité dominante, qui impose désormais ses normes de valeurs à l'ensemble de la société.[17]

La tradition fondée sur l'amour de Dieu, de la patrie et de la famille est désormais considérée comme dépassée dans la culture contemporaine. En avril 1966, le magazine Time créa une sensation avec un article de couverture présentant certaines idées de William Hughes Hamilton III, professeur titulaire d'histoire de l'Église dans une petite école de théologie à Rochester, New York. Hamilton écrivait depuis des années sur la « mort de Dieu » dans des revues principalement lues par les ministres et les théologiens, mais l'article du Time, intitulé « Is God Dead? », devint une icône des années 1960 rebelles et de plus en plus séculières.[18]

Le concept de patrie, l'attachement culturel à son pays, a considérablement évolué dans la culture actuelle. Aujourd'hui, le patriotisme est considéré comme politiquement incorrect. L'inclination à la loyauté envers son pays se rapproche davantage de Karl Marx : « Les travailleurs n'ont pas de patrie. »[19] La famille nucléaire intacte des années 1950 est aujourd'hui une espèce en voie de disparition. La transformation des dynamiques familiales est saluée par les progressistes et les libéraux, qui glorifient la diversité croissante des foyers américains ; c'est-à-dire les familles recomposées, les partenariats de même sexe ou la cohabitation. La désintégration de la famille traditionnelle est encouragée, les enfants étant désormais perçus comme un « fardeau » en raison du coût de leur éducation.[20]

Cela semble confirmer une tendance indiquée par une dirigeante nationale démocrate qui, parmi les objectifs de son administration, a déclaré vouloir : « ... donner aux gens la vie, une vie saine, la liberté de poursuivre leur bonheur. Et cette liberté consiste à ne pas être prisonnier de son emploi, mais à suivre sa passion. » Elle propose une économie où les gens pourraient devenir artistes, poètes, photographes ou écrivains sans avoir à conserver un emploi stable uniquement pour bénéficier d'une assurance maladie. Les individus pourraient créer une entreprise, devenir entrepreneurs, et prendre des risques sans craindre de perdre leur emploi à cause d'un enfant asthmatique ou d'un membre de la famille souffrant de bipolarité. Ces conditions sont vues comme des formes de « verrouillage de l'emploi » (job locking).[21] Il s'agit d'une culture nouvelle, en particulier pour les minorités, fondée sur la pauvreté plutôt que sur les valeurs et aspirations de la classe moyenne qui constituaient le socle du lycée Dunbar de 1870 à 1955.

Cette culture de la pauvreté est un phénomène social en économie et en sociologie, selon lequel les individus touchés par la pauvreté présentent une tendance à rester pauvres toute leur vie et, dans de nombreux cas, à travers plusieurs générations. Le terme « sous-culture de la pauvreté » (plus tard abrégé en « culture de la pauvreté ») fit sa première apparition marquante dans les travaux de l'anthropologue américain Oscar Lewis, qui s'efforça de montrer que la pauvreté transformait la vie des « pauvres ». Lewis énuméra de nombreuses caractéristiques suggérant la présence d'une culture de la pauvreté. Cependant, il soutenait que toutes ces caractéristiques n'étaient pas partagées par toutes les classes inférieures. Les fardeaux de la pauvreté étaient systémiques et imposés aux membres pauvres de la société, menant à la formation d'une sous-culture autonome. Par conséquent, les enfants étaient socialisés dans des comportements et attitudes perpétuant leur incapacité à échapper à la sous-classe.[22]

Les personnes vivant dans la culture de la pauvreté éprouvent un fort sentiment de marginalité, d'impuissance, de dépendance, d'exclusion. Elles se sentent comme des étrangers dans leur propre pays, convaincues que les institutions existantes ne servent ni leurs intérêts ni leurs besoins. Ce sentiment d'impuissance s'accompagne d'un sentiment généralisé d'infériorité et d'indignité personnelle. Aux États-Unis, la culture de la pauvreté chez les Noirs souffre en outre du lourd désavantage de la discrimination raciale.[23]

Dans un chapitre de A Study of History, intitulé « Schisme dans l'âme », Arnold Toynbee traite de la désintégration des civilisations.[24] Il observe qu'un des symptômes constants de cette désintégration est que les élites — la « minorité dominante » de Toynbee — commencent à imiter ceux situés au bas de la société. Il soutient que la phase de croissance d'une civilisation est dirigée par une minorité créative dotée d'un fort sentiment de style, de vertu et de but. La majorité non créative suit ce mouvement par mimésis, « une imitation mécanique et superficielle des grands et inspirés originaux ». Dans une civilisation en déclin, la minorité créative s'est dégradée en élites qui ne sont plus sûres d'elles-mêmes et ne donnent plus l'exemple. Parmi les réactions observées, on note une « fuite vers l'absentéisme » (un rejet, en réalité, des obligations de la citoyenneté) et une « reddition à un sentiment de promiscuité » (vulgarisations des manières, des arts et du langage) qui « apparaissent généralement d'abord dans les rangs du prolétariat avant de se propager à ceux de la minorité dominante, laquelle succombe habituellement à la maladie de la "prolétarisation" ».[25]

Cela ressemble fortement à ce qui se passe aujourd'hui aux États-Unis. La minorité dominante de Toynbee se compose d'athlètes, de célébrités hollywoodiennes, d'artistes et d'« intellectuels progressistes » des classes moyenne et supérieure, qui servent de modèles en matière de comportement, de mode et de rectitude politique. L'absentéisme et la promiscuité, jusqu'à il y a quelques décennies, étaient publiquement méprisés et largement confinés à ce qu'on appelait autrefois les « classes inférieures » ou les « déchets ». Aujourd'hui, ces comportements ont été transformés en un code que les élites tantôt imitent, tantôt apaisent, et qu'elles craignent de contester. Le style « prostituée » et « gangster » est devenu à la mode. Les tatouages et les piercings corporels sont les preuves visibles de ce changement moral. Il est également significatif que les gens portent des jeans à l'église. Plus personne dans l'espace public ne qualifie ce genre de tenue de « vulgaire » ou « bon marché ».[26]

Des milliers d'autres jeunes noirs non issus de la classe moyenne sont retirés d'écoles de ghettos épouvantables, créées par ceux qui prétendent comprendre l'éducation, pour être inscrits dans des écoles catholiques locales par des familles noires protestantes. Le coût de ces écoles est généralement très bas par rapport aux autres écoles privées, mais reste très élevé pour des revenus de ghetto. Néanmoins, de nombreuses familles noires consentent à ce sacrifice dans des villes à travers tout le pays.[27]

Ce phénomène largement répandu reste un non-événement pour les intellectuels, tout comme l'a été le lycée Dunbar pendant 85 ans. Admettre la possibilité d'une initiative individuelle généralisée venant des couches inférieures de l'échelle socio-économique reviendrait à menacer toute une conception du monde et du rôle que les intellectuels y jouent.[28]

Une enquête menée lors de la réunion des 20 ans de la promotion de 1940 indiqua que les diplômés de Dunbar partageaient apparemment une caractéristique frappante des privilégiés noirs : leurs taux de fertilité étaient trop faibles pour assurer leur propre remplacement démographique ; les membres mariés de la promotion de 1940 avaient en moyenne 1,6 enfant. Typiques de la classe moyenne noire, ils avaient non seulement beaucoup moins d'enfants que les Noirs de classe inférieure, mais également moins d'enfants que les Blancs de même revenu ou niveau d'éducation. Cette particularité démographique signifie qu'une grande partie de la lutte pour passer de la pauvreté au statut de classe moyenne doit être recommencée à chaque génération. Très peu d'enfants noirs naissent de parents capables de leur offrir les avantages gagnés par leurs propres efforts.[29]

L'IMPACT DE BROWN V. BOARD OF EDUCATION

La décision de la Cour suprême des États-Unis (Brown v. Board of Education of the City of Topeka, 347 U.S. 483), rendue le 17 mai 1954, fut remarquable tant par sa simplicité que par l'extraordinaire manière dont elle évita toutes les complexités juridiques et historiques. L'opinion du juge en chef Earl Warren déclarait qu'en tenant compte des conditions du XXᵉ siècle, il était évident que la ségrégation imposée engendrait chez les enfants « un sentiment d'infériorité » susceptible d'infliger de tels dommages graves à leur esprit et à leur cœur qu'ils ne pourraient jamais être réparés. La ségrégation des écoles publiques par l'État violait la clause de protection égale du Quatorzième Amendement. L'ancienne règle de Plessy du « séparés mais égaux » fut ainsi formellement annulée.[30] Down the street, non loin du bâtiment de la Cour suprême, aucun sentiment d'infériorité n'existait parmi les enseignants et les élèves de Dunbar. Ils avaient démontré, durant de nombreuses années, que les élèves noirs pouvaient recevoir une éducation supérieure même sous les conditions imposées par la ségrégation gouvernementale.

Les juges n'ordonnèrent pas la déségrégation immédiate des écoles du Sud dans leur décision de 1954. Au lieu de cela, dans une décision subsidiaire rendue un an plus tard, la Cour invoqua un principe du droit équitable pour ordonner que la déségrégation soit mise en œuvre sous la direction des tribunaux fédéraux locaux « avec toute la diligence nécessaire ». La Cour « légiféra » en balayant les décisions étatiques et les précédents juridiques existants pour fonder son opinion sur de larges considérations relatives au bien-être national. Ainsi, la Cour aborda les questions soulevées par Brown de manière « politique ».[31]

Brown mit en mouvement une série d'événements qui, en quelques années, détruisirent tout ce qui avait été construit durant plusieurs décennies au lycée Dunbar. L'ensemble du système scolaire dualiste de Washington dut être réorganisé et, dans cette réorganisation, toutes les écoles du District de Columbia devinrent des écoles de quartier. Le quartier où se trouvait Dunbar était l'un des secteurs les plus pauvres et problématiques de la région métropolitaine de Washington, D.C. Pendant des années, la majorité des jeunes vivant à proximité de Dunbar n'y étaient pas scolarisés. Désormais, soudainement, ils y allaient et le caractère de l'école commença à changer radicalement. À titre transitoire, cependant, les élèves déjà inscrits à Dunbar purent continuer leur scolarité jusqu'à l'obtention de leur diplôme, quel que soit leur lieu de résidence. La plupart choisirent de le faire. Cela repoussa l'inévitable, mais seulement pour un temps.[32]

Les enseignants, habitués à des élèves brillants et enthousiastes, commencèrent à rencontrer des difficultés d'apprentissage et, par la suite, des problèmes de discipline dans leurs classes. Les cours avancés de mathématiques virent leurs effectifs chuter, entraînant finalement leur suppression. Des cours de mathématiques de rattrapage apparurent pour la première fois. Des tendances similaires furent observées dans d'autres matières. Le corps enseignant de Dunbar, alors plutôt âgé, commença à partir à la retraite, certains dès l'âge minimum de 55 ans. Par le passé, il était courant que les enseignants de Dunbar continuent jusqu'à l'âge obligatoire de la retraite à 70 ans. Des remplaçants également qualifiés étaient difficiles à trouver, car Dunbar devenait rapidement une école de ghetto typique. Ironiquement, les changements drastiques imposés à Dunbar par la réorganisation consécutive à la décision de la Cour suprême de 1954 n'eurent pratiquement aucun effet en termes de déségrégation, étant donné que le quartier où était situé l'établissement était presque entièrement noir.[33] Les registres des écoles publiques de D.C. montrent que Dunbar demeure ségrégué, avec une composition étudiante à 98 % noire.

La décision de déségrégation de la Cour suprême, en tant que telle, ne condamna pas directement le lycée Dunbar. Théoriquement, il aurait pu rester un lycée académique, indépendant des limites de quartier, en s'ouvrant simplement à tous les élèves sans considération de race. Il existe des écoles publiques de ce type à New York, Boston et dans d'autres villes, mais dans l'atmosphère émotionnellement chargée de l'époque, sous de fortes pressions politiques et juridiques pour « faire quelque chose » dans la capitale nationale, une telle solution n'était pas réaliste. « Écoles de quartier » était le cri de ralliement des Blancs opposés à la déségrégation totale ; « intégration » était le mot d'ordre des leaders noirs. Le maintien de la qualité éducative d'un lycée académique noir n'avait pas d'attrait émotionnel ni de poids politique. Le plan de réorganisation scolaire donna quelque chose aux deux camps : une mesure d'intégration et le maintien des écoles de quartier. Ainsi, ce fut un succès politique, mais, pour Dunbar, ce fut une catastrophe éducative.[34]

RÉFLEXIONS DES ANCIENS ÉLÈVES SUR LA RÉPLICATION DU MODÈLE DES LYCÉES M STREET/ DUNBAR

Depuis l'époque où le lycée préparatoire pour les jeunes de couleur fut fondé par un groupe dirigé par William Syphax, un affranchi et militant des droits civiques, les parents noirs envoyaient leurs enfants à l'école avec respect pour l'apprentissage et volonté de travailler. Par conséquent, les lycées M Street et Dunbar, administrés par un personnel enseignant et administratif entièrement noir et accueillant une population étudiante également entièrement noire, constituaient des institutions éducatives hautement performantes. Lorsqu'on leur demanda s'ils pensaient que l'atmosphère éducative et culturelle du modèle du lycée Dunbar avant 1960 pouvait être reproduite dans l'environnement actuel, 51 % des répondants répondirent non, 22 % oui, et 27 % se déclarèrent ambivalents.

Les raisons invoquées par les répondants pour expliquer pourquoi ils pensaient que la reproduction du modèle éducatif du lycée Dunbar pouvait ou non être réalisable concernaient la culture, les élèves et les enseignants. Sur le plan culturel, 49 % des répondants indiquèrent qu'il serait difficile, voire impossible, de recréer l'environnement de haute performance de M Street et de Dunbar, car le facteur de la ségrégation constituait le socle de la communauté noire. Pendant la période du « vieux Dunbar », l'éducation représentait le moyen de progresser et de rivaliser avec les Blancs dans la société plus large. Les valeurs de la classe moyenne — Dieu, patrie et famille — étaient essentielles aux aspirations des Noirs. Entre 1920 et 1955, les quartiers noirs étaient socio-économiquement diversifiés, et les enfants avaient l'occasion de voir des adultes dans une variété de rôles positifs. Il existait un fort sentiment communautaire dans lequel les parents faisaient confiance aux enseignants et les soutenaient en tant que véritables professionnels et leaders. Aujourd'hui, le système de valeurs dominant de la culture noire est principalement axé sur l'idée d'un droit à recevoir, et sur le sentiment que l'on mérite une vie confortable sans effort.

Vingt-neuf pour cent des répondants estimaient que les élèves noirs d'aujourd'hui étaient moins bien préparés académiquement dans les écoles élémentaires et intermédiaires, en raison de divers facteurs sociologiques ; par exemple, davantage de foyers monoparentaux, moins de discipline, une plus forte incarcération des hommes noirs, et des attentes plus faibles. De plus, les élèves ne bénéficient pas du soutien familial en faveur de l'éducation, manquent d'autodiscipline et de désir d'apprendre, et sont distraits par de nombreuses activités non académiques. Il fut également ressenti par 22 % des répondants que nombre de nos enseignants actuels ne sont pas aussi instruits et dévoués que le corps enseignant de l'époque de leur passage à Dunbar. Aujourd'hui, les professionnels noirs hautement éduqués disposent d'options économiques bien au-delà de l'enseignement, alors que, pour les enseignants du Dunbar d'autrefois, titulaires de doctorats, de maîtrises ou de diplômes professionnels, les opportunités de carrière en dehors de l'enseignement étaient rares dans leurs domaines de compétence..

ANALYSE ET DISCUSSION

Le lycée Dunbar fut le produit de circonstances historiques uniques, et ses réalisations éducatives et sociales continuent d'avoir une pertinence aujourd'hui. Tout d'abord, il a démontré ce qui pouvait être accompli avec des enfants noirs, y compris un nombre important issus de milieux à faibles revenus. La question de savoir comment cela fut réalisé mérite une exploration plus approfondie. L'enseignement de la « pertinence » ethnocentrique ne l'a pas permis, pas plus qu'un financement généreux ou un équipement physique adéquat. Ce que Dunbar possédait, c'était un noyau solide de parents, d'enseignants et de directeurs qui savaient exactement quel type d'éducation ils voulaient et comment l'obtenir. Ils venaient de l'une des plus anciennes et des plus grandes classes moyennes noires urbaines du pays.[35]

La combinaison de circonstances historiques qui permit la création du lycée Dunbar ne pourra jamais être recréée. Certaines de ces circonstances essentielles ne devraient d'ailleurs pas l'être ; par exemple, les barrières raciales qui forcèrent un érudit comme Carter G. Woodson à enseigner au lycée Dunbar alors qu'il aurait dû diriger des séminaires de troisième cycle dans une grande université. De telles expériences historiques contiennent d'importantes leçons pour le présent. Dunbar ne recherchait pas des enseignants « de terrain » capables de « se connecter » avec des élèves « défavorisés », même si une part importante de ses élèves étaient les enfants d'ouvriers, de domestiques, de coursiers et de commis. Le corps enseignant de Dunbar comprenait, pour utiliser les termes d'aujourd'hui, de nombreuses personnes « surqualifiées ». Presque tous ses directeurs, durant ses 85 années d'ascension, détenaient des diplômes issus des meilleures universités du pays, plutôt que des diplômes d'écoles normales ou d'établissements dédiés exclusivement à la formation des enseignants. Ils avaient été formés dans des disciplines intellectuellement rigoureuses et soumis à des standards stricts. Leur discipline se reflétait dans l'atmosphère et les normes des lycées M Street et Dunbar.[36]

Les bénéficiaires de cette situation n'étaient pas exclusivement, ni même principalement, des élèves issus de la classe moyenne. Parce que les connaissances et les valeurs éducatives de la classe moyenne noire avaient été institutionnalisées et transmises de manière traditionnelle, elles devinrent accessibles à des générations d'élèves noirs issus de milieux modestes. Malgré les critiques à la mode — parfois justifiées — adressées à la vieille « bourgeoisie noire », celle-ci constituait une source de savoir-faire, de discipline et d'organisation pratiquement inaccessibles autrement aux Noirs de la classe inférieure. La possibilité de transmettre cette sophistication d'un segment favorisé de la race à un plus large éventail d'individus réceptifs a peut-être décliné aujourd'hui, avec l'exode de la classe moyenne noire vers les banlieues et l'élévation de barrières idéologiques isolant la jeunesse noire de telles influences.[37]

Les scores moyens de QI des élèves de Dunbar étaient bien supérieurs à ceux des élèves noirs en général, ce qui montre que QI et réussite sont corrélés chez les Noirs comme chez les Blancs. Il est important de noter qu'ici, la « réussite » désigne les réalisations ultérieures des élèves, et non le statut socio-économique de leurs parents. Les élèves de Dunbar issus de foyers à faible statut socio-économique avaient eux aussi des QI nettement plus élevés que la population noire dans son ensemble. Les enseignants et les conseillers de Dunbar offraient du tutorat aux élèves prometteurs issus de ces milieux et veillaient à ce que ces élèves, ainsi que leurs parents, comprennent l'importance de l'éducation universitaire. Le corps enseignant faisait également des efforts particuliers pour aider parents et élèves à naviguer parmi les nombreux détails pratiques nécessaires pour obtenir une admission à l'université et une aide financière. Aujourd'hui, la plupart des lycéens noirs ne reçoivent rien de comparable, qu'ils soient scolarisés dans des écoles entièrement noires ou dans des établissements « intégrés ».[38] Une étude de la Ford Foundation, par exemple, a rapporté que la qualité du conseil disponible au niveau national pour les élèves noirs durant la majeure partie de l'histoire de Dunbar était « nettement inadéquate » aussi bien dans le Nord que dans le Sud, et le témoignage des recruteurs universitaires brosse un tableau encore plus sombre de la négligence ou de l'« orientation » biaisée offerte aux étudiants noirs.[39]

L'expérience de Dunbar ne saurait en aucun cas être interprétée comme un argument en faveur d'une ségrégation imposée de l'extérieur ni d'un séparatisme auto-imposé. En fait, l'école s'opposa à ces deux idées. Les fondateurs de l'école cherchèrent d'abord à garantir l'accès égal à toutes les écoles publiques pour tous les élèves. Ce n'est qu'après l'échec de cette tentative qu'ils se mirent à construire la meilleure école possible pour les jeunes noirs. Au fil des années, les enseignants de Dunbar tentèrent de briser l'isolement imposé par une société ségréguée en invitant des orateurs, des artistes et d'autres personnalités culturelles noires et blanches à intervenir à l'école.[40] Même un vice-président visita l'établissement et y prononça un discours en 1954.[41] Bien que Dunbar promouvait la fierté raciale, il s'agissait d'une fierté fondée sur les réalisations d'individus noirs exceptionnels, mesurées selon des normes universelles, et non sur des « réalisations spéciales » ou des « normes spéciales » pour les Noirs.[42]

Il existe une tendance, parmi certains critiques blancs des Noirs américains, à pointer des modèles noirs de « réussite » et à demander : « Pourquoi les autres n'y arrivent-ils pas ? » Si les barrières raciales et les handicaps culturels n'ont pas empêché des hommes comme Ralph Bunche et Edward Brooke de réussir, comment peuvent-ils alors justifier l'échec de certains bénéficiaires d'aides sociales ou fauteurs de troubles ? Il ne suffit pas de répondre que Bunche, Brooke et d'autres n'étaient que des « exceptions », car cela revient simplement à reformuler la question. L'histoire de Dunbar montre l'énorme importance du temps, de la tradition et des circonstances institutionnelles pour offrir le cadre essentiel dans lequel l'accomplissement individuel peut prospérer. Si de tels succès n'étaient que, ou principalement, une question de capacité personnelle, alors autant d'individus remarquables ne seraient pas issus d'un seul établissement.[43]

Cette concentration de réussites noires dans quelques cadres exceptionnels ne se limite pas à Dunbar. Aussi rares que soient les doctorats obtenus par des Noirs, ils ne constituent pas des phénomènes isolés. Une étude sur 609 doctorats attribués à des Noirs entre 1957 et 1962 montra que, bien que ces diplômés aient fréquenté 360 lycées différents, 5,2 % de ces établissements avaient produit 20,8 % des titulaires de doctorats. Dunbar occupait la première place parmi ces lycées. Une comparaison plus pertinente aurait inclus le grand nombre de lycées noirs dont les anciens élèves n'obtinrent aucun doctorat au cours de cette période — ce qui n'aurait rendu la concentration que plus extrême.[44]

Une autre étude examina les familles noires où au moins un membre avait obtenu un diplôme de doctorat (M.D., Ph.D., etc.) et révéla que le nombre moyen de doctorats par famille était de 2,25. Lorsque l'environnement familial permettait à une personne d'obtenir un doctorat, il permettait généralement à plusieurs membres de réussir également. Des preuves impressionnistes concernant les origines de figures historiques noires suggèrent également que les réussites noires sont souvent issues de circonstances très différentes de celles que connaissent beaucoup de Noirs américains. W.E.B. Du Bois grandit parmi des Blancs aristocratiques de la Nouvelle-Angleterre, Ralph Ellison grandit dans les territoires de la frontière, George Washington Carver fut élevé par un couple allemand, et même Booker T. Washington, bien qu'ayant émergé de l'esclavage, fut dès son jeune âge protégé par une succession de Blancs riches, instruits et influents. Cela ne diminue en rien les réalisations de ces hommes, car, en fin de compte, ils devaient posséder les capacités nécessaires pour accomplir ce qu'ils ont accompli. Cela souligne cependant l'importance des circonstances particulières nécessaires pour que les individus puissent réaliser leur potentiel, et combien ces circonstances étaient éloignées de la vie de la plupart des Noirs américains.[45]

Aujourd'hui, les jeunes jouent au basketball, consomment de la drogue, et ne prennent pas leurs études au sérieux. En réalité, si un élève se montre trop sérieux concernant le travail scolaire et l'étude, ses camarades trouvent cela suspect. Les jeunes noirs font souvent semblant de ne pas être intelligents et n'investissent pas dans le développement de leurs talents intellectuels. De nombreux Noirs aujourd'hui mettent davantage l'accent sur le fait que leurs ancêtres furent esclaves que sur les progrès que la majorité d'entre eux ont accomplis jusqu'à présent. Cette attitude d'anti-intellectualisme dans les communautés noires est l'une des pires choses que l'on puisse inculquer aux jeunes adultes noirs.

Une grande partie des discussions contemporaines sur les méthodes d'enseignement, les philosophies éducatives et les principes organisationnels du système scolaire semble irréelle lorsqu'on la replace dans le contexte de l'atmosphère chaotique de nombreuses écoles de ghettos. Alors que de plus en plus de temps de classe est consacré à maintenir l'ordre ou à contenir le désordre plutôt qu'à enseigner, la littérature éducative se concentre sur la philosophie, la politique, « l'anglais noir » (black English), et pratiquement sur tout sauf sur la nécessité première : réduire le chaos, les perturbations et la peur qui empêchent toute méthode ou philosophie éducative d'être efficace. Pourtant, il n'est ni politiquement correct, ni même socialement acceptable, de parler de ces choses.[46]

Entre 1870 et 1955, l'auto-sélection des élèves permit au lycée Dunbar d'échapper à la présence d'élèves désintéressés et perturbateurs. Après la réorganisation scolaire de 1954, lorsque de tels élèves commencèrent à fréquenter Dunbar, l'école fut détruite en quelques années. Diverses formes d'auto-sélection pourraient libérer d'autres établissements du noyau dur d'élèves perturbateurs et violents, mais tous les plans impliquant la liberté de choix (bons scolaires, inscriptions ouvertes, etc.) sont condamnés par les critiques comme freinant l'intégration raciale. Il s'agit pourtant d'une question empirique : les jeunes noirs gagneraient-ils davantage, sur le plan éducatif, en étant séparés du noyau dur des fauteurs de troubles ou en étant intégrés aux Blancs ? Les études sur les effets éducatifs de l'intégration montrent peu de progrès. Cependant, le mot d'ordre de l'intégration reste suffisamment puissant pour empêcher toute réforme éducative fondamentale.[47]

CONCLUSION

Bien que l'expérience de Dunbar constitue une réfutation empirique de certaines affirmations à la mode concernant les « ingrédients nécessaires » d'une bonne éducation pour les enfants noirs, elle ne saurait être considérée comme un modèle universel. Une partie de la force de Dunbar résidait précisément dans le fait qu'il ne cherchait pas à être tout pour tout le monde. Les fondateurs de l'école avaient pour objectif d'en faire une institution uniquement dédiée à la préparation des élèves noirs à l'enseignement supérieur, et dans ce rôle particulier, elle était inégalée. Dunbar montra ce qu'il était possible d'accomplir et indiqua certaines des voies pour y parvenir. De plus, il démontra que certains des « prérequis » présumés d'une bonne éducation ne sont pas véritablement essentiels. Ce qui est essentiel, c'est de créer et de maintenir une atmosphère propice à la réussite académique.[48]

Le lycée Dunbar n'offre aucune formule instantanée à l'usage des planificateurs « pratiques ». Son exemple suggère que les formules instantanées, chères aux planificateurs « pratiques », ne sont peut-être pas la voie vers une éducation de qualité. Ce dont on a besoin, par-dessus tout, c'est d'un sens du but, d'une foi en ce qui peut être accompli et d'une reconnaissance du travail acharné nécessaire pour y parvenir. Comme le montrent les nombreuses imperfections de Dunbar, il n'est pas nécessaire de trouver des personnes idéales ou un cadre idéal, mais il faut un noyau dévoué de personnes, placé dans un environnement où leur dévouement peut produire ses effets.[49]

291

CHAPITRE QUATORZE

ÉPILOGUE

La décision de déségrégation rendue dans l'affaire Brown v. Board of Education ne fut pas le seul facteur déterminant de la poursuite de l'existence du lycée Dunbar en tant que lycée académique de haut niveau. Théoriquement, il aurait pu devenir une école « aimant » (magnet school), non contrainte par les limites des quartiers, et autoriser l'admission de tous les élèves, sans considération de race. Cependant, dans l'atmosphère émotionnellement chargée de l'époque, une telle option n'était jamais vraiment envisageable. « Écoles de quartier » était le cri de ralliement des Blancs opposés à la déségrégation totale, tandis que « intégration » était le mot d'ordre des leaders noirs. Le maintien de la qualité éducative dans un lycée académique noir n'avait ni l'attrait émotionnel ni le poids politique nécessaires. Le plan de réorganisation scolaire fut un succès politique, mais constitua une catastrophe éducative pour Dunbar. Il offrit quelque chose aux deux camps : une mesure d'intégration pour les uns et le maintien des écoles de quartier pour les autres.[1]

Le Conseil de l'Éducation, qui adopta le plan de réorganisation de 1954 ayant détruit le lycée Dunbar, semble n'avoir eu ni conscience ni souci de cette possibilité. Dans les longs et amers débats consignés dans les procès-verbaux du Conseil, presque tous les problèmes concevables furent débattus, sauf les conséquences de la réorganisation pour le lycée Dunbar. Cela est d'autant plus remarquable que la critique la plus véhémente du plan du surintendant scolaire était une ancienne élève de Dunbar. Des années plus tard, elle ne se souvenait pas avoir prononcé le moindre mot concernant le lycée Dunbar à cette époque, même lors des sessions exécutives non consignées dans les procès-verbaux. L'intégration était alors le mot d'ordre du moment et le combat prioritaire.[2]

L'ÉVOLUTION CULTURELLE

Avant les années 1950, la famille noire enseignait des valeurs qui avaient peu changé entre 1880 et 1920. Renforcées par celles enseignées dans l'Église, les valeurs d'épargne, de travail acharné, de respect de soi et de droiture constituaient la pierre angulaire de la « respectabilité ». Comme cela était d'usage à l'époque, la mère ne travaillait pas lorsque la famille avait de jeunes enfants. Les pères jouaient donc un rôle précieux dans la famille. Ils rapportaient les salaires qui permettaient de loger et de nourrir la famille, et maintenir les enfants nourris, vêtus, logés et à l'abri de la pauvreté était essentiel. Ramener un salaire à la maison était vital, car rien n'est plus dévastateur pour la vie des enfants que la pauvreté. De plus, le père était le gardien moral de la famille, le symbole de la masculinité pour ses fils, et un figure de discipline.[3]

Dans l'ancienne famille noire biparentale, le père jouait de nombreux rôles, y compris celui de compagnon, de prestataire de soins, d'époux, de protecteur, de modèle, de guide moral et d'enseignant.[4] Les parents, la mère et le père, étaient les exemples que les enfants devaient suivre, et si les parents s'impliquaient dans des efforts pour l'élévation de la race, les enfants prenaient leurs paroles au sérieux.[5] La proximité de ces familles pouvait être un mécanisme de défense en réaction à la discrimination du monde extérieur, mais elle était sans doute sincère. La chaleur créée dans l'environnement familial offrait un refuge et, en parallèle, nourrissait la croissance d'enfants heureux tout en assurant une continuité et un espoir pour l'avenir. La plupart des mariages étaient des partenariats forgés pour atteindre les objectifs familiaux et perpétuer le statut social. Le divorce n'était pas inconnu, mais il restait rare. Les séparations n'étaient pas inhabituelles. La famille noire à Washington constituait une ligne de défense contre la société, et ses valeurs et stratégies assuraient la continuité du statut familial au fil des générations.[6]

La fin des années 1960 et le début des années 1970 virent une véritable révolution culturelle aux États-Unis. Les politiques du président Johnson concernant la guerre du Vietnam déclenchèrent le plus grand et le plus efficace mouvement anti-guerre de l'histoire nationale, un mouvement qui prospéra particulièrement sur les campus universitaires d'élite. Le soi-disant mouvement contre-culturel ou « mouvement hippie », au sein duquel de nombreux jeunes abandonnèrent en masse les valeurs de la classe moyenne pour « se défoncer, s'accorder et décrocher », devint un problème politique sur les campus et dans les lycées.[7]

De nombreux jeunes Américains laissèrent pousser leurs cheveux ; ils troquèrent leurs talons hauts, leurs jupes, leurs cravates et leurs chemises boutonnées contre des jeans déchirés, des T-shirts teints à la main et des baskets sales. Ils parlaient ouvertement d'« amour libre » et le pratiquaient parfois. Ils écoutaient une musique incompréhensible pour leurs parents, fumaient de la marijuana et rejetaient l'autorité. Pourtant, même si la majorité des jeunes Américains n'étaient pas des hippies grossiers, des consommateurs de drogues, des adeptes de l'amour libre, des membres de coalitions anti-guerre ou des marxistes, il y avait suffisamment de contre-culturels télégéniques et anti-establishment à Columbia, Harvard et Berkeley pour laisser penser que la génération suivante ne ressemblerait pas à ses parents.[8] Malheureusement, cela s'est révélé particulièrement vrai pour les jeunes adultes noirs.

Aujourd'hui, le quartier entourant Dunbar présente une forte concentration de familles à faibles revenus, ce qui engendre des problèmes sociaux en regroupant des familles monoparentales dépendantes de l'aide sociale, dont les enfants sans père deviennent en proportion alarmante des décrocheurs scolaires, des toxicomanes, des chômeurs et des délinquants. Une douzaine d'agences de services sociaux opèrent dans cette zone relativement petite, attirant quotidiennement des personnes sans domicile fixe ou indigentes. Par conséquent, les entreprises potentielles et les acheteurs de maisons peuvent être dissuadés en voyant des personnes errer dans les rues autour de ces agences. De plus, bien que la criminalité ait diminué dans la région, elle n'a pas disparu : les fusillades, les agressions à l'arme blanche, et les cambriolages de maisons et de voitures se produisent encore trop souvent.[9]

Dans ce type de communauté, les mères prédominent et créent un environnement maternel. Elles peuvent avoir plusieurs enfants, mais ceux-ci ont souvent des pères différents, qui ne vivent pas au foyer et n'apportent pas de soutien financier. Le profil familial montre généralement une femme noire non mariée, âgée d'une vingtaine d'années, sans diplôme de fin d'études secondaires ou équivalent (GED), et mère de trois enfants de moins de dix ans. L'objectif des mères est de protéger complètement leurs enfants du monde extérieur et de favoriser une attache indéfectible des enfants envers elles, aussi longtemps que possible. L'évitement du risque devient une priorité absolue. À l'inverse, dans un environnement paternaliste, les pères cherchent à ce que leurs enfants deviennent autonomes, capables de subvenir à leurs besoins et de faire face aux défis du monde.[10] Cependant, les pères sont une présence rare dans les foyers du quartier autour de Dunbar High School.

Le quartier n'a pas bénéficié des fruits du Shaw Area Renewal Plan, tel qu'adopté par la National Capital Planning Commission le 9 janvier 1969. New Jersey Avenue et Florida Avenue semblent constituer des barrières au développement, alors que des quartiers voisins voient fleurir de nouveaux restaurants, projets résidentiels et rénovations de maisons en rangée. Ce constat a toutefois commencé à évoluer progressivement au début des années 2000. Le quartier a connu un tournant majeur lorsqu'une quarantaine de maisons mitoyennes autour de Bates Street furent mises en vente en même temps. Ces logements, autrefois utilisés comme unités de location subventionnée (Section 8), étaient alors très délabrés. Beaucoup furent acquis par de nouveaux propriétaires, souvent primo-accédants. Avec cette vague de nouveaux résidents, une dynamique communautaire s'est formée : l'Association Civique de la Zone de Bates (Bates Area Civic Association), couvrant une grande partie de Truxton Circle, fut créée pour s'occuper de questions telles que l'embellissement du quartier, la prévention du crime et l'amélioration du cadre de vie.[11]

LA FIN DU SYMBOLISME DU « VIEUX DUNBAR »

Au milieu des années 1970, un débat hautement contesté et public éclata à Washington, D.C. Il portait sur la démolition imminente du bâtiment vacant de 1916 qui avait autrefois abrité le lycée Dunbar. Les partisans de la démolition, notamment l'administration de l'école, de nombreux responsables municipaux et des membres du Conseil de l'Éducation, affirmaient avec véhémence qu'ils agissaient dans l'intérêt supérieur des élèves. Au lieu d'une structure délabrée, les élèves bénéficieraient d'une installation scolaire hautement innovante et entièrement modernisée. Les étudiants disposeraient d'un terrain de football, situé à l'endroit même où se trouvait le bâtiment de 1916. Étant donné que le programme sportif de Dunbar recevait désormais une reconnaissance nationale, le terrain était un ajout essentiel aux nouvelles infrastructures scolaires.[12]

De nombreux habitants noirs de Washington souhaitaient tourner une page définitive sur tout ce que Dunbar semblait autrefois représenter ; c'est-à-dire des personnes majoritairement à la peau claire, se croyant supérieures aux autres et s'attribuant une intelligence, une richesse et une appartenance aux hautes sphères sociales prétendument supérieures. Ils réclamèrent la destruction du vieux bâtiment dès que le nouveau serait prêt, tandis que les admirateurs et anciens élèves de l'ancienne école s'y opposèrent catégoriquement. Ils exigèrent que le bâtiment soit préservé comme monument historique témoignant de ce qu'ils y avaient accompli et du rôle pionnier que l'école avait joué dans le développement de l'enseignement supérieur parmi les Noirs. Ainsi, la guerre relativement silencieuse que menaient depuis des décennies les factions pro- et anti-Dunbar éclata au grand jour dans une confrontation bruyante et hostile.[13]

L'esprit et les aspirations de la faction anti-Dunbar furent portés par le Conseil de l'Éducation de D.C., qui ne voulait plus de rappels de ce que représentait l'ancienne école dans la vie des Noirs de Washington. Le Conseil mena la lutte pour faire démolir l'ancien bâtiment. Une grande partie de ses membres étaient de jeunes professionnels noirs, des politiciens et des leaders communautaires de terrain. Certains étaient issus du mouvement des droits civiques des années 1960, avaient été formés ailleurs dans le pays (ou dans d'autres lycées de Washington) et n'éprouvaient aucun attachement à ce que beaucoup qualifiaient de passé illustre de Dunbar. L'argument essentiel était que l'école ne disposait pas d'un terrain de sport adéquat et qu'il n'y avait aucun espace disponible pour un stade en dehors de l'emplacement de l'ancien bâtiment.[14]

Sans les manœuvres habiles de Mary Hundley, du Dr W. Montague Cobb et du sénateur Edward Brooke, l'ordre de démolition du bâtiment historique de Dunbar aurait été rapidement donné, signé et exécuté.[15] De nombreux anciens élèves de Dunbar, des militants de la préservation du patrimoine et des historiens locaux contrèrent les arguments en faveur de la démolition en proposant que la préservation du lycée historique profiterait aux élèves. Conserver le bâtiment offrirait aux élèves un rappel physique de la riche histoire de leur école, un exemple de la manière dont les anciens esclaves valorisaient l'éducation comme partie intégrante de la liberté, ainsi qu'une démonstration de l'excellence académique noire malgré la ségrégation légale à travers toute l'Amérique. Les débats prolongés concernant la sauvegarde du bâtiment furent implacables des deux côtés, mais les partisans de Dunbar n'eurent jamais une réelle chance de sauver l'ancien bâtiment de 1916. Il fut démoli en juillet 1977.

Une nouvelle philosophie avait émergé, et certains Noirs démontraient leur capacité à survivre, voire à prospérer, dans un environnement économiquement déprimé et raciste. Cependant, les personnes vivant dans une zone dominée par une culture de pauvreté ont très peu de conscience historique. Ce sont des individus marginalisés, ne connaissant que leurs propres difficultés, leurs propres conditions locales, leur propre quartier, ou leur propre mode de vie. Généralement, ils n'ont ni la connaissance, ni la vision, ni l'idéologie nécessaire pour voir les similitudes entre leurs problèmes et ceux d'autres personnes vivant dans des conditions analogues ailleurs dans le monde. Ils n'ont pas conscience de leur classe, mais sont extrêmement sensibles aux distinctions de statut.[16]

LE LYCÉE DUNBAR DU PLAN D'ESPACE OUVERT

Le maire Walter Washington demanda pour la première fois des fonds afin de remplacer l'ancien lycée de 1916 dans le budget des écoles publiques de la ville pour l'année 1972. Cependant, le remplacement du vieux Dunbar était un sujet d'intérêt depuis la fin des années 1960, lorsque le Conseil de l'Éducation déclara que le bâtiment « avait dépassé son âge d'or ».[17]

En 1971, le critique architectural Wolf Von Eckardt proclama dans The Washington Post :

> Le Conseil scolaire de Washington est enfin prêt à
> percer les vieux murs en forme de caisses à œufs des salles

de classe. (...) L'ensemble des onze nouveaux bâtiments scolaires publics actuellement en projet adoptera le soi-disant "plan ouvert", qui remplace la rigidité physique et intellectuelle des salles de classe closes.[18]

De plus, The Washington Post rendit public le design du nouveau lycée Dunbar. Von Eckardt affirma que l'innovation était :

> « quelque chose que les bâtisseurs des écoles publiques de Washington n'avaient pas osé entreprendre depuis 1868, lorsque l'école Franklin [conçue par Adolph Cluss] située aux rues Treizième et K, N.W., fut construite et remporta le premier prix en tant que modèle d'établissement scolaire à l›Exposition de Vienne de 1873. »[19]

Robert deJongh, un natif de 27 ans des îles Vierges et diplômé de l'école d'architecture de l'Université Howard, fut le concepteur du projet du lycée Dunbar. Il adapta ingénieusement une disposition prototypique de type « maison » typique des banlieues, qui nécessiterait normalement un vaste campus, à un espace urbain restreint. Le design de DeJongh reposait sur une tour de trente mètres de haut. Celle-ci ne serait pas divisée en dix étages autonomes empilés, mais offrirait au contraire une continuité d'espace, mieux ressentie par des niveaux décalés en demi-étages. Von Eckardt expliqua : « Les niveaux sont groupés en trois «maisons», c'est-à-dire des écoles complètes à l'intérieur de l›école. Chaque «maison» comprend quatre niveaux, chacun occupant la moitié de la surface totale de l›étage, formant ainsi une unité complète destinée à un groupe d›âge. Chaque maison possède ses propres espaces de cours magistraux et d›enseignement, ses salles d›étude, ses laboratoires, ses centres de préparation pour les enseignants, une kitchenette pour la préparation des repas, une salle de restauration et d›activités polyvalentes combinées, ainsi qu'une terrasse extérieure pour la détente et la récréation. »[20]

La division de l'espace de la tour en petites écoles, ou « maisons », constitue l'équivalent vertical urbain des solutions trouvées juste après-guerre pour les campus scolaires suburbains. DeJongh prit en compte les contraintes du site et tenta de recréer une intimité à petite échelle dans un ensemble dense. Les Educational Facilities Laboratories (EFL) soutenaient l'intégration du modèle de la maison en milieu urbain, déclarant en 1968 : « Alors que les installations pourraient être étalées (...) si l'école était construite en banlieue, elles n'ont pas besoin de l'être : les maisons et autres bâtiments pourraient occuper des étages séparés d'un gratte-ciel urbain, par exemple. »[21]

Lorsque le nouveau bâtiment de Dunbar ouvrit ses portes en 1977, les élèves et le personnel se montrèrent optimistes quant à la planification et au design innovants. Comme le déclara un élève de 18 ans : « Nous sommes fiers d'avoir cette école (...) et nous veillerons à ce qu'elle soit bien entretenue. »[22]

La conception de Dunbar incorpora d'autres éléments progressistes. Elle comprenait de vastes installations sportives et des laboratoires scientifiques modernes. En outre, la salle de restauration était dotée de moquette mur à mur ainsi que d'un intérieur de style café avec de petites tables de quatre personnes, contrastant fortement avec les longues tables de style « prison » qui sont des éléments incontournables dans d'autres cafétérias scolaires.[23] Cette conception ne fut cependant pas exécutée exactement comme prévu : dans le plan modifié, les terrasses, pourtant mises en avant dans le projet initial, furent omises, créant ainsi un sentiment plus marqué de fortification, voire de défense. Le nouveau bâtiment du lycée Dunbar fut construit au 1301 New Jersey Avenue, N.W. Initialement, il accueillait 889 élèves et 56 enseignants pour les classes de la 9e à la 12e année. Depuis la déségrégation, bien entendu, il s'agit d'une école de quartier avec une population étudiante presque entièrement noire. Début 2014, l'école comptait 593 élèves et 47 enseignants pour les mêmes niveaux scolaires.

Student Body by Grade

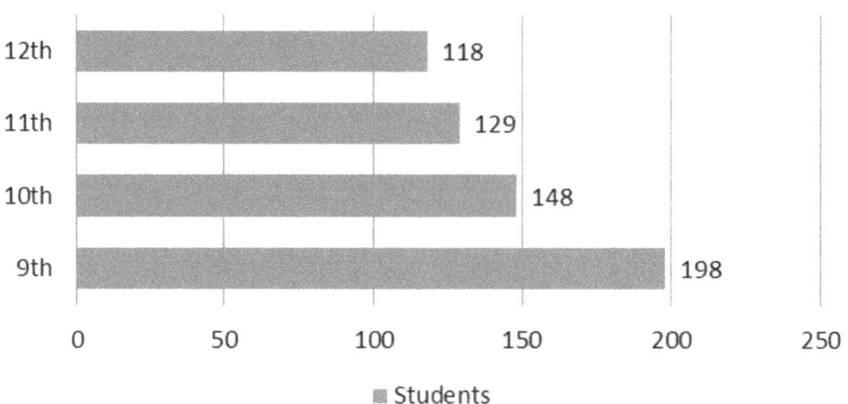

Source: U. S. News and World Report, High Schools, 2016

Tableau 14-1

L'approche historique du nouveau design signifiait un rejet du passé du bâtiment de 1916 et une concentration sur les besoins contemporains et futurs. Elle révélait une forte déconnexion entre les réalisations passées de l'ancien Dunbar et l'état académiquement peu productif de l'institution dans les années 1970.[24] Plutôt que d'incarner les valeurs et la culture de l'Amérique de la classe moyenne, cela évoque les phénomènes sociaux en économie et en sociologie selon lesquels les individus frappés par la pauvreté manifestent une tendance à rester pauvres tout au long de leur vie et, dans de nombreux cas, à travers plusieurs générations.[25] Dans cette culture, l'enseignement supérieur et les carrières professionnelles, managériales et technologiques de haut niveau ne sont pas des priorités habituelles. Le jeune adulte noir, en particulier l'homme noir, est contraint de fonder son estime de soi sur une image stéréotypée d'impulsivité sexuelle, d'irresponsabilité, de rhétorique tapageuse, de postures théâtrales et de réussites compensatoires dans les domaines du divertissement et des sports.[26]

Dunbar n'est plus un lycée préparatoire à l'université au sens strict de son passé. Son site Internet indique que sa mission est de proposer un programme d'enseignement global favorisant l'excellence académique maximale, permettant aux élèves de cultiver un apprentissage tout au long de leur vie tout en devenant des citoyens productifs. Il y est précisé que Dunbar aspire à être une communauté d'apprentissage où les élèves bénéficient d'opportunités et d'expériences diverses et significatives, tout en recevant une éducation de qualité.[27] Les programmes de l'école comprennent l'Enrichissement académique, la Santé et la remise en forme, les Arts et la Culture, ainsi que l'Éducation spécialisée. Dunbar est aujourd'hui surtout connu pour ses programmes sportifs. Il participe à la D.C. Interscholastic Athletic Association et se distingue notamment par ses équipes de football américain et de basketball.

C'est une ironie douloureuse que le bâtiment original du lycée Dunbar, inauguré en 1916, ait abrité une école aux réalisations académiques remarquables pour des générations d'élèves noirs. Malgré les insuffisances du bâtiment, la ségrégation légale (de jure) et l'inadéquation des ressources financières allouées à l'école, elle connut un succès académique exceptionnel. Par contraste, le nouveau bâtiment à espace ouvert du lycée Dunbar, avec son terrain de sport flambant neuf, devint simplement une autre école de ghetto, affichant des standards déplorables et de faibles résultats aux tests, en dépit du fait que le district de Columbia affiche l'un des niveaux de dépenses par élève les plus élevés du pays.[28]

Ironiquement, le bâtiment à espace ouvert lui-même fut largement considéré comme un facteur contribuant aux problèmes de l'école. Dès le début des années 1970, l'expression « salles de classe ouvertes » domina le vocabulaire des éducateurs, même si les parents et les praticiens avaient du mal à définir précisément ce que signifiait l'enseignement ouvert. De nombreux conseils scolaires adoptèrent des programmes d'enseignement ouvert et des écoles à espace ouvert furent construites à travers tout le pays. Cependant, peu de superintendants ou de directeurs d'école osaient admettre publiquement qu'ils n'avaient ni entendu parler de cette innovation ni trouvé l'idée souhaitable, sans risquer les moqueries de leurs pairs ou les critiques de leurs supérieurs. Tant d'écoles adoptaient les attributs physiques des salles de classe ouvertes que certains défenseurs se demandaient si l'esprit véritable de l'éducation informelle était réellement respecté.[29]

Dans son livre de 1973, The Open Classroom Reader, Charles Silberman avertissait les enseignants et parents enthousiastes :[30]

> En soi, diviser une salle de classe en zones d'intérêt ne constitue pas une éducation ouverte ; créer de grands espaces ouverts ne constitue pas une éducation ouverte ; individualiser l'enseignement ne constitue pas une éducation ouverte (...). La classe ouverte n'est pas un modèle ou un ensemble de techniques ; c'est une approche de l'enseignement et de l'apprentissage.

Les artefacts de la classe ouverte — zones d'intérêt, matériels concrets, affichages muraux — ne sont pas des fins en soi mais plutôt des moyens vers d'autres fins (...). De plus, les classes ouvertes sont organisées pour encourager :

- L'apprentissage actif plutôt que l'apprentissage passif ;

- L'apprentissage et l'expression à travers une variété de médias, plutôt qu'uniquement par le crayon, le papier et la parole ;

- L'apprentissage autodirigé et initié par l'élève plutôt qu'un apprentissage dirigé par l'enseignant.

Cependant, quelques années plus tard, la situation évolua. Au milieu des années 1970, avec une économie stagnante et une nation profondément divisée par la guerre du Vietnam, les critiques se tournèrent de nouveau vers les écoles publiques. La crise nationale fit naître la perception, amplifiée par les médias, que les standards académiques avaient baissé, que le mouvement de déségrégation avait échoué, et que les écoles urbaines devenaient des lieux de violence. Cette fois, il ne fut plus question d'éducation ouverte, mais d'un retour aux fondamentaux, reflétant les tendances sociales générales, à savoir, une réaction conservatrice contre les changements culturels et politiques des années 1960 et du début des années 1970.[31]

Des écoles traditionnelles surgirent dans les banlieues et les villes. Les écoles à espace ouvert rebâtirent leurs murs. Les États tentèrent d'élever les standards académiques en développant des tests de compétence minimale que les élèves de lycée devaient réussir pour obtenir leur diplôme. Les citations dans les médias et les revues académiques indiquent que l'intérêt pour les classes ouvertes atteignit son apogée vers 1974. Dès le début des années 1980, les classes ouvertes n'étaient plus qu'une note de bas de page dans les thèses de doctorat.

Les classes ouvertes n'étaient-elles qu'une mode de plus parmi les « pédagogues progressistes » ? Peut-être, dans le sens où, comme les hula-hoops ou les pierres pour animaux de compagnie, elles firent une apparition fulgurante avant de disparaître sans laisser de trace. Toutefois, les considérer uniquement comme une mode reviendrait à passer à côté du sens plus profond des classes ouvertes. Les classes à espace ouvert constituaient une nouvelle escarmouche dans les guerres idéologiques qui divisent les éducateurs et le public depuis l'ouverture des premières écoles financées par l'impôt au début des années 1800.[32]

UN BÂTIMENT SCOLAIRE INSPIRÉ PAR L'HISTOIRE

En décembre 2010, Adrian Fenty, alors maire de Washington, D.C., annonça les projets très attendus de la reconstruction du lycée Paul Laurence Dunbar. Le Office of Public Education Facilities Management (OPEFM), une agence municipale créée en 2007 pour tenir les promesses de campagne d'une refonte complète du système scolaire, avait organisé deux concours de design en deux ans dans l'espoir de sélectionner un projet gagnant pour le nouveau bâtiment de Dunbar. Après une compétition d'une année pour le nouveau lycée, le maire Fenty annonça, le 14 décembre 2010, que la proposition retenue avait été soumise par l'équipe d'architectes Ehrenkrantz Eckstut & Kuhn Architects-Engineers (EEK) et Moody-Nolan Architects, deux cabinets basés à Washington, D.C.[33]

Des entretiens furent menés avec des anciens élèves de Dunbar pour déterminer ce qu'ils souhaitaient voir intégré dans le futur bâtiment. L'idée était de créer un édifice qui honorerait le passé, le présent et l'avenir.[34] Le maire de D.C., Vincent Gray, ainsi que des anciens élèves du lycée Paul Laurence Dunbar se réunirent le 19 août 2013 pour célébrer le nouveau bâtiment de 122 millions de dollars, qui puiserait ostensiblement dans l'histoire de l'école pour inspirer les étudiants. Un ancien élève, diplômé en 2002 de l'ancien bâtiment de Dunbar, toujours debout juste à côté, qualifia la nouvelle école de « à couper le souffle » et de « rafraîchissante ». Le nouveau lycée Dunbar, couvrant 26 000 mètres carrés, est situé à l'angle de First Street et N Street, N.W., dans le quartier de Truxton Circle, et dispose d'un atrium baigné de lumière, d'une nouvelle piscine et d'un gymnase, d'un auditorium de 600 places, ainsi que de quatre académies équipées de salles de classe et de laboratoires. Le design maximise les espaces d'apprentissage tout en intégrant pleinement les nouvelles technologies.[35]

Contrairement à son prédécesseur, dont l'objectif principal était de refléter la modernité, le nouveau Dunbar s'inspire davantage de son histoire. Dans le passé, Dunbar a diplômé des générations de leaders, d'avocats et d'artistes noirs, et leurs noms sont inscrits sur 118 plaques disséminées dans l'école. 130 plaques supplémentaires sont laissées vierges, suggérant que les futurs diplômés pourraient eux aussi y voir figurer leur nom.[36] L'intérieur de l'établissement présente une structure de type atrium, une sorte d'armurerie, qui constitue le « cœur de l'école », reliant l'aile académique, les terrains de sport, le gymnase, la piscine, l'auditorium et les espaces de restauration. L'école ne dispose pas de stand de tir.

L'établissement comprend également un petit musée consacré à son riche passé et aux réalisations de ses nombreux diplômés, parmi lesquels Nannie Helen Burroughs, Mary Church Terrell, Carter G. Woodson, la déléguée de D.C. Eleanor Holmes Norton et le maire de D.C. Vince Gray. Lors de l'inauguration officielle, des anciens élèves, remontant jusqu'à la promotion de 1925, exprimèrent leur émerveillement devant le nouveau bâtiment tout en évoquant leurs souvenirs de Dunbar. Les autorités locales espèrent que cette transformation marquera le début d'une nouvelle ère de réussite académique. Le nouveau bâtiment est conçu pour accueillir 1 100 élèves, soit plus du double des 500 étudiants qui fréquentaient récemment l'école.[37] Il ouvrit officiellement ses portes aux élèves le 19 août 2013.

LES DÉBATS SE POURSUIVENT

Il existe déjà une proposition visant à améliorer le lycée Dunbar en le convertissant en une école autonome et sélective. Cela a suscité un large débat parmi les enseignants, les élèves, les anciens élèves et les membres de la communauté. L'initiative, discrètement développée au cours des derniers mois par un petit groupe d'anciens élèves et de parents, donnerait à Dunbar davantage de liberté pour prendre des décisions concernant ses recrutements, ses dépenses et la conception de ses programmes académiques. Cela transformerait une école de quartier, légalement obligée d'accepter tous les élèves, en une institution fondée sur la sélection par candidature, capable de choisir ses étudiants. Une telle organisation donnerait vraisemblablement à Dunbar la possibilité de ne pas accueillir les enfants du quartier les plus nécessiteux.[38]

C'est une idée que le groupe considère comme pouvant amorcer une transformation du lycée Dunbar, le faisant passer d'une des écoles les moins performantes de la ville à une institution à nouveau réputée pour son excellence académique. Cependant, les critiques du projet estiment qu'il serait fondé sur le rejet des élèves qui arrivent en classe avec des défis profonds à relever : faibles compétences en lecture, lacunes en mathématiques et conditions de vie difficiles.[39] Il n'est pas facile de redresser une école peu performante, en particulier un lycée. Les élèves y arrivent avec plusieurs années de retard en lecture, écriture, mathématiques et d'autres matières fondamentales. Souvent, ils présentent aussi des comportements dangereux.

Les deux lycées publics les plus sélectifs sont la School Without Walls (Walls) et le Benjamin Banneker Academic High School. Les deux établissements reçoivent beaucoup plus de candidatures qu'ils n'admettent d'élèves. Le corps étudiant de Banneker est composé à 85 % de Noirs et à 60 % de jeunes issus de familles à faibles revenus. Walls, en revanche, est composé à 45 % de Noirs et à 17 % d'élèves à faibles revenus. En 2013, Walls, situé à Foggy Bottom, reçut plus de 1 000 candidatures pour une classe de 130 à 150 élèves. Banneker reçut environ 700 candidatures cette année-là et, comme Walls, finit par admettre environ 150 élèves. Ces chiffres, pris isolément, sembleraient indiquer qu'il existe de la place à Washington pour une autre école sélective.[40]

Cependant, Banneker accepte tous les candidats qui remplissent les critères de l'école, basés sur la moyenne générale (GPA), les résultats aux tests, les recommandations d'enseignants et un entretien.[41] Walls exige que tout élève souhaitant postuler suive une procédure d'admission : il doit avoir une moyenne de 3,0 dans les matières principales, obtenir un score de niveau « compétent » ou « avancé » à un test standardisé (SSAT, DCCAS, Stanford, tout autre test étatique ou encore PSAT/SAT), puis, s'il satisfait à ces exigences, passer un test standardisé propriétaire comportant des questions à choix multiples en mathématiques (algèbre et géométrie), en compréhension écrite et une rédaction. Ce test n'est pas chronométré. Si l'élève réussit, il est invité, avec ses parents ou son tuteur, à un entretien devant un panel constitué de membres du corps enseignant, de l'administration et d'élèves.[42]

Bien qu'il semble qu'il y ait suffisamment d'élèves « qualifiés » pour remplir Dunbar — qui a une capacité de 1 100 élèves — ainsi que les écoles sélectives existantes, le vivier de candidats pourrait ne pas être aussi vaste qu'il y paraît. On peut supposer que de nombreux élèves postulent à la fois à Banneker, à Walls, et à une autre école sur candidature, McKinley Tech, presque aussi sélective que Banneker. Dunbar, en toute probabilité, offrirait l'admission à des élèves qui, sans être véritablement doués ou avancés, seraient ceux qui se présentent à l'école, font leur travail, n'occasionnent pas de problèmes disciplinaires, et ne sont pas classés en éducation spécialisée ou apprenants en anglais langue seconde.[43]

Il serait possible de donner au groupe de Dunbar une grande partie de ce qu'il demande, sans toutefois lui accorder le droit de sélectionner ses admissions.[44] L'ancien Dunbar n'était pas une « école sélective » au sens traditionnel du terme. Il n'y avait pas de tests d'entrée. Il existait, sans doute, une forme d'auto-sélection : les élèves sérieux dans leur préparation universitaire choisissaient d'aller à Dunbar, tandis que ceux qui ne l'étaient pas devaient trouver ailleurs un établissement où ils pouvaient passer leur temps sans être confrontés à des normes académiques élevées.[45] Le groupe cherche également une plus grande autonomie dans les décisions de recrutement et de dépenses de l'école. À cet égard, on se souvient que le corps enseignant et les directeurs de M Street et du lycée Dunbar étaient reconnus pour leurs hautes qualifications académiques et, en conséquence, recevaient de bons salaires.[46]

On peut soutenir que les parents sont aujourd'hui plus éduqués et plus sophistiqués qu'autrefois. Cependant, il n'est pas certain que leur activisme politique ou leur implication communautaire dans l'éducation ait constitué un avantage net pour la communauté noire. Au minimum, l'histoire montre que leur implication, au-delà des préoccupations pour leurs propres enfants, n'a jamais été essentielle. Aujourd'hui, l'éducation est devenue une affaire politique et, sur le plan politique, l'échec devient un prétexte pour réclamer davantage de financements, de classes réduites et de nouveaux cours et programmes à la mode, allant de « l'anglais noir » au bilinguisme et à la « valorisation de l'estime de soi ».[47]

UNE NOUVELLE FAÇON DE VIVRE

Même les meilleures choses ont une fin. Le passé ne peut être recréé, et il y a dans ce passé bien des aspects que nous ne souhaiterions pas ressusciter. À l'époque où l'éducation représentait le principal moyen d'atténuer les problèmes de race et de classe, Dunbar accompagna les Noirs dans leur long parcours, avec toutes les rigueurs de l'ajustement entre l'esclavage et la liberté, et dans les épreuves de la ségrégation que subissaient ceux qui tentaient de s'intégrer à la société américaine dominante. Les réussites académiques du modèle éducatif de M Street et du lycée Dunbar, entre 1870 et 1955, ne peuvent être reproduites dans l'environnement actuel des lycées publics de D.C. Imiter l'environnement de haute performance des écoles M Street et Dunbar serait difficile, même dans les meilleures circonstances. Pourtant, à travers les tribulations de la ségrégation et des efforts des Noirs pour s'intégrer à la société américaine, l'école avait une politique d'admission ouverte. Les enfants de tous les quartiers y étaient acceptés, sans considération du niveau socio-économique de leurs familles. Une éducation à Dunbar représentait un élément thématique central que les Noirs continuaient de rechercher dans leur combat pour la liberté.

De plus, M Street et Dunbar s'efforçaient sans relâche de préparer leurs élèves à intégrer les universités non ségréguées du Nord et du Midwest. De nombreuses tentatives, motivées par le racisme, visèrent à transformer l'école en un établissement d'enseignement professionnel, notamment de la part de responsables scolaires blancs. Percy M. Hughes, directeur blanc des lycées, recommanda d'augmenter l'enseignement manuel, en particulier pour les élèves de M Street, qui, selon lui, devaient apprendre la « dignité du travail ». Ils seraient, disait-il, « de meilleurs hommes et femmes, mieux préparés à affronter la bataille de la vie, s'ils étaient formés correctement à l'usage des outils autant qu'aux livres. »[48] Les chercheurs de demain découvriront probablement que ce racisme passé est fortement lié aux raisons pour lesquelles Dunbar a été ignoré dans les politiques éducatives urbaines et dans la recherche.

Les quartiers noirs ne sont plus socio-économiquement diversifiés, et les enfants ne voient plus autour d'eux des adultes dans une variété de rôles positifs. Aujourd'hui, le système de valeurs dominant dans la culture noire est un système d'attentes réduites, caractérisé par une augmentation des familles monoparentales, une discipline moindre, et un taux d'incarcération plus élevé chez les hommes noirs. Par conséquent, les élèves noirs sont moins bien préparés sur le plan académique, dès l'école primaire et le collège, pour l'entrée au lycée. Ils n'ont pas de soutien familial pour leur éducation, manquent d'autodiscipline, et montrent peu de désir d'apprendre. Enfin, les enseignants ne sont plus aussi qualifiés ni aussi investis que ceux du corps professoral de M Street et Dunbar à leur époque, et les Noirs bien éduqués disposent aujourd'hui d'alternatives économiques plus nombreuses que l'enseignement. Pour égaler le corps enseignant d'avant 1955, il faudrait aujourd'hui, au minimum, qu'un enseignant à Dunbar détienne un master dans la matière qu'il enseigne, une préférence étant accordée aux doctorats ou aux candidats au doctorat (ABD – all but dissertation). Tout aussi important est le concept d'un véritable ethos professionnel parmi les enseignants.

Être un professionnel dans son domaine ne signifie pas simplement porter une veste et une cravate ou posséder un diplôme universitaire. Les enseignants de M Street et de Dunbar étaient de véritables professionnels qui créaient un environnement de travail fondé sur des standards élevés. Professeurs comme élèves étaient soignés dans leur apparence, polis et articulés dans leurs interactions, y compris avec les parents. En outre, on pouvait compter sur eux pour accomplir leur mission, et ils se distinguaient des autres enseignants, noirs ou blancs, en poursuivant leur formation, en assistant à des séminaires, en publiant des articles, et en obtenant des qualifications professionnelles supplémentaires.

La culture de la pauvreté a été institutionnalisée à travers l'expansion de l'assistance publique et la dépendance au gouvernement. Les nouveaux bénéficiaires de droits sociaux ne sont pas employés et reçoivent à la place des bons alimentaires (Food Stamps), des aides sociales, des bons Section 8 pour le logement, et Medicaid. En cette époque que certains qualifieraient de néo-esclavage, l'ancien Dunbar semble appartenir au passé. Ces facteurs sociaux, politiques et culturels s'opposent à la reproduction, au XXIe

siècle, de l'environnement de haute performance qui existait aux lycées M Street et Dunbar avant 1955.

Nous ne pouvons pas retourner dans le passé, même si nous le voulions, mais espérons que nous pourrons en tirer des leçons pour construire un meilleur présent et un meilleur avenir. À tout le moins, l'histoire montre ce qu'il est possible d'accomplir, même face à l'adversité. Aujourd'hui, la majorité des habitants des centres urbains d'Amérique ne pensent pas qu'une excellente éducation ou des qualifications professionnelles soient nécessaires pour atteindre le rêve américain. Le système de valeurs de la nation a été profondément modifié. Autrefois, le rôle de l'assistante sociale était d'aider les gens à sortir des programmes sociaux le plus rapidement possible. Aujourd'hui, c'est l'inverse : l'objectif est de faire entrer le plus de gens possible dans ces programmes. La persistance de la sous-classe est désormais présentée comme un mode de vie acceptable, peu importe à quel point il est déviant ou dysfonctionnel, et ses membres revendiquent leur « droit » à être encore davantage subventionnés par le gouvernement. Le système de valeurs de la nation a été profondément modifié, mais les nouvelles politiques d'éducation urbaine progressistes ne semblent pas avoir rendu le pays meilleur — du moins pas pour ceux pris au piège de la culture de la pauvreté.

Malheureusement, la communauté noire porte la responsabilité de cette transformation culturelle et, par conséquent, l'héritage d'excellence académique ne prévaut plus à Dunbar. Ainsi, le voyage de l'esclavage vers la liberté reste inachevé.

NOTES

Note du traducteur : Afin de préserver la rigueur académique et de faciliter l'accès aux sources originales, les notes accompagnant ce texte ont été conservées dans leur langue d'origine (anglais). Cette pratique est courante dans les traductions d'œuvres historiques ou savantes. Seules les notes dont le contenu est essentiel à la compréhension de l'argument principal ont été traduites. Toutes les autres citations et références bibliographiques apparaissent telles qu'elles ont été publiées par l'auteur.

Préface

1   Jean Jacques Rousseau, *Emile, On Philosophy of Education* (New York: Promethus Books, 2003), p. 2.

2   Jervis Anderson, "A Very Special Monument," *The New Yorker*, March 20, 1978, p. 105.

3   Anderson, *op. cit.*, p. 93.

4   Thomas Sowell, "Black Excellence--the Case of Dunbar High School," *The Public Interest*, pp. 26-27.

CHAPITRE 1: ESCLAVAGE ET SERVITUDE

1   Edward Burnett Tylor, *Primitive Culture: Researches into the Development of Mythology, Philosophy, Religion, Art, and Custom* (New York: Gordon Press, 1971), p. 1.

2   Seymour Drescher, *Abolition: A History of Slavery and Antislavery* (New York: Cambridge University Press, 2009) pp 4–5.

3   Paul Finkelman, "Laws" in Paul Finkelman and Joseph C. Miller, eds., *Macmillan Encyclopedia of World Slavery* (New York: MacMillan Reference, 1998) Vol. 2, pp. 477-478.

4   Aaron Sheehan-Dean, "A Book for Every Perspective: Current Civil War and Reconstruction Textbooks," *Civil War History*, Vol, 51, No. 3, September 2005, pp 317–324.

5   J. Dyneley Prince, "The Code of Hammurabi," *The American Journal of Theology,* Vol. 8, No. 3 (Jul. 1904), pp. 601–609. Published by: The University of Chicago Press Stable URL: http://www.jstor.org/stable/3153895

6   Thomas Sowell, *Black Rednecks and White Liberals* (San Francisco: Encounter Books, 2005), p. 115; Daniel Evans, Daniel, "Slave Coast of Europe," *Slavery and Abolition*, Vol. 6, No. 1 (May 1985), p. 42.

John Codman Hurd, *The Law of Freedom and Bondage in the United States*, in two volumes (Boston: Little, Brown and Company, 1858).

8   Ira Berlin, *Many Thousands Gone: The First Two Centuries of Slavery in North America* (Cambridge, MA: Harvard University, Press 1998), p. 8.

9   *Ibid.*

10   Frank Tannenbaum, *Slave and Citizen: The Classic Comparative Study of Race Relations in the Americas* (Boston: Beacon Press, 1946), p. 117.

11   Berlin, op. cit., pp. 8-10.

12   Woodbury Lowery, *Spanish Settlements within the Present Limits of the United States* (2 Vols., New York, 1903-1905).

13   A fragment of Fray Sabastian Canete of DeSoto's Expedition appeared in a journal of that era and it described an advanced state of development among the Cofitachiqui. This translation was made by Eugene Lyon and published in Clayton, Lawerence A,

Venon James Knight, Jr., Edward C. Moore. *The De Soto Chronicles: The Expedition of Hernando DeSoto to North America 1539 – 1543.* Volume I and II. (Tuscaloosa: University of Alabama Press, 1994.

14   David Hackett Fischer, *Albion's Seed: Four British Folkways in America* (New York: Oxford University Press, 1991), pp. 387-388.

15   William Thorndale, "The Virginia Census of 1619," *Magazine of Virginia Genealogy,* Vol. 33, (1995), pp. 155-70.

16   Johnson, *op. cit.*, p. 27.

17   *Ibid.*

18   A. Leon Higginbotham, Jr., In *the Matter of Color; Race and the American Legal Process: The Colonial Period* (New York: Oxford University Press, 1978), pp. 19-21.

19   Carl Degler, "Slavery and the Genesis of American Race Prejudice," *Comparative Studies in Sociology and History* (October 6, 1959), p. 52.

20   Higginbotham, *op. cit.*, p. 20.

21   John C. Hotten, *Original Lists of Persons of Quality, 1600-1700* (Baltimore, MD: Genealogical Publishing Company, 1980), p. 244.

22   *Ibid.*, pp. 173-174, 178, 224, 229.

23   Gary B. Nash, *Red, White and Black: The Peoples of Early America* (Englewood, NJ: Prentis-Hall, 1974), pp. 194-195.

24   Ariela Gross, "Of Portuguese Origin: Litigating Identity and Citizenship among the 'Little Races' in Nineteenth-Century America," *Law and History Review*, Vol. 25, No. 3, Fall 2007.

25   Paul Heinegg, *Free African Americans of North Carolina, Virginia, and South Carolina from the Colonial Period to about 1820,* Vol. 2 (Baltimore, MD: Genealogical Publishing, 2005), p. 705.

26   Breen, *op. cit.*, p.12.

27   *Ibid.*

28   John B. Boles, The Blackwell Companion to the American South (Oxford, UK: Blackwell Publishing, 2004).

29   Henry Read McIlwaine, ed., *Minutes of Council and General Court of Colonial Virginia* (Richmond, VA: The Library Board, 1924), pp. 22-23.

30   *Ibid.*, pp. 35-38.

31   *Ibid.*, p. 38.

32   *Ibid.*, pp. 39-41.

33   *Ibid.*, pp. 40-43.

34   Johnson, *op. cit.*, pp. 27-28.

35   Edward Arber, ed., *1910 Travels and Works of Captain John Smith, President of Virginia and Admiral of New England, 1580-1631*, 2 vols. (Edinburg, England: John Grant, 1910), pp. 541-542.

36   Susan M. Kingsbury, *Records of the Virginia Company of London* (Washington, DC: Government Printing Office, 1906-1935), Vol. III, p. 93.

37   *Ibid.*, Vol. I, p. 334.

38   McIlwaine, *op. cit.*, p. 62.

39   Kingsbury, *op. cit.*, Vol. III, p. 668; Vol. IV, pp. 58, 229.

40   Alexander Brown, *The Genesis of the United States*, 2 Vols. (Boston and New York: Houghton, Mifflin and Company, 1890), p. 446.

41   "An Account of the Ancient Planters," [1624]. *In Colonial Records of Virginia*. (Richmond, VA: Commonwealth of Virginia, 1871), pp.75-76.

42   Edward W. Haile, *Jamestown Narratives: Eyewitness Accounts*

of the Virginia Colony, the First Decade: 1607-1617 (Champlain, VA: Roundhouse, 1998), p. 913.

43   Junius P. Rodriguez, ed., *Slavery in the United States: A Social, Political, and Historical Encyclopedia, Volume 2* (Santa Barbara, CA: ABC-CLIO, Inc., 2007), p. 193.

44   James Oliver Horton and Lois E. Horton, *Hard Road to Freedom: The Story of African America,* Vol. 1, African Roots through the Civil War (New Brunswick, NJ: Rutgers University Press, 2002), p. 29.

45   Timothy H. Breen and Stephen Innes, *Myne Owne Ground: Race and Freedom on Virginia's Eastern Shore, 1640-1676* (New York: Oxford University Press, 1980), p. 8.

46   Horton, *op. cit.*, p. 26.

47   Frederic W. Gleach, Powhatan's World and Colonial Virginia: A Conflict of Cultures (Lincoln, NB: The University of Nebraska Press, 1997), pp. 4-5.

48   Breen, *op. cit.*, p.10.

49   *Ibid.*

50   Rodriguez, *op. cit.*, p. 352.

51   Heinegg, op. cit., p. 705.

52   Juliet Walker, *The History of Black Business in America: Capitalism, Race, Entrepreneurship,* Vol. 1 (Chapel Hill, NC: University of North Carolina Press, 2009), p. 49.

53   Frank <u>W.</u> Sweet, *Legal History of the Color Line: The Rise and Triumph of the One-Drop Rule* (Palm Coast, FL: Backintyme Publishing, 2005), p. 117.

54   Darrell J. Kozlowski, *Colonialism: Key Concepts in American History* (New York: *Chelsea House Publications*, 2010), p. 78; Warren M. Billings, ed., *The Old Dominion in the Seventeenth Century: A Documentary History of Virginia, 1606–1689* (Chapel Hill: The

University of North Carolina Press, 1975), P. 180–181.

55   Anthony Johnson and his servant, Commonwealth of Virginia, Northampton County Deeds, Wills, Etc., March 8, 1654/5, 7 (1655–1668), fol. 10.

56   R. Halliburton, Jr., "Free Black Owners of Slaves: A Reappraisal of the Woodson Thesis, *The South Carolina Historical Magazine,* Vol. 76, No. 3 (Jul. 1975), pp. 129-142.

57   Loren Schweninger, *Black Property Owners in the South, 1790-1915* (Chicago, IL: University of Illinois, 1990).

58   Halliburton, *op. cit.,* pp. 131-140.

59   Larry Koger. *Black Slaveowners: Free Black Slave Masters in South Carolina 1790- 1860* (Columbia, SC: University of South Carolina Press, 1985).

60   Carter G. Woodson, *Free Negro Owners of Slaves in The United States in 1830.* (Washington, DC: The Association for the Study of Negro Life and History, 1924).

61   *Ibid.,* pp. vi-vii.

62   John Hope Franklin and Evelyn Higginbotham, From Slavery to Freedom: A History of African Americans, 9th Edition (New York: McGraw-Hill Higher Education, 2010).

63   Lorenzo G. Greene, *The Negro in Colonial New England, 1620-1776* (New York: Columbia University Press, 1942), p. 17.

64   Colonial Laws of Massachusetts Rep. From 1660 Supp. to 1672: Containing Also, the Body of Liberties (Boston: Rockwell and Churchill, 1889).

65   *Ibid.,* p. 91.

66   Sowell, *op. cit.,* p. 145.

67   Thomas Jefferson (1853-1854). *The Writings of Thomas*

Jefferson: Being His Autobiography, Correspondence, Reports, Messages, Addresses, and other Writings, Official and Private (Washington, D.C.: Taylor & Maury); http://www.blackpast. org/ primary/declaration-independence-and-debate-over-slavery#sthash. s4aQftZQ. dpuf

68 Johnson, *op. cit.*, p. 169.

69 Samuel H. Williamson and Louis P. Cain, "Measuring Slavery in 2011 Dollars," *MeasuringWorth.com*, 2015; http://www. measuringworth.com/slavery.php

70 Robert William Fogel and Stanley L. Engerman, *Time on the Cross: The Economics of American Slavery* (New York: Little, Brown and Company, Inc., 2013).

71 Johnson, *op. cit.*, pp. 155-156.

72 U.S. Constitution. Article 1, Section 8.

73 Johnson, *op. cit.*, p. 188.

74 Catherine Drinker Bowen, *Miracle at Philadelphia* (New York: Little, Brown and Company, 1966), p. 201.

75 U.S. Constitution. Article 1, Section 9.

76 U.S. Constitution. Article 4, Section 2, Clause 3.

77 Gunnar Myrdal, *An American Dilemma; the Negro Problem and Modern Democracy*, Vol. I (New York: Pantheon Books, 1972), p. 85.

78 *Ibid.*

79 Paul Leicester Ford (ed.), *The Writings of Thomas Jefferson*, Vol, I, (New York: G. P. Putnam's Sons, 1892), p. 68.

80 Don E. Fehrenbacher, *Slavery, Law and Politics: The Dred Scott Case in Historical Perspective*, (New York: Oxford University Press, 1981), pp. 33-34.

CHAPITRE 2: L'ÉDUCATION DES NOIRS AVANT LA GUERRE DE SÉCESSION

1   Shmoop Editorial Team, "Narrative of the Life of Frederick Douglass Theme of Education," *Shmoop University, Inc.*, Last modified November 11, 2008, http:// www.shmoop.com/life-of-frederick-douglass/education-theme.html.

2   Frederick Douglass, *Narrative of the Life of Frederick Douglass* (New York: Dover Publications, Inc., 1995), pp. 22-23.

3   Frederick Douglass, Harriet Ann Jacobs, and Kwame Anthony Appiah, *Narrative of the Life of Frederick Douglass, an American Slave & Incidents in the Life of a Slave Girl.* (New York: Random House USA, Inc., 2004).

4   *Ibid.*

5   Stephanie P. Browner, ed., "Classroom," *The Charles Chesnutt Digital Archive*, http://faculty.berea.edu/browners/chesnutt/classroom/education.html

6   Carter Godwin Woodson, *The Education of the Negro Prior to 1861: AHistory of the Education of the Colored People of the United States from the Beginning of Slavery to the Civil War* (Whitefish, MT: Kessinger Publishing's Rare Reprints, 1915), p. 3; http://andromeda. rutgers.edu/~natalieb/The_Education_Of_The_Negro_P.pdf

7   Cotton Mather, *The Negro Christianized, An Essay to Execute and Assist that Good Work, The Instruction of Negro Servants in Christianity* (Boston: B. Green, 1706), pp. 4-5, 28. http://digitalcommons.unl.edu/cgi/viewcontent. cgi?article=1028&context=etas

8   Woodson, *loc. cit.*

9   Robert E. Park and Ernest W. Burgess, *Introduction to the Science of Sociology* (Chicago: University of Chicago Press, 2009), p. 738; www.gutenberg.net

10   *Ibid.*, p. 764.

11   Woodson, *op. cit.*, p. 3.

12   Gunnar Myrdal, *An American Dilemma; the Negro Problem &Modern Democracy*, Vol. II (New York: Pantheon Books, 1972), p. 887.

13   Harry Morgan, *Historical Perspective on the Education of Black Children* (Connecticut: Praeger, 1995), p. 36.

14   Gates, Henry Louis Jr. *The Trials of Phillis Wheatley: America's First Black Poet and Her Encounters with the Founding Fathers,* (New York: Basic Civitas Books, 2003), p. 5.

15   Hammon, Jupiter. *America's First Negro Poet: The Complete Works of Jupiter Hammon of Long Island* (Associated Faculty Press, Inc., Kenniket Press, Empire State Historical Publications Series, 1983, Port Washington, NY.); Wallace, George. "Jupiter Hammon, the Father of African American Poetry." ThoughtCo, Mar. 2, 2017, thoughtco.com/jupiter-hammon-african-american-poetry-2725264.

16   *Ibid.*

17   O'Brien, Michael. *Intellectual Life and the American South, 1810-1860.* (Chapel Hill, NC: The University of North Carolina Press, 2010), p. 181.

18   August Meier and Elliott Rudwick, From Plantation to Ghetto (New York: Hill and Wang, 1970), p. 93.

19   Morgan, *op. cit.*, pp. 59-60.

20   A. Leon Higginbotham, Jr. *In the Matter of Color; Race and the American Legal Process: The Colonial Period* (New York: Oxford University Press, 1978), p. 200.

21   Morgan, *op. cit.*, p. 73.

22   E. Jennifer Monaghan, *Learning to Read and Write in Colonial America* (Boston: University of Massachusetts Press, 2005), pp. 47-48.

23   *Ibid.*

24   Carleton Mabee, *Black Education in New York State from Colonial to Modern Times* (Syracuse, N. Y.: Syracuse University Press, 1979), pp. 1-13.

25   *Ibid.*

26   Higginbotham, *op. cit.*, pp. 200-201.

27   Browner, *op. cit.*

28   Thomas Sowell, *Black Rednecks and White Liberals* (San Francisco: Encounter Books, 2005), p. 145.

29   Johnson, *op. cit.*, p. 169.

30   Higginbotham, *op. cit.*, pp. 258-259.

31   Stephan Thernstrom and Abrigail Thernstrom, *America in Black and White; One Nation Indivisible.* (New York: Touchstone, 1997), p. 32.

32   U.S. Bureau of the Census, Historical States of the United States: Colonial Times to 1970 (Washington, D.C.: U.S. Government Printing Office, 1975), p. 382.

33   John K. Nelson, *A Blessed Company: Parishes, Parsons, and Parishioners in Anglican Virginia, 1690-1776* (Chapel Hill, NC: University of North Carolina Press, 2001), p. 261.

34   *Ibid.*, p. 263.

35   Woodson, *op. cit.*

36   *Ibid.*, pp. 3-4.

37   *Ibid.*, p. 4.

38   Morgan, *op. cit.*, p. 11.

39   Morgan, *op. cit.*, pp. 44, 46.

40   Harry A. Ploski and James Williams, *The Negro Almanac*, 5th ed. (Detroit: Gale Research Inc., 1989), p. 5.

41   *Ibid.*, p. 48.

42   Meier and Rudwick, op. cit., p. 93

43   *Ibid.*, pp. 93-94.

44   *Ibid.*, p. 94.

45   *Ibid.*, pp. 94-95.

46   *Ibid.*, p. 95.

47   *Ibid.*

48   Stuart Brown, ed., *British Philosophy and the Age of Enlightenment* (New York: Routledge, 2003).

49   Woodson, *op. cit.*, p. 4.

50 Vincent P. Franklin, *The Education of Black Philadelphia* (Philadelphia: University of Pennsylvania Press, 1979).

51   *Ibid.*, p. 31.

52   Gary B. Nash, *Forging Freedom* (Cambridge: Harvard University Press, 1988), pp. 202-209.

53   Woodson, *op. cit.*

54   E. Delorus Preston, Jr., "William Syphax, a Pioneer in Negro Education in the District of Columbia," *The Journal of Negro History*, Vol. 20, No. 4, October 1935,
pp. 462-464.

55   *Ibid.*

CHAPITRE 3: L'ÉTINCELLE D'UNE GUERRE INÉVITABLE

1   Francis A. Walker, *Political Economy* (New York, 1887), p. 92.

2   Bradford, James C. *A Companion to American Military History*, Vol. 1, (Malden, MA: Blackwell Publishing Ltd., 2010), p. 101.

3   Keegan, John (2009). *The American Civil War: A Military History* (New York: Alfred A. Knopf, 2009), p. 73.

4   Perman, Michael and Taylor, Amy M. *Major Problems in the Civil War and Reconstruction: Documents and Essays* (Boston, MA: Wadsworth, Cengage Learning, 2010), p. 177.

5   Walker, *op. cit.*

6   "The Missouri Compromise." 123HelpMe.com. 10 Oct   2012 <http://www.123HelpMe.com/view.asp?id=23329>.

7   *Dred Scott v. Sanford* (1857), 19 Howard, 393.

8   *Ibid.*

9   "Address by Charles L. Remond", April 3, 1857, in Herbert Aptheker, *Documentary History of Negro People in the United States* (New York: Citadel Press, 1951), p. 394.

10   "The Dred Scott Decision", a speech delivered before the American AntiSlavery Society, New York, May 11, 1857, in Philip S. Foner, ed., *The Life and Writings of Frederick Douglass*, vol. 2 (New York: International Publishers, 1950), pp. 421, 4.

11   National Anti-Slavery Standard, May 23, 1857, p. 1.

12   Carter G. Woodson, *Free Negro Owners of Slaves in the United States in 1830; Together with Absentee Ownership of Slaves in the United States in 1830* (Washington, D. C.: The Association for the Study of Negro Life and History, 1924), p. iii.

13   *Ibid.*, p. v.

14   Larry Koger, *Black Slaveowners: Free Black Slave Masters in*

South Carolina, 1790-1860 (Jefferson, NC: McFarland & Company, Inc., 1958), p. 85.

15   *Ibid.*, p. 1.

16   Woodson, *op. cit.*, pp. vi-vii.

17   "A Standard Maxim for Free Society," Springfield, Ill., June 26, 1857, in Mario M. Cuomo and Harold Holzer, eds., *Lincoln and Democracy* (New York: HarperCollins, 1990), pp. 90-91.

18   *Ibid.*

19   *Ibid.*, p. 90.

20   David Zarefsky, *Lincoln, Douglas and Slavery: In the Crucible of Public Debate* (Chicago: University of Chicago Press, 1990).

21   Horton and Lois E. Horton, *In Hope of Liberty: Culture, Community, and Protest among Northern Free Blacks, 1700-1860* (Oxford University Press, 1998), p. 264.

22   Steven E. Woodworth, Cultures in Conflict: The American Civil War (Westport, CT: Greenwood Press, 2000), p. 3.

23   Shelby Foote, *The Civil War: Fort Sumter to Perryville, Vol. 1* (New York: Random House, 1958), p. 34.

24   James McPherson, *Battle Cry of Freedom: The Civil War Era* (New York: Oxford University Press, 1988), pp. 114, 143.

25   *Ibid.*, p. 184.

26   Woodworth, *op. cit.*, p. 3.

27   Woodworth, *Ibid.*, p. 4.

28   Woodworth, *Ibid.*

29   McPherson, *op. cit.*, p. 245.

30   Abraham Lincoln, House Divided Speech, Springfield, Illinois, June 16, 1858.

31   Woodworth, *op. cit.*, pp. 4-5.

32   "Jane Stuart Woolsey to a friend, May 10, 1861", in Henry Steele Commager, ed., The Blue and the Gray: Volume 1: From the Nomination of Lincoln to the Eve of Gettysburg, (Plume, rev. and abridged ed., New York, 1973), p. 48.

33   *Ibid.*

34   George Ticknor; *Life, Letters, andJournals of George Ticknor*, 2. vols. (Boston: James R. Osgood and Co., 1876), II, pp. 433-34; Jane Stuart Woolsey to a friend, May 10, 1861", in Henry Steele Commager, ed., *The Blue and the Gray*, 2 vols. (rev. and abridged ed., New York: The Fairfax Press, 1973), I, p. 48.

35   PhilipS. Foner, *Business andSlavery: The New York Merchants and the Irrepressible Conflict* (Chapel Hill, 1941), p. 207.

36   Woodworth, *op. cit.*, p. 5.

37   Woodworth, *Ibid.*, pp. 5-6.

38   *Ibid.*, p. 6.

39   *Ibid.*

40   McPherson, *op. cit.*, p. 313.

41   James A. Rawley, *Turning Points of the Civil War* (Lincoln, NE: University of Nebraska Press, 1989), p. 49.

42   W. E. Burghardt DuBois, "The Freedmen'sBureau,"*Atlantic Monthly* 87 (1901), p. 355.

43   *Ibid.*

44   *Ibid.*

45   For a listing of the number of men engaged and losses incurred by both sides, see Grady McWhiney and Perry D. Jamieson, *Attack and Die: Civil War Military Tactics and the Southern Heritage* (Tuscaloosa, AL: University of Alabama Press, 1984), p. 8.

46   Woodworth, *op. cit.*, p. 6.

47   McWhiney and Jamieson, *op. cit.*, p.8.

48   Woodworth, *op. cit.*, p. 6.

49   Francis B. Carpenter, *The Inner Life of Abraham Lincoln: Six Months at The White House* (New York, 1866), p. 22.

50   David Donald, ed., *Inside Lincoln's Cabinet: The Civil War Diaries of Salmon P. Chase* (New York, 1954), pp. 149-152; Howard K. Beale, ed., *Diary of Gideon Welles,*
3 vols. (New York, 1960), I, pp. 142-145.

51   Roy P. Basler (ed.), Proclamation of Amnesty and Reconstruction, December 8, 1863, *Collected Works of Abraham Lincoln*, Vol. 7, pp. 53-56; http://www. lincolnstudies.com/documents/12081863.html

52   Eric Foner, *Forever Free: The Story of Emancipation & Reconstruction* (New York: Vintage Books, 2005), pp. 61-62.

53   Michael Vorenberg; "'The Deformed Child: Slavery and the Election of 1864," *Civil War History*, Vol. 47, 2001.

54   *Ibid.*

55   Michael Vorenberg, *Final Freedom: The Civil War, the Abolition of Slavery, and the Thirteenth Amendment* (Cambridge: Cambridge University Press, 2001), chap. 2.

56   Handwritten copy of Wade-Davis Bill as originally submitted 1846; Records of Legislative Proceedings; Records of the United States House of Representatives 1789-1946; Record Group 233; National Archives; http://www.ourdocuments.gov/ doc.php?flash=true&doc=37

57   A more detailed comparison of presidential and congressional initiatives is given in Herman Belz, *Reconstructing the Union: Theory and Practice during the Civil War* (Ithaca, N.Y.: Cornell University Press, 1969), pp. 126-243.

58   Vorenberg, *loc. cit.*

59   William Frank Zornow, *Lincoln and the Party Divided* (Norman: University of Oklahoma Press, 1954), pp. 72-86.

60   *Ibid.*

61   *Biography of Andrew Johnson*, The WhiteHouse, Washington, D.C. http://www. whitehouse.gov/history/presidents/aj17.html

62   Zornow, *op. cit.*, pp. 99-103.

63   Edward Chase Kirkland, *Peacemakers of 1864* (New York: The Macmillan Company, 1927), pp. 135-136.

64   *Ibid.*, p. 112.

65   Paul Johnson, *A History of the American People* (New York: Harper Prennial, 1977), p. 485.

66   McPherson, *op. cit.*, pp. 821-822.

67   Alexander H. Stephens, *A Constitutional View of the War between the States*, 2 vols. (Philadelphia: The National Publishing Co., 1868-70), II, p. 619.

68   *Ibid.*

69   McPherson, *op. cit.*, p. 823.

70   Richard N. Current, *The Lincoln Nobody Knows* (New York: McGraw-Hill Book Company, Inc., 1958), pp. 243-247.

71   Stephens, *op. cit.*, pp. 584-619.

72   Hudson Strode, *Jefferson Davis: Tragic Hero* (New York: Harcourt, Brace and World, 1964), pp. 140-143.

73   Kirkland, *op. cit.*, pp. 109.

74   *Ibid.*, pp. 109-110.

75   *Ibid.*

76   Henry J. Raymond, *The Life and Public Services of Abraham Lincoln* (New York: Derby and Miller, 1865), p. 670.

CHAPITRE 4: DE L'ACCOMMODEMENT AU CONFLIT

1   Robert E. Park and Ernest W. Burgess, I*ntroduction to the Science of Sociology* (Chicago: The University of Chicago Press, 1921), p. 735; http://www.gutenberg. org/files/28496/28496-h/28496-h.htm

2   *Ibid.*, p. 5.

3   Paul Johnson. *A History of the American People* (New York: Harper Perennial, 1997), p. 88.

4   Winthrop D. Jordan, *White Over Black: American Attitudes Toward the Negro, 1550-1812,* 2nd Ed. (Published for the Omohundro Institute of Early American Hist)
(Chapel Hill: The University of North Carolina Press, 1968), p. 120.

5   Peter H. Wood. *Black Majority: Negroes in Colonial South Carolina from 1670 through the Stono Rebellion* (W. W. Norton & Company, Inc., 1974), pp. 314-323.

6   *Ibid.*

7   *Acts of the General Assembly of the State of South Carolina from 1791 to December
1794* (1808). Vol. 1, Columbia, S.C.: D. & J.J. Faust, State Printers. www. slaveryinamerica.org/geography/slave_laws_ SC.htm

8   *Ibid.*

9   A. Leon Higginbotham, Jr. *In the Matter of Color; Race and the American Legal Process: The Colonial Period* (New York: Oxford University Press, 1978), pp. 198-199, 258-259.

10   Woodson, *op. cit.*, p. 5.

11   Pulliam, Ted. 2001. "The Dark Days of Black Codes." *Legal Times* 24.

12   Paul Moreno. "Racial Classifications and Reconstruction Legislation," *The Journal of Southern History* Vol. 61, No. 2 (May 1995): pp. 271-305; Wilson, Theodoe Branter Wilson. *The Black Codes of South Carolina* (Tuscalossa: University of Alabama Press, 1967), pp. 111-113.

13   Roy P. Basler (ed.), Emancipation Proclamation, January 1, 1863, *Collected Works of Abraham Lincoln*, Vol. 6, pp. 28-31; http://www.lincolnstudies.com/ documents/01011863.html

14   Emancipation Proclamation, January 1, 1863; Presidential Proclamations, 1791- 1991; Record Group 11; General Records of the United States Government; National Archives; http://www. ourdocuments.gov/doc.php?flash=true&doc=34

15   *Ibid.*

16   Kirkland, *op. cit.*, pp. 17-18.

17   McPherson, op. cit., p. 853.

18   *Ibid.*

19   Whitelaw Reid, *After the War: A Tour of the Southern States, 1865-1866* (New York: Harper Torchbooks, 1965), p. 44.

20   Hans L. Trefousse, *Andrew Johnson: A Biography* (New York: W.W. Norton, 1989), p. 215, citing Petition from Colored People of Alexandria, April 29, 1865, From Frederick, Maryland, Citizens, April 24, 1865, Burnham Wardwell to Johnson, April 21, 1865, *PJ*

7:656-58, 626-27, 608-9; Thomas J. Durant to Johnson, May 1, 1865, Carl Schurz Papers, LC.

21   Henry W. Brands, *The Man Who Saved the Union: Ulysses S. Grant in War and Peace* (New York: Doubleday, 2012), pp. 397-398.

22   Eric Foner and Olivia Mahoney, "America's Reconstruction: People and Politics after the Civil War," *Digital History*, 2003; http://www.digitalhistory.uh.edu/ exhibits/reconstruction/introduction.html

23   History,com Staff, "The Failure of Reconstruction," A+E Networks, 2009; http://www.history.com/topics/american-civil-war/reconstruction

24   *Ibid.*, pp. 392, 396.

25   *Ibid.*, p. 396.

26   Jean Edward Smith, *Grant* (New York: Simon & Schuster, 2001), pp. 369-397; Brands, op. cit., p. 389.

27   *Ibid.*, pp. 398-399.

28   U.S. Constitution. Article IV, Section 4.

29   Woodworth, *op. cit.*

30   Trefousse, *op. cit.*, pp. 219-220.

31   Steven E. Woodworth, *Cultures in Conflict: The American Civil War* (Westport, CT: Greenwood Press, 2000), p. 18.

32   W. E. Burghardt Du Bois, *Black Reconstruction in America, 1860-1880* (New York: The Free Press, 1962), p. 348.

33   *Ibid.*

34   John Hope Franklin, *Reconstruction after the Civil War* (Chicago: University of Chicago Press, 1994).

35 Gitlin, Martin (2009), *The Ku Klux Klan: A Guide to an American Subculture* (Santa Barbara, CA. Greenwood Press) p. 1-2.

36 Paul Johnson, *A History of the American People* (New York: Harper Perennial, 1977), p. 506.

37 Allen Trelease, *White Terror: The Ku Klux Klan Conspiracy and Southern Reconstruction* (New York: Harper & Row, Publishers, 1971), p. 18.

38 Parsons, Elaine Frantz, *Ku-Klux: The Birth of the Klan during Reconstruction* (Chapel Hill, NC: Publisher: University of North Carolina Press, 2015), pp. 5-6.

39 *Ibid.*, p. 6.

40 *Ibid.*

41 "An Act to enforce the Right of Citizens of the United States to vote in the several States of this Union, and for other Purposes," 41st Congress, Sess. 2, ch. 114, 16 Stat. 140.

42 Nicholas Lemann, *Redemption: The Last Battle of the Civil War* (New York: Farrar, Strauss & Giroux, 2007), pp. 75-77.

43 *Ibid.*

44 Gitlin, *op. cit.*, p. 17.

45 *Ibid.*, p. 18.

46 *Ibid.*, pp. 19-20.

47 *Ibid.*, p. 20.

48 *Ibid.*, p. 21.

49 *Ibid.*, p. 22.

50 *Ibid.*, pp. 22-23.

51   *Ibid.*, p. 27.

52   *Ibid.*, pp. 27-28.

53   *Ibid.*, p. 28.

54   1866 Civil Rights Act, 14 Stat. 27-30, April 9, 1866.

55   Westin, *op. cit.*, p. 142.

56   History,com Staff, *op. cit.*

57   Johnson, *op. cit.*, p. 507.

58   Richard H. Pildes, "Democracy, Anti-Democracy, and the Canon", *Constitutional Commentary*, Vol.17, 2000, pp.12-13, 27; Michael Perman, *Struggle for Mastery: Disfranchisement in the South, 1888-1908*, Chapel Hill: University of North Carolina Press, 2001, pp. 208-210.

59   David Blight, *Race and Reunion: The Civil War in American Memory*, Cambridge: Harvard University Press, 2002.

60   Alan F. Westin, "The Case of the Prejudiced Doorkeeper" (*U.S. v. Singleton, etc.*, [The Civil Rights Cases], 109 U.S. 3), *Quarrels that Have Shaped the Constitution* (New York: Harper & Row, Publishers, 1987), pp. 141-142.

61   *Ibid.*, p. 142.

62   1866 Civil Rights Act, 14 Stat. 27-30, April 9, 1866.

63   Gordon Harvey, "Public Education During the Civil War and Reconstruction Era," The *Encyclopedia of Alabama*, 2010; http://www.encyclopediaofalabama.org/ article/h-2600

64   Ronald E. Butchart, "Freedmen's Education during Reconstruction," *New Georgia Encyclopedia*, 2002; http://www.georgiaencyclopedia.org/articles/ history-archaeology/ freedmens-education-during-reconstruction

65   Harvey, *op. cit.*

66   Butchart, *op. cit.*

67   Harvey, *op. cit.*

68   Harvey, *op. cit.*

69   Edward A. Hatfield, "Freedman's Bureau," *New Georgia Encyclopedia*, 2009; http://www.georgiaencyclopedia.org/articles/history-archaeology/freedmens-bureau

70   *Ibid.*

71   *Ibid.*

72   The Editors of Encyclopedia Britannica, "Freedman's Bureau," *Encyclopedia Britannica*, 2015; http://www.encyclopedia.com/history/united-states-and-canada/ us-history/freedmens-bureau

CHAPITRE 5: LA PHILOSOPHIE DE L'ÉDUCATION

1   Robert E. Park and Ernest W. Burgess, *Introduction to the Science of Sociology* (Chicago: The University of Chicago Press, 1921), p. 735; http://www.gutenberg. org/files/28496/28496-h/28496-h.htm

2   *Ibid.*

3   Carter Godwin Woodson, *The Education of the Negro Prior to 1861: A History of the Education of the Colored People of the United States from the Beginning of Slavery to the Civil War* (Whitefish, MT: Kessinger Publishing's Rare Reprints, 1915), p. 4; http://andromeda. rutgers.edu/~natalieb/The_Education_Of_The_Negro_P.pdf

4   James Oliver Horton and Lois E. Horton, *In Hope of Liberty: Culture, Community, and Protest among Northern Free Blacks, 1700-1860* (Oxford University Press, 1998), p. 192.

5   Rosalind Cobb Wiggins, ed., *Captain Paul Cuffee's Logs And*

Letters, 1808-1817: A Black Quaker's "Voice From Within The Veil" (Washington: Howard University Press, 1996), p. xi.

6   Abigail Mott, *Biographical Sketches and Interesting Anecdotes of Persons of Colour* (printed and sold by W. Alexander & Son; sold also by Harvey and Darton, W. Phillips, E. Fry, and W. Darton, London; R. Peart, Birmingham; D.F. Gardiner, Dublin, 1826), pp. 31-43 (accessed on Google Books); http://books.google.com/books?id=vQ2qZk0hdlsC

7   Lamont D. Thomas, *Paul Cuffee: Black Entrepreneur and Pan-Africanist* (Chicago: University of Illinois Press, 1988), p. 110.

8   *Ibid.,* p. 111.

9   Tonya Bolden, "Strong Men Keep Coming" *The Book of African American Men* (New York: John Wiley & Sons, Inc., 1999). p. 31.

10   *Ibid.,* pp 192-193.

11   *Ibid.*

12   Jacqueline M. Moore, *Leading the race: The Transformation of the Black in the Nation's Capital, 1880-1920* (Charlottesville and London: University Press of Virginia, 1999, p. 21.

13   Butchart, *op. cit.*

14   *Ibid.*

15   *Ibid.*

16   *Ibid.*

17   *Ibid.*

18   Woodson, *loc. cit.*

19   *Ibid.*

20   *Ibid.*

21 Gunnar Myrdal, *An American Dilemma: The Negro Problem and Modern Democracy*, Vol. II, New York: Harper & Row Publishers, Incorporated, 1973, p. 880.

22 *Ibid.*

23 *Ibid.*, pp. 880-881.

24 *Ibid.*; Sandra Fitzpatrick and Maria R. Goodwin, *The Guide to Black Washington: Places and Events of Historical and Cultural Significance in the Nation's Capital*, New York: Hippocrene Books, 1990, p. 156.

25 The Smithsonian Anacostia Museum and Center for African American History and Culture, *The Black Washingtonians: The Anacostia Museum Illustrated Chronology*, Hoboken, New Jersey: John Wiley & Sons, Inc., 2005, p. 349.

26 Report of the District of Columbia Board of Trustees, 1876-1877, pp. 140.-141.

27 Moore, *op. cit.*, p. 22.

28 Gunnar Myrdal, *An American Dilemma: The Negro Problem and Modern Democracy*, Vol. II, New York: Harper & Row Publishers, Incorporated, 1973, p. 888.

29 Ibid., p. 889.

30 *Ibid.*; J. M. Heffron, "Armstrong, Samuel Chapman," *American National Biography Online*, February 2000; http://www.anb.org/articles/09/09-00034.html

31 Myrdal, *loc. cit.,* p. 889.

32 Frederick Douglass, *The life and times of Frederick Douglass: his early life as a slave, his escape from bondage, and his complete history*, Hartford, Conn: Park Publishing, Co., 1882, p. 357.

33 Thomas C. Holt "Du Bois, W. E. B.," *American National Biography Online*, February 2000; http://www.anb.org/articles/15/15-00191.html

34 *Ibid.*

35 *Ibid.*

36 Myrdal, *op. cit.*, pp. 889-890.

37 Thomas Sowell, *Black Rednecks and White Liberals* (San Francisco: Encounter Books, 2005), p. 232.

38 W. E. B. Du Bois, "The Hampton Idea," *The Education of Black People: Ten Critiques, 1906-1960*, edited by Herbert Aptheker (Amherst: University of Massachusetts Press, 1973), pp. 6-7.

39 W.E.B. Du Bois, *The Philadelphia Negro; A Social Study* (New York: gramercy Books, 1970), p. 395.

40 W.E.B. Du Bois, *The Souls of Black Folk* (New York: Dover Publications, Inc., 1994), p. 42.

41 Sowell, *op. cit.*, p. 232.

42 Booker T. Washington, *Up From Slavery* (New York: Dover Publications, Inc., 1995), p. 109.

43 *Ibid.*, p.108.

44 C. Eric Lincoln, "The Negro College and Cultural Change," *Daedalus*, Summer 1971, p. 614.

45 See Charles W. Chestnut et al, *The Negro Problem* (Memphis, Tennessee: General Books, reprinted 2010), pp. 6-20.

46 W. E. B. Du Bois, "Education and Work," The *Education of Black People*, edited by Herbert Aptheker, p. 68.

47 Sowell, *op. cit.*, p. 233.

48 Louis R. Harlan, *Booker T. Washington: The Wizard of Tuskegee 1901-1915* (New York: Oxford University Press, 1983), p. 138.

49 Booker T. Washington, *The Future of the American Negro* (New York: The New American Library, Inc., 1969), pp. 80-81.

50 Willard B. Gatewood, *Aristocrats of Color: The Black, 1880-1920* (Bloomington: Indiana University Press, 1990), p. 266.

51 Harlan, *op. cit.*, p. 280.

52 Du Bois, *op. cit.*, p. 63.

53 *Ibid.*, p. 203.

54 Washington, *The Future of the American Negro*, p. 80.

55 Washington, *Up from Slavery*, p. 93.

56 Washington, *The Future of the American Negro*, p. 141.

57 Louis R. Harlan, *Booker T. Washington*, pp. 291, 297-298, 302-303, *idem.*, *Booker T. Washington: The Wizard of Tuskegee, 1901-1915*, p. 244-250.

58 James M. McPherson, *The Abolitionist Legacy: From Reconstruction to the NAACP* (Princeton: Princeton University Press, 1975), pp. 352-363.

59 Harlan, *op. cit.*, p. 361.

60 *Ibid.*, p. 134.

61 A fuller discussion of Booker T. Washington can be found in Thomas Sowell's article, "Up from Slavery" in the December 5, 1994 issue of *Forbes* magazine, as well as in the already cited two-volume biography of Booker T. Washington by Louis R. Harlan.

62 Kelly Miller, "Washington's Policy," *Booker T. Washington and His Critics: The Problem of Negro Leadership* edited by Hugh Hawkins (Lexington: D.C. Heath and Co., 1962), p. 51.

63   Washington, *Up from Slavery*, p. 270.

64   Lillian Gertrude Dabney, *The History of Schools for Negroes in the District of Columbia, 1807-1947: a Dissertation.* (Washington: Catholic University Press of America, 1949), pp. 195-200, 216-217.

65   E. Delorus Preston, Jr., "William Syphax, a Pioneer in Negro Education in the District of Columbia," *The Journal of Negro History*, Vol. 20, No. 4, October 1935, pp. 462-464.

66   *Ibid.*, p. 448.

67   *Ibid.*, p. 458

68   *Ibid.*, pp. 463-464.

69   Robert E. Park and Ernest W. Burgess, *Introduction to the Science of Sociology* (Chicago: The University of Chicago Press, 1921), p. 626; http://www.gutenberg. org/files/28496/28496-h/28496-h.htm

70   G. Smith Wormley, "Educators of the first Half Century of Public Schools of the District of Columbia," *The Journal of Negro History*, Vol. 17, No. 2, April 1932,
p. 124.

CHAPITRE 6: LA CULTURE DE LA COMMUNAUTÉ NOIRE AVANT 1960

1   C. Vann Woodward, "The Case of the Louisiana Traveler"
(*Plessy v. Ferguson*,
163 U.S. 537), *Quarrels that Have Shaped the Constitution* (New York: Harper & Row, Publishers, 1987), pp. 158.

2   *Ibid.*, p. 157.

3   *Ibid.*, p. 174.

4   Elgin F. Hunt and David C. Colander, *Social Science: An Introduction to the Study of Society*, 14th   Ed., (New York: The Macmillan Company, 2010), pp. 38- 39, 44.

5   Melville J. Herskovits. "Social of the Negro," in Carl Murchison, ed., *A Handbook for Psychology* (Worcester, Mass.: Clark university press, 1935), pp. 234-240.

6   Gunnar Myrdal, *An American Dilemma; the Negro Problem and Modern Democracy* (New York: Harper & Brothers, 1944), p. 859.

7   *Ibid.* pp. 859-860.

8   *Ibid.* p. 860.

9   William Edward Burghardt Du Bois, *The Negro* (New York: Henry Holt and Company, 1915), p. 227.

10   Allison Davis, "The Negro church and associations in the lower South" (unpublished manuscript, Carnegie-Myrdal study of *The Negro in America*, 1945), pp. 36-37.

11   Myrdal, *op. cit.*, p. 861.

12   Jacqueline M. Moore, *Leading the race: The Transformation of the Black in the Nation's Capital, 1880-1920*, Charlottesville and London: University Press of Virginia, 1999, p. 71.

13   *Ibid.*

14   *Ibid.*

15   *Ibid.*, pp. 71-72.

16   Evelyn Brooks Higginbotham, *Righteous Discontent: The Women's Movement in the Black Baptist Church, 1880-1920* (Cambridge, MA: Harvard University Press, 1994), pp. 23, 52-53.

17   See Richard S. Newman, *Freedom's Prophet: Bishop Richard Allen, the AME Church, and the Black Founding Fathers* (New York: New York University Press, 2008), pp.14-15, 184.

18   Moore, *op. cit.*, p. 73.

19   John Wesley Cromwell, Sr., "First Negro Churches in the District of Columbia," pp. 12-13, folder 37, box 2, Cromwell family Papers, Moorland-Spingarn Research Center, Howard University.

20   Dickson D. Bruce, Jr., *Archibald Grimké, Portrait of a Black Independent* (Baton Rouge: Louisiana State University Press, 1993); "Francis Grimke," American National Biography, Volume 9 (New York: Oxford University Press, 1999), p. 627; http://www.westminster-stl.org/Sermons/050220.htm

21   Paul E. Sluby, Sr., *Sessional Minutes*, Vol. 1-111 of the fifteenth Street Presbyterian Church, 1980, pp. 157-165,170, 184, 193, 205, 210-211.

22   Francis J. Grimké, "Equality of Rights for All Citizens, Black and White Alike," sermon delivered March 27, 1909, in *Grimké, Works*, 1:418-419.

23   Moore, *op. cit.*, pp. 73-74.

24   Francis J. Grimké, *A Look Backward*, pp. 2-3, Francis J. Grimké Sermons, April 7, 1895, folder 663.

25   Francis J. Grimké, "God and Prayer as factors in the Struggle," *ibid.*, pp. 274-290.

26   Moore, *op. cit.*, p. 75.

27   Booker T. Washington, "The Religious Life of the Negro," *The North American Review*, Vol. 181, No. 584 (Jul., 1905), pp. 20-23; http://www.jstor.org/stable/ pdfplus/25105424. pdf?acceptTC=true

28   Moore, *op. cit.*, pp. 84-85.

29 *Black Americans in Defense of Our Nation*, (Department of Defense, 1985). http://www.shsu.edu/~his_ncp/AfrAmer.html

30 Robert L. Scribner, *Revolutionary Virginia, the Road to Independence*. (Charlottesville, VA: University of Virginia Press, 1983). pp. *xxiv*.

31 Benjamin Quarles, *The Negro in the American Revolution*. (Chapel Hill: University of North Carolina Press, 1961), p. i.

32 Michael Lanning. *African Americans in the Revolutionary War* (New York: Kensington Publishing, 2000), p.177.

33 *American Revolution — African Americans in the Revolutionary Period* (Washington, D.C.: National Park Service); http://www.nps.gov/revwar/ about_the_revolution/ african_americans.html

34 Budge Weidman, *The Fight for Equal Rights: Black Soldiers in the Civil War* (Washington, D.C.: The U.S. National Archives and Records Administration); http://www.archives.gov/education/ lessons/blacks-civil-war/article.html

35 *Ibid.*

36 *Ibid.*

37 *Black Americans in Defense of Our Nation, op. cit.*

38 *The African American Odyssey: World War I and Postwar Society* (Washington, D.C.: Library of Congress); http://memory.loc. gov/ammem/aaohtml/exhibit/ aopart7.html

39 Cameron McWhirter, *Red Summer: The Summer of 1919 and the Awakening of Black America* (New York: Henry Holt, 2011), p.13.

40 *Ibid.*, p.15.

41 Rawn James, Jr., "The Forgotten Washington Race War of 1919," *George Mason University History News Network*, February 28, 2010; http://www.hnn.us/ article/123811#sthash.1KA4P9V0.dpuf

42 Peter Perl, "Race Riot of 1919 Gave Glimpse of Future Struggles," *The Washington Post*, March 1, 1999; Page A1.

43 *Ibid.*

44 James, *op. cit.*

45 *Ibid.*

46 Kenneth D. Ackerman, Young J. Edgar: *Hoover, the Red Scare, and the Assault on Civil Liberties* (New York: Da Capo Press, 2007), pp. 60-62.

47 *Black Americans in Defense of Our Nation, op. cit.*

48 Lisa Krause, "Black Soldiers in WWII: Fighting Enemies at Home and Abroad," National *Geographic News*, February 15, 2001; http://news.nationalgeographic.com/ news/2001/02/0215_tuskegee.html

49 *Ibid.*

50 *Ibid.*

51 Frederick Douglass speech, unidentified typescript, folder 351, box 19, Archibald H. Grimké Papers, Moorland-Spingarn Research Center, Howard University.

52 Moore, *op. cit.*, p. 33.

53 Myrdal, *op. cit.*, p. 134.

54 Paul Raeburn, Do Fathers Matter? What Science is Telling Us About the Parent We've Overlooked (New York: Scientific American/ Farrar, Straus and Girous, 2014), pp. 5-6.

55 *Ibid.*, p. 14.

56 Moore, *op. cit.*, p. 33.

57 Moore, *ibid.*, p. 34.

58 Although the official title of the document is *The Negro Family: The Case for National Action* (Washington, D.C.: Office of Policy Planning and Research, U.S. Department of Labor, 1965), it is known by the name of its principal author, Daniel Patrick Moynihan.

59 E. Franklin Frazier, *The Negro Family in the United States* (Chicago: University of Chicago Press, 1939).

60 Summarized in Andrew J. Cherlin, *Marriage, Divorce. Remarriage* (Cambridge, Mass.: Harvard University Press, 1981).

61 For recent reincarnations of this argument, see Nicholas Lemann, "The Origins of the Underclass." *Atlantic,* June 1986, pp. 31-35, and July 1986, pp. 54-68; Leon Dash, *When Children Want Children* (New York: William Morrow, 1989).

62 Erol Ricketts, "The Origin of Black Female-Headed Families," *Focus,* Spring/ Summer 1989, pp 32-37; http://www.irp. wisc.edu/publications/focus/pdfs/ foc121e.pdf

63 *Ibid.*, p. 33.

64 *Ibid.*, p. 34.

65 Fred Siegal, *The Future Once Happened Here: New York, D.C., L.A., and the Fate of America's Big* Cities (New York: The Free Press, 1997).

66 Mickey Kaus, *The End of Equality* (New York: Basic Books, 1998), p. 111.

67 Lyndon B. Johnson, "Great Society Speech, 1964," Public Papers of the Presidents of the United States, *Lyndon B. Johnson, Book I* (1963-64), p. 704-707. http://coursesa.matrix.msu. edu/~hst306/documents/great.html

68 Kaus, *op. cit.,* pp. 110-112.

69 Ricketts, *op. cit.,* pp. 32-37.

70 Thomas Sowell, *The Vision of the Anointed: Self-Congratulations as a Basis for Social Policy* (New York: Basic Books, 1995), p. 61.

71 Ricketts, *loc. cit.,* pp. 32-37.

72 Melvin Small, *The Presidency of Richard Nixon* (Lawrence, KS: University Press of Kansas, 1999), p. 12.

73 Arnold Toynbee and David Churchill Somervell, A *Study of History: Abridgement of Volumes 1-VI* (New York: Oxford University Press, 1946.

74 Small, op. cit., pp. 12-13.

75 John Elson, "Is God Dead?" *Time*, Vol. 87, No. 14, Apr. 8, 1966.

76 Karl Marx and Friedrich Engel, *The Communist Manifesto* (Chiron Academic Press - The Original Authoritative Edition) (2016), p. 23.

77 Daniel Patrick Moynihan, "Defining Deviancy Down," *American Scholar*, Vol. 62, No. 1, Winter 1993, pp. 17-30.

CHAPITRE 7: LES LOCALITÉS DE WASHINGTON-GEORGETOWN

1   For references to Professor Robert E, Park's theories of competition, conflict, accommodation, and assimilation, see Gunnar Myrdal, *An American Dilemma; the Negro Problem and Modern Democracy* (New York: Harper & Brothers, 1944), p.662; also, Brewton Berry, Race Relations (Boston: Hougth Mifflin Company, 1951), p. 134.

2   Mary Mitchell, *Glimpses of Georgetown, Past and Present* (Washington, DC: The Road Street Press, 1983), pp. 14-15.

3   Delany, Kevin, *A Walk Through Georgetown.* (Washington, D.C.: Kevin Delany Publications. 1971).

4   Grace Dunlop Ecker, *A Portrait of old Georgetown* (Richmond, Va., Garrett & Massie, Inc., 1933), pp. 1-6.

5   Richard Plummer Jackson, *The Chronicles of Georgetown, D.C.,from 1751-1878.* (Washington, D.C.: R. O. Polkinhorn, 1878), pp. 3–4; http://books.google.com/books?id=VFUUAAAAYAAJ.

6   Kathleen M. Lesko, Valerie Babb and Carroll R. Gibbs, *Black Georgetown Remembered: A History of Its Black Community from The Founding of "The Town of George".* (Washington, D.C.: Georgetown University Press, 1991), p. 1.

7   Grace Dunlop Ecker, *A Portrait of old Georgetown* (Richmond, Va., Garrett & Massie, Inc., 1933), p. 12.

8   Lesko, *op. cit.*, pp. 1-2.

9   Ecker, *op. cit.*, p. 8.

10   Ron Chernow, *Alexander Hamilton* (New York: Penguin Press, 2004), pp. 321-331.

11   Oliver W. Holmes, "Suter's Tavern: Birthplace of the Federal City," *Records of the Columbia Historical Society* 73-74: 1–34.

12   Oliver W. Holmes, "The City Tavern: A Century of Georgetown History, 1797- 1898," *Records of the Columbia Historical Society*, 50: 1–35.

13   "An Old City's History: The Simple Annals of Our Venerable Suburb," *The Washington Post*, July 24, 1878.

14   *Ibid.*

15   Ecker, *op. cit.*, p. 47.

16   Lonn Taylor, Kathleen M. Kendrick, and Jeffrey L. Brodie, *The Star-Spangled Banner: The Making of an American Icon* (New York: HarperCollins, for the Smithsonian Institution, 2008), p. 40.

17   From its beginning to December 1876, the canalearned $35,659,055 in revenue, while expending $35,746,301. - "An Old City's History: The Simple Annals of Our Venerable Suburb". *The Washington Post*, July 24, 1878.

18   *Ibid.*

19   Frederick Albert Gutheim and Antoinette J. Lee, *Worthy of the Nation: Washington, DC, from L'Enfant to the National Capital* (Baltimore, MD: Johns Hopkins University Press, 2006), p. 49.

20   Lesko, *op. cit.*, p. 2.

21   Gutheim and Lee, op. cit., p. 51.

22   *District of Columbia Emancipation Act*, April 16, 1862 [For the Release of Certain Persons Held to Service or Labor in the District of Columbia], 04/16/1862 (ARC Identifier: 299814); General Records of the United States Government; Record Group 11; National Archives.

23   Lesko, *op. cit.*, p. 2.

24   Mary Mitchell, *Glimpses of Georgetown: Past and Present* (Washington, D.C.: The Road Street Press, 1983), p. 10.

25   Washington, DC-Mt. Zion Cemetery.

26   George P. Sanger, Counselor at Law, ed., *The United States Statutes at Large and Proclamations of the United States of America, from December 1869 to March 1871, and Treaties and Postal Conventions*, Vol. 16, p. 428, §40.

27   *The United States Statutes at Large of the United States of America, from August 1893 to March 1895, and Recent Treaties*, Conventions, and Executive Proclamations, edited, printed, and published by authority of Congress, under the direction of the Secretary of State (Washington, D.C.: Government Printing Office, 1895) p. 679.

28   Gutheim and Lee, *op. cit.*, p. 58.

29   *Ibid.*, p. 94.

30 A. Robert Smith and Eric Sevareid, *Washington: Magnificent Capital* (New York: Doubleday & Company, 1965), p. 154.

31 Mitchell, *op. cit.*, p. 2.

32 Gutheim and Lee, op. cit., p. 199.

33 *District of Columbia Emancipation Act*, *op. cit.*

34 Lesko, *op. cit.*, p. 95.

35 *Old Georgetown Act*, Public Law 808, 81st Congress, H.R. 7670, D.C. Code 5-801, 64 Stat. 903.

36 Thomas Sowell, "Black Excellence--the Case of Dunbar High School," *The Public Interest*, Vol. 43, Spring 1976, p. 30.

37 C. Vann Woodward, "The Case of the Louisiana Traveler" (*Plessy v. Ferguson*, 163 U.S. 537), *Quarrels that Have Shaped the Constitution* (New York: Harper & Row, Publishers, 1987), pp. 158-159.

38 *Ibid.*

39 *Ibid.*

40 U Street Corridor, Washington, DC, http://www. ustreetcorridor. com/u-street-history/

41 Robert G. Kaiser, "A City of Splendid Spaces, Great Events; 4 Landmarks Offer Washingtonians Gateways to a Capital Adventure," *The Washington Post*, April 22, 2004.

42 Tracey Gold Bennett, *Washington, D.C. 1861-1962* (Charleston, SC: Arcadia Publishing, 2006), pp. 13.

43 *Ibid.*

44 National Capital Parks and Planning Commission, Reports and Plans, Washington Region, 1928, pp. 2, 56.

45   *Ibid.*, pp. 11, 52.

46   Washington D.C., Department of Urban Renewal, Washington's Far Southeast '70 Report, 1970, p. 23.

47   See George Lipsitz, *The Possessive Investment in Whiteness: How White People Profit from Identity Politics* (Philadelphia, PA: Temple University Press, 2006); Douglas S. Massey, *Categorically Unequal: The American Stratification System* (New York: Russell Sage Foundation, 2007); and, Douglas S. Massey and Nancy A. Denton, *American Apartheid: Segregation and the Making of the Underclass* (Cambridge, MA: Harvard University Press, 1998).

48   Archie Morris III., "Advancing Urban Educational Policy: Insights from Research on Dunbar High School," *Journal of the Case Studies in Education*, May 2017.

49   Sowell, *op. cit.*, p. 31.

50   *Ibid.*, p. 34.

51   Myrdal, *op. cit.*

52   Patricia Sullivan, Charles Sumner Lofton; Principal at Dunbar During Civil Rights Era, *The Washington Post*, August 10, 2006, p. B06.

CHAPITRE 8: VIVRE UNE VIE SÉGRÉGUÉE DANS LA CAPITALE NATIONALE

1   Constance McLaughlin Green, *The Secret City: A History of Race Relations in the Nation's Capital* (Princeton, N.J.: Princeton University Press, 1967), pp. 119-134.

2   *Plessy vs. Ferguson*, Judgement, Decided May 18, 1896; Records of the Supreme Court of the United States; Record Group 267; *Plessy v. Ferguson*, 163, #15248, National Archives; https://www.ourdocuments.gov/doc.php?flash=true&doc=52.

3   Cooper, John Milton Jr., ed., *Reconsidering Woodrow Wilson: Progressivism, Internationalism, War, and Peace.* (Washington D.C.: Woodrow Wilson International Center for Scholars, *2008).*

4   Desmond King, *Separate and Unequal: Black Americans and the U.S. Federal Government* (Oxford: Clarendon Press, 1997), pp. 10-13.

5   Green, op. *cit.*, p.154.

6   Kenneth Robert Janken, *Rayford W. Logan and the Dilemma of the African- American Intellectual* (Amherst: University of Massachusetts Press, 1993), p.18.

7   Janken, *op. cit.*, p. 17.

8   *Ibid.*, pp. 17-18.

9   Isaac Weld, *Travels Through the States of North America and the Providences of Upper and Lower Canada*, vol. I (London: J. Stockdale, 1799), pp. 145-152.

10   James Weldon Johnson, *Along the Way* (New York: Viking, 1937), p. 32.

11   Ignatius Holoe to the Secretary of the Navy, circa 1840, NARA RG45.

12   Henry B. Hibben, *Original History of the Washington Navy Yard* (Washington, D.C.: Naval District Washington, 1890), p. 37.

13   John Stephen Durham, "The Labor Union and the Negro," *Atlantic Monthly*, February 1898, p. 226.

14   *Ibid.*, pp. 132-133.

15   Tucker Carlson, "Washington's Lost Black Aristocracy," *City Journal*, Autumn 1996; http://www.city-journal.org/html/6_ _ 4urbanities-washingtons_los.html

16   *Ibid.*

17   *Ibid.*

18   Phyllis Field, "Union League," in Nina Mjagkij, ed., *Organizing Black America: An Encyclopedia of African American Associations* (New York: Garland Publishing, 2001); Michael Fitzgerald, T*he Union League Movement in the Deep South: Politics and Agricultural Change During Reconstruction* (Baton Rouge: Louisiana State University Press, 1989).

19   *Ibid.*

20   "Daniel Freeman: The Man behind the Camera," The Historical Society of Washington, D.C., O*ctober 26, 2009 to January 18, 2010;* http://www.historydc. org/pastexhibits.aspx

21   *Ibid.*, p. 132.

22   *Ibid.*

23   *Ibid.*, pp. 132-133.

24   *Ibid.*, pp. 133-134.

25   Robert Kinzer and Edward Sagarin, "Roots of the Integrationist-Separatist Dilemma," in Bailey, *Black Business Enterprise*, pp. 52-53, 55-56; Joseph A. Pierce, "The Evolution of Negro Business," in Bailey, *Black Business Enterprise*, p. 36.

26   Thomas Hudson McKee, *The National Conventions and Platforms of All Political Parties, 1789-1905* (New York: Burt Franklin, 1971), pp. 18-20.

27   Eugene V. Smalley, *A Brief History of the Republican Party. From Its Organization to the Presidential Campaign of 1884* (New York: John Alden, Publisher, 1885), p. 30.

28   McKee, *National Conventions and Platforms*, pp. 108-109.

29   *Ibid.*

30   *Democratic National Committee* online, "Brief History of the Democratic Party" (at http://www.democrats.org/ about/history.html).

31 Robert L. Zangrando, *The NAACP Crusade Against Lynching, 1909-1950* (Philadelphia: Temple University Press, 1980), pp. 139-165; Harvard Sitkoff, *A New Deal for Blacks: The Emergence of Civil Rights as a National Issue* (New York: Oxford University Press, 1978), pp. 289-295.

32 *Executive Order 8802* dated June 25, 1941, General Records of the United States Government; Record Group 11; National Archives.

33 Samuel Lubell, (1956). *The Future of American Politics, 3rd ed.* (New York: Anchor Press. 1956), p. 232.

34 Melvyn Dubofsky. "Rustin, Bayard"; *American National Biography Online*, February 2000; http://www.anb.org/articles/15/15-00935.html.

35 Lawrence Otis Graham, *Our Kind of People: Inside America's Black Upper Class*, (New York: HarperCollins Publishers, 2000), p. 10.

36 Graham, *ibid*, p. 10; Tracey Gold Bennett, *Washington, D.C. 1861-1962* (Charleston, SC: Arcadia Publishing, 2006), p. 13; *Biographical Directory of the American Congress 1774-1949* (Washington, D.C.: U.S. Government Printing Office, 1950), pp. 1729-1730.

37 Graham, *ibid*, pp. 10-11; Bennett, Ibid. p. 26; *Biographical Directory 1774-1949, ibid.*, pp. 1713-1714.

38 Graham, *ibid*, pp. 10-11; *Biographical Directory 1774-1949, ibid.*, p. 1723.

39 Graham, *ibid*, pp. 10-11; Bennett, Ibid. p. 27; *Biographical Directory 1774-1949, ibid.*, p. 1822.

40 Graham, *ibid*, pp. 10-11; Bennett, Ibid. p. 34; *Biographical Directory 1774-1949, ibid.*, pp. 904-905.

41 Graham, *ibid*, p. 11.

42 *Biographical Directory of the American Congress 1774-1949* (Washington, D.C.: U.S. Government Printing Office, 1950).

43   *Ibid.*

44   Office of History and Preservation, Office of the Clerk, *Black Americans in Congress, 1870–2007*. Washington, D.C.: U.S. Government Printing Office, 2008.

45   William B. Gatewood, *Aristocrats of Color: The Black, 1880-1920* (Fayetteville: University of Arkansas Press, 1990), p.66.

46   *Ibid.*, pp. 66-67.

47   Steven Mintz, "A Historical Ethnography of Black Washington, D.C.", *Records of the Columbia Historical Society of Washington, D.C. 52*, 1989, pp. 239-240.

48   David L. Lewis, *The District of Columbia: A Bicentennial History* (New York: W. W. Norton, 1976), pp. 72-73.

49   Federal Writers' Project, *City and Capital: Federal Writers' Project, Works Progress Administration* (Washington, DC: U. S. Government Printing Office, 1937), p. 1076.

50   Karen Tanner Allen, *Alley, Alley in Free*, The Washington Post, January 7, 2006, p. F05.

51   James Borchert, *Alley Life in Washington: Family, Community, Religion, and Folklife in the City, 1850–1970* (Urbana: University of Illinois Press, 1980), pp. 45-47.

52   National Capital Parks and Planning Commission, Reports and Plans, Washington Region, 1930, p. 76.

53   *Ibid.*

54   National Capital Parks and Planning Commission, Washington Present and Future, 1950, p. 20.

55   Mintz, *op. cit.*, p. 236.

56   Janken, *op. cit.*, pp. 12-13.

57 Thomas Sowell, "Black Excellence--the Case of Dunbar High School," *The Public Interest*, Vol. 43, Spring 1976, p. 39.

58 Moore, *op. cit.*, p. 51.

59 William H. Jones, *Recreation and Amusement Among Negroes in Washington, D.C.: A Sociological Analysis of the Negro in an Urban Environment* (Washington: Howard University Press, 1927), pp. 98-99.

60 Paul K. Williams, *Images of America; Greater U Stre*et (Chicago: Arcadia Publishing, 2002), p. 27.

61 *Ibid.*, p. 51.

62 *Ibid.*

63 Moore, *op. cit.*, p. 61.

64 *Ibid.*

65 Jones, *op. cit.*, pp. 29-34.

66 Moore, op. cit., p. 61.

CHAPITRE 9: LE COMMENCEMENT DE LA LIBÉRATION

1 Kevin Gaines, *Uplifting the Race: Black Leadership, Politics, and Culture in the Twentieth Century* (Chapel Hill, University of North Carolina Press, 1996), 1-2.

2 *Ibid.*

3 *Report of Board of Education, 1867-1868.*

4 *Report of Board of Education, 1899-1900*, pp. 54-59.

5 G. Smith Wormley, "Educators of the first Half Century of Public Schools of the District of Columbia," *The Journal of Negro History*, Vol. 17, No. 2, April 1932, pp. 124-125.

6   *Ibid.*, pp. 126-127.

7   *Ibid.*, p. 127.

8   *Ibid.*, pp. 127-128.

9   *Ibid.*, pp. 124-125.

10   Gaines, *op. cit.*, p. 2.

11   Jacqueline M. Moore, *Leading the race: The Transformation of the Black in the Nation's Capital, 1880-1920*, Charlottesville and London: University Press of Virginia, 1999, p. 22.

12   Antoinette J. Lee, "Magnificent Achievements - The M Street High School," *CRM Magazine: African-American History and Culture*, Vol. 20, No 02, 1997, p 24; http://crm.cr.nps.gov/20-2/20-2-16.pdf

13   E. Delorus Preston,, Jr., "William Syphax, a Pioneer in Negro Education in the District of Columbia," *The Journal of Negro History*, Vol. 20, No. 4, October 1935, p. 470; Mary Gibson Hundley, *The Dunbar Story* (New York: Vintage Press Hundley, 1965), pp. 15-16.

14   Kenneth Robert Janken, *Rayford W. Logan and the Dilemma of the African- American Intellectual* (Amherst: University of Massachusetts Press, 1993), pp. 18-19.

15   W.E.B. Du Bois, *The Negro Problem* (New York: James Pott and Company, 1903).

16   Mary Church Terrell, "History of the High School for Negroes in Washington," *The Journal of Negro History*, Vol. 2, No. 3, July 1917, pp. 252-254.

17   Moore, *op. cit.,* p. 25.

18   Hundley, *op. cit.*, p. 16.

19   Terrell, *op. cit.*, pp. 254-255.

20   Hundley, *op. cit.*, p.16; Preston, *op. cit.*, pp. 470-471.

21   Hundley, *ibid.*, pp. 16-17.

22   Terrell, *op. cit.*, pp. 255-256.

23   *Ibid.*, p. 256.

24   *Ibid.*, p. 257.

25   Hundley, *ibid.*, p. 17; Lee, *op. cit.*, p. 24; G. Smith Wormley, "Educators of the first Half Century of Public Schools of the District of Columbia," *The Journal of Negro History*, Vol. 17, No. 2, April 1932, p. 137.

26   Hundley, *op. cit.*, p.17.

27   Terrell, *op. cit.*, p. 257; Hundley, *loc. cit.*, p.17.

28   Wormley, *op. cit.*, p. 137.

29   *Ibid.*, p. 124.

30   Terrell, *op. cit.*, p. 258.

31   Lee, *op. cit.*, p. 24.

32   Lee, *op. cit.*, pp. 24-25.

33   Note: The Boston Latin School was both the first public school and oldest existing school in the United States. The Public Latin School was a bastion for educating the sons of the Boston, resulting in the school claiming many prominent Bostonians as alumni. Its curriculum followed that of the 18th century Latin-school movement which holds the classics to be the basis of an educated mind. Four years of Latin was mandatory for all pupils who entered the school in 7th grade, three years for those who entered in 9th.

34   *Ibid.*, p 25.

35 Rayford W. Logan, "Growing Up in Washington: A Lucky Generation," *Records of the Columbia Historical Society*, Vol. 50, 1980, p.503.

36 Thomas Sowell, "Black Excellence--the Case of Dunbar High School," *The Public Interest*, Vol. 43, Spring 1976, p. 31.

37 Terrell, *op. cit.*, p. 258; G. Smith Wormley, "A Great Educator in a Great City," *Howard University Record* 18 (1923-24), pp. 230-232.

38 *Ibid.*, p. 259.

39 *Ibid.*, p. 259; Sowell, *op. cit.*, p. 31.

40 Terrell, *op. cit.*, p. 259.

41 Kenneth R. Manning, *Black Apollo of Science: The Life of Ernest Everett Just* (New York: Oxford University Press, 1983), p. 18 and p. 27.

42 Henry S. Robinson, "The M Street High School, 1891-1916," *Records of the Columbia Historical Society, Washington, D.C.*, Vol. 51, [The 51st separately bound book] (1984), pp. 122-123, citing *Washington Post*, August 10, 1958, p. A-23; *Colored American*, October 20, 1900, p.8, October 3, 1903; *Report of the Board of Trustees of Public Schools of the District of Columbia to the Commissioners of the District of Columbia: 1898-1899* (Washington: Government Printing Office, 1900), pp. 7, 11..

43 Thomas Sowell, *Black Rednecks and White Liberals* (San Francisco: Encounter Books, 2005), pp. 39-40, 204-211, 213-214.

44 Louise Daniel Hutchinson, *Anna J. Cooper: A Voice from the South* (Washington, D. C.: Smithsonian Institution Press, 1981), pp. 57-58.

45 Leona C. Gabel, *From Slavery to the Sorbonne and Beyond: The Life & Writings of Anna J. Cooper* (Northampton, Mass.: Department of History of Smith College, 1982), p. 49.

46 Moore, *op. cit.*, p. 95.

47 Moore, *op. cit.*, pp. 94-95; Robinson, pp. 122-123, citing *Washington Post*, September 29, 1905, p. 2.

48 *Ibid.*

49 Robinson, p. 123, citing *ibid.*, September 19, 1905, p. 1 pt. 2, September 29, 1905, p. 2.

50 Lee, *op. cit.*, p. 25.

51 Robinson, *op. cit.*, p. 123.

52 Robinson, *op. cit.*, p. 123-124.

53 *Report of the Board of Education, 1902-1903*, pp. 196-197; *1903-1904*, pp. 187-188.

54 Robinson, pp. 123-124, citing ibid., October 31, 1905, p. 2; interview, Paul Cooke, December 19, 1979. Dr. Cooper returned to teach at the M Street High School in 1910.

55 Moore, *op. cit.*, pp. 161-162.

56 Robinson, *op. cit.*, p. 124.

57 Evan J. Albright, "A Slice of History," *Amherst Magazine*, Winter 2007. http:// www3.amherst.edu/magazine/issues/07winter/ blazing_trail/slice.html

58 Terrell, *op. cit.*, pp. 259-260.

59 Jessie Carney Smith, Ed. "Edward Christopher Williams," *Notable Black American Men, Book II* (Detroit: Thomson Gale, 2007).

60 E. J. Josey, *The black librarian in America* (Metuchen, NJ: Scarecrow Press, 1970).

61 E. J. Josey and A. A. Shockley, *Handbook of Black Librarianship* (Littleton, CO: Libraries Unlimited, 1977).

62 Terrell, *ibid.*, p. 260.

63   Robinson, *op. cit.*, p. 124.

64   Terrell, *op. cit.*, p. 260.

65   Robinson, *op. cit.*, pp. 124-125.

66   *The Crisis*, Vol. 27, No. 4, (New York: The Crisis Publishing Company, Inc., Feb 1924); Faustine C. Jones-Wilson, *Encyclopedia of African American Education* (Connecticut: Greenwood Publishing Company, 1996); http://encyclopedia.jrank. org/articles/pages/4144/ Browne-Hugh-M-1851-1923.html#ixzz0bzcyIaRl

67   *Ibid.*

68   Robinson, *op. cit.*, p. 125; The Smithsonian Anacostia Museum and Center for African American History and Culture, *The Black Washingtonians: The Anacostia Museum Illustrated Chronology*, Hoboken, New Jersey: John Wiley & Sons, Inc., 2005, p.118; Moore, *op. cit.*, pp. 93,108.

69   The Smithsonian Anacostia Museum and Center for African American History and Culture, *ibid.*, pp. 138-139, 354; Moore, *ibid.*, pp. 11, 152; Grimké, Angelina Weld. Papers of Angelina Weld Grimké. Moorland-Spingarn Research Center, Howard University, Washington, D.C.

70   *Ibid.*

71   *Ibid.*

72   Robinson, *op. cit.*, pp. 127-128; Fitzpatrick and Goodwin, *op. cit.*, pp 94-95.

73   *Ibid.*; Adam Spencer, "Edwin B. Henderson Elected to Basketball Hall of Fame; Grandfather of Black Basketball Finally Elected to Hall of Fame," *Yahoo Contributor Network*, Aug 28, 2013; http:// voices.yahoo.com/edwin-b-henderson-elected-basketball-hall- fame-12301217.html

74   Charlynn Spencer Pyne, "The Burgeoning 'Cause,' 1920-1930," *Library of Congress Information Bulletin*, Vol 53, No.3, February 7, 1994.

75   *Ibid.*

76   *Ibid.*

77   *Ibid.*

78   *Ibid.*

79   *Ibid.*

80   The Smithsonian Anacostia Museum and Center for African American History and Culture, *ibid.*, pp. 148, 150, 174, 177, 364; Moore, op. cit., pp. 93, 109-110;
Robinson, *op. cit.*, p. 128; Fitzpatrick and Goodwin, *op. cit.*, pp 76, 120, 152.

81   Robinson, *op. cit.*, p. 128; Moore, *op. cit.*, p. 93.

82   Moore, *ibid.*, p. 93.

83   Lawrence Otis Graham, *The Senator and the Socialite: The True Story of America's First Black Dynasty* (New York: HarperCollind Publishers, 2006), pp. 166-167.

CHAPITRE 10:   LE LYCÉE PAUL LAURENCE DUNBAR

1 Mary Church Terrell, "History of the HighSchool for Negroes in Washington," *The Journal of Negro History*, Vol. 2, No. 3, July 1917, pp. 252-253; Mary Gibson Hundley, *The Dunbar Story* (New York: Vintage Press Hundley, 1965), p. 145.

2   Terrell, *Ibid.*, p. 252.

3   *Ibid.*, pp. 252–253.

4   *Ibid.*, pp. 66-67.

5   Mary Gibson Hundley, *The Dunbar Story (1870-1955)* (Vantage Press, Inc., 1965), p. 66.

6   A proprietary system of library classification developed by Melvil Dewey in 1876 while working as a librarian at Amherst College. The system classified books using numbers from 000-999, dividing nonfiction books into 10 broad categories. By the time of his death, the system was being used in over 96% of all American libraries.

7   Hundley, *op. cit.*, p. 67.

8   *Ibid.*, p. 68.

9   *Ibid.*

10   *Ibid.*, p. 67.

11   Terrell, *op. cit.,* p. 253.

12   Hundley, *op. cit.*, pp. 33-34.

13   Thomas Sowell, "Black Excellence--the Case of Dunbar High School," *The Public Interest*, Vol. 43, Spring 1976, p. 50.

14   Jervis Anderson, "A Very Special Monument," *The New Yorker*, March 20, 1978, p. 107.

15   N. Graham Nesmith, "William Branch: (A Conversation) Reminiscence," *African American Review*, Vol. 38, 2004.

16   Sowell, *op. cit.*, pp. 33-34.

17   Terrell, *op. cit.*, pp. 260-261.

18   Cyndy Bittinger, "Black Women in Vermont History: The Story of Nettie Anderson," *Vermont Public Radio,* March 8, 2010; http://www.vpr.net/episode/48106/

19   Hundley, *op. cit.*, p. 61.

20   *Ibid.*, pp. 18, 140.

21   *Ibid.*, pp. 18-19.

22   *Ibid.*

23   The Catholic University of America, *The Haynes-Lofton Family Papers, 1882- 1974*, (Washington, D.C.: The American Catholic Research Center and University Archives). http://archives.lib.cua.edu/findingaid/Haynes-Lofton.cfm

24   Patricia Sullivan, "Charles Sumner Lofton; Principal at Dunbar During Civil Rights Era," *The Washington Post*, August 10, 2006, p. B06.

25   *Ibid.*

26   *Ibid.*

27   Kenneth Robert Janken, *Rayford W. Logan and the Dilemma of the African- American Intellectual* (Amherst: University of Massachusetts Press, 1993), p. 20.

28   Hundley, *op. cit.*, pp. 64-65.

29   Hundley, *op. cit.,* p. 131.

30   *Ibid.*

31   *Ibid.*, p. 132.

32   Harry E. Groves, "Separate but Equal -- The Doctrine of Plessy v. Ferguson" *Phylon (1940-1956)*, Vol. 12, No. 1. (1st Qtr., 1951), pp. 66-72.

33   Evelyn Boyd Granville, "The Lives We Lead: Evelyn Boyd Granville '45," *Smith College Alumni Relations*; http://alumnae.smith.edu/spotlight/3632-2/

34   Hundley, *op. cit.,* pp. 131-132.

35   *Ibid.*

36   *Ibid.*, p. 138.

37   *Ibid.*, pp. 135, 145.

38   Kathy A. Perkins (Ed.), (1990). *Black Female Playwrights: An Anthology of Plays Before 1950* (Bloomington & Indianapolis, Indiana: Indiana University Press. 1990),
pp. 53–56.

39   Hundley, *op. cit.,* p. 139.

40   *Ibid.,* pp. 132-133.

41   Perkins, *op. cit.,* pp. 53-56.

42   Hundley, *op. cit.,* p. 133.

43   *Ibid.*, p. 133.

44   *Ibid.*, p. 136.

45   *Ibid.*, pp. 133-134.

46   *Ibid.*, p. 144.

47   *Ibid.*

48   *Ibid.*, p. 134.

49   *Ibid.*, p. 136.

50   *Ibid.*, p. 134.

51   *Ibid.*, p. 136.

CHAPITRE 11:   LE PARADIGMA DE DUNBAR

1   Jervis Anderson, "A Very Special Monument," *The New Yorker*, March 20, 1978, p. 108.

2   N. Graham Nesmith, "William Branch: (A Conversation) Reminiscence," *African American Review*, Vol. 38, 2004, pp. 22-23.

3   *Ibid.*, pp. 23-24.

4   *Ibid.*, p. 24.

5   Gunnar Myrdal, *An American Dilemma: The Negro Problem and Modern Democracy*, Vol. II, New York: Harper & Row Publishers, Incorporated, 1973, p. 889.

6   Mary Gibson Hundley, *The Dunbar Story (1870-1955)* (Vantage Press, Inc., 1965), p. 24

7   *Ibid.*, pp. 29-30.

8   *Ibid.*, p. 13.

9   Susan Wise Bauer, Jessie Wise, *The Well-Trained Mind: A Guide to Classical Education at Home* (New York: W.W. Norton & Company, Inc., 2009), pp. 13-15. Douglas Wilson, Classical Education, Printed in PHS #6, 1994; http://www.home- school.com/Articles/ClassicalEducation.html

10   *Ibid.*, p. 15.

11   *Ibid.*

12   *Ibid.*, p. 16.

13   Hundley, *op. cit.*, pp. 26-29.

14   *Ibid.*, p. 28.

15   *Ibid.*

16   Robert J. Schneller, Jr., *Breaking the Color Barrier: The U.S. Naval Academy's First Black Midshipmen and the Struggle for Racial Equality* (New York: New York University Press, 2005), p. 77.

17 *Ibid.*, p. 78; Tracey Gold Bennett, *Washington, D.C. 1861-1962* (Charleston, SC: Arcadia Publishing, 2006), p. 13.

18 William H. Jones, *Recreation and Amusement Among Negroes in Washington, D.C.: A Sociological Analysis of the Negro in an Urban Environment* (Washington, D.C.: Howard University Studies in Urban Sociology, 1927).

19 Schneller, *op. cit.*, pp. 77-78.

20 *Ibid.*, p. 78.

21 Kenneth Robert Janken, *Rayford W. Logan and the Dilemma of the African- American Intellectual* (Amherst: University of Massachusetts Press, 1993), pp. 22-23.

22 Schneller, *op. cit.*, p. 174.

23 Hundley, *op. cit.*, p. 57.

24 *Ibid.*, pp. 51-52.

25 *Ibid.*, pp. 50-51.

26 Hundley, *loc. cit.*, pp. 51.

27 Hundley, *op. cit.*, pp. 67-68.

28 *Ibid.*, pp. 51-52.

29 *Ibid.*, pp. 52-53.

CHAPITRE 12: LE MILIEU DE DUNBAR

1 Thomas Sowell, "Black Excellence--the Case of Dunbar High School," *The Public Interest*, Vol. 43, Spring 1976, p. 33.

2 *Ibid.*, p. 34.

3 *Ibid.*, pp. 36-37.

4   *Ibid.*, p. 40.

5   Mary Gibson Hundley, *The Dunbar Story* (New York: Vintage Press Hundley, 1965), p. 31.

6   Gunnar Myrdal, *An American Dilemma; the Negro Problem and Modern Democracy* (New York: Harper & Brothers, 1944), p. 662; also, Brewton Berry,
Race Relations (Boston: Houghton Mifflin Company, 1951), p. 134.

7   U.S. Census Bureau, *Historical Income Tables: Households* (Washington, DC: U.S. Department of Commerce, June 2, 2016); https://www.census.gov/data/tables/ time-series/demo/income-poverty/historical-income-households.html

8   Sowell, Excellence, *op. cit.*, p. 39.

9   Anderson, *op. cit.*, pp. 104-105.

10   *Ibid.*, pp. 105-106.

11   Lawrence Otis Graham, *Our Kind of People: Inside America's Black Upper Class*, (New York: HarperCollins Publishers, 2000), p. 61.

12   Anderson, *op. cit.*, p. 108.

13   Sowell, Excellence, *op. cit.*, p. 27.

14   Robert Lichello, *Pioneer in Blood Plasma: Dr. Charles Richard Drew* (New York: Simon and Schuster, 1968), p. 13.

15   Sowell, Excellence, *loc. cit.*, p. 27.
16   R. F. Kronick and C. H. Hargis, *Dropouts: Who Drops Out and Why---and the Recommended Action* (Springfield, Ill.: Charles C. Thomas, 1990).

17   Sowell, Excellence, *op. cit.*, pp. 33-34.

18   Lewis M. Terman, *The Measurement of Intelligence: An Explanation of and a Complete Guide for the Use of the Stanford*

Revision and Extension of the Binet-Simon Intelligence Scale (San Francisco: Houghton-Mifflin Company, 1916).

19   Hundley, *op. cit.,* p. 25.

20   Sowell, Excellence, *op. cit.,* pp. 359.

21   Sowell, Excellence, *op. cit.,* pp. 39-40.

22   *Ibid.,* pp. 36-37.

23   *Ibid.,* p. 106.

24   Jacqueline M. Moore, *Leading the race: The Transformation of the Black in the Nation's Capital, 1880-1920,* Charlottesville and London: University Press of Virginia, 1999, pp. 94-95.

25   Douglas S. Massey and Nancy A. Denton (1993). *American Apartheid* (Cambridge, MA: Harvard University Press, 1993).

26   Kenneth Robert Janken, *Rayford W. Logan and the Dilemma of the African- American Intellectual* (Amherst: University of Massachusetts Press, 1993), pp. 21-22.

27   Kevin K. Gaines, *Uplifting the Race: Black Leadership, Politics, and Culture in the Twentieth Century* (Chapel Hill: University of North Carolina Press, 1966); Jacqueline M. Moore. *Booker T. Washington, W. E. B. DuBois, and the Struggle for Racial Uplift.* (Wilmington: Scholarly Resources, 2003).

28   Anderson, *op. cit.,* p. 101.

CHAPITRE 13: L'EXTERMINATION DES TRADITIONS

1   Thomas Sowell, "Black Excellence--the Case of Dunbar High School," *The Public Interest,* Vol. 43, Spring 1976, p. 41.

2   Kenneth Robert Janken, *Rayford W. Logan and the Dilemma of the African- American Intellectual* (Amherst: University of Massachusetts Press, 1993), pp. 18-19.

3   For references to Professor Robert E, Park's theories of competition, conflict, accommodation, and assimilation, see Gunnar Myrdal, *An American Dilemma; the Negro Problem and Modern Democracy* (New York: Harper & Brothers, 1944), p. 662; also, Brewton Berry, Race Relations (Boston: Hougth Mifflin Company, 1951), p. 134.

4   Constance McLaughlin Green, *The Secret City: A History of Race Relations in the Nation's Capital* (Princeton, N.J.: Princeton University Press, 1967), p.168.

5   Sowell, Excellence, *op. cit.*, pp. 52-53.

6   *Ibid.*

7   Tucker Carlson, "Washington's Lost Black Aristocracy," *City Journal*, Autumn 1996; http://www.city-journal.org/html/6_ _4urbanities-washingtons_los.html

8   *Ibid.*

9   *Ibid.*

10   William Julius Wilson, *The Truly Disadvantaged: The Inner City, the Underclass, and Public Policy* (Chicago: University of Chicago Press, 1987), p. 7.

11   Ibid.

12   Daniel Patrick Moynihan, *The Negro Family: The Case for National Action* (Washington, D.C.: Office of Policy Planning and Research, U.S. Department of Labor, 1965).

13   Kenneth B. Clark, *Dark Ghetto: Dilemmas of Social Power* (New York: Harper and Row, Publishers, Incorporated, 1965).

14   Jason Deparle, *American Dream: Three Women, Ten Kids, and A Nation's Drive to End Welfare* (New York: Penguin Group, 2004), p. 95.

15   Gertrude Himmelfarb, *One Nation, Two Cultures* (New York: Alfred A. Knopf, 1999).

16   Daniel Patrick Moynihan, "Defining Deviancy Down," *American Scholar*, Vol. 62, No. 1, Winter 1993, pp. 17-30.

17   Arnold Toynbee, *A Study of History: Abridgement of Volumes 1-VI (Great Britain:* Oxford University Press, 1946).

18   John T. Elson, "Is God Dead?" *Time.* April 8, 1966.

19   Karl Marx and Friedrich Engels (1848). *The Communist Manifesto*, p. 28.

20   Natalie Angier, *"The Changing American Family,"* The New York Times, November 25, 2013.

21   Democratic Leader Nancy Pelosi (February 6, 2014), *Transcript of Pelosi Press Conference Today in the Capitol Visitor Center*, Washington, D.C.; http://www.democraticleader.gov/ Transcript_of_Pelosi_Weekly_Press_Conference_on_ACA_Immigration

22   Lewis, Oscar, *La Vida: A Puerto Rican family in The Culture of Poverty.* (San Juan and New York, 1966).

23   *Ibid.*

24   Toynbee, *op. cit.*

25   *Ibid.*

26   Charles Murray, "Role Models: America's Elites Take Their Cues from the Underclass," *Wall Street Journal*, February 6, 2001.

27   Sowell, Excellence, *op. cit.*, pp. 53-54.

28   *Ibid.*

29   *Ibid.*, p. 42.

30   Alfred H. Kelly, "The School Desegregation Case" (*Brown v. Board of Education of the City of Topeka*, 347 U.S. 483), *Quarrels that Have Shaped the Constitution* (New York: Harper & Row, Publishers, 1987), p. 331.

31   *Ibid.*, pp. 331-333.

32   Sowell, Excellence, *op. cit.* p. 43.

33   *Ibid.*, pp. 43-44.

34   *Ibid.*, pp. 44-45.

35   *Ibid.*, pp. 45-46.

36   *Ibid.*, pp. 54-55.

37   *Ibid.*, p. 46; Antoinette J. Lee, "Magnificent Achievements-TheM Street High School," *CRM Magazine: African-American History and Culture*, Vol. 20, No 02, 1997, p 25; http://crm.cr.nps.gov/20-2/20-2-16.pdf

38   Sowell, Excellence, *op. cit.*, pp. 46-47; Mary Gibson Hundley, *The Dunbar Story* (New York: Vintage Press Hundley, 1965), pp. 64-65.

39   Thomas Sowell, *Black Education: Myths and Tragedies* (New York: David McKay Co., 1972), p.143.

40   Sowell, Excellence, *op. cit.*, pp. 47-48; E. Delorus Preston, Jr., "WilliamSyphax, a Pioneer in Negro Education in the District of Columbia," *The Journal of Negro History*, Vol. 20, No. 4, October 1935, pp. 462-464.

41   The Nixon Library and Museum (March 17, 1954), Pre-Presidential Papers of Richard M. Nixon Series 207, Appearances, 1948-1962, Box 19. Dunbar High School; http://www.nixonlibrary.gov/forresearchers/find/textual/findingaids/findingaid_lagunaniguel_series207.pdf

42   Sowell, Excellence, *op. cit.*, p. 48.

43   *Ibid.*

44   *Ibid.*, pp. 48-49.

45   *Ibid.*

46   *Ibid.*, p. 50.

47   *Ibid.*, p. 54.

48   *Ibid.*, p. 55; Kenneth Robert Janken, *Rayford W. Logan and the Dilemma of the African-American Intellectual* (Amherst: University of Massachusetts Press, 1993), pp. 18-19; Preston, *op. cit.*, pp. 463-464.

49   Sowell, Excellence, *op. cit.*, pp. 55-56.

CHAPITRE 14: ÉPILOGUE

1   Thomas Sowell, "Black Excellence--the Case of Dunbar High School," *The Public Interest*, Vol. 43, Spring 1976, p. 45.

2   *Ibid.*

3   Paul Raeburn, *Do Fathers Matter? What Science is Telling Us About the Parent We've Overlooked* (New York: Scientific American/ Farrar, Straus and Girous, 2014),
pp. 5-6.
4   *Ibid.*, p. 14.
5   Jacqueline M. Moore, *Leading the race: The Transformation of the Black in the Nation's Capital, 1880-1920*, Charlottesville and London: University Press of Virginia, 1999, p. 33.

6   Moore, *ibid.*, p. 34.

7   Melvin Small, *The Presidency of Richard Nixon* (Lawrence, KS: University Press of Kansas, 1999), pp. 12-13.

8   *Ibid.*

9   Amanda Abrams, "An identity reclaimed," *The Washington Post*, May 27, 2011; http://www.washingtonpost.com/ realestate/2011/05/13/AGjO6mCH_story.html

10   Irving Kristol, (October 19, 2000). "The Two Welfare States." *The Wall Street Journal.*

11   *Ibid.*

12   Jervis Anderson, "A Very Special Monument," *The New Yorker*, March 20, 1978, p. 111.

13   *Ibid.*

14   *Ibid.*

15   *Ibid.*

16   Lewis, Oscar, "The Culture of Poverty." George Gmelch and Walter Zenner, eds. *Readings in Urban Anthropology* (Prospect Heights, IL: Waveland Press, 1998).

17   Peter Milius, "'72 D.C. School Budget May Mean Larger Classes and Fewer Electives," *The Washington Post,* November 10, 1970, A1.

18   Wolf Von Eckardt, "No Eggcrate, This," *The Washington Post,* March 27, 1971, C1.

19   Wolf Von Eckardt, "Design for an Urban Setting," *The Washington Post,* December 11, 1971, E1.

20   *Ibid.*

21   Ronald Gross and Judith Murphy, *Educational Facilities Laboratories Educational Change and Architectural Consequences: A Report on Facilities for Individualized Instruction* (New York: Educational Facilities Laboratories, Inc., 1968), 71.

22   Lawrence Feinberg, "We Must Have Pride In It," *The Washington Post,* April 13, 1977, C1.

23   R. C. Newell, "New Dunbar High School Opens, Still Facing Same Old Problems," *The Washington Afro American,* April 16, 1977, C1.

24   Michael Kiernan, "Razing Fight Begins Anew," *Washington Star*, February 28, 1975.

25   See Oscar Lewis, *La Vida: A Puerto Rican family in the Culture of Poverty* (San Juan and New York, 1966).

26   Archie Morris III, "Race, Class, and the Subculture of Poverty," *Journal of the Center for Research on African American Women*, Vol. 2, No. 1, 2007.

27   District of Columbia Public Schools (2011), Dunbar High School. http:// profiles.dcps.dc.gov/dunbar+high+school

28   Terence P. Jeffrey (May 14, 2014). "DC Schools: $29,349 Per Pupil, 83% Not Proficient in Reading," *CNSNews.com*; http://cnsnews.com/commentary/ terence-p-jeffrey/dc-schools-29349-pupil-83-not-proficient-reading

29   Larry Cuban, "The Open Classroom," *Education Next*, Vol. 4, No. 2, Spring 2004; http://educationnext.org/theopenclassroom/

30   Charles Silberman, *The Open Classroom Reader* (New York: Random House, 1973).

31   Cuban, *op. cit.*

32   *Ibid.*

33   "Mayor Fenty and OPEFM Director Lew Announce Dunbar HS Design Competition Winner," *District of Columbia Public Schools*, December 14,2010;http://dc.gov/DCPS/About+DCPS/Press+Releases+and+Announcements/Press + Releases/Mayor+Fenty+and+OPEFM+Director+Lew+Announce+Dunbar+HS+Design+Competion+Winner

34   Dunbar High School Alumni Federation, "New Dunbar: Honors Past, Present, and Future," *The Vine*, Spring 2011, p. 7.

35   Martin Austermuhle, "D.C. Officials Celebrate Completion Of New Dunbar High School," *American University Radio*, August 20, 2013; http://wamu.org/ news/13/08/20/dc_officials_celebrate_completion_of_new_dunbar_high_school

36 *Ibid.*

37 *Ibid.*

38 Emma Brown, "Dunbar High autonomy proposal stirs debate in D.C.," *The Washington Post*, January 18, 2014; http://www. washingtonpost.com/local/education/ dunbar-high-school-autonomy-proposal-stirs-debate-in-dc/2014/01/18/63c4c442- 7fad-11e3-93c1-0e888170b723_story.html

39 *Ibid.*

40 Natalie Wexler, "Do we need another selective DCPS high school? A group at Dunbar thinks so," *The Washington Post*, February 12, 2014.

41 *Ibid.*

42 "School Without Walls of Washington, DC," Home and School Association, Quick Facts; http://www.swwhs.org/about-us/quick-facts/

43 Wexler, *op. cit.*

44 Brown, *op. cit.*

45 Thomas Sowell, "The Education of Minority Children," *The Hoover Institute*, 2001, p. 81; http://search.aol.com/aol/search?enabled_terms=&s_it=comsearch&q=The+Education+of+Minority+Children

46 *Ibid.*, pp. 81-85.

47 *Ibid.*, p. 91.

48 Report of the Board of Education, 1902-1903, 196-197; 1903-1904, 187-188.

www.ingramcontent.com/pod-product-compliance
Lightning Source LLC
Chambersburg PA
CBHW051134300726
48978CB00011B/274